晚唐詩歌藝術撷要

WAN TANG SHIGE
YISHU SHIYAO

关龙艳◎著

黑龙江人民出版社

图书在版编目（CIP）数据

晚唐诗歌艺术识要／关龙艳著. —哈尔滨：黑龙
江人民出版社，2021.4（2023.1重印）
ISBN 978 - 7 - 207 - 12416 - 6

Ⅰ．①晚…　Ⅱ．①关…　Ⅲ．①唐诗—诗歌研究　Ⅳ.
①I207. 227. 42

中国版本图书馆 CIP 数据核字（2021）第 064077 号

责任编辑：常　松　王　莉
责任校对：曲　莹
封面设计：欣鲲鹏
书名题签：钟振振

晚唐诗歌艺术识要
关龙艳　著

出版发行　黑龙江人民出版社
地　　址　哈尔滨市南岗区宣庆小区 1 号楼（150008）
网　　址　www. hljrmcbs. com
印　　刷　北京一鑫印务有限责任公司
开　　本　787 × 1092　1/16
印　　张　15. 25
字　　数　255 千字
版　　次　2021 年 4 月第 1 版
印　　次　2023 年 1 月第 2 次印刷
书　　号　ISBN 978 - 7 - 207 - 12416 - 6
定　　价　68. 00 元

法律顾问：北京市大成律师事务所哈尔滨分所律师赵学利、赵景波

序

宋代诗人杨万里云:"诗至唐而盛,至晚唐而工。"在盛唐诗、中唐诗之后,晚唐诗又开辟了一个新的诗歌天地。这个新的诗歌天地,不仅表现了唐人对于诗歌的新的审美追求,而且达到了新的精美的艺术境界和审美品位,有的文学史上称其为唐诗的"第三重境界"。

叶燮《原诗》以一年之春秋花事为喻,将盛唐诗与晚唐诗的审美品位与审美特色做出了精当的品评和论断:

> 论者谓晚唐之诗,其音衰飒。然衰飒之论,晚唐不辞;若以衰飒为贬,晚唐不受也。夫天地有四时,四时有春秋。春气滋生,秋气肃杀,滋生则敷荣,肃杀则衰飒,气之候不同,非气有优劣也。使气有优劣,春与秋亦有优劣乎?故衰飒以为气,秋气也。衰飒以为声,商声也。俱天地之出于自然者,不可以为贬也。又盛唐之诗,春花也。桃李之秾华,牡丹芍药之妍艳,其品华美贵重,略无寒瘦俭薄之态,固足美也。晚唐之诗,秋花也。江上之芙蓉,篱边之丛菊,极幽艳晚香之韵,可不为美乎?

李商隐、温庭筠是活跃在晚唐这一"唯美文学发达期"的最著名的诗人,他们以精致精纯的诗歌主导和引领了晚唐诗坛的审美风尚,开创了盛唐诗、中唐诗之后的唐诗的第三重境界。这第三重境界在气概上不再是盛唐的雄壮奇伟,中唐的大气健举,而是给人一种衰飒式微之感,但从诗歌发展角度看,却是峰回路转,通过向内心世界的深入,别开了一个新的诗歌天地,对心灵世界做出了盛唐与中唐未曾有过的深入开拓与表现。在艺术上,注重诗美的建构,题材选取、主题提炼、意象营造、诗语锤炼诸方面,都有超越盛唐、中唐的新的开拓和发展。

　　龙艳的《晚唐诗歌艺术识要》一书，旨在对晚唐诗歌的审美风貌和艺术境界做出深入的、细致的论析，探讨中国古典诗歌在盛、中唐已高度发展、盛极难继的历史条件下，晚唐诗如何"于唐人中别开一境"的；作为一个诗歌的唯美时代，晚唐诗的艺术审美取向和诗美品格是什么，这种诗美境界是通过哪些独特的创作手法和艺术技巧得以生成的；晚唐诗艺术成就，对于唐以后乃至中国现代诗歌产生了怎样的影响；等等。作者以李商隐、温庭筠诗作为的中心，集中地深入地探讨晚唐诗的审美价值，具体深入而不抽象空泛，提要钩玄而能落实于作品艺术实绩。作者对于诗歌审美鉴赏能力，在论析中得到了充分的表现与发挥。

　　书中对晚唐诗创造性地运用意象抒情方式做了比较深入的探求，指出它不同于盛唐诗那种以正常的视角从容地看取世界，捕捉诗意，融情入景，情景交融，兴象玲珑；而是突出主体情思在意象营造过程中的重要作用，强调主观感觉和想象，遵循情感流程和心绪的变化在内心世界熔铸意象，把眼前的、记忆中的、想象中的物象心象融合起来，其借以营造意象者较多现实本来没有的事物，诸如庄生晓梦、望帝春心、明珠有泪、暖玉生烟，等等，使情感的抒发更为幽微绵邈。本书作者从意象的择取、意象的生成、意象的组合、意象的色彩等角度，对晚唐诗意象营造的主观化倾向和艺术创造做出了具体、细致、深入的分析，阐述了晚唐诗在意象营造方面的开掘和升华，使古典诗歌的意象抒情达到了新的境界。由于紧紧抓住意象营造以及酌字炼句的特点，深入地阐释出晚唐诗的情韵之深、意象之妙、用语之工，本书对晚唐诗精工典丽的诗美形态和细美幽约审美风貌的阐述，也就比较具体、准确而落实。

　　关于以温李诗为代表的晚唐诗对中国三十年代现代派诗歌的影响的阐述，是本书的一大亮点。温李新声所孕育的艺术之美，不仅引领和影响晚唐的韩偓、唐彦谦、吴融，宋代的西昆体，明清时期的吴伟业、黄景仁、龚自珍，而且影响到二十世纪三十年代的一批新诗人，诸如戴望舒、何其芳、卞之琳、废名等人的诗歌创作。中国古典诗歌对中国现代诗歌发展的影响是客观存在的历史事实，但是，这种承传与发展的历史复杂纷纭，传统与现代之间不是简单的一一对应的关系，而是经过长期复杂的沉潜、积淀、酝酿、改造、生发，其间，还有外来文学和审美思想的巨大影响和浸染。因此，探索晚唐诗对中国现代诗歌的影响这种贯通古今、穷源溯流的工作颇不易。本书作者抓住温李诗的意象化手法和审美特质，寻绎和剖析晚唐诗对三十年代现代派诗歌影响的具体的、细微的、深刻的种种表现,以及这种影响给现代派诗歌增添的艺术魅力,展现了晚唐温李诗在中国诗史上的重要价值和恒久魅力。

《晚唐诗歌艺术识要》的出版,是晚唐诗歌研究的重要收获。龙艳问序于我,我很高兴,就写了上面的这些话。

邹进先

2020 年 11 月于海南吉阳镇

目　　录

绪　　论

　　本书所谓的晚唐诗歌是指文宗开成元年(836年)到宣宗大中末年(859年)期间以李商隐、温庭筠为代表的诗歌创作。

　　关于晚唐诗歌的年代起讫,历来的说法颇为纷纭。在"四唐"说关于初、盛、中、晚的划界尚未出现之前,宋人频繁使用"唐之晚年""晚唐""唐末""唐季"之类的说法,把咸通到唐亡这一时段划为唐诗的一个相对独立的时段。王禹偁《画纪》云:"唐季以来,为人臣者,此礼(指祭祖之礼)尽废。"其《送孙何序》曰:"咸通以来,斯文不竞;革弊复古,宜其有闻。"欧阳修《六一诗话》第十一条云:

　　　　唐之晚年,诗人无复李、杜豪放之格,然亦务以精意相高。如周朴者,构思尤艰,每有所得,必极其雕琢,故时人称朴诗"月锻季炼,未及成篇,已播人口"。其名重当时如此。而今不复传矣!余少时犹见其集,其句有云:"风暖鸟声碎,日高花影重。"又云:"晓来山鸟闹,雨过杏花稀。"诚佳句也。

　　其中提到的周朴是唐末(咸通以后)的苦吟诗人,因骂黄巢为贼,被黄巢所杀。欧阳修的门人刘攽(1023—1089年)在《中山诗话》最早使用"晚唐"一语:

　　　　鞠,皮为之,实以毛,蹴蹋而戏。晚唐已不同矣。归氏子弟嘲皮日休云:"八片尖皮砌作球,火中燖了水中揉。一包闲气如常在,惹踢招拳卒未休。"

上文所举作家皮日休,也是典型的唐末(咸通以后)诗人。可见,其"晚唐"的时间概念与欧阳修所谓的"唐之晚年"是一致的。蔡居厚《诗史》"晚唐诗尚切对"条曰:

> 晚唐诗句尚切对,然气韵甚卑。郑綮《山居》云:"童子病归去,鹿麑寒入来。"自谓铢两轻重不差。有人作《梅花》云:"强半瘦因前夜雪,数枝愁向晓来天。"对属虽偏,亦有佳处。

所举晚唐作家为郑綮,还有《梅花》诗的作者崔橹,皆为典型的咸通以后诗人。

综上,可以看出宋人所谓"晚唐"的时间范围大体指咸通以后至唐亡大约四十余年的时间。因宋人喜谈"晚唐"这一名词而派生出的"晚唐体"这一概念,也主要是基于宋人心目中对"晚唐"时段的划分而对唐末(咸通以后)诗歌风格的概括。①

明人高棅的《唐诗品汇》确定"四唐"说,将晚唐诗的时间上限提到开成(836年)年间:

> 降而开成以后,则有杜牧之之豪纵,温飞卿之绮靡,李义山之隐僻,许用晦之偶对,他若刘沧、马戴、李频、李群玉辈,尚能黾勉气格,埒迈时流,此晚唐变态之极而遗风余韵犹有存者焉。(《唐诗品汇》总序)

这是关于晚唐的又一种说法。现代学者在晚唐的划界上基本沿用高棅之说,但由于咸通前与咸通后这两段时间诗歌的面貌存在很大的差异,所以又将晚唐分为前后两期。例如罗宗强先生的《隋唐五代文学思想史》,就把晚唐文学分为前、后两个不同的时期,其中敬宗宝历初(825年)至宣宗大中末(859年)为晚唐前期,懿宗咸通初(860年)至昭宣帝天祐末(906年)为晚唐后期。罗先生还从咸通前后士人心态的变化及文学思想的差异论述了这一划分标准:"晚唐前期士

---

① 参见李定广《论"晚唐体"》,《文学遗产》2006年第3期,第49~60页。

人也关心朝政,也有抱负,但被现实的失望压抑着,内心充满矛盾;晚唐后期则大多已失去对于朝廷的任何希望,或则采取了一种愤慨抨击的态度,或则避世以自全。反映到文学思想上,便是功利主义文学思想影响的消退。"①许总的《唐诗史》,中国社会科学院文学研究所编写的"中国文学通史系列"之《唐代文学史》中也都是以咸通元年(860年)为界,把晚唐文学分为前后两个时期,后期一般直接称作"唐末"。从目前学界在唐末文学研究上出现的大量著述可见研究晚唐诗的学者多采用了这种分段观照的方式,有的学者已将"唐末"这一特殊的历史时期,从晚唐中界划出来,作为唐代诗歌发展史的一个独立的单元。他们在阐释唐末文学特征的时候,也指出了晚唐前期与后期诗艺上的差异:"大和以至大中年间的诗艺与元和艺术新变有着密切关系,而以往被视为唐诗尾声的咸通以后的诗艺,则体现出反拨元和的趋势,调整的方向成为宋诗的开端。"②此外,在唐诗分期问题上,一些学者并不拘泥于初、盛、中、晚之分,比如苏雪林先生就曾将唐诗的发展历程分为"继承齐梁古典作风之时期""浪漫主义文学隆盛之时期""写实文学诞生之时期""唯美文学发达之时期""唐诗衰颓之时期"等五个时期③,这一划分无疑突破了僵化的时间断代,从而凸现了文学发展的内在流变。苏之"唯美文学发达之时期"指的是自温、李为代表的晚唐时期,而唐末四十余年则应归为"唐诗衰颓之时期",可以说是一个创作的模仿期,基本上已无开拓,正是世人所叹惋的"流波之末流,大声之余响",唐诗也至此终了。

　　本书所谓晚唐时期就是指苏雪林所言"唯美文学发达之时期",而将咸通以后称为"唐末"。这样既是为了表达的便利,同时更重要的,也便于凸现此一时段诗歌的审美风貌。

　　在对这一时段诗歌艺术风貌的考察中,我们选择了以这一时期主流风尚的代表——李商隐、温庭筠的诗歌创作为中心的研究视角,旨在探讨晚唐诗人在盛、中唐诗歌全面发展的前提下,在盛极难继的情况下是如何继续"开疆拓土",另辟"奇境"的;作为一个诗歌的"唯美"时代,晚唐诗人的艺术追求是什么,审美趋向是什么,到底开掘出了怎样的诗美品格;而这些诗美品格又是通过哪些独特

---

① 罗宗强:《隋唐五代文学思想史》,中华书局2003年版,第313页。
② 参见刘宁《唐末五代诗歌研究》,北京大学博士论文,1997年。
③ 苏雪林:《唐诗概论》,上海书店1992年版。

的艺术技巧和创作手法得以生成的,以及这种艺术特质、风格韵味对后世诗歌产生了怎样的影响等问题。

在中、晚唐过渡时期,诗文领域一度有些冷落,到文宗开成年间,杜牧、李商隐、温庭筠、许浑等又一代优秀诗人崛起,再度开创了唐诗繁荣的新局面。与这些"晚唐铮铮者"①生活时代大致相近的诗人,还有马戴、顾非熊、雍陶、刘得仁、薛逢、李频、方干、李群玉、赵嘏、刘沧、张祜等,这些人经历虽各不相同,诗歌语言、形式、风格也各有差别,但大体上来说,他们都以五七言近体律诗见长,内容大多写自然山水,往往抒发一种萧散旷逸的情怀,境界比较狭窄,而在捕捉意象、琢字炼句、把握节奏上却有一定特色。这些诗人中虽然没有出类拔萃之辈,但人数却很多,现存作品也不少。他们的活动大致在九世纪六十年代结束。正如田耕宇《唐音余韵》中指出的那样:"大和以后崛起的青年诗人杜牧、许浑、李商隐、温庭筠等人,以主观心灵和主体情思为主的文学创作,标志着元和诗变的完成,以及'明道'功利主义文学时代的结束……新崛起的晚唐诗人,较之元和时代的诗人而言,最为突出的特点就是个性更加突出,唯美倾向更加鲜明,主情而斥功利的文学创作思想更加强烈。这些诗人之间基本没有流派和群体创作的现象,但在认识和表现上,却有惊人的相似之处。这些相似之处,共同构成了承续中唐,而又有鲜明时代特征的晚唐文学特色。"②由此可见,共同的诗歌创作观念和艺术追求使晚唐诗又自成段落,呈现出既不同于中唐,也不同于唐末的诗歌风貌。陈子展的《唐宋文学史》认为:"晚唐诗的主要倾向是秾丽宏敞";胡云翼《新著中国文学史》也指出:"晚唐诗坛的主潮,是反对俚俗朴实的诗歌,而返乎六朝唯美主义的文学倾向,以典雅绮丽为宗";谭丕模的《中国文学史纲》亦认为,晚唐诗歌中"夹杂着一股形式主义、唯美主义的洪流"。且不论上述说法所暗含的褒贬态度,这些见解无疑都关注了晚唐诗歌唯美的艺术特质。它既不同于初、盛、中三个时期,也不同于唐末四十余年的诗歌创作,它承续元和诗坛主观化的构思方式与表现特点,在创作实践上逐渐由广阔的社会生活转向人生之叹,由现实功利性转向对艺术美的追寻,从总体上看,呈现出回归于内心世界,诉求于艺术形式的重情

---

① [明]胡应麟:《诗薮·外编》卷四云:"俊爽若牧之,藻绮若庭筠,精深若义山,整密若丁卯,皆晚唐铮铮者。"

② 田耕宇:《唐音余韵》,巴蜀书社2001年版,第6页。

唯美的倾向。这一倾向,一方面归源于特定的心灵化内涵,另一方面又造就一种创造性审美境界。诗人们大多表现出对时代与人生的深深的感伤,在感伤基调中糅合复杂的情感体验:盛世难再的悲叹多于理想的追求;不满现实的冷嘲热讽多于对现实的抨击、抗争;身世之悲、沉沦之痛多于奋发有为的进取之心。较之前代,诗人们更加热衷于抒写伤痛的心灵、回望历史的天空、展现情爱的世界,有着哀恸欲绝而又缠绵悱恻、百转千回的浓郁诗情,此时备受争议的艳体诗、备受瞩目的咏史诗正是以温、李为代表的一代诗人诗歌艺术的结晶,他们擅长在内心深处熔铸色彩浓郁的意象,用精美的意象营造来表达婉曲的情感意绪,悲情丽采,暗香幽韵,语言华艳工致而不失清丽流美,讲究用字之工,造语之巧,对偶之精,使事之切,把自中唐李贺以来的唯美主义诗歌风尚发挥到了极致,又由无所依归的心灵之中生发出了末世的梦幻情调,打造出绮丽幽约而又迷离空灵之美,由壮美、崇高的外在开拓,重新回到了优美、和谐的内心志趣,在诗歌艺术上达到了更为纯熟的境界,不难看出,这一时期的创作,在诗体的选择上明显地倾向于律体,通过对律诗内部字句、对仗、声律诸要素的精雕细琢,更好地诠释了诗歌艺术的魅力,从而在唐诗史上开创了一个更为精致的艺术天地,长于抒情、善于表现、贵于朦胧、工于丽藻的审美追求对后世诗歌乃至现代新诗创作都产生了深远的影响。而当时最能体现这些诗歌艺术特征的莫过于李商隐、温庭筠的创作,难怪后世之人称"论晚唐诗,必首推温、李。"(清·阙名《静居绪言》)。

我们注意到,晚唐著名诗人的齐名称号中有这样一些说法:"温李""小李杜""晚唐三大家(即温李杜)""晚唐四家(即温李杜许)"。而实际上,当时文坛公认的只有"温李",据裴庭裕《东观奏记》载:"(温)庭筠字飞卿,词赋诗篇冠绝一时,与李商隐齐名,时号温李。"皮日休序陆龟蒙诗亦有云:"近代称温飞卿、李义山为之最。"(皮日休《松陵集序》)裴庭裕、皮日休生活年代与温、李前后相接。他们所说,当可代表晚唐人的意见。至宋初,欧阳修等撰《新唐书》,其中《温庭筠传》复云:"(温)工为辞章,与李商隐皆有名,号温李。"此后温、李并称,相沿成习,至今不废。而据考证,"小李杜"并称则始于明代,"温韦"并称起于宋末,由此可见,与"小李杜""温韦"等后世追加的并称有所不同,"温李"是晚唐诗坛流行的并称,反映的应是时人的眼光。从今天的视角来看,二人虽有个性、际遇差异,诗艺高低之别,但诚如贺贻孙《诗筏》所云:"同时齐名者,往往同调。……不独习尚切劘使然,而气运所致,亦有不期同而同者。"不可否认的是,同样的时代氛围必然在很大程度上赋予了温、李诗共同的艺术趣味。因此,"温李"并称中所蕴含的文学信息值得我们关注,温李诗也自然地成为我们研究晚唐诗歌的焦点所在。

"温李"在时代上与"元白"相接续,却与他们的末流诗风完全相反,成为韩孟一派反对元白末流诗风的强有力的支持者和推进者。这一时代可谓是唐诗艺术的高峰期,范文澜先生在《中国通史简编》中说:"李商隐诗盛行,元白诗末流才失去地位,因此,他是韩愈一派反对熟滥诗的最后胜利者。"①温李诗相对于盛唐诗是向心灵的回归,相对于元白诗是向艺术的回归。郑振铎在《插图本中国文学史》中也强调:"从韩、白以后,便来到了温、李的时代……这个时代的诗人们,其风起云涌的气势,大似开元、天宝的全盛时代。但其作风却大不相同。这时代的代表作家们无疑是李商隐与温庭筠二人。其余诸作家,除杜牧等若干人外,殆皆人依附于他们二人的左右者。温、李的作风,甚为相似,是于前代诸家之外独辟一个奇境者。"②从某种意义上讲,温李诗代表了晚唐诗坛的最高艺术成就,代言了一代诗人的追求,呈现了一代诗歌的风貌。

陈伯海在《唐诗学引论》中称"温李的诗风,襞绩层深而命意婉曲,文辞精美而音韵谐和,正是唐诗重韵味、讲声律、求兴寄的结晶"③,又在其《宏观世界话玉溪——试论李商隐在中国诗歌史上的地位》一文中论述晚唐诗的特点和不足及在文学发展史中的地位时说:"晚唐诗,尤其是以'温、李'为代表的重视表现人的细微的感受和曲折的心理,作风精工典丽、富于联想和暗示情味的诗篇,绝非沿着中唐'以文为诗'的路子继续前进,而是背道而驰",甚至认为晚唐诗"折回了'以诗为诗'的藩篱。……是中唐诗的否定,是盛唐诗的否定之否定"④。可见,温李诗的确在诗歌艺术上走出了一条新路,标示着一种新的艺术境界的生成。克罗齐曾说过:"诗人或画家若没有掌握形式,就没有掌握一切,因为他没有掌握他自己。同一部诗的题材可以存在于一切人的心灵,但正是一种独特的表现,就

---

① 范文澜:《中国通史简编》(修订本),人民出版社1965年版。
② 郑振铎:《插图本中国文学史》,北京出版社1999年版。
③ 陈伯海:《唐诗学引论》,东方出版中心1988年版,第36页。
④ 陈伯海:《宏观世界话玉溪——试论李商隐在中国诗歌史上的地位》,《全国唐讨论会论文选》,陕西人民出版社1984年版。

是说，一种独特的形式，才使诗人成其为诗人。"①温李诗正是以一种新的诗美追
求和诗艺表现形式为中国古典诗歌增添了浓墨重彩的一笔，并得到后世的广泛
关注，以他们的创作为中心来描述晚唐时代诗歌的艺术特征，显然是合理的，也
是有意义的。

① ［意］克罗齐：《美学原理　美学纲要》，朱光潜译，人民文学出版社 1983 年版，第 2 页。

第一章　晚唐诗坛概况

晚唐是中国古典诗歌艺术绽放异彩的时代。所谓"歌谣文理,与世推移,风动于上,而波震于下者也""文变染乎世情,兴废系乎时序"(刘勰《文心雕龙·时序》),文学的风貌变迁与时代和社会氛围紧密相连,晚唐特定的社会环境孕育了晚唐诗歌的艺术形态。

一、晚唐诗产生的社会环境

晚唐是唐王朝政治危机不断加深,并最终走上末路的时期。从唐敬宗和唐文宗开始,唐帝国出现明显的衰败倾覆之势。司马光在《资治通鉴》里对这个时期的唐代社会做了准确精练的概括:

> 于斯之时,阉寺专权,胁君于内,弗能远也;藩镇阻兵,陵慢于外,弗能制也;士卒杀逐主帅,拒命自立,弗能诘也;军旅岁兴,赋敛日急,骨肉纵横于原野,杼轴空竭于里闾。(《唐纪》六十)

宦官专权,藩镇割据,骄兵难制,战乱屡起,赋税沉重,民间空竭,这一切使唐王朝陷入了无法挽救的危机之中。刘蕡就曾说过,"宫闱将变,社稷将危,天下将倾,海内将乱"是当时"国家已然之兆"(《旧唐书·刘蕡传》)。自中唐以后,唐王朝宦官的权力越来越大,到了晚唐时期,则膨胀到了可以掌握皇帝废立的地步:唐宪宗为宦官陈宏志所杀,敬宗为宦官刘克明所杀,穆宗和文宗皆为宦官所立。唐文宗即位后,在大和五年(831年),曾用宋申锡之谋,欲除去宦官,由于宋用人

不当，为同谋者京兆尹王璠所出卖，结果以失败告终，宋也贬死开州。大和九年
（835 年），用李训、郑注，谋去宦官，结果反为所败，宦官仇士良等率兵大杀朝官，
宰相王涯以下朝官六百余人被杀，朝廷上下一片恐慌，朝官人人不能自保，这就
是历史上有名的"甘露之变"。此后，宦官权势更盛，文宗形同傀儡，常常泣下沾
襟，自叹"受制于家奴"。以后的历届皇帝，均为宦官所控制。武宗朝，仇士良致
仕前，竟给他的同党留下玩弄皇帝的经验说："天子不可令闲暇，暇必观书，见儒
臣，则又纳谏，智深虑远，减玩好，省游幸，吾属恩且薄而权轻矣。为诸君计，莫若
殖财货，盛鹰马，日以球猎声色蛊其心，极侈靡，使悦不知息，则必斥经术，阁外
事，万机在我，恩泽权力欲焉往哉？"（《新唐书·仇士良传》）宦官专权，实是唐王
朝衰亡的一个重要的政治祸根。内廷如此，外藩的情况更加糟糕。藩镇割据，是
"安史之乱"遗留下的一个痼疾。中晚唐时期，特别是宪宗、武宗时期，曾经有过
对藩镇用兵的胜利，如宪宗时平淮西吴元济，武宗时收复昭义镇等，但这些短暂
的胜利，并未从根本上解决藩镇问题。唐王朝境内最终形成"方镇相望于内地，
大者连州十余，小者犹兼三四"（王夫之《读通鉴论》卷二六）的局面。讨藩平乱
进一步耗费了王朝的实力，并使战争遗患于百姓，这对晚唐社会的经济、文化和
社会心理都有着深重的影响。

　　再者，自中唐以来持续四十多年"牛李党争"对晚唐社会带来了无穷的隐患
并严重影响了晚唐前期士人的生存状态。以牛僧孺、李宗闵为首的"牛党"官僚
集团，党人大多是科举出身，属于庶族地主，门第卑微，靠寒窗苦读考取进士，获
得官职；以李德裕为首的"李党"官僚集团，党人大多出身于世家大族，门第显赫，
他们往往依靠父祖的高官地位而进入官场，称为"门荫"出身。从表面看，"牛李
党争"似乎是庶族官僚与士族官僚之间的权力斗争，实际上两党在政治方略上也
有深刻的分歧。两党分歧的焦点主要有两个：一是通过什么途径来选拔官僚。
牛党多科举出身，主张通过科举取士；李党多门荫出身，主张门荫入仕。二是如
何对待藩镇。李党主张对不听朝廷命令的藩镇用兵，以加强唐朝中央的地位；牛
党则主张姑息迁就。两党除了政治上的分歧外，还牵扯进个人的恩怨。牛僧孺、
李宗闵因评论时政，得罪了宰相李吉甫，曾遭到贬斥，而李德裕是李吉甫的儿子，
因此双方结怨甚深，一方一旦大权在握，就排挤打击对方。唐穆宗长庆年间
（821—824 年），牛僧孺做宰相时，就把李德裕排挤出朝廷。李德裕任四川节度

使时,接受吐蕃将领的投降,收复了重镇维州,牛僧孺却意气用事,强令把降将和城池交还吐蕃。而唐武宗时(841—846年),李德裕做宰相,又把牛僧孺、李宗闵放逐到南方。武宗死后,宣宗即位,牛党成员白敏中任宰相,牛党又纷纷被重新启用,李党全遭罢斥。李德裕被赶到遥远的崖州,不久忧郁而死。如是,两党在党争过程中均排斥异己,在不少地方,带有互相倾轧的性质,实于朝政有害。唐文宗曾慨叹说:"方今朝士三分之一为朋党""去河北贼易,去朝廷朋党难"(《新唐书·二李元牛杨列传》)。朋党之争,成为唐王朝走向败亡的催化剂。而"牛李党争"从中唐开始,一直延续至唐亡,着实影响了一代文人的人生境遇,正如陈寅恪先生在《唐代政治史述论稿》中指出的那样:

夫两派既势不并立,自然各就其气类所近招求同党,于是两种不同社会阶级争取政治地位之竞争,遂因此表面形式化矣。及其后斗争之程度随时间之长久逐渐增剧,当日士大夫纵欲置身于局外之中立,亦几不可能。①

晚唐时期的重要诗人如杜牧、李商隐、温庭筠等都没能摆脱在党争的夹缝中苦苦挣扎的命运。

晚唐又是一个疯狂享乐的时代,上至帝王将相,下至官吏商贾,享乐之风劲吹。实际上,这股享乐之风由来已久,尚在中唐时代就已经开始弥漫。李肇《唐国史补》记载:"长安风俗,自贞元侈于游宴,其后或侈于书法、图画,或侈于博奕,或侈于卜祝,或侈于服食。"这是就全社会的享乐狂潮而言。如果说到个人,那么,即使是像杜牧这样一位少有大志、力图匡复国家局势的诗人,也常常流连于青楼妓馆,将自己的豪情壮志消磨在放纵声色之中。同时代的于邺在《扬州梦记》中曾经写道:"牧少隽,性疏野放荡,虽为检刻,不能自禁。会丞相牛僧孺出镇扬州,辟节度掌书记,牧供职之外,唯以宴游为事。扬州,胜地也,每重场向夕,倡楼之上,常有绛纱灯万数,辉罗耀烈空中,九里三十步街中,珠翠填咽,邈若仙境。牧常出没其间,无虚夕。所至成欢,无不会意,如是者数年。"杜牧本人对自己纵情声色的行为也不加隐讳,其《遣怀》一诗写道:"落魄江湖载酒行,楚腰纤细掌中轻。十年一觉扬州梦,赢得青楼薄幸名。"出于对传统历史文化的否定与声色享乐世风的影响,狎妓、携妓、观妓并以此相夸耀也成了晚唐诗中的一道风景,这在

---

① 陈寅恪:《唐代政治史述论稿》,上海古籍出版社1982年版,第48页。

晚唐时代不少诗人的艳情之作中都屡有表现。比如当时曾以"千首诗轻万户侯"的才华闻名于世的诗人张祜，在《纵游淮南》诗中写道："十里长街市井连，月明桥上看神仙。人生只合扬州死，禅智山光好墓田。"所谓"看神仙"，就是观看那些貌美如仙人的年轻歌妓。即使是那些刚刚科考及第的新科进士们，也都喜欢流连于青楼妓馆。孙棨《北里志序》也记叙了宣宗以来科场放榜后人们宴饮游乐、铺张浪费的盛况："特重科第。……然率多膏粱子弟，平进岁不及三数人。由是仆马豪华，宴游崇侈。"这种到处寻欢作乐、以及时行乐、得乐且乐为人生追求的风气，影响到一代士人的人生观、价值观，人们对声色享乐生活的流连难舍，甚至到了死不放手的程度，贪恋繁华热闹的心理可以说是达到极点了。

宦官专权、藩镇割据、朋党之争这三大痼疾的恶化加速了晚唐的衰败，加之世风日下，封建社会大滑坡趋势已颓沉难挽。同时，由于朝廷控制的州县减少，官位紧缺，朝中清要职位又为朋党及有权势者所据，一般士人在仕途上进身机会很少；科场风气败坏，许多出身寒微、拙于钻营的有才之士，在考场上长期受困，甚至终生不第。少数士人即使幸而中举入仕，也很难像中唐的士人那样，凭他们的文才进入政治机构上层。经济的崩溃，皇权的消解，吏治的腐败，科举的混乱，现实的重重黑暗围绕着、吞噬着一代士子的精神世界，他们不但不可能像盛唐士子一样充满自信，恃才放旷，也不能像中唐士子那样寻求自救，期望中兴。报国无门，万念俱灰，使晚唐士子们倍感抑郁和苦闷。

二、晚唐诗人的境遇与心态

中兴梦断，伤透了晚唐士人的心，政治愈发黑暗，现实更加险恶，正如许浑诗中描绘的那样："溪云初起日沉阁，山雨欲来风满楼"（《咸阳城东楼》)，步入晚唐，整个唐帝国已经显示出了日薄西山、险象环生的局势。宦官把持朝政、生杀予夺，藩镇拥兵自重、飞扬跋扈，党派结群林立、钩心斗角，重重的社会危机直接引发了士子们的人生危机。他们仿佛已经听到了帝国大厦坍塌的声音，似乎已经注定了的失意和苦闷让他们四顾茫然，不知所措，面对王朝末世的景象和自身暗淡的前程，士人心态较之前代发生了很大变化。盛唐时代的昂扬开朗的气质在他们身上荡然无存，中唐时代的救亡图存的勇气也丧失殆尽，更多地表现出末世衰败氛围之下消沉颓废的心态。他们所面临的迫切问题是如何全身于乱世，如何安顿自己的心灵。

于是,晚唐诗人或者逃入山林,栖心禅道,远离世事纷纭;或者纵情享乐,放浪青楼,沉迷喧嚣市井;或者流连光景,煮酒烹茶,陷入日常琐事。在中唐韩愈等知识分子手中一度复兴的正统儒家思想,此时不过是一种知识阶层的"理想主义",士子们已经不再有干预现实的欲望,唯求在平淡中安度人生,在内省中体味人生,生存与信仰都无所依靠,他们痛切感受到的是"运去不逢青海马,力穷难拔蜀山蛇"(李商隐《咏史》)、"大道将穷阮籍哀,红尘深翳步迟回"(李咸用《途中逢友人》)的黯淡前程,于是发出了"人生倏忽一梦中,何必深深固权位"(薛逢《君不见》)哀叹。《旧唐书·李石传》载:"自京师变乱之后,宦者气盛,陵轹南司。延英议事,中贵语必引训,以折文臣。"宦官政治恐怖血腥的阴影长期笼罩在士人心头,李商隐于升沉得丧之际,婉而成章,感慨"人生有通塞,公等系安危"(《答令狐补阙》),杜牧在《昔事文皇帝三十二韵》中更是这样描述当时的处境:"每虑号无告,长忧骇不存。随行唯踽踽,出语但寒暄。"而他的《李甘诗》,系甘露之变后为怀念友人李甘而作。此诗可以说是文宗大和、开成之间朝廷政治斗争的曲折反映,诗中不仅可见杜牧个人性格和政治态度,而且也清楚地折射出事变后士人的处境和心态:"拜章岂艰难,胆薄多忧惧",他们畏惧宦官的凶残,"如何牛斗气,竟作炎荒土",往日参与政治的热情日渐消歇,忠君报国的信念为全身远祸的心态所替代;激昂的呐喊和抗争,一变成为消极的妥协和沉默。

在唐王朝走向衰亡的大背景下,晚唐文人,尤其是广大出身寒微,生活在社会中下层的士子,基本上都处于一种边缘人的位置。政治上的极度边缘化,使他们很难直接进入朝廷权力中心,自然缺乏干预现实政治的条件和环境。再加上科场一再落第、劳碌旅途、穷饿艰难的境遇,挫败了他们的锐气,伤透了他们的自尊,他们已不再拥有盛、中唐诗人那种对政治、对生活的饱满激情,也缺乏开阔的胸襟和气魄。生活在这个时代的诗人们个性虽千差万别,但却走不出那个时代士子们的共同命运。李商隐、杜牧、温庭筠、许浑这四位被胡应麟誉之为"晚唐铮铮者"(《诗薮》外编卷四)的诗人,考察一下他们的人生境遇和轨迹,就可以看到一代士子曲折的心路历程。

首先来看杜牧。他出生在一个世代为官的家庭。祖父杜佑,为三朝宰相,著名学者,著有《通典》二百卷。高华的世族出身是杜牧一直引以为豪的,同时也影响了他的价值取向和政治追求。然而命运无常,伴随着祖父和父亲的相继去世,杜家由盛转衰,年幼的杜牧经历了由贵族到寒庶的生活变故,初谙世事的心灵也体味到了人生的荒诞与现实的无情,同时他也渴望走出困境,奋发有为。于是"读书为文,日夜不倦"(《上安州崔相公启》);"苦心为诗,务求高绝"(《献诗启》)。而面对时局的动荡,年轻的杜牧更是忧心忡忡,自觉地担当起"树立其国"的历史重任。他在《上李中丞书》中说,自己关心的是"治乱兴亡之迹,财赋兵甲之事,地形之险易远近,古人之长短得失",他曾写过《罪言》《论战》等有关政治、军事的论文,曾注过《孙子》十三篇,还多次引古论今地给当政者写信议论政治、军事方略,致力于经世致用之学,用他自己的话说就是:"平生五色线,愿补舜衣裳"(《郡斋独酌》),显然杜牧把入庙堂、辅君王、"仕宦至公相,致君作尧汤"(《冬至日寄小侄阿宜诗》)当成了人生的目标。文宗大和元年(827 年),他还用史诗性的巨笔抒写了《感怀诗》,全景式地展示了自唐朝开国至长庆年间的风云变幻,表达了对时事的忧虑和无路请缨的苦闷,可见青年杜牧急切用世的热情。大和二年(828 年),杜牧进士及第,又登贤良方正能直言极谏科,名震京师,此时的杜牧对前途充满期待。不久,他先以江南团练巡官、试大理评事受辟于沈传师江西幕,后又为牛僧儒淮南节度府掌书记,开始了"十年为幕府吏"(《上刑部崔尚书状》)的生活,辗转于洪州、宣州、扬州、润州之间,江南的悠久浓厚的文化,优美宜人的自然环境,繁华富庶的都市生活深深吸引了这位疏野不羁的才子,沉溺于红袖纷纷之地,年少的轻狂让他暂时忘却了仕途上的失意,其间又得到了牛僧儒的多方呵护,然而两人在许多政治问题上却存有分歧,秉性刚直的杜牧抛开党派偏见,对李德裕的才德很是认同。大和九年(835 年),三十三岁的杜牧入京为监察御史,目睹了朝中宦官专权、朝臣纷争的混乱局面。而好友李敏中、李甘先后遭受迫害的事实则使杜牧感到既愤慨又恐惧,随即离开京师,也侥幸避开了不久之后的"甘露之变"。开成二年(837 年)秋末,杜牧赴宣州为殿中侍御史供奉。开成四年(839 年),他赴京任左补阙、史馆修撰之职。至此,杜牧经历了整整十年"江湖醉度"的生活,"十年一觉扬州梦,赢得青楼薄幸名"(《遣怀》),空怀壮心,功业无成,找不到出路,寄情于酒色,在青楼中消磨大好时光,这是怎样的人生之痛!"十载丈夫堪耻处,朱云犹掉直言旗"(《洛中监察病假满送韦楚老拾遗归朝》)、"十载名兼利,人皆与命争"(《送友人》)、"舣船一棹百分空,十岁青春不负公"(《题禅院》)、"十载飘然绳检外,樽前自献自为酬"(《念昔游》)……杜牧诗中留下了太多的"十年"之慨,为无所建树而耻,为迟暮不遇而悲,也为壮盛虚掷而悔。这首《不寝》写的是诗人失眠时的心理状态,诗中写道:

> 到晓不成梦,思量堪白头。
> 多无百年命,长有万般愁。
> 世路应难尽,营生卒未休。
> 莫言名与利,名利是身仇。

夜不能寐,诗人的万千思绪沉浸到对人生短暂,忧愁繁多,世路坎坷,名利难求的思索中来。个人在这个充满矛盾和危险的世界将如何生存? 人的内在意志又怎样与外在力量发生冲突? 生命的终极意义究竟在哪里? 这种从具体历史史实和个人处境中产生的对于社会和人生的哲学思考,深深困扰着杜牧。"谁令奇节纵横士,早作江湖落拓身。独抱《罪言》挥涕泪,却来伤别与伤春"(戴森《论诗绝句·杜樊川》),杜牧一生,得意一时,却浮沉半世。或许,在外人看来,他风流倜傥,俊朗豪健,而他在强作笑颜、把酒尽兴的背后,却是不欲示人的悲凉! 在文、武、宣三朝特殊的历史环境中,在理想与现实的激烈碰撞中,诗人承担着"半是悲哀半是愁"(杜牧《寓题》)的命运。

与杜牧显赫的家世不同,李商隐出身于"内无强近,外乏因依"(《祭徐氏姊妹文》)的寒素之家,早年丧父,倍感"四海无可归之地,九族无可倚之亲"(《与裴氏姊书》)的孤苦无助,但同杜牧一样,他的人生理想仍是士大夫的传统模式,有着"我系本王孙"(《哭遂州萧侍郎二十四韵》)的使命感,心系大唐帝国的安危,相信由仕进为宦而治天下是人生首要的责任,谋求通过科举,振兴家道。苦难而窘迫的现实虽然造成诗人了忧郁敏感的个性,但同时也激发了诗人奋起拼搏的斗志,并在"悬头苦学"中升华为高度的艺术修养,他"五年诵经书,七年弄笔砚"(《上崔华州书》),年"十六,能著《才论》《圣论》,以古文出诸公间"(《樊南甲集序》)。士人的理想成就了他坚忍执着的追求精神,从文宗大和二年(828 年)至开成二年(837 年),李商隐在科场苦苦奋斗了十年。其间沉浮无常,交织着欢乐与失意。文宗大和三年(829 年),李商隐谒令狐楚,受到赏识。令狐楚将他聘入幕府,亲自指点,教写今体文。楚子令狐绹又在开成二年(837 年)帮助他中进士。但就在这一年底,令狐楚病逝。李商隐于次年春入泾原节度使王茂元幕。王茂元爱商隐之才,将最小的女儿嫁给他。当时朋党斗争激烈,令狐父子为牛党要员,王茂元被视为亲近李党的武人。李商隐转依王茂元,在牛党眼里是"背恩"的行为,从此为令狐绹所不满。他身不由己地陷入朋党倾轧的漩涡之中,屡遭排抑,不仅在政治上受到猜忌和歧视,而且人格也受到极大诬毁。这一遭遇引起了后人无限的感慨和不平:"嗟乎! 义山盖负才傲兀,抑塞于钩党之祸,而《传》所云'放利偷合'、'诡薄无行'者,非其实也。"①然而对于身处晚唐社会的李商隐,党人的成见,加之自身个性孤介,注定了他一生沉沦下僚的命运。在朝廷仅任九品的秘书省校书郎、正字和闲冷的六品太学博士,为时都很短。从大和三年(829 年)踏入仕途,到大中十二年(858 年)去世,三十年中有二十年辗转于各处幕府,东到兖州,北到泾州,南到桂林,西到梓州,远离家室,漂泊异地。李商隐在《赠郑谠处士》一诗中用"浮云一片是吾身"来形容自己如飘蓬浮云,四处飘荡,无所依傍,任人差遣的命运。而最后一次赴梓州作长达五年的幕职之前,妻子王氏又不幸病故,子女寄居长安,更加重了精神痛苦。巨大的精神压抑和心灵创伤使他获得了刻骨铭心的悲剧体验,积郁了浓浓的一腔悲愤。"人间桑海朝朝变,莫遣佳期值后期"(《一片》)、"身闲不睹中兴盛,羞逐乡人赛紫姑"(《正月十五夜闻京有灯,恨不得观》),李商隐为身陷政治漩涡不能自辩而悲,因精神极其苦闷而生感慨,这是不言自喻的。"怅望人间万事违,私书幽梦约忘机"(《赠从兄阆之》),残酷的现实摧毁了诗人的理想,在大半生的作幕生涯中,诗人一方面饱受孤寂、飘零之苦,一方面又承受着感情的煎熬,继幕主、幕僚先后离世后,中年又遭受丧妻的打击,敏感于时代的凄风苦雨,纠缠于一己的离合悲欢,人生的落寞与颓感可想而知。大中十二年,罢职闲居的李商隐怀着"如何匡国分,不与夙心期"(《幽居冬暮》)的无尽遗恨,寂寞地离开了这个他曾经想"欲回天地"的世界。"徒嗟好章句,无力致前途"(喻凫《赠李商隐》)、"虚负凌云万丈才,一生襟抱未曾开"(崔珏《哭李商隐》),时世、家世、身世,加之走进心灵深处的诗性体验共同促成了李商隐感伤、忧郁,悲慨而无奈的心态。

---

① [清]朱鹤龄:《笺注李义山诗集序》,引自刘学锴、余恕诚、黄世中《李商隐资料汇编》,中华书局2001 年版,第 242 页。

　　再来看温庭筠,他个性爽直疏放,不像李商隐那样敏感阴郁,然而呈现给我们的仍然是一个被压抑被扭曲的形象。他"少敏悟,工为辞章"(《新唐书》),"苦心砚席,尤长于诗赋"(《旧唐书》列传卷一百四十下),"天才雄赡,能走笔成万言"(《唐才子传》),"才思艳丽,工于小赋,每入试,押官韵作赋,凡八叉手而八韵成"(《唐诗纪事》),他还精通音律,"能逐弦吹之音,为侧艳之词"(《旧唐书》列传卷一百四十下)。可是这样一位才华横溢的士子却科场失意,屡试不第,仕途困顿,最终沦落成为一个怀才不遇的都市"浪子",更落得个"有才无行"的恶名。温庭筠的艺术才华是绚烂夺目的,而其人生境遇却是艰难黯淡的。我们大致勾勒一下其人生"沦落"的轨迹,更能体会其命运背后悲凉的意蕴。在《上杜舍人启》中,他自述:"某弱龄有志,中岁多虞。"可见,他年轻时与小李杜一样是有理想有抱负的,可是中年却屡遭不幸,以致有志难展。正如其《病中书怀呈友人》一诗云:"奕世参周禄,承家学鲁儒。功庸留剑舄,铭戒在盘盂。经济怀良画,行藏识远图。未能鸣楚玉,空欲握隋珠……"开成四年(839年),温庭筠曾得京兆府荐举,登榜副,但第二年因病未能入京应进士试。此后,他曾连连赴考,均被黜落。"年芳苦沉潦,心事如摧橹"(《寒食节日寄楚望二首》其二),时光流逝,美人迟暮的伤痛不时压迫着温庭筠。在得知友人及第后,他在《春日将欲东归寄新及第苗绅先辈》一诗中发出这样的感慨:

> 几年辛苦与君同,得丧悲欢尽是空。
> 犹喜故人先折桂,自怜羁客尚飘蓬。
> 三春月照千山道,十日花开一夜风。
> 知有杏园无路入,马前惆怅满枝红。

　　而屡挫科场,寄人篱下的难堪,也使"将期善价沽"(《病中书怀呈友人》)的温庭筠对世道人心的险恶了解得越发深刻。以"疏慵"取代"九箴"①,由用世、愤世,最终走上玩世之路。温庭筠将满腹怨愤之泄为讥讽傲睨之辞,发为悖时忤逆之举,更加触怒权贵,取憎于时,更加不修边幅,放浪形骸。他喜欢出入秦楼楚馆

_____

① 温庭筠:《洞户二十二韵》,有"任达嫌孤愤,疏慵倦九箴"之语。

之地,与歌妓舞女为伴,还"搅扰场屋""假手""救人",恃才诡激、讥刺权贵。据《唐诗纪事》卷五十四载:

> 宣皇爱唱《菩萨蛮》词,丞相令狐绹假其修撰密进之,戒令勿泄。而遽言于人,由是疏之。温亦有言云:"中书堂内坐将军。"讥相国无学也。宣皇好微行,遇于逆旅,温不识龙颜,傲然而诘之曰:"公非长史、司马之流?"帝曰:"非也。"又曰:"得非六参、簿尉之类?"帝曰:"非也。"谪为方城尉。其制词曰:"孔门以德行为先,文章为末尔。既德行无取,文章何以补焉。"徒负不羁之才,罕有适时之用。

从上述轶闻中我们不难想见这位顽世的诗人在晚唐的境遇:"怀刺名先远,干时道自孤。齿牙频激发,簦笈尚崎岖"(《病中书怀呈友人》),也正因为如此,他失去很多政治良机。而诗人真实的内心世界里则充满了"霸才无主"的苦闷之感。其《上裴相公启》云:"既而羁齿侯门,旅游淮上。投书自达,怀刺求知。岂期杜挚相倾,臧仓相嫉。守土者以忘情积恶,当权者以承意中伤。直视孤危,横相陵阻。绝飞驰之路,塞饮啄之涂,射血有冤,叫天无路。"这最后八个字——"射血有冤,叫天无路",实在是为所有历尽千般磨难的晚唐诗人,发出了摧肝裂肺的呐喊。与温庭筠同时的诗人纪唐夫有《送温庭筠尉方城》:"何事明时泣玉频?长安不见杏园春。凤凰诏下虽沾命,鹦鹉才高却累身。"诗人张祜有《送温飞卿赴方城》:"方城新尉晓衙参,却是傍人意未甘,尽夜与君思贾谊,潇湘犹在洞庭南。"李商隐也有《有怀在蒙飞卿》:"昔叹谗销骨,今伤泪满膺。……何因携庾信,同去哭徐陵。"诗人们是在为温庭筠掬一把同情之泪,也是在为自己的怀才不遇而痛哭。于此我们不也正看到了晚唐一代诗人的人生悲剧吗?

而另一位晚唐时期重要诗人许浑在后世人们心中,似乎是一个心乐林泉、高蹈遁世之士。陆游《读许浑诗集》云:"裴相功名冠四朝,许浑身世落渔樵。若论风月江山主,丁卯桥应胜午桥。"放翁此诗颇能说明后人眼中许浑的形象,甚至使人"慨然想见其为人"(管绍宁《重刻许郢州丁卯集序》)。然而,考其行迹,仍然体现了这一时期士子们复杂的心态变化。许浑是高宗朝宰相许圉师之后,许家虽自其先祖许自明起,家道已经中落,无出将入相者,但优雅之风不替,年少时的许浑"苦学劳心"(《唐才子传》卷七),表现出极高的文学天赋,并有着"戴儒冠"而"事素王"的追求,希望能够建功立业。青年时代的许浑更被"元和中兴"的局面所鼓舞,心中激荡起一股急切用世的报国豪情,坦率地表白"但得心中剑,酬恩会有期"(《喜李翊秀才见访见赠》)在《谢人赠鞭》中,他感激朋友送来的蜀国名鞭,满怀壮志地表示:"莫言三尺长无用,百万军中要指挥",在《寄远》中更唱出了"功名待寄凌烟阁,力尽辽城不肯回"的高亢之调,他的人生理想是"会待功名就,扁舟寄此身"(《早发寿安次永济渡》)、"他岁若教如范蠡,也应须入五湖烟"(《行经庐山东林寺》),希望能像范蠡那样辅君匡济,功成身退。然而,中兴转瞬即成泡影,面对急转直下的国事,许浑的心态发生了变化:从"徒有干时策,青山尚掩门"(《闻两河用兵因贻友人》)的感慨之中不难读出其对世事深切的无奈。加之在漫长而坎坷的科举之路上屡屡失意,经历了一次次"落第泣秦京"(《题愁》)的挫折屈辱,抑郁苦闷之情可想而知,大量的下第诗承载着诗人内心深处无限的哀怨与迷惘。面对理想的破灭,身世的沉沦,诗人以《孤雁》一诗自喻:

> 昔年双颉颃,池上霭春晖。
>
> 霄汉力犹怯,稻粱心已违。
>
> 芦洲寒独宿,榆塞夜孤飞。
>
> 不及营巢燕,西风相伴归。

诗中羽弱力怯的孤雁,为觅食独宿洲渚,夜飞榆塞,忍受着风霜苦寒,正是诗人"家贫为客早"(《示弟》),碌碌风尘,"孤剑北游塞,远书东出关"(《下第别友人杨玉之》),"夜忆萧关月,行悲易水风"(《送从兄归隐兰溪二首》之二)的形象写照。直到唐文宗大和六年(832年)许浑终于及第,然而复杂的社会环境让诗人尝遍苦辣辛酸,深感襟怀难展。开成三年(838年),经过漫长的等待,已年过半百的许浑除宣州当涂尉,承受着"一尉沧洲已白头"(《陪宣城大夫崔公泛后池兼北楼宴二首》其一)的命运。壮志豪情日渐消歇,只留下"书剑功迟白发新"(《送崔珦入朝》)的失望。"日与世情乖"(《晨起二首》),诗人只能通过对自然山水的观照找寻人格的独立和精神的自由,在对历史的沉吟中感悟人生,其间虽有几度出处之间的徘徊,但诗人最终还是选择逃离尘世的喧嚣,"天子绣衣吏,东吴美退居"(杜牧《许七侍御弃官东归潇洒江南颇闻自适高秋企望题诗寄赠十韵》)。"家山近石头,遂意恣东游"(李频《送许浑侍御赴润州》)。用"沧洲趣"及时填补"怀世情"的失落,当这种态度渗透到诗歌中,往往掩盖并冲淡了郁悒侘傺和痛苦忧患,使诗行中舒卷着恬静萧闲之气。"尘意迷今古,云情识卷舒"(《许七侍御弃官东归潇洒江南颇闻自适高秋企望》)——杜牧的诗句可以说对许浑一生的心态做了精炼的概括。

纵观被誉为"晚唐四大家"的李、杜、温、许四位诗人的人生际遇,我们不难感受到他们在命运的旋涡里挣扎的苦痛,这更是时代普遍的阵痛,生成了晚唐一批青年才俊几乎共同的心理状态和生命轨迹。于是在此时出现了生性旷达,对科举制度彻底失望,专以吟咏自适的李群玉;惮于仕途险恶,登进士第却不待授官,东归故里的施肩吾;生活放浪,狷介傲诞的张祜;举进士不第,在功名观念与仙道思想间徘徊,自称"三教布衣"的陈陶;虽中进士,却一生偃蹇,漂泊动荡,极不得意的项斯;屡举进士不第,得第时已白发苍苍的刘沧;恃才傲物,屡忤权贵,进而仕途颇不得意的薛逢……尽管这些鲜活的生命姿态万千,这些时代的俊杰才华横溢,然而却几乎无一例外被衰颓的时代所埋没,抱负空落,功名蹭蹬。沿着诗人们大致相同的命运曲线,我们看到他们的奋斗与追求、苦闷与彷徨、坎坷与挫折,更能深深地体会到他们内心的创伤与剧痛,感受到他们灵魂的震颤与哭泣。在理想与现实的矛盾中,诗人们四顾茫然,不知所措,到了几乎无路可走的地步,"中路因循我所长,古来才命两相妨"(李商隐《有感》)、"王气销来水森茫,岂能才与命相妨"(温庭筠《过吴景帝陵》),"云别青山马踏尘,负才难觅作闲人"(赵嘏《杜陵贻杜牧侍御》)"何事清平世,干名待有媒?"(许浑《山居冬夜喜魏扶见访因赠》)"朱门待媒势,短褐谁揄扬?"(李群玉《自澧浦东游江表,途出巴丘,投员外从公虞》)不论是冷静的分析,还是愤激地诘问,"才"与"命"的冲突酿成了一代诗人共同的悲剧气质,而对于这些"抱用世之才",却"适际唐运之衰"(魏裔介《兼济堂文集》卷六)的晚唐少壮派诗人而言,青春遭遇衰世的结局无疑构成了更深层的精神苦难。诗人们在意识到"皇天有意我无时"(李商隐《和孙朴韦蟾孔雀咏》)的命运后,主体的重心也随之移位了,倾斜了。时代抛弃了诗人们,诗人们也渐渐淡出了政治舞台,面临重新选择的命运,一颗颗孤寂荒凉的心灵,一双双空茫失落的眼睛,找不到栖居之处,看不到未来之路。于是我们看到,晚唐诗人心灵与现实之间呈现出与前代不同的形态,往往表现为对现实苦难的回避和对自我心灵的沉浸。盛唐时代的昂扬开朗的气质在晚唐诗人身上已很难寻觅,中唐时代的救亡图存的勇气也所剩无,王纲解纽的现实消解了晚唐士人的忧患意识,他们的心态基本是抑郁的、灰暗的、衰老的、颓废的。悲观失望的感受啃噬着他们脆弱的灵魂,使他们的精神世界发生了急剧的变化,"尘世难逢开口笑,菊花须插满头归"(杜牧《九日齐山登高》)"旧臣头鬓霜华早,可惜雄心醉中老"(温庭筠《达摩支曲》),这些由失时而发的叹息之音,也是苦涩心境的真实写照。

沉沦的时代,使一代士子们的才华被悬置,于是更多的士子选择了通过诗歌逞才使气。托意诗文,借手中的笔,委婉曲折而又不露痕迹地表达自己对社会、时政以及个人命运的看法。"聊书感怀韵,焚之遗贾生"(杜牧《感怀》)、"九重黯已隔,涕泗空沾唇"(李商隐《行次西郊作一百韵》)、"百花情易老,一笑事难忘"(温庭筠《经李处士杜城别业》)、"怀玉泣京华,旧山归路赊"(许浑《下第寓居崇圣寺感事》)……这些饱含悲苦辛酸的吟叹,构成了晚唐诗歌的主要内容。

三、晚唐诗人的艺术追求

所谓"魏晋人物晚唐诗"——纵观中国文化审美的两度高潮,前一次重在人物美,后一次重在文学艺术美,而二者的契合点在于"个性"——人物的个性、艺术的个性所构成的超越世俗之上的审美追求。晚唐诗人在很大程度上摆脱了教化的束缚,注重心灵情感的深度表现,致力于诗美形式的建构,努力打造深幽精纯的艺术世界,从总体上看,呈现出重情唯美的艺术倾向。

(一)晚唐诗人的诗歌观念

虽说时代的衰败和诗人的失望情绪造成了诗歌中气势和力度的削弱,但这并不意味着诗歌本身的衰竭,它只是向另外的方向发展了。这个时代的诗人,比前人更能够感受到个人在历史和命运中的无奈,他们也更倾心尽力于诗歌世界,甚至把作诗当作事业功名来经营,把诗歌当作艺术品一样精心雕琢,诗歌教化观念日益淡漠,诗人们逐渐从传统的诗仕二位一体的角色中疏离出来,将几乎全部的智慧倾注到诗歌的创作中来,用令人炫目的手法和技巧打造着神圣的艺术殿堂,颇有点"为艺术而艺术"的意味。诗人们以这种诗美的创造来抚慰心灵的伤痛:从王建说"惟有好诗名字出,倍教少年损心神";白居易说"天意君须会,人间要好诗"到晚唐诗人高歌"我命同君命,君诗似我诗"(许棠《寄赵能卿》);"高人以饮为忙事,浮世除诗尽强名"(杜牧《湖南正初招李郢秀才》);"深巷久贫知寂寞,小诗多病尚风流"(许浑《送元昼上人归苏州兼寄张厚二首》);"少年花蒂多芳思,只向诗中写取真"(段成式《嘲飞卿七首》);"酒里诗中三十年,纵横唐突世喧喧"(段成式《哭李群玉》);"情为世累诗千首,醉是吾乡酒一樽"(温庭筠《杏花》);"无悰托诗遣,吟罢更无悰"(李商隐《乐游原》);"晚醉题诗赠物华,罢吟还醉忘归家"(李商隐《县中恼饮席》)……我们看到对诗歌艺术的迷醉成为诗人们不负此生、不虚此生的证明。到了晚唐,好诗才成为一种可以使人终身赴之、类似于宗教信仰一样的美好追求。

托尔斯泰说:"人们用语言互相传达思想,而人们用艺术互相传达感情。"①在这个大体上无志可言、乏善可陈的时代,人们对诗歌的功用产生了新的认识,以温、李为代表的晚唐诗人着重主观情思的表达,"言情"弥益"言志""重美"过于"重善",强调用精工典丽的诗歌形式来表现幽微细腻的情感意绪是晚唐诗歌的一大特质,这种特质在后来兴盛的词体中得到了充分的发挥。从"志"向"情"的发展本身意味着向诗歌艺术本质的回归。陈伯海先生曾指出:

> 诗歌发展到晚唐,并没有沿着以文为诗的道路继续走下去,而是重新返回了它自身。晚唐诗歌,尤其是温、李一派为代表的晚唐诗的主流,着重抒述人的主观情思,文句精丽,笔意婉曲,作风细腻,不仅与雄厚博大的中唐诗风大异其趣,比之盛唐的气象浑成,也显得境界狭小,刻削费力。这正是唐王朝政治危机日益加重,文人生活圈子趋于收缩,社会文化心态转向内省的表现……而能够适应新形势下的时代需求的,不是别的,偏偏是唐初人们所着力扬弃的六朝的文学传统,所谓"诗缘情而绮靡",转而又成了这一时期创作的指导思想。②

这段话对温李时代诗坛主要特征的把握是比较准确的。但是,晚唐诗又并非是对六朝"诗缘情而绮靡"观念与创作传统的简单的回归,而是一种新的开掘

---

① 〔俄〕列夫·托尔斯泰:《艺术论》,丰陈宝译,人民文学出版社1958年版,第46页。
② 陈伯海:《唐诗学引论》,东方出版中心1988年版,第88页。

与超越。"诗缘情而绮靡"是对诗歌审美特质认识的一次飞跃,其创作也表现出对诗美的追求,但是这种追求主要是艺术形式的华美。晚唐与六朝这两个时代虽同为末世,但由于诗人们人生际遇与思想境界的差异,所表现的时代情感的特征、深度不尽相同,各自的审美形态也并不相同。

晚唐诗人大抵生活在矛盾的夹缝中,在苦难的现实中挣扎沉沦,时刻渴望心灵的解脱和意志的自由,他们对旧的社会秩序失去信心,却又看不到新的社会秩序的曙光。他们大都愤世嫉俗,恃才傲物,纵情声色,耽于幻想,开始以大量的笔墨真实地书写一己之性情。由于思想不受拘束,创作亦不限成法,晚唐诗人既善于继承,又善于发展创新,敢于从传统的观念中突围出来,进而成就属于那个时代的艺术个性,体现出对诗歌艺术独创的自觉追求。

首先来看杜牧,他推崇杜甫、韩愈的壮伟阔大,不满元、白的浅俗淫靡,在《冬至日寄小侄阿宜诗》中写道:"高摘屈宋艳,浓薰班马香。李杜泛浩浩,韩柳摩苍苍。近者四君子,与古争强梁。"明白表述自己远师屈宋班马,近法李杜韩柳;而于杜、韩,杜牧尤为向往。《读韩杜集》云:"杜诗韩集愁来读,似倩麻姑痒处搔",俨然以得杜韩精髓者自居。杜牧曾自述作诗的追求:"某苦心为诗,本求高绝,不务奇丽,不涉习俗,不今不古,处于中间"(《献诗启》)正体现了一种不追求时尚,不因袭前人的独立创新精神。这主要是针对中唐诗风而言,他既不赞成韩孟一派僻涩的倾向,也反对元白一派的流易之弊。他的诗歌追求高绝的精神趣味与峭拔的气势,而在艺术上则能融合古今之长,创造出自己独特的风格。诚如洪亮吉《北江诗话》所言:"杜牧之于韩、柳、元、白同时,而文不同于韩、柳,诗不同于元、白,复能于四家外诗文皆别成一家,可云特立独行之士矣。"

与杜牧一样,李商隐对传统文学观也提出了大胆的挑战,体现了晚唐文学思想的典型特征。在《上崔华州书》中,李商隐明白表示不喜欢"学道必求古,为文必有师法"的论调,反对儒家道统对文学的统治权力,认为"道"并不是周公、孔子的专利品,也没有古今之分,自己与周、孔都能施行,他还大胆地以"自然"之旨,批驳宗经、征圣、明道的批评观念,他认为作家的真实价值在于以亲身的感受直抒己见,所以宣称自己的创作态度是"以是有行道不系今古,直挥笔为文,不爱攘取经史,讳忌时世。百经万书,异品殊流,又岂能意分出其下哉!"他致力于追求个人艺术的独创性。大中元年(847 年),李商隐在《献侍郎钜鹿公启》中明确提出自己对诗坛的看法：

> 况属词之工，言志为最。自鲁毛兆轨，苏李扬声，代有遗音，时无绝响。虽古今异制，而律吕同归。我朝以来，此道尤盛。皆陷于偏巧，罕或兼材。枕石漱流，则尚于枯槁寂寥之句；攀鳞附翼，则先于骄奢艳佚之篇。推李、杜则怨刺居多，效沈、宋则绮靡为甚。至于秉无私之刀尺，立莫测之门墙，自非托于降神，安可定夫众制？

这段放话对当时诗坛的风习做出了概括，字里行间透露出爱好"绮靡""艳佚"的趣尚。他还在《献相国京兆公启》中说："人禀五行之秀，备七情之动，必有咏叹以通性灵，故阴惨阳舒，其途不一，安乐哀思，厥源数千。"并说："其或绮霞牵思，珪月当情，乌鹊绕枝，芙蓉出水，平子四愁之日，体文八咏之辰，纵时有斐然，终乖作者。"可见，在李商隐的心目中，文学最重要的是表现个人活生生的思想情感。他要用绮丽的文辞，抒写要眇之情思，追求幽约深细的朦胧美，所谓"盖以徘徊胜境，顾慕佳辰，为芳草以怨王孙，借美人以喻君子"（《谢河东公和诗启》）这些观点，通达而全面，透彻而真率。李商隐的诗歌远绍屈原的骚体比兴，汲取齐梁的富艳精工，杜甫的谨严沉郁，李贺的冷丽幽凄，韩愈的恢诡瑰奇，融合铸炼，独辟蹊径，形成自己深情婉曲、典丽精工的独特风格。

与杜牧、李商隐不同，温庭筠没有直接表达自己文学观念的话语，然而我们仍能从他率直的个性和不羁的言行中，发现其与传统儒家政教文学观的背离。他曾在《题西明寺僧院》中以西晋诗人张华自比："自知终有张华识，不向沧洲理钓丝"；他还擅长用华美言辞书写艳情绮思的宋玉自况，带着对宋玉和张华等前辈的追慕情怀，加之放荡不羁的个性气质和多方面的艺术才能，使他比同时代的诗人更具有强烈的叛逆性和反传统的勇气，在创作上呈现出自己的鲜明特色。

晚唐这些大诗人在艺术上有着求新求变的强烈自觉，故而能在初、盛、中三唐诗歌取得巨大成就的基础上大胆创新，别开一个新的诗歌天地。正是这种对艺术审美的知性感悟，促使诗人们到政教中心的圈子之外去寻求艺术审美的空间。

（二）晚唐诗美形态及其评价

在"国运将弛，士气日丧"（《唐才子传》卷八）的历史境遇中，晚唐诗人的思想、心态与艺术追求，自然没有了盛唐气象中的"少年精神"，曾经涌动在士子心怀中的慷慨意气和言事的激情被无情的现实所抛弃，留给晚唐诗人们的只有凝神叹息，只有顾影自怜。国事无望，抱负落空，身世沉沦，一些士人尽管仍然眷念朝廷，关心时政，怀抱希望，但也往往以失望告终，于是我们很难在晚唐诗中寻找洪钟大吕之音，激越慷慨之歌，取而代之的是黯淡阴郁的色调，悲凉空漠的情怀。诗人们用诗歌向世人传达着他们的哀愁与苦闷。晚唐诗人的心态甚至与他们的前辈中唐诗人相比也有着很大的不同。韩愈有《盆池》五首诗，其二云："莫道盆池作不成，藕稍初种已齐生。从今有雨君须记，来听萧萧打叶声。"而李商隐的《宿骆氏亭寄怀崔雍崔衮》云："竹坞无尘水槛清，相思迢递隔重城。秋阴不散霜飞晚，留得枯荷听雨声。"从"来听萧萧打叶声"到"留得枯荷听雨声"，不难感受两个时代两种心态之差异：前者在萧散中不失自信，并吐露着一线生机；后者则是枯死的写照，是无所谓希望的落寞、感伤与凄凉。哀婉和衰飒的气氛笼罩着整个诗坛："不惊其物少，只觉夕阳多"（李商隐《西溪》），"看取汉家何事业，五陵无树起秋风"（杜牧《登乐游原》），这种种抑郁感伤之气质成就了温李时代诗歌的独特美感，这样的美不是矫揉造作的无病呻吟，而是一种哀怨悲怆的美，朦胧迷离的美，幽艳细腻的美。

关于晚唐诗歌，过去评价一直较低。严羽看到了晚唐诗歌的艺术个性，其《沧浪诗话·诗评》云："大历以前，分明别是一副言语；晚唐，分明别是一副言语；本朝诸公，分明别是一副言语。"但是，他对晚唐诗歌艺术的评价却不高："禅家者流，乘有大小，宗有南北，道有邪正。学者须从最上乘、最正法眼悟第一义，若小乘禅声闻辟支果，皆非正也。论诗如论禅，汉魏晋与盛唐之诗则第一义也；大历以还之诗则小乘禅也，已落第二义也；晚唐之诗则声闻辟支果也。"（《沧浪诗话·诗辨》）严羽崇尚盛唐诗美，故对晚唐诗评价较低。

现代学者宗白华先生则从诗歌思想内容出发，指出："历史说明自中唐以后，唐朝向衰亡的途上走去，藩镇跋扈，宦官窃柄，内乱外患，相逼而至，在这样国运危险万分之际，晚唐诗人应该怎样本着杜少陵的非战文学，积极的反对内战！应该怎样继着初唐、盛唐诗人的出塞从军的壮志，歌咏慷慨的民族诗歌！然而事实是使我们失望的! 晚唐的诗坛充满着颓废、堕落及不可救药的暮气;他们只知道沉醉在女人的怀里,呻吟着无聊的悲哀。"①这样完全无视晚唐诗人内心的矛盾与痛苦,忽略晚唐那些艳美诗歌背后所潜藏的丰厚意蕴,单纯教条地从社会政治的角度来评价晚唐诗坛,无疑犯了片面化和简单化的错误,这样的视角不但影响了我们对晚唐诗歌整体风貌的认识,而且其对晚唐诗歌思想情调的认识本身也是有失偏颇的。文学艺术是社会生活的反映,四唐历史变迁,社会生活不同,创作背景有异,自然不能以固化的标准一概而论。丹纳在《艺术哲学》中对艺术创作与时代风会的关系有精辟的分析,他说:"作品的产生取决于时代精神和周围的风俗",又指出:"悲伤既是时代的特征,那他在事物中看到的当然是悲伤。……在悲伤的时代,周围的人在精神上能给他哪一类的暗示呢? 只有悲伤的暗示,因为所有人的心思都用在这方面。他们的经验只限于痛苦的感觉和感情,他们所注意的微妙的地方,或者有所发现,也只限于痛苦方面。"②由此看来,叶燮《原诗·外篇》中提出的"衰飒之论,晚唐不辞,若以衰飒为贬,则晚唐不受"的看法则是比较通达的。

晚唐诗歌虽然气格不大,境界不宽,与时与事相隔较远,但却是心灵与感觉熔铸而成的诗,它们在艺术上的开创不可小觑。黄周星《九烟先生遗集》卷一《唐诗快自序》云:

> 唐之一代,垂三百祀,不能有今日而无明日,有今年而无明年。初盛中晚者,以言乎世代之先后可耳,岂可以此定诗人之高下哉? 犹之乎春夏秋冬之序也,四序之中,各有良辰美景,亦各有风雨炎凝,不得谓夏劣于春,冬劣于秋也。况今冬后又复为春,安得谓明春遂劣于今冬耶?

叶燮更明确地指出:

> 夫天有四时,四时有春秋,春气滋生,秋气肃杀,滋生则敷荣,肃杀则衰飒。气之候不同,非气有优劣也。使气有优劣,春与秋亦有优劣乎? 故衰飒

---

① 宗白华:《美学散步》,上海人民出版社 1981 年版,第 309 页。
② [法]丹纳:《艺术哲学》,傅雷译,人民文学出版社 1963 年版,第 32 页。

以为气,秋气也;衰飒以为声,商声也,俱天地之出于自然者,不可以为贬也。又盛唐之诗,春花也,桃李之秾华,牡丹芍药之妍艳,其品华美贵重,略无寒瘦俭薄之态,固足美也。晚唐之诗,秋花也,江上之芙蓉,篱边之丛菊,极幽艳晚香之韵,可不为美乎?(《原诗》卷四《外篇下》)

　　古人对"幽艳晚香之韵"的欣赏,实际上是对晚唐诗歌艺术价值的肯定。

　　总起来说,由于注重诗的教化功能,注重诗歌写了什么的功利诗学观念太盛,总是对晚唐诗评价不高。但也有些研究者摆脱功利主义观念,对晚唐诗有过公允的评断,如黄、叶诸人。只有以文学为本位,对艺术产生健全的看法后,以温李诗为代表的晚唐诗歌艺术成就才能得到恰当的评价。二十世纪八十年代中期,吴调公《"秋花"的"晚香"——论晚唐的诗歌美》一文对晚唐诗歌之美做出了较为全面细致的阐释,认为晚唐诗的"幽艳晚香之韵"主要体现在以下三个方面:(1)这种审美范畴多少带有一种"悲剧性",是"绿暗红稀"之美;(2)这种艺术美的创造必然是文采斐然,而诗人则更多地沉吟于兴象意境的寄托,它具有忽视功利美的倾向;(3)晚唐诗人的审美趣味有异于盛唐诗人之"外向",而侧重于"内向"。他们欣赏、刻画繁华都市和镜槛香闺中的珠光宝气,把它们雕镂进艺术的"七宝楼台",用苦闷象征代替艺术功利。他还认为,晚唐诗歌"标志着中国诗歌艺术美的一次新跃进、新突破",它表现在"把诗歌艺术推崇到其高无比的地位",这正是对晚唐诗歌艺术精神的揭示。九十年代新编的文学史也能从整个中国文学发展史的角度来对晚唐文学做出较历史的、客观的评价。吴庚舜、董乃斌在《唐代文学史》下册里充分肯定了晚唐诗歌作为诗艺全面成熟的标志意义,认为"晚唐诗歌的状况表明齐言诗体的生命已达到其顶峰"。

　　如果说唐诗的发展,到盛唐的意境创造,达到了意象玲珑、无迹可寻的纯美境界,是一个高峰。杜甫由写实而走向集大成,是又一个高峰。中唐诗人在盛极难继的情况下,另辟蹊径,或追求怪奇,或追求平易,别开天地,又是一个高峰。诗发展至此,大有山穷水尽之势。诚然,晚唐作家对重大社会题材反映得较少,也缺乏盛唐诗人寻觅浪漫理想的热情和概括现实人生的笔力,但他们可以借鉴六朝及初、盛、中唐作家的创作经验和技法,结合内心活动的体验,在锤炼音律、熔裁辞藻、表现意象、酿造韵味等方面有所创造。晚唐诗歌更多地偏于内心世界的倾诉,偏于个人主观感受的描绘,以其画面的精微性和哲理性开拓读者的想象空间。他们的艺术成就特别鲜明地体现在七绝、七律的创作上。这一时期不但出现了杜牧、李商隐、温庭筠、许浑等独具个性的大诗人,而且在诗歌题材、表现形式、艺术技巧等方面都有新的开拓和发展,正如日本汉诗家大沼厚在《东台看花杂咏》一诗中所盛赞的那样:"半天乔木已空枝,矮树仍能弄艳姿。气魄旋消华彩在,晚开花似晚唐诗。"气魄已消,华彩犹存,晚唐诗苑秋花迟艳、夕晖丽彩的一派晚景,也自有其独特的魅力。

伴随着一代诗人的成长,诗苑之中争奇斗艳,姿态万千。许学夷在《诗学辩体》中指出:"大历以后,五七言古、律之诗,流于委靡,元和间,韩愈、孟郊、贾岛、李贺、卢仝、刘叉、张籍、王建、白居易、元稹诸公群起而力振之,恶同喜异,其派各出,而唐人古、律之诗至此为大变矣",继之而起的许浑、杜牧、李商隐、温庭筠等人亦各自以诗格之"整密""俊爽""精深""藻绮"而卓立于世。① 与唐前期诗歌的繁荣表现为共同的理想化精神风貌中的诗人个性的发展与诗歌风格的多样相比,唐后期诗歌的繁荣则表现为多向的异态性精神风貌中的诗人个性的发展与诗歌体派的多宗,这显然是一种更深层次的繁荣与更实在的多样化。

由此可见,在这个唐代社会没落期所成就的诗歌并无"没落"之象,诗歌史上的"晚唐"概念只是在时间上标示着唐代诗歌的发展进程,并无衰微之意,这一时期的诗歌在总结前代诗歌创作经验的基础上,又有创新和开拓,实际上标志着唐诗社会化的完成②,关键要看我们以什么为参照来关注晚唐诗,正如冯文炳先生在《谈新诗》中说的那样:"诗的内容的变化……是一定的,这正是时代的精神。好比晚唐人的诗,何以能说不及盛唐呢? 他们用同样的方法作诗,文字上并没有变化,只是他们的诗的感觉不同,因之他们的诗我们读着感到不同罢了。……感觉的不同,我只能笼统的说是时代的关系。因为这个不同,在一个时代的大诗人

---

① 参见[明]胡应麟《诗薮》外编卷四:"俊爽若牧之,藻绮若庭筠,精深若义山,整密若丁卯,皆晚唐铮铮者。……"

② 参见阎琦、刘欢《说闻一多"诗唐"说》,《陕西师范大学学报》2004 年第 3 期。该文认为:闻一多"诗唐"说的含义要从唐诗的创作、流布和欣赏,以及诗人的社会地位等诸多环节去诠释。唐人创作诗歌,处于一种完全自觉、"不写诗,无以言"的状态。而唐诗的流布和欣赏则是社会化了的,在此基础上,诗人为全社会所拥戴。"诗唐"说有巨大的理论启示意义,其一就是促使我们重新评估晚唐诗。以"诗唐"的观点,初唐是诗歌由齐梁到唐的过渡期,盛唐是诗歌的全盛期,中唐是诗歌的中兴期,而晚唐则是"诗唐",即唐诗社会化的完成期。

手下就能产生前无所有的佳作。"①特定的社会环境造成了诗人心态变化从而成就了晚唐诗坛的独特风貌。

本 章 小 结

　　诗歌作为唐王朝最突出的文化象征,随着社会的风云剧变呈现出万千气象。晚唐时期,诗人们生活在唐王朝日薄西山、风雨飘摇的形势下,敏感的心灵得风气之先,最早感受到历史嬗变的征候,大厦将倾的危机,心灵世界渴望逃离现实的苦难,他们唱不出的豪迈铿锵的歌,而是用感伤的调子为一个即将隐没的时代唱出了一曲曲凄清悲凉的挽歌。然而,犹如一个华丽的转身,晚唐诗歌仍有它落日前绚烂的余霞所辉映出来的一份美丽。以"温李"为代表的一代诗人以他们非凡的艺术才情诠释了诗歌的艺术特质,为我们树立了一种全新的审美范型。晚唐诗歌在唐代诗歌史乃至整个中国诗歌史上都占有着重要的地位。

---

　　① 冯文炳:《谈新诗》,人民文学出版社 1984 年版。第227～228页。

第二章　晚唐诗歌的情感世界

郑振铎先生在《插图本中国文学史》中强调:"温、李的作风,甚为相似,是于前代诸家之外独辟一个奇境者。"①这种奇境乃指他们的诗歌所呈现出的非凡的艺术世界,它包括多方面的元素,诸如题材、主题、表现形式、语言技巧、审美风格等,而其集中地表现为晚唐诗人情感世界及其艺术呈现。李泽厚在《美的历程》中谈到盛唐之音以后诗文演变的趋势时,谈到李商隐、杜牧、温庭筠、韦庄的诗词,以"人人尽说江南好,游人只合江南老,春水碧于天,画船听雨眠""相见时难别亦难,东风无力百花残。春蚕到死丝方尽,蜡炬成灰泪始干""银烛秋光冷画屏,轻罗小扇扑流萤。天阶夜色凉如水,卧看牵牛织女星"这些千古传诵的新词丽句为例,指出:"这里的审美趣味和艺术主题已完全不同于盛唐,而是沿着中唐这一条线,走进更为细腻的官能感受和情感色彩的捕捉追求中……拿这些共同体现了晚唐五代时尚的作品与李白、杜甫比,与盛唐的边塞诗比,这一点便十分清楚,时代精神已不在马上,而在闺房;不在世间,而在心境……盛唐是人的意气和功业,那么,这里呈现的则是人的心境和意绪。"②这一看法是符合晚唐诗之实际的。

晚唐诗人在前人所开辟的广阔诗域中找寻着自己的园地,对于前代诗人所开创的诗歌题材、所吟诵的诗歌主题也多有涉猎,时事、政治、民生、羁旅行役、友情送别,乃至自然山水、宗教生活、隐逸情趣,他们都有题咏。但总的来看,最主

---

① 郑振铎:《插图本中国文学史》,北京出版社 1999 年版。
② 李泽厚:《美的历程》,天津社会科学院出版社 2001 年版,第 253 页。

要的、也是他们最擅长的却是那些抒写感伤心境、历史忧思、男女情爱的诗作。这三类题材历代诗人也曾有过相当数量的作品,但从未像晚唐诗人这样如此大量而专注地创作此类情调的诗篇,未像晚唐诗人这样用独特的艺术感觉对上述题材做了丰富、细腻的处理,展示出诗人情感世界的特征。可以说,特定时代的氛围催生了晚唐诗歌,锁定了它的艺术表现空间。诗人们不再把目光一味地投向外部世界,而是继承、发展了中唐诗人特别是韩孟诗派重主观、重感觉的创作倾向,把诗歌从社会的舞台引入心灵的空间,转向个体的生存状态和内心情感的审美表现,形成了晚唐诗歌独特的艺术表现空间。郑振铎先生所说的温李独辟的"奇境"的根本特点,也主要表现在这里。

晚唐时代,充满了世纪末的情调,诗人们徘徊在政治生活的边缘,浮沉在颓废的都市繁华中,客观上与社会生活的疏离,主观上对现实世界的逃避使诗人们或是感受着心灵的潮汐,抒发对时代的感伤,或是沉入历史的时空里驰骋想象,或是在情爱的幻梦里寄托心灵,创作出了"不光是咏史的怀古诗""不仅是言志的无题诗""不限于男女的爱情诗"①,代表了晚唐一代诗人欲争不得、欲罢不能的苦闷与彷徨。"茂陵不见封侯印,空向秋波哭逝川"(温庭筠《苏武庙》),思古之心昭然;"春蚕到死丝方尽,蜡炬成灰泪始干"(李商隐《无题》),溺情之绪易见。我们看到杜牧把作赋论兵和听歌纵酒集于一身,怀着跌宕坦率的豪情,唱出十载扬州的绮梦;温庭筠则拖着仆仆风尘的身影,吟唱穿行在亭台楼榭和荒村茅店之中;而李商隐却又执着而惆怅地留恋着乐游古原上的夕阳,深沉地弹奏着那象征华年如水的锦瑟。咏史怀古、情爱之作大兴,怀念既往,堕入私情,是晚唐文人回应现实心态的曲折反映。

一、感伤心境

时代衰微,身世沉沦,使"感伤"成为晚唐士人普遍的、典型的情绪。理想与现实严重错位,入世的艰难和前途的渺茫,使他们无法掌控自己的命运,找不到出路,看不到希望,所以流于深深的感伤。士子们的才情虽然没能打开一条实现人生理想的通道,但却开辟了一个比现实生活更为丰富深刻的心灵空间。为了

① 参见李红春、陈炎《儒、释、道对晚唐诗歌的影响》,《北方论丛》2003 年第 2 期。

化解时代的焦灼感与阵痛感,他们选择了以对内心的挖掘替代对社会人生的呐喊,温婉端丽的笔触表现的往往不是生活的具体场景,而是去寻觅、探求、挖掘生活表象熔解在自己心灵中的情感意绪,捕捉那些更深、更细、更微妙的心灵震颤。诗歌回归了自我,着力描绘人的精神现象、心理状态,力图展示自我本质的东西和潜藏在意识之下的东西,即使写具体的人物和景物,也只是将其作为精神世界的外壳与载体,写物的目的不在物本身,而在与之对应的精神力量的释放,此时诗歌艺术表现的焦点在心境的写真,感伤的心灵体验成为这一时期诗歌的一个重要主题。晚唐诗人正是凭着对唐朝末世情调的独特感悟和深度忧伤,将迷茫、苦闷的情感意绪挥洒为精妙细腻的锦词秀句,进而在诗坛上开辟了一个复归心灵的审美世界。

　　这个世界里充满了伤春、悲秋、惜别、怅望、愁苦、迷惘之感……充满了孤独的哀吟,沉痛的叹息和无可奈何的感喟。虽然温李的时代距唐帝国灭亡还有半个多世纪,但王朝末世的阴影已然笼罩在诗人们的心头,太多的悲凉与辛酸流溢于晚唐诗人的心灵空间,他们悲情地演绎着时代的伤与痛:

　　　　玉盘迸泪伤心数,锦瑟惊弦破梦频。(李商隐《回中牡丹为雨所败二首》)

　　　　尽日伤心人不见,石榴花满旧琴台。(李商隐《游灵伽寺》)

　　　　我为伤春心自醉,不劳君劝石榴花。(李商隐《寄恼韩同年二首》)

　　　　壶中若是有天地,又向壶中伤别离。(李商隐《赠白道者》)

　　　　深知身在情长在,怅望江头江水声(李商隐《暮秋独游曲江》)

　　　　心许凌烟名不灭,年年锦字伤离别。(温庭筠《塞寒行》)

　　　　春来多少伤心事,碧草侵阶粉蝶飞。(温庭筠《和友人悼亡》(一作《丧歌姬》)

　　　　别到江头旧吟处,为将双泪问春风。(赵嘏《落第寄沈询》)

　　　　空劳两地望明月,多感断蓬千里身。(刘沧《怀江南友人》)

　　　　摇落伤年日,羁留念远心……结爱曾伤晚,端忧复至今。(李商隐《摇落》)

　　　　忆昔几游集,今来倍叹伤。(温庭筠《经李处士杜城别业》)

> 自怜非楚客,春望亦心伤。(许浑《春日题韦曲野老村舍二首》)
>
> 怀玉泣京华,旧山归路赊。(许浑《下第寓居崇圣寺感事》)
>
> 年来不自得,一望几伤心。(许浑《下第送宋秀才游岐下、杨秀才还江东》)

诗人们伤时、伤别、伤逝,更伤心!感伤的心曲汇成了美妙的和弦,成为这一时代的主调。

中国文学史上有着一个源远流长的感伤主义传统。它的源头可以上溯到宋玉的《九辩》。每当一个时代的衰末时期,这一传统往往就有明显乃至强烈的表现,甚至成为创作上重要的乃至主要的旋律。东汉末世,政治动荡,整个社会陷入了巨大的死亡恐惧中,人生哀感的悲音,集中发于《古诗十九首》。魏晋以降,建安文学固以梗概多气为主要特色,但由于世积乱离,在曹丕《燕歌行》、曹植《七哀诗》等诗作中总流露了感伤的情绪,即使"气韵沉雄"的曹操也难免"人生几何"的慨叹。正始时期,阮籍的《咏怀》,太康时期,潘岳的《悼亡》,皆各负感伤。进入六朝,江淹的《恨赋》《别赋》刻意渲染种种遗憾悲哀的典型事例,感伤意味更加深沉自觉。而由南入北的庾信,因其特殊的身世经历,在《哀江南赋》《拟咏怀》等作品中,更将对国运和个人悲慨命运的审视融为一体。入唐之后,初盛之时,社会处于上升阶段,诗多明朗乐观,感伤的传统有所衰歇。但安史乱后,时世维艰,感伤主义又重新抬头,盛唐诗歌那种高扬明朗的情调,逐渐让位于凄凉幽怨的悲感。如大历十才子,诗中每多秋,"独坐不堪朝与夕,高风萧索乱蝉悲"(韩翃《寄雍丘窦明府》)是他们的典型心态。白居易《琵琶行》更在"枫叶荻花秋瑟瑟"的秋景中抒发他"同是天涯沦落人"的哀伤,同时李贺以冷艳的风格表现深刻的感伤,本质是抒发贫士失职的孤愤。到了晚唐,由于国运的进一步衰败,诗人身世的进一步沉沦,感伤主义传统得到了全面地继承和发展。失意文人回归心灵的层面,抒写对国家、社会、人生、身世的感伤情绪,其中包含了对美好事物的流连伤悼,对黑暗腐朽的怨恨愤怒。伤时伤事,伤春伤别,悲人悲己,悲秋悲落,"摇落深知宋玉悲,风流儒雅亦吾师"(杜甫《咏怀古迹五首》之一)此时诗坛上甚至出现了"宋玉崇拜"的现象:晚唐诗人多引宋玉以自喻,其中李商隐一人在诗中提及宋玉便有近10处之多。诸如:非关宋玉有微辞,却是襄王梦觉迟。(《有感》)只应惟宋玉,知是楚神名。(《咏云》)花将人共笑,篱外露繁枝。宋玉临江宅,墙低不碍窥。(《高花》)料得也应怜宋玉,一生惟事楚襄王。(《席上作》)

有影响的诗人无不向宋玉投去深情的一瞥,温庭筠有云:"倚阑愁立独徘徊,欲赋惭非宋玉才"[《河中陪帅游亭》(一作《陪河中节度使游河亭》)]"含颦不语坐持颐,天远楼高宋玉悲"(《寄岳州李外郎远》)"秋悲怜宋玉"(《闻两河用兵因贻友人》)的许浑也有"宋玉含凄梦亦惊,芙蓉山响一猿声"(《早秋韶阳夜雨》)之感。宋玉的"风流儒雅"与"多情"的气质为晚唐诗人所仰慕,其感伤沉郁的怀抱更引起他们的强烈共鸣,并引为同调。

晚唐诗歌写出了没落时代的人的感伤,看不到生命的价值和意义究竟何在的深沉感伤。杜牧"含思悲切,流情感慨"(胡震亨《唐音癸签》);许浑"善作侘傺之言"(同上);刘沧"悲而不壮,语带秋意"(同上);罗邺"无一题不以寄怨"(同上)……贯穿整个晚唐的是一股莫可名状而又无所不在的感伤心理和沉郁情怀,正如唐末杜荀鹤诗中所云:"眼前何事不伤神"(《登城有作》)。

感伤的体验遍布心灵的每一个角落,也在潜意识里上下翻涌,晚唐诗人对于梦境的抒写,透露了他们内心深处的悲戚,是感伤心境的另一种呈现。诗人们被现实世界放逐,回归心灵,往往会在梦境中找到一个安心之所,传达灵魂深处的隐痛。晚唐诗人笔下多"梦",据统计,李商隐的诗作中"梦"字出现高达70多次,温庭筠诗中出现"梦"50余次,梦及关于梦境的描写在晚唐诗歌中非常普遍。诗人以记梦的方式释放潜意识,在对惊梦、残梦、迷梦的诸多体验中,完成对现实处境的一种精神补偿,梦所承载的正是诗人在清醒的意识状态下无法释怀的感伤和被深埋起来的愿望。弗洛伊德说:"梦境是现实生活最为真实的反映。"那些现实存在与理想的落差;生活的苦闷与无法排遣的情感压抑;一切得不到满足的无法实现的现实存在;那些来自生命的激情与现实冷酷的冲突;那些由抉择产生的困惑与矛盾……都是所成梦境之土壤。

如果说诗歌是文人一种真实的生存方式,那么文学作品中对梦的描写,则是揭示人物心灵世界的独到的艺术手段,是探索心灵密室的一个重要"机关",它可以丈量理想与现实的距离,消解心灵与世界沟通的障碍,排遣人类内心的焦虑与苦闷。可以说盛中唐时期写梦的诗也很多,大诗人李白以梦开始了天马行空式的想象,杜甫在梦中寄寓了沉郁深厚的情感,中唐韩愈、李贺等诗人则借梦渲染了诡异莫测的感觉,但真正有意识地以梦构诗,创造梦意象来表现深曲幽秘的心灵世界的,则非以温李为代表的晚唐诗人莫属。董乃斌先生称李商隐是"一位内蕴创造力非常丰富的'白日梦者'"①,仿长吉体的《七月二十八日夜与王郑二秀才听雨后梦作》就是写他的"白日梦"的典型作品:

> 初梦龙宫宝焰然,瑞霞明丽满晴天。旋成醉倚蓬莱树,有个仙人拍我肩。少顷远闻吹细管,闻声不见隔飞烟。逡巡又过潇湘雨,雨打湘灵五十弦。瞥见冯夷殊怅望,鲛绡休卖海为田。亦逢毛女无极,龙伯擎将华岳莲。恍惚无倪明又暗,低迷不已断还连。觉来正是平阶雨,独背寒灯枕手眠。

清人何焯批曰:"述梦即所以自寓。"冯浩笺曰:"假梦境之变化,喻身世之遭逢也。"诗人正是以纪梦的形式,象喻自己梦幻般的一生。顾随先生也曾指出:"梦是有色彩的浪漫(传奇),在诗中有浪漫传奇的易形成梦的朦胧美。……李义山是最能将日常生活加上梦的朦胧美的诗人。"②温李的时代的确开创了这样一个迷惘空幻的诗歌世界,"思量成夜梦"(李商隐《柳》),"万里高低门外路,百年荣辱梦中身"(许浑《题苏州虎丘寺僧院》),晚唐诗人将在现实生活中难以排遣的心绪托梦境释放出来,他们用诗笔编织着一代士人的青春之梦、爱情之梦和理想之梦,迷惘的一代渴望在梦境中超脱现实的苦难。以梦的形式为心灵寻找远离尘世的避难所:"闲梦正悠悠,凉风生竹楼"(温庭筠《初秋寄友人》)、"高秋辞故国,昨日梦长安"(温庭筠《西游书怀》)、"京华他夜梦,好好寄云波"(李商隐《西溪》)、"惟有梦中相近分,卧来无睡欲如何"(李商隐《过招国李这家南园二首》)、"心羡夕阳波上客,片时归梦钓船中"(温庭筠《溪上行》)、"故山有梦不归去,官树陌尘何太劳"(温庭筠《送客偶作》)……然而难免"事随云去""梦逐烟销",有美的梦,就有美梦依稀后的凄凉,如李商隐《无题四首》其一:

> 来是空言去绝踪,月斜楼上五更钟。
> 梦为远别啼难唤,书被催成墨未浓。

---

① 董乃斌:《李商隐的心灵世界》,上海古籍出版社1992年版,第95页。
② 顾随:《诗文丛论·论小李杜》,顾之京整理,天津人民出版社1995年版,第49页。

蜡照半笼金翡翠,麝熏微度绣芙蓉。

刘郎已恨蓬山远,更隔蓬山一万重。

　　诗人借虚幻的梦境和梦醒后的追思,表达了一种思慕至深而"更隔蓬山一万重"的杳远难寻的怅惘感,于朦胧之中更见渺茫、孤凄。这些缥缈的梦境记录了一个衰颓时代中正直而不免软弱的诗人的悲剧心理:既不满于环境的压抑,又无力反抗环境;既有所追求向往,又时感空虚幻灭;既为自己的命运而深感哀伤,又对造成悲剧的原因感到茫然困惑。

　　晚唐诗人心境中常常弥漫着凄凉萧瑟乃至悲观绝望的情调,于是我们在晚唐诗歌中很难得见到比较明亮的字眼,就连俊爽的杜牧也难免"刻意伤春复伤别",悲凉之雾,遍被诗林。风华正茂的诗人们或是游走在都市颓废的繁华之中,或是徘徊于天光云影之间,依旧的诗酒风流,但这一切都与理想功业无关,日暮途穷的忧患、恐惧、不安、抑郁压得诗人们喘不过气来,抱负落空,青春荒芜,灵心善感的诗人最早体味到了一种"末世"的情怀,感伤的心灵进一步演绎为时代心理上的早衰。这种早衰心理的产生是很值得思考的:因为杜牧、李商隐、温庭筠等晚唐诗人的有生之年,唐末农民大起义尚未爆发,李唐王朝亦未灭亡,然而藩镇强悍、宦官擅权、党人倾轧、官场污浊等等一系列黑暗现实已经极大地伤害了晚唐诗人们的美好心境,尽管他们仍想有所振作,却再也热烈不起来了。"当年志气俱销尽,白发新添四五茎"(薛逢《长安夜雨》),这是晚唐诗人寒缩于茅屋一隅顾影自怜的形象写照。壮志的逐渐消歇使诗人们的生命力日益枯萎,早衰之感慢慢在心头滋生。从心理学上看,当人的精神积极,充满信心努力进取时,衰老的感觉是不会早早爬上心头的,只有在丧失生活理想、精神支柱坍塌时,才会越发强烈地感觉到它的存在,所以我们看到初盛唐人虽然也有衰老的感觉,也有刘希夷《代悲白头翁》那样的诗章,但诚如李泽厚所言,那是一种少年式的悲伤:"尽管悲伤,仍然轻快……"①而晚唐人的哀愁已经不是那种"少年不识愁滋味"的轻烟般的惆怅,而是一种历尽世道沧桑、看破人间百态、"而今识尽愁滋味"的沉重的心理负担。这个负担实在是太沉重了,晚唐诗人们即使想摆脱也摆脱不

---

　　① 李泽厚:《美的历程》,天津社会科学院出版社2001年版,第215页。

了,压抑消沉的意绪有意无意地总要从他们的作品中流露出来。较之初盛唐时期诗歌王国的天之骄子们的勃勃生气、充满幻想,晚唐诗人则更喜欢表现所谓的"夕阳情绪"①,在落日余晖中展现生命的凋残。

作为亡国的前兆,晚唐诗人笔下多西沉的残照:"不惊春物少,只觉夕阳多"(李商隐《西溪》)、"蝶翎朝粉尽,鸦背夕阳多"(温庭筠《春日野行》)、"远帆春水阔,高寺夕阳多"(许浑《潼关兰若》)、"格格水禽飞带波,孤光斜起夕阳多"(温庭筠《晚归曲》)、"今日独经歌舞地,古槐疏冷夕阳多"(赵嘏《经汾阳旧宅》)……夕阳作为短暂人生的参照物,与诗人的内心感觉产生了强烈的共鸣:"南去北来人自老,夕阳长送钓船归"(杜牧《江汉》),"深秋帘幕千家雨,落日楼台一笛风"(杜牧《题宣州开元寺水阁》),"山寺马嘶秋色里,向陵鸦乱夕阳中"(温庭筠《开圣寺》)。时代之暮导致了人生之暮,深层次的生命体验使诗人们日趋内敛消沉,我们试将初、盛、中、晚四代诗人面对夕阳西下时的感受做以比较,便会清楚地看到他们心态上的差异:"龙衔宝盖承朝日,凤吐流苏带晚霞"(卢照邻《长安古意》),在初唐诗人卢照邻的眼中凤吐流苏的晚照与灿烂的朝阳一样绚丽多彩,再看盛唐人,他们高唱着"大漠孤烟直,长河落日圆"(王维《使至塞上》),"高城眺落日,极浦映苍山"(王维《登河北城楼作》),歌颂着圆满的夕照和夕照的壮观,甚至可以在落日的晖光中融入拼搏奋进的精神:"西山太白峰,夕阳穷登攀",暮日被激情诗化;中唐人也能吟诵"润色笼轻霭,晴光艳晚霞"(独孤授《花发上林》),"莫道桑榆晚,为霞尚满天"(刘禹锡《酬乐天咏老见示》),尚能显示出晚而不暗、迟而不衰的英迈之气;而晚唐人面对夕阳,再也没有"落日心犹壮"的高歌,只觉"日暮倍心伤。"(许浑《过鲍溶宅有感》)于是生无限感慨:"夕阳无限好,只是近黄昏"(李商隐《乐游原》),"回头向残照,残照更空虚"(李商隐《槿花二首》),充满着迟暮的哀怨,这是时代的悲伤浸透心灵后的哀叹。正如唐末诗僧虚中在分析形象与人事的关系时说:"残阳落日,比乱国也。"(《流类手鉴·物象流类》)可以说,中国文人的这种日暮黄昏情结到了晚唐表现出多重意蕴,并突出反映了士人心态的衰老。夕阳在晚唐诗世界中成为一个放大了的审美对象,诗人在欣赏夕阳日暮的同时又对转瞬即逝的美丽产生了无奈与恐惧:"虹收青嶂雨,鸟没夕阳

---

① 任海天:《晚唐诗风》,黑龙江教育出版社1998年版,第94页。

天"(李商隐《河清与赵氏昆季宴集得拟杜工部》)、"雁来秋水阔,鸦尽夕阳沉"(许浑《寄契盈上人》)、"几时禁重露,实是怯夕阳"(李商隐《菊》)……诗人自然不希望生命处在转瞬即逝的威胁中,安慰自己:"天意怜幽草,人间重晚晴"(李商隐《晚晴》),似乎加上了一些亮色,但仍掩盖不住那浓郁的幽暗色彩,于是便大胆地想象:"羲和自趁虞泉宿,不放斜阳更向东"(李商隐《乐游原》),这是力挽时光流逝的努力,其深层结构是人将社会与自身印证于自然,从而建构并强化了人对生命的眷恋。在永恒的夕阳、短暂的生命与渺小的个体之间,呈现的是身体的日渐衰老、岁月无情逝去的哀伤,在人与自然的对比中,产生了瞬间与永恒的巨大反差,使诗人哀恸得难以超越,夕阳在晚唐人的心中产生一种美与生命的失落感,同时又有着对美与生命的珍惜。

晚唐诗人还往往将日暮之色与岁暮之景相交织,进而加重了感伤的情绪。于是我们看到了许多落日与败景的组合,如"晚虹斜日塞天昏,一半山川带雨痕"(雍陶《晴诗》)、"白杨落日悲风起,萧索寒巢鸟独奔"(刘沧《过北邙山》)、"落日已将春色去,残花应逐夜风飞"(李昌符《三月尽日》)等。晚唐诗中"斜、残、寒、衰、枯、落、败"等一系列表现残缺、不完美的字眼俯拾即是,无不在诠释着他们羸弱感伤的心灵,正所谓"水流花落叹浮生"(温庭筠《宿城南亡友别墅》)。"桐叶经霜落井栏,菱花借雪点衰颜"(刘兼《梦归故园》),伴随着岁月的风霜,花草的凋零,是衰老了的红颜,"浪笑榴花不及春,先期零落更愁人"(李商隐《回中牡丹为雨所败二首》之二),即使换个角度去看,仍感早衰之悲甚于晚荣之意。"秋阴不散霜飞晚,留得枯荷听雨声"(李商隐《宿骆氏亭怀崔雍崔衮》),在"秋阴"弥漫、霜雾笼罩的晚景中,那一叶静听风声雨落的枯荷所言说的正是一颗无所依归的心灵在无望时代的迷失。从这些关于人生之暮的嗟叹中,我们不难看出晚唐诗人的心态随着国家的衰微已然衰老了。衰败的唐室使得诗人感慨"人间桑海朝朝变,莫遣佳期值后期"(李商隐《一片》),这是看破世事的无奈,如薛逢的《悼古》:

> 细推古今事堪愁,贵贱同归土一丘。
> 汉武玉堂人岂在,石家金谷水空流。
> 光阴自旦还将暮,草木从春又到秋。

闲事与时俱不了,且将暂醉还乡游。

将光阴的流逝、自然的荣枯,人世的盛衰相交融,产生了历史的虚无感和人生的幻灭感,这种情绪的进一步发展,就容易走向对现实人生的怀疑和否定。颓靡的时代使诗人们质疑传统,动摇信仰,加之仕进无门,报国无路,前途渺茫,更促使他们重新思考宇宙人生,也开始重视个体生命存在的意义和价值,寻求肉体与灵魂双重解脱,一方面要面对短暂飘摇的生命:从生命的衰老到生命的凋零,晚唐诗人的心情意绪已出现向死亡意识延伸的轨迹。一位先哲曾经说过,摆脱痛苦的途径有两条,一是死亡,一是爱情。晚唐诗人对情爱的大量吟咏自不必说,其对死亡的感叹也同样透露了心海的消息。死亡成为诗人们超越忧患与苦难的出路:于是面对坟墓,面对死亡时他们会有超乎盛中唐诗人的强烈感怀。另一方面,要拯救在儒途上旁落的灵魂,于是走向了宗教的世界:"晚唐诗人对佛教的亲近已不仅仅停留在生活情趣方面,更多了一份理性的思索和情感的寄托。诗人反思的目光深入到世界的本质中,在禅悦的境界中体悟自然、人生、宇宙,探求个体生存的主动性及人生意义。"①

"几时心绪浑无事"(李商隐《日日》),受时代、社会的深重影响,晚唐诗人心里盛满了沉甸甸的心事,其心灵深处比盛世的诗人痛苦得多,面对风雨飘摇的王朝,心灵的潮汐此消彼长,而当诗人们在残酷的现实世界里感到苦闷与寂寞时,灵魂深处的净土便会成为自己唯一可以自由主宰自由开垦的土壤,晚唐的社会现实使生活在这时代的人们无奈地退归到这片土壤之上。一改处于上升、鼎盛时期的初盛唐诗人注重寓情于景或通过对景物、事件的忠实描写来表达情感写作习惯,诗人们开始把艺术视角从客体与外部现实拉回,伸向了主体心灵的宇宙,把叙述人的变化的、不可知的、难下定义的精神世界作为文学表现的艺术模式,正是所谓的"向内转"。纵观唐诗发展历程:初唐诗人的注意力主要放在突破宫体诗束缚、探索刚健清新风格以展现大唐的开国气象,外部的描写明显多于心灵的探索。到了盛唐山水田园和边塞两大诗派,分别从山水隐逸、边塞征战两方面,以静逸明秀之美和刚健奇伟之美回应国势强大的时代精神。诗仙李白更是

---

① 贺利:《晚唐诗人的心灵感悟及审美特征探究》,《内蒙古财经学院学报》2005年第3期。

以绝世才华、独立的人格和浪漫豪放的气质,体现了昂扬奋发、积极进取、气势恢宏的盛唐气象,诗思是由内向外宏放张扬,吞吐八荒。杜甫的"三吏三别"、《羌村》《北征》等注重对社会生活的描写,其山水抒情诗,包括晚年的《登楼》《秋兴八首》《登高》,也时时把时事揽入写景、抒情之中,诗思经常盘旋在社会江山朝市之间,诗境与社会与自然直接沟通。李白和杜甫等大诗人的创作从根本上来说,也都是没有逃脱个人意志与渴望入仕苦苦挣扎的命题;中唐的元白诗派和韩孟诗派则或偏重现实的抒写,或偏重主观的感受,分别走向了通俗和怪奇两种极端,但兴奋点仍在外部世界,即便在天才诗人李贺的诗中显现了注重心灵世界的倾向,但其章法奇诡,追求硬度、锋芒和感官刺激,情感偏于幽冷;可以说直至晚唐,人的心情意绪才真正成为艺术和美学的主体,以温李为代表的晚唐诗人在前人启发下,更多地从外界的关注内转到对个体心灵的审视和体味,展示"内在的浩浩茫茫,无涯无际,扑朔迷离"①。对心灵世界做了前人未曾有过的开拓与表现。他们对心灵世界的丰富层次,心灵变化的复杂微妙以及清晰的和不清晰的难以言说的领域,做出了细腻深入,生动传神的揭示,艺术地呈现出浓浓的"晚唐情绪"。

晚唐以温李为代表的一批无法得到统治者重用的诗人,通过心灵的写真释放主体精神,召回一种个体生命对外部世界最原初的感受,诗歌不再直接地反映现实,而是成为个人情绪与灵感的记录器在心灵的空间里去感知并传达他们的生命体验,通过隐晦的笔触宣扬他们对生命的态度,并以此来回应这个无奈的现实世界。晚唐诗人通过对心灵的精心刻画和深入挖掘反映了唐代社会士人心态由盛时的旷达开放向衰世时的内向收敛的嬗变,这是历史变迁在诗人心镜上的投射,也是诗人发现自我、表现自我、探索诗歌艺术真谛的映射。一方面,开辟了诗歌表现的新视域,另一方面也为后人了解身处末世的文人的复杂的内心世界提供了最好的参照。

二、历史怀思

晚唐诗人创作的一个热点是咏史怀古诗,他们擅长把复杂深沉的情感写入

---

①　袁行霈:《中国文学史》(第二卷),高等教育出版社 1998 年版,第 439 页。

历史的追忆和感悟之中,转向对历史的怀思。咏史诗在晚唐呈现出空前繁荣的局面。晚唐时期的咏史怀古之作,占到唐代咏史怀古诗的近六成。至于参与创作的人数之众、名篇作佳作数量之多,皆为四唐之冠;晚唐以咏史怀古名家的诗人为历代之最。明人高棅《唐诗品汇》指出:"元和后律体屡变,其间有卓然成家者皆自鸣所长,若李商隐长于咏史,许浑、刘沧长于怀古,此其著者。"除此三家外,如杜牧、温庭筠、赵嘏、张祜诸家,咏史怀古诗都是其创作的重要构成,并且都形成了各自的创作风格。晚唐咏史怀古题材创作的繁荣盛况反映了这样一个事实:一代诗人面对无望的社会,惨淡的人生,破灭的理想,远离了现实而陷入了共同的追忆之中。鲁迅先生谈到个人的回忆时说过:"一个人做到只剩回忆的时候,生涯大概总算是无聊了罢"(《朝花夕拾·小引》),无聊于现实生活的晚唐诗人将思绪更多转向历史的时空,他们对历史题材的格外专注与投入,正可看作是对现实的失望而寻找一种心灵寄托。他们对历史的体认,是与对大唐帝国不可抗拒的衰亡之势的体认紧密联系着的。他们喜欢将历史与生命意识相结合加以抒写,于是在晚唐咏史之作中我们同样看到了晚唐诗人心灵的折光。

开元天宝时期的全盛与繁荣早在安史之乱的烽烟中消失殆尽,此时中央政权早已失去了控制全局、威加四海的国力,继之出现的"永贞革新""甘露之变",令不少穿朱着紫的高官们都深怀朝不保夕的恐慌。当李、杜、温、许一批诗人们登上诗坛之时,阴霾的时代已让这些文人们疏离了政治生活,退归到自我的心灵世界中,将感伤的时代心理融进对盛衰成败的怅叹,把对多艰时事的忧虑与史实相结合,因景生情,抚迹寄慨而写怀古之章;援史兴感,抚事而叹遂成咏史之篇,创作了大量的咏史怀古诗,把诗情引向了更为幽渺的历史空间。晚唐诗人用诗笔雕刻史境,又在史境中唱叹生命,感悟人生,使咏史诗达到了更加含蓄精美的艺术境界,值得注意的是以温李为代表的晚唐诗人在咏史题材上的重大开拓往往体现为他们对历史的想象和沉思,善于以空灵之笔来营构历史的空间,以奇思妙想来提炼历史的本质,以鲜活的情感来润色历史故实,同时出之以形象的表现。正确处理了历史场景的再现、历史问题的分析与诗人主观情感的抒发这一组矛盾,解决了议论性与形象性、抒情性统一的问题,在诗歌领域开创了一种全新的抒写历史的方式。这是咏史题材在现有艺术主题上的创新,成为晚唐诗歌艺术世界中一道独特的风景。

　　晚唐诗人没有了盛唐时代那种建立不世功业的心理状态,也没有了中唐时期那种锐意改革,还企望中兴的心情,他们已经把强盛与繁荣看成过去,把中兴的愿望化作一声无奈的叹息。这种对于现实世界的清醒认识成就了他们对历史深沉的感喟与理性的思索,诗人们又似乎很不愿意以开放式的指斥,喷发尽自己的见解;相反,他们把情感的脉动隐藏至很深的层面,往往在风华流美的格调中寓有深沉的感慨,大都表现出一种伤悼情调。关于晚唐咏史诗这一特点,王红在《试论晚唐咏史诗的悲剧审美特征》一文中,从社会学的角度对其进行了探讨,认为是晚唐这个忧患时代促使诗人“在历史的经验与教训中探求解答现实困惑的路径;从时代的变迁中参悟人生的哲理;追忆昔日辉煌以抒发末世的感伤;寻找前人的覆辙以警戒当今”,造成了咏史诗的繁荣,也是这个时代使咏史诗“带上了明显的伤悼特征”,与这一特征相适应,“晚唐咏史诗无爆发式的情感表现,多为弥散式的情绪渗透”①,呈现出深婉朦胧的悲剧美。晚唐咏史诗的内容极为丰富,采用历史题材的范围也极为广阔,从上古传说,直至本朝故事,各色人等,一一囊括,成败兴衰,一一道来,充分展示了咏史诗成熟期涵容古今的气魄与能力。以人而论,出现在诗作中的已很少是鲁仲连、张良、蜀四贤、汉二疏、东晋谢安等这些屡受赞美的理想人物,而更多的是屈原、贾谊、项羽、韩信、昭君、绿珠……这些结局凄惨的悲剧人物;以朝代而论,出现在诗作中的多是衰败灭亡的王朝,而不是繁荣强盛的王朝,如吴王夫差的荒淫失国,南朝皇帝的相继败亡,隋炀帝的采舟东去,身葬雷塘,唐玄宗的霓裳一曲,渔阳兵动;以地而论,出现在诗作中的多为败亡之君的离宫旧苑、废都荒台等上演过一幕幕历史悲剧的地点,如吴宫、金陵、咸阳、北邙、骊山、隋堤、马嵬、华清宫……当然,不能说把这些富于悲剧色彩的题材写入咏史诗自晚唐才开始,但完全可以说只有到了晚唐,历史的悲剧才第一次被如此大量而集中地吟咏唱叹,这与晚唐的时代精神、文化精神及晚唐诗人的心态都有直接关系。诗人们在历史的陈迹中去观照苦难的现实人生,在追忆昔日辉煌中抒发末世的感伤,在寻找前人覆辙中警戒当今。晚唐的咏史诗较之前代具有更高的悲剧美学价值。

　　晚唐诗人将时代的悲哀熔铸在历史的怀思中,他们大多以不同于前代诗人

---

　　①　王红:《试论晚唐咏史诗的悲剧审美特征》,《陕西师范大学学报》(哲学社会科学版)1989 年第 3 期。

的视角来关注历史时空,仿佛是一位历尽沧桑的老者在暮色沉沉的时分瞩目着山河陈迹、搜索着人物故实,在他们的诗中充满了繁华已逝、万物萧瑟的浓重的悲凉之感。许浑的"行人莫问当年事,故国东来渭水流"(《咸阳城东楼》)、"兴亡不可问,自古水东流"(《洛阳道中》),杜牧的"看取汉家何事业,五陵无树起秋风"(《登乐游原》)、"鸟去鸟来山色里,人歌人哭水声中"(《题宣州开元寺水阁阁下宛溪夹溪居人》),刘沧的"一望青山便惆怅,西陵无主月空明"(《邺都怀古》)、"凄凉处处渔樵路,鸟去人归山影斜"(《经过建业》),李群玉的"霸业鼎图人去尽,独来惆怅水云中"(《秣陵怀古》),李郢的"欲问升平无故老,凤楼回首落花频"(《故洛阳城》),薛逢的"满壁存亡俱是梦,百年荣辱尽堪愁"(《题白马驿》)李山甫的"试问繁华何处有,雨苔烟草古城秋"(《上元怀古二首》之一)雍陶的"思量往事今何在,万里山中一寺门"(《题等界寺二首》之一)……回望历史的天空,多少的繁华转成憔悴,似乎只有凄凉落寞才是永恒的存在,"细推今古世堪愁"(薛逢《悼古》),晚唐诗人在对历史的感悟和伤悼中更加深了对现实人生的悲剧体验,初盛唐诗人那种青史垂名、精神不朽的渴望及对于历史的亲和与信仰,与中唐诗人对历史教训的积极借鉴和力挽狂澜的用心,在晚唐诗歌中已变成了万古同悲的苍凉意绪,对功业的怀疑,对理想的幻灭。无涯的时间与无尽的空间里是恍如一梦的人生过往,是灰飞烟灭的成败荣辱,无情的历史逻辑让多情的诗人更真切地体会到人生的悲哀。

晚唐诗人喜欢将历史的兴衰与个人的命运相结合,写自身沉沦不遇的悲愤,在咏史中呈现出浓厚的生命意识,营造出空灵而缥缈的史境,寄托由"吊古"引发的情感,寻绎今人与古人情感相通的部分。诸如:"惆怅无因见范蠡,参差烟树五湖东。"(杜牧《题宣州开元寺水阁》)"英雄一去豪华尽,惟有青山似洛中。"(许浑《金陵怀古》)"当时自谓宗师妙,今日唯观对属能。"(李商隐《漫成五章》)……透过这些对历史的感叹,我们能看到晚唐诗人们发自心底的悲凉,有时这种悲剧意识又会从历史的空间链接到个人的命运之上。咏史怀古诗成为晚唐人心灵显现的一个重要方面,在历史空间与个人命运的联结中透露出的人生无限感怀。温庭筠的一些咏史诗就常借古人遭际抒发感慨,如《蔡中郎坟》:

古坟零落野花春,闻说中郎有后身。

今日爱才非昔日,莫抛心力作词人。

诗人此作并非是对蔡邕的祭悼,而是借蔡邕生前以才享名,来对比"今日爱才非昔日"的现实,表达出诗人心中的激愤。再如《过陈琳墓》:

曾于青史见遗文,今日飘零过此坟。
词客有灵应识我,霸才无主始怜君。
石麟埋没藏春草,铜雀荒凉对暮云。
莫怪临风倍惆怅,欲将书剑学从军。

诗人表现出对陈琳的一往情深,他相信地下的陈琳一定会赏识、理解自己,原因是陈琳也有过郁郁不得志的日子。然而诗人又特别惋惜自己,因为陈琳虽然历经坎坷,但最终还有"曹公爱其才不责"的时候。相比之下,自己却更加可怜。他虽有陈琳之才,但却因得罪了"权相",永无出头之日。发出了"词客有灵应识我,霸才无主始怜君"的深切慨叹,纪昀曾云:"词客指陈,霸才自谓,此一联有异代同心之感。实则彼此互文。'应'字极兀傲,'始'字极为沉痛。通首以此二语为骨,纯是自感,非吊陈也。"(纪昀《瀛奎律髓刊误》卷二八)这里的温庭筠完全以陈琳自况自怜,企盼自己能够得遇"明主",仗剑远行,无怨无悔。整首诗运笔委曲有致,情感跌宕起伏。同样其《苏武庙》一诗赞咏苏武历尽艰险,坚贞不屈,终于归汉的事迹。这位汉臣丁年奉使、皓首而归的遭遇本身不就是一出人才埋没的悲剧吗?诗人通过抒发对苏武的追思敬仰之情以及对历史和世事的感慨,也隐约道出了个人命运坎坷的悲观情绪。因此,全诗在恳切的同情与衷心的赞叹中也有着一种意味深长的苦涩。历史像一面镜子,诗人面对它时发现了自己的映像。再来看李商隐的《钧天》:

上帝钧天会众灵,昔人因梦到青冥。
伶伦吹裂孤生竹,却为知音不得听。

不知音律的赵简子夤缘而平步青云,得听钧天广乐,伶伦却因知晓音律而不得听,诗人从这一历史故实中看到了命运似乎也在和自己开玩笑,字里行间潜藏着对"庸才贵仕"的不合理社会现实的深刻思考。难怪张采田说:"愤语却无痕迹,由于笔妙故也,此种诗境,玉谿独创。"(《玉谿生年谱会笺》)杜牧的咏史诗中,表达怀才不遇之感的诗作也很多,如《感怀诗一首》《洛中送冀处士东游》等。试看他的《朱坡绝句三首》之一:

> 故国池塘倚御渠,江城三诏换鱼书。
> 贾生辞赋恨流落,只向长沙住岁余。

他在慨叹自己虽有贾谊之才,但遭遇连贾谊都不如,一生坎坷,故发之为诗,流露出强烈的怀才不遇之感。在穿越古今时空的咏叹中,晚唐诗人们将历史、现实与个人命运凝聚在一处,生成了深沉而复杂的情感,不仅反映了一代文人的历史观,更见他们对政治和人生的态度。

"历代兴亡亿万心,圣人观古贵知今"(周昙《吟叙》),晚唐诗人在伤悼历史的同时,更对历史进行着深沉的反思,而反思又增添了伤悼的力度与深度,"莫恃金汤忽太平,草间霜露古今情"(李商隐《览古》),我们可以感受到诗人从历史的回顾中审视晚唐现实的那种沉痛的悲哀,也可在对历史兴亡的吟咏中,见到一个正迅速沉沦衰微的晚唐社会缩影。将纵的历史与横的现实联系起来,面对晚唐的几代君王的荒淫无度,温庭筠以"慢笑开元有倖臣,直教天子到蒙尘。今来看画犹如此,何况亲逢绝世人"(《龙尾驿妇人图》)来唱叹,用含蓄轻松,又带有深刻哲理意味的吟咏,表现激烈真切的情怀。李商隐的咏史诗也大多含有感慨之气,如"君王不得为天子,半为当时赋洛神"(《东阿王》)"可怜夜半虚前席,不问苍生问鬼神"(《贾生》)"休夸此地分天下,只得徐氏半面妆"(《南朝》)"自是当时天帝醉,不关秦地有山河"(《咸阳》)……再如他的《瑶池》:"瑶池阿母绮窗开,黄竹歌声动地哀。八骏日行三万里,穆王何事不重来。"唐代皇帝不少因感于长生不老而痴迷,或为方士所欺(如宪宗),或因服丹而死(如武宗)。诗人有感于此,特借咏神仙故事,对痴迷求仙、荒唐不经的最高统治者予以有力的讽刺。诗中虚实相生,曲折尽情,婉而多讽。末两句诗人不直接议论,而把讽喻完全融化于西王母殷切眺望的心理活动之中,以穆王日行三万里之速,而终于没有来,则不言其死而其死自明;西王母之神通广大,尚不能使所念之人长生不老,则不言求仙之妄而其妄自见;以穆王常有之行事而推测之,穆王一意求仙,无意政事的误国行径,则在不言之中,所以纪昀说:"尽而未尽。"这种感慨惋惜的语调往往给诗歌增添了一种委曲之美,消解了生硬的议论,诗人的主观情韵占了主导地位,显现了诗歌本来的艺术美。

我们看到,晚唐咏史诗在史料的择取上,往往针对现实,着意选取了古代那些奢侈荒淫求仙耽色的误国之君,如周穆王、汉武帝、北齐后主、隋炀帝及南朝亡国之诸帝等,力图触及历史的更深处和更敏感处,如李商隐的《贾生》,从题目看,它本该咏叹贾生怀才不遇,但后两句笔锋一转,矛头指向了"不问苍生问鬼神"的最高统治者。温庭筠的《达摩支曲》以艳词感叹史事,别具一格:

> 捣麝成尘不灭,拗莲作寸丝难绝。红泪文姬洛水春,白头苏武天山雪。君不见无愁高纬花漫漫,漳浦宴余清露寒。一旦臣像共囚虏,欲吹羌管先汍澜。旧臣头鬓霜华早,可惜雄心醉中老。万古春归梦不归,邺城风雨连天草。

诗里对于历代传世之事的意义做了深刻的思考:蔡文姬被掳入匈奴,受尽磨难归国,以诗传世;苏武思慕不已。捣烂麝香和折断莲梗的比兴又自然令人想到蔡、苏所受的磨难。与此形成对比的是号称"无愁天子"的北齐后主高纬,虽然一生花天酒地,极尽奢华,但最终与臣僚一起被北周俘虏处死。生前繁华犹如一场梦,故都邺城也成为风雨中的连天荒草。生前的磨难成就了百世流芳的生名,生前的糜烂导致了万古不复的荒凉,全诗立意既深又新。诗人们审视着历代王朝的兴废存亡,以自身的体验来观照现实,一方面在对历史的追忆中寄托不能忘怀现实的感伤;另一方面向往在历史的殷鉴中找出现实的影子,将他们的现实关怀寄托在历史题材里,将历史上一个个触目惊心的荒淫亡国的故事翻开,来使统治者明白天下治乱兴衰之所系。为什么曾经拥有的强盛与光荣总是朝不保夕? 历史的兴亡成败是否有规律可循? 于是晚唐诗人大多把目光落在了与本朝相隔无几的六朝与隋代的兴废上,感叹南朝盛衰是当时咏史怀古诗的一个最流行的主题。晚唐诗人并不像唐初诗人那样以胜利者的姿态直截了当地指责南朝君臣崇尚浮华而导致亡国,而是扬弃刻板地摹写史实的做法,选择了淡化本事、努力构筑意境这一途径,精心提炼典型场景、浓缩经典画面来创造一种幽邃的意境,寓情于境,寓讽于境。通过对画面场景的精心剪裁,对意境情趣的营构来创造富于戏剧化的历史瞬间。他们喜欢用对比手法设置情节,甚至出之以漫画式的夸张描绘,以突出讽刺效果,引发人们在想象和联想中深思,在虚拟的意境中去感受"韵外之致""味外之旨",认知历史发展的规律,体会诗人的用心所在。如李商隐《北齐》二首:

> 一笑相倾国便亡,何劳荆棘始堪伤。
> 小怜玉体横陈夜,已报周师入晋阳。
> 巧笑知堪敌万几,倾城最在著戎衣。
> 晋阳已陷休回顾,更请君王猎一围。

也将矛头指向"无愁天子"高纬,写其耽于女色畋猎,导致亡国之事。黄叔灿《唐诗笺注》评前诗云:"极言其祸之速也",评后诗云:"此言其不知死活,至死不悔。"李商隐在前一诗里,有意取消时间的差距,将前后两幅历史图景并陈为同时之事,形成强烈的视觉冲击效果。北齐覆亡的前因后果,在这一刹那就得到了彻底的观照。而在后一首诗里,诗人案而不断,"只叙其事,不着一轮,而荒淫沉迷,写得可笑可哀",意旨深切,意味无尽。再来看他的《齐宫词》:

> 永寿兵来夜不扃,金莲无复印中庭。
> 梁台歌管三更罢,犹自风摇九子铃。

诗中没有着力描写梁代统治者如何无视齐代亡国的历史教训,继续肆意淫乐的具体情景,也没有发任何议论,而是抓住了一些细部特征:同一地点,不同的王朝相继歌舞,前代的"步步金莲"被后世的三更歌管所取代,诗人更抓住了"九子铃"这一富于典型意义的细小事物加以刻画,夜阑人静后,那刚睹前朝荒淫亡国又见新朝歌舞淫乐的九子铃随风作响,发出一阵阵孤旷凄凉的声音,串起了两代之兴亡:仿佛在诉说着对前朝亡国的几多惋惜、几多悲伤,也仿佛在表达着对新朝荒淫的几许失望、几许无奈,更引发人们去思考这丧钟今时又将为谁而鸣?从而演绎出无情的历史逻辑:"后人哀之而不鉴之,亦使后人复哀后人也"(杜牧《阿房宫赋》)。诗人用通变的思想对历史进行观照,把如此重大的历史事件,虚化到一个细节中,在静谧的意境中蕴涵着绵邈的情致,以富有象征意义的景物寄托了自己的深沉思索,提示梁台新主依然寻欢作乐,无视前车之鉴,重蹈覆辙的必然性,并以讽喻当朝君主,期望他们能吸取教训,励精图治,挽救唐王朝颓败的国运。全诗不加任何议论,愈觉神韵悠远、余音袅袅,淡淡地写来却又意蕴深远,诚如屈复所评:"荒淫亡国,安能一一写尽,只就微物点出,令人思而得之。"亦如纪昀所评:"意只寻常,妙从小物寄慨,倍觉唱叹有情。"(《李义山诗集辑评》)再如《隋宫》一诗:

> 紫泉宫殿锁烟霞,欲取芜城作帝家。
> 玉玺不缘归日角,锦帆应是到天涯。
> 于今腐草无萤火,终古垂杨有暮鸦。
> 地下若逢陈后主,岂宜重问后庭花。

诗人叙写了炀帝南游途中全国百姓被迫为其"裁宫锦"制"帆"做"障泥"这一细节。"春风举国裁宫锦,半作障泥半作帆",这是怎样一幅缤纷绚丽的图画!然而华彩的背后隐藏着的是尖锐的讥讽。隋炀帝的荒淫无道不言自见。正如何焯所评:"借锦帆事点化,得水陆绎骚,民不堪命之状,如在目前。"这正是所谓"举隅见烦费"的艺术手法。他如《陈后宫》《景阳井》《齐宫词》,亦以最省俭的笔墨,将其饱满丰富的感情,表现得痛快淋漓。六朝旧事成为晚唐诗人普遍关注的对象,成为此时咏史诗的重要取材,如下列诗作:

> 风暖江城白日迟,昔人遗事后人悲。
> 草生宫阙国无主,玉树后庭花为谁。
> 地雄山险水悠悠,不信隋兵到石头。
> 玉树后庭花一曲,与君同上景阳楼。

——许浑《陈宫怨二首》

龙舟东下事成空，蔓草萋萋满故宫。

亡国亡家为颜色，露桃犹自恨东风。

——杜牧《隋宫春》

六代兴衰曾此地，西风露泣白苹花。

烟波浩渺空亡国，杨柳萧条有几家。

楚塞秋光晴入树，浙江残雨晚生霞。

凄凉处处渔樵路，鸟去人归山影斜。

——刘沧《经过建业》

野花黄叶旧吴宫，六代豪华烛散风，

龙虎势衰佳气歇，凤凰名在故台空。

市朝迁变秋芜绿，坟冢高低落照红。

霸业鼎图人去尽，独来惆怅水云中。

——李群玉《秫陵怀古》

如果说前朝历史，毕竟有隔代之感，那么造成大唐帝国由盛转衰的"安史之乱"，对诗人来说更有切肤之痛。因此，许多咏骊山、马嵬、华清宫的诗歌，在晚唐同样蔚为壮观。如李商隐"当日不来高处舞，可能天下有胡尘"（《华清宫》）；温庭筠"才信倾城是其语，至今遗恨水潺潺"（《华清台》），诗人们企图从中追索国运衰败的原因，而结论大多同样归咎于荒政和溺于女色。这其中的佼佼之作，首推杜牧的《过华清宫》绝句：

其 一

长安回望绣成堆，山顶千门次第开。

一骑红尘妃子笑，无人知是荔枝来。

其 二

新丰绿树起黄埃，数骑渔阳探使回。

霓裳一曲千峰上，舞破中原始下来。

俞陛云《诗境浅说续编》评其一"有褒姒烽火一笑倾周之慨"；黄叔灿《唐诗

笺注》评其二"舞破中原始下来,造句惊人,奇绝痛绝";许彦周总括华清故事而叹曰:"如此天下,焉得不乱?"牧之此作,可谓见微知著,寓意精神,含蓄有力,精妙绝伦。温庭筠的《过华清宫二十二韵》一诗,则着重揭露了唐玄宗的淫逸生活与昏暗政治。诗为长篇,因此,无论是叙述,还是揭露和抒情,都显得细致深入。"忆昔开元日,承平事胜游。贵妃专宠幸,天子富春秋",于是"月白霓裳殿,风乾羯鼓楼""屏掩芙蓉帐,帘褰玳瑁钩"……而伴随着唐玄宗奢侈生活和昏暗政治的则是"开元之治"终成"天宝之乱",唐玄宗自己也因此退出历史舞台。故而温诗以"朱阁重霄近,苍涯万古愁。至今汤殿水,呜咽悬前流"作结,用冷静、客观的态度表达出唐玄宗、杨贵妃的爱情悲剧不足为惜,但奢侈亡国的道理则必须记取的观点。这种观点同中唐诗人对唐玄宗与杨贵妃爱情的惋惜、同情相比,明显地增加了理智与客观,甚至还稍带些冷峻与嘲讽的味道。在《马嵬佛寺》中,温庭筠则以"才信倾城是真语,直教涂地始甘心"而起兴,讽刺唐玄宗的"甘泉不得重相见,谁道文成是故侯"的荒唐、谬误。

晚唐诗人不停地对历史进行着反思,总结出"历览前贤国与家,成由勤俭破由奢"(李商隐《咏史》)这样深刻的经验教训。然而,尽管他们的着眼点在于借古讽今,力图劝诫统治者从中吸取教训,但现实终究打破了诗人的幻想,诗人也终究体认到了末世颓运的不可逆挽,以至于历史在他们眼中,到底难逃"总是战争收拾得,却因歌舞破除休""君臣都是一场笑,家国共成千载悲"(李山甫《上元怀古二首》)、"下国卧龙空误主,中原逐鹿不因人"(温庭筠《过五丈原》)、"时来天地皆同力,运去英雄不自由"(罗隐《筹笔驿怀古》)这样悲剧性的结局。因此,我们看到在晚唐诗人的历史感慨中,不仅表现了他们的现实关怀,更多地还表现了他们对现实的绝望和放弃,以及由这种绝望和放弃而导致对人生的生存意义与终极追求的思索与怅叹,于是晚唐咏史之作中往往渗透出浓郁的理性色彩,这是继盛唐个性意识觉醒和中唐意识强化后,诗人生命意识对苦难现实的一次超越。如杜牧《润州二首》:

> 句吴亭东千里秋,放歌曾作昔年游。
> 青苔寺里无马迹,绿水桥边多酒楼。
> 大抵南朝皆旷达,可怜东晋最风流。

月明更想桓伊在,一笛闻吹出塞愁。

谢朓诗中佳丽地,夫差传里水犀军。

城高铁瓮横强弩,柳暗朱楼多梦云。

画角爱飘江北去,钓歌长向月中闻。

扬州尘土试回首,不惜千金借与君。

　　全诗由金陵景色、南朝风物、王子猷风流三种素材构成,作者的思绪不是专注于南朝一朝一代的兴衰,而是从整体上感受到南朝文化,他将南朝名士作为一种人格范式来欣赏,漫游历史与现实之中,在现实的景象中感受历史的流风余韵。诗中的情感不再是外挂在历史素材上,而是历史情景自身所具备的,诗人不是为现实需要而向历史素材索取主题,而是自然感受到历史与现实的重合,实质上它也是诗人自己的人格追求与历史碰撞的结果,其中有欣赏,也有感叹,诗人就在这赏叹之中引出了主题:千古风流,难抵得自然与历史的淘汰。理性与情感在此形成一个矛盾冲突:南朝文化美在繁华风流,却又终因风流繁华而消逝。其诗境是多层面的,其主题是史诗、诗人与哲人三种思维的叠合。其他又如《西江怀古》和《题宣州开元寺水阁》等。在诗人看来,与永恒的历史相比,朝代的兴亡与人物的功名,如同儿戏,唯有脱身此外才可得到自由。诗人的思绪已由对历史的求索导向了对人生的永恒价值的思辨,只是诗人并没有以议论的语言直接说出自己的结论,因为这一问题并没有终极答案,诗人仅以感觉做出了自己的选择。

　　"太阳底下没有新事",在晚唐的咏史之作中,诗人们看破了旧事,更无新事。他们通过一个个生动的历史瞬间的闪回,在时间与空间的浩渺中感受着其中的沧桑与悲凉,冷漠与幻诞,生发出对无情的历史逻辑的深刻体认。咏史诗发展至晚唐,理性精神渐至突出,诗人们通过对历史的反思透露出对社会现实的关怀与思考,在细腻的心灵上呈现理性的色彩,与此同时,在艺术手法上诗歌的议论化倾向亦成为咏史诗的一大特征。正如有学者指出的那样:"晚唐诗坛不仅存在着对元白诗风的批评,而且还出现了与之对立的诗风,这就是以杜牧、许浑、李商隐为代表的咏史怀古之作……这是一个新的文学现象,也是晚唐诗人对诗境开掘最深、成就最突出的一部分。这些诗人与元、白诗相比,它们最突出的特点是带有较浓的书卷气,从整个诗风看,这一特点还由咏史之作漫延到其他类型的作品中……于历史的沉思中寻绎诗意,已成为晚唐诗人的一种独特的审美方式,以才学为诗的倾向已渐见端倪。"①但需说明的是此时咏史诗中的理性精神与此后宋诗的说理是有区别的,可谓是充满幻想的理性,富于空灵的议论。诗人们能够将咏史诗中的议论立足于巧妙的记叙和委婉的抒情上,附丽于形象之中,并不直露地宣泄感情或臧否人物。议论是诗中的点睛之笔,但又点破而不说尽,似议非议,含蓄委婉感慨万端。

晚唐诗人大多遵循一种创作原则,即议论入诗必须带有情韵,不能是纯粹的论调,要体现诗歌的形象感染力。因此在他们笔下议论并没有成为拙笔,相反,它增添了咏史诗的理趣之美。像杜牧的诗歌就善于寓议论于形象,力避了释理的直遂、突兀,如《春申君》:

> 烈士思酬国士恩,春申谁与快冤魂。
>
> 三千宾客总珠履,欲使何人杀李园。

"冤魂"二字可以引起人们对春申君的怀念与同情,"珠履"可以突出春申君礼贤下士的态度,从而引发人们对众宾客忘恩负义的不满,结句以反问的形式突出了诗人强烈的情感,增加了诗歌的感染力。因此,这首诗表面上是一首论体诗,实际上还是以情动人,议论只是起到了一种辅助作用。在咏史诗的运意上晚唐诗人下了很大的功夫,力求阐发独到的历史见识。正如清人吴景旭在《历代诗话》中对杜牧的评价:"牧之数诗,俱用翻案法,跌入一层,正意益醒,谢叠山所谓死中求活也。""死中求活",晚唐诗人的咏史诗作正是以其独特另类的历史见识复活了凝滞的历史观念,跳出了僵化古板的窠臼,翻陈出新,在活脱的诗情中开辟了一个可以自由阐释的天地。以个性化的史论入诗,"晚唐人多好翻案。如温飞卿则有'但得戚姬甘定分,不应真有紫芝翁',徐寅则有'张均兄弟今何在,却是杨妃死报君。'此犹阴平之师,出奇幸胜则可,若认为通衢,岂止壶头之困!"(贺裳《载酒园诗话》)晚唐诗人在咏史时常能于翻案中见奇意,以独到的史识生出诗家

---

① 　查屏球:《唐学与唐诗》,商务印书馆 2000 年版,第 305 页。

新意。这一特点是与当时文人好作中史论之风联系在一起的。在这方面杜牧的作品最为突出,关于这一现象查屏球有精辟的论述,他在《唐学与唐诗》一书中指出:"这一特点与诗人独到的史学见解是分不开的。……诗人在总结历史经验时是理性的,但他的历史思维总是着具体的人与事,因而往往能在具体的史实中有独到的发现,进而对历史整体产生新的体验,也悟得了新的诗意。因此,这种翻案不是抽象的,它在诗中也不是生硬的议论,而含有诗家的情思",同时也指出:"于翻案史论中出诗意,这一方法不仅仅存在于杜牧之作中,它也是晚唐咏史诗中一个比较普遍的现象,当时以及此后其他诗人多好如此,如薛能《筹笔驿》《游嘉州后溪》两诗都对诸葛亮鞠躬尽瘁的精神提出了非议,诗人认为这是不识天意的行为并由此感到个人努力无法改变历史的运势。……对于传统题材与主题来说,这都是有意翻案,也是诗人对历史是非独特的发现,史的独识与诗人独特的情感是融于一处的……"①可见一反定理,独抒己见,生发个性化的历史见识之风在晚唐盛行并非诗人们"好异而畔于理"的标新立异,而是特定的时代所形成的士人的心态和情感使他们的咏史之作又崇尚以情驭理,情感的特异性自然生成了别样的历史判断,这也是晚唐咏史诗艺术技巧反作用于诗歌思想的体现。

表达独到的历史见识的另一重要手法是力避平铺直叙,追求诘问见意的效果。李商隐的诗中就大量运用此法,以反诘的语气拷问历史,避开了正面的议论而又睿智犀利表达了自己的历史识见,从而引发读者思考,诸如:"地下若逢陈后主,岂宜重问后庭花?"(《隋宫》)"三百年间同晓梦,钟山何处有龙盘?"(《咏史》)"君王自起新来后,项羽何曾在故乡!"(《题汉祖庙》)"当时不来高处舞,可能天下有胡尘?"(《华清宫》)"八骏日行三万里,穆王何事不重来?"(《瑶池》)"君王若道能倾国,玉辇何由过马嵬?"(《马嵬二首》之一)"如何四纪为天子,不及卢家有莫愁?"(《马嵬二首》之二)如此冷峻的诘问是对历史的反思,更是对后世之人的警醒,做到了"妙在不增一语而情感自深"②。

可以说,晚唐诗人借鉴了中唐怀古诗诗意与哲理统一的艺术经验,融情于理,将咏史诗加以发展,全身心地触摸历史,认真地总结历史,以全新的艺术手法来阐述历史观点,"从具体史实上升为对历史的纵览,在更为广阔的时间背景上,

---

① 查屏球:《唐学与唐诗》,商务印书馆 2000 年版,第302～303页。
② [明]胡震亨:《唐音癸签》卷三引《诗法·咏史》。

回顾历史,往往带有哲理意味"①,使咏史诗最终达到了理性的精神层面。如杜牧的《题宣州开元寺水阁阁下宛溪夹溪居人》:"六朝文物草连空,天淡云闲古今同。鸟去鸟来山色里,人歌人哭水声中。深秋帘幕千家雨,落日楼台一笛风。惆怅无因见范蠡,参差烟树五湖东",形象地再现了六朝的覆亡景象,同时也衬出晚唐衰微破败的政治形势,末尾以对范蠡的追慕,含蓄地表达了自己报国无门的悲愤心情。这是从具体历史史实和个人处境中产生的对社会和人生的哲学思考。许浑的《故洛城》写洛阳故城荒凉之状,以寓古今废兴之慨:"黍稷离离半野蒿,昔人城此岂知劳。水声东去市朝变,山势北来宫殿高。鸦噪暮云归古堞,雁迷寒雨下空壕。可怜缑岭登仙子,犹自吹笙醉碧桃。"诗人秋日登临这座劳动人民世世代代不辞辛劳而修筑的巍峨故城,但见禾黍离离,野蒿弥目,凄凉之情油然而生。尾联虚构出此地惟缑山仙子吹笙上登,千年后犹自食碧桃而醉,更加反衬出人世短促,世事沧桑的悲凉。张祜在《上元怀古》中静观王朝的频繁更替,冷静地思考着人生的终极问题:"倚云宫阙已平芜,东望连天到海隅。文物六朝兴废地,江山万里帝王都。只见丞相夷三族,不见扁舟泛五湖。遥想永嘉南过日,洛阳风景尽归吴。"就这样,晚唐诗人徘徊在历史的废墟上,审视着历代王朝的兴替存亡,反思生存的意义,以自身的体验来观照现实,寄托不能忘怀现实的感伤。

晚唐特定的时代背景为咏史诗的发达提供了丰厚的社会土壤。面对无奈的现实和无望的未来,晚唐诗人变换了思想的角度,不约而同地将目光从对现实的悲愤中挪移开来,开始沉入历史的长河之中,瞩目山河陈迹,挥洒如椽巨笔,牢笼几个世纪的沧桑变迁,俯仰古往今来的人事兴废,以历史映衬现实,创作出情真理深志远笔长的咏史佳篇,咏史诗在这些执着于诗国之造成的诗人们手中得到了艺术化的呈现。诗人们用艺术的视角发现历史,精雕细刻那些富于戏剧化的瞬间,玩味其中的荒诞与悲凉,舞动过往的云烟,营造出如梦似幻的史境,引入对现实人生的思考,将形象性、抒情性、哲理性熔为一炉,真正做到了"搅碎古今巨细,入于兴会"②,形成了晚唐咏史诗情韵深长、形象生动、细节传神、立意新奇的总体艺术风貌。李商隐重尖刻冷峻的讽刺和揶揄挖苦,实中见虚,自铸具有浓郁抒情色彩和深长情韵的意境;杜牧重借题发挥,纵横议论,"在作史者不到处生

① 罗宗强:《唐诗小史》,陕西人民出版社1987年版,第276页。
② [明]王夫之:《明诗评选》,文化艺术出版社1997年版。

目"（胡震亨《唐音癸签》卷三），虚中有实，显示别开生面、俊爽豪健的风格；而许浑虽同样善于托讽，"尤善用古事以发新意"（刘克庄《后村诗话前集》卷三），但又自成特色。他们继承了中唐以来的艺术传统，将咏史诗加以发展，以思想生发历史，用感觉触摸历史，通过议论或诉诸想象等新的艺术手法来阐述历史观点，使咏史诗最终达到了一个全新的境界。晚唐为数众多的咏史诗篇反映了一代文人的历史观、政治观和人生态度，是中国咏史诗成熟的典范，在思想上和艺术上都值得我们深入研究。

三、艳情寄托

艳情诗，是晚唐诗人驰骋想象、呈现才情、寄托心灵的又一重要领域。自中唐开始，艳情题材开始升温，诗人们对女性生活、情爱世界表现出前所未有的兴趣，不仅正面写女性和爱情，甚至连写景、咏物都注入了浓重的脂粉气和明显的性爱意识。到了晚唐，这一题材呈现出普遍性的趋势。在这样的创作风气下，李商隐、温庭筠的艳情诗格外惹人注目，正如施蛰存所言："温庭筠、李商隐的那些秾丽的艳情诗，太突出了，为初、盛、中唐所未有，即使鄙薄晚唐诗的诗论家，也不能不另眼相看。"①艳情诗从根本上说是晚唐文人意气消沉的产物，也是他们人生情感的寄托。诗人们的理想在现实中幻灭，于是把心灵的寄托转向歌楼舞榭，抒写风流缠绻，在感官的刺激中排遣苦闷的心理。

晚唐诗坛可谓是弥漫着香风艳雾："春蚕到死丝方尽，蜡炬成灰泪始干"（李商隐《无题》）、"玲珑骰子安红豆，入骨相思知不知"（温庭筠《新添声杨柳枝词二首》），以温李为代表的晚唐诗人掀起了一股艳情诗创作的热潮，一直延续到唐末诗坛，并由固有的诗歌领域拓展到新起的歌词创作中。温庭筠将爱情诗引向了舞榭歌台，写得绮丽香艳；李商隐将传统意义上的爱情诗推向了高峰，把爱情写得深情绵邈真挚深沉而又迷离飘忽。温李一派写了艳情，又超越了艳情本身，写出了人生的失落、怅惘、迷茫和深悲剧痛，浸透着对人生的深刻而无奈的感悟，和这感悟而生的悲剧心态，标示了晚唐诗歌艺术主题在艳情题材上的新变，是对诗歌艺术世界的又一开拓。

---

① 参见施蛰存《唐诗百话·温庭筠》。

　　其实"艳情诗"由来已久,在现存的《诗经》文本里,就有很多艳情诗,内容涉及恋爱、相思、野合、乱伦等诸多方面,如开篇的《关雎》也惟妙惟肖地写出了一个男子单恋一个女子的事情,也可以归为艳情诗一类了。另外如《野有死麕》一诗就写了青年男女野合的情景,已经是彻头彻尾的艳情诗了。屈原的楚辞创作则开辟了以抒写艳情宣泄政治情感的手法,确立了以香草美人喻君臣关系的"比兴"传统。而到了南朝时期艳情诗的创作达到了一个高潮,徐陵在梁中叶时"选录艳歌",编纂了《玉台新咏》,收诗769篇,计有五言诗8卷,歌行1卷,五言四句诗1卷,共为10卷,主要收男女闺情之作。后世人们遂称艳情诗体为"玉台体",此后在民歌中,艳情始终是最重要的主题之一。民间的艳情诗歌也受到文人的欣赏,他们收集、编辑这些作品,使之得以流传下来。同时,文人们还对民间的艳情诗歌进行仿作。此外,文人们也创作他们自己非民歌化的、文辞更为典雅的艳情诗。由于陈后主、隋炀帝等以帝王之尊提倡艳情诗,引来了大批宫廷文人的响应,出现了大量以宫廷为中心的艳情诗,一直接续到唐初的上官体,盛唐诗人眼光远大,他们心系时代风云,志在边塞科场,以山水为友,以书香为伴,主体精神在诗中得到全面的张扬,他们有歌唱不完的壮志豪情,却少有掺杂情色的男欢女爱,个性的抒写挤压了情爱的空间。中唐以来,随着封建社会鼎盛时代的过去,礼教也相对松弛,正如陈寅恪先生在《元白诗笺证稿》第四章谈及"艳诗"时所指出的那样:

　　　　高宗武后以来所拔起之家门,用进士词科以致身通显,由翰林学士而至宰相者。此种社会阶级重词赋而不重经学,尚才华而不尚礼法,以故唐代进士科,以浮薄放荡之徒所归聚,与倡伎文学殊有关联。观孙棨《北里志》,及韩偓《香奁集》,即其例证。

　　文人们对风情颇感兴趣,较多涉足男女情爱这片禁地,使得诗中情爱的比重大增,元稹写了一些为少年时代的恋人而发的风情之作;白居易诗也涉及爱情题材,但他们只是在高举"文章合为时而著,歌诗合为事而作"旗帜的同时不经意间写下这些感情较真挚的爱情诗,而这直接影响到晚唐文人的创作。

　　大凡王朝趋于末世,统治集团总是大开声色,追求享受唯恐不及,社会受其影响而靡靡之音流行,倾炫心魄的红紫之文也于斯时大走其红,晚唐自然也不例外。晚唐,更多的诗人开始将创作的视野由广阔的社会现实转到灞桥的柳枝,西窗的烛影,宴前的檀板,月下的倩娘……艳情诗风靡一时。余恕诚在《晚唐两大诗人群落及其风貌特征》一文中谈及晚唐绮艳题材兴盛的原因时指出:"唐中叶以后,商品经济发展较快,晚唐时代统治阶级普遍奢靡,城市成为游乐之所,社会上淫风昌炽是艳诗产生的生活基础。'唐诗主情'(杨慎《升庵诗话》),以主情为特质的唐诗,按照自身运动规律,不可避免要出现一次以表现男女情爱为中心的高潮。它在表现盛唐人的人生意气和功业理想,中唐人的躁动不安和在对社会改革的一番渴望之后,把正经严肃的内容加以收敛,转向以温、李绮艳诗风为主流,乃是势之必然。"①艳情诗潮的涌动有着多方面的原因:首先从文学发展的自身规律来看,正是由于自中唐以来艳情诗已经有了较广泛的文学创作背景,所以在晚唐时代的特殊环境中,以温、李为代表的作家才获得了大量创作艳情作品的前提,加之晚唐时期功利注意文学退潮,代之而起的是重视表达个人的内心世界,由言经世之志转向缘个人之情的创作倾向,失去了诗教势力的管束,艳诗在晚唐故能倡行其道。其次从社会角度分析,时局的动荡、社会的衰颓使士人的心态发生了很大的变化,面对科场腐败,入仕无门,建功立业变得遥不可期,一些仍然怀抱着理想、执着于人生的文人们堕入了时代的旋涡之中,无力再去中兴。他们在失望之余,不得不将灵魂系于高处,而让生命从俗,艳情诗的盛行就是受到这一时期流连声色、纵情逸乐的时风的影响。

由于北方战乱频繁,而南方相对安定,史称"天下方镇,东南最宁"。这样,大批文人都喜欢到经济发达的南方任幕职,例如河北承德王武俊辟窦牟为掌书记,窦牟不就,却宁愿入淮南杜佑幕府为参谋(位次于掌书记)。即所谓危邦不入,乱邦不居也。这些文职节度使大量招致文人僚佐,使得南方尤其是淮南、剑南、浙西等地方涌现了大批文人。《新唐书·柳冲传》载:"江左主人文,故尚人物。"江南人物本来就重声律绮丽,继承了南朝的文化传统,有良好的文化功底,加上唐朝中后期南方经济的发展和大量北方文人的加盟,文化开始繁荣。周振鹤先生《中国文化地图集》显示了安史之乱后文化南移的趋势。另据陈尚君先生《唐诗

---

① 余恕诚:《晚唐两大诗人群落及其风貌特征》,《安徽师范大学报》1996 年第 2 期。

人占籍考》,把唐诗人做整体认识,则尽管北方籍作家超过南方籍作家,然而,中晚唐南方籍诗人占籍增长率超过北方。仅据辛文房《唐才子传》做粗略统计,除去籍贯不详和不确定的以外,中晚唐南方诗人约占三分之二还强,表明了安史之乱以后,唐代文学北重南轻的局面开始变化。吴庚舜、董乃斌先生所编《唐代文学史》所列多是有影响的文人,经过统计后发现,晚唐自咸通以后,所列 19 名文学家中,南方文人 12 名,北方 4 名,籍贯不详 3 名。此时南方文学家已处于绝对优势,特别像皮日休、陆龟蒙、罗隐三位在晚唐最具影响的文学家都是南方人。南方城市经济文化的繁荣使这些政治地位下移的士子们心中不断地滋生出"浪子"情怀,他们开始流连于当地的秦楼楚馆,纵情声色,渴望在文学作品中释放情感,因而大量表现艳情诗作诞生了。当时的大诗人杜牧就用"十年一觉扬州梦,赢得青楼薄幸名"的诗句来勾勒自己的生活轨迹,像杜牧这样的人在晚唐不在少数,李商隐、温庭筠都长期在南方待过,大量的艳情诗作从他们的笔端流溢出来也就不足为怪了。

　　经济文化的优势使得南方诗风在晚唐逐渐影响到整个帝国。晚唐社会风气极度腐化,除了南方的秦楼楚馆林立外,这些南方的观察使、节度使或刺史治所,都有官伎,官伎多列乐籍,不能随便脱离。当官员们举行宴会时,他们出来献歌侑酒助兴。这时候,文人们正好表现一番,即席作诗,当然多以醇酒美人为描写对象,诗风自然绮丽香艳。唐代最著名的四位女诗人(李冶、刘采春、薛涛、鱼玄机)都与这样的场合有关,她们与当时很多文人有唱和诗。除了鱼玄机生活在北方外,其他三人都生活在南方。特别是被称为"女校书"的薛涛,其人本蜀中营妓,精通音律和诗文。自韦皋以下诸任剑南西川节度使均曾令薛涛出入幕府,侍酒陪宴,她与韦皋、高崇文、武元衡、王播、段文昌、杜元颖、李德裕、元稹、刘禹锡、王建等著名文人兼官僚都有诗歌唱和。另外,晚唐达官贵人多蓄家妓,家妓只是玩乐的工具,陪主人和客人饮酒取乐。正如宋人蓄家妓产生了艳情词一样,晚唐也由此产生了艳情诗。中晚唐经济上号称"扬一益二",而正是这两个地方在五代产生了南唐和花间词,这绝不是偶然发生的现象。另一方面,士人生存状态导致心态的急剧变化:

　　　唐设进士科垂三百年,有司之取士也,喻之明镜,喻之平衡,未尝不以至公为之主。而得丧之际，或失于明镜，或差于平衡。何哉？俾其负不羁之才，蕴出人之行，殁身末路，抱恨泉台者多矣。呜呼！岂天之否其至公之道邪，抑人之自坎其命邪？（《全唐文》八百二十四卷《颍川陈先生集序》）

士子求仕的道路愈加艰难，多有连历十余举而不中者，即所谓："龙门有万仞之险，莺谷无孤飞之羽。才名则温歧、韩铢、罗隐，皆退黜不已。"（《全唐文》卷八百二十六）即使有幸折桂，也难以在败坏的朝纲内有所作为。因此这些士人便在世风的引导下，在烂漫的都市生活中放逐自我，以寻求心灵的解脱和慰藉。理想和现实的深刻矛盾既使晚唐诗人的人格精神开始出现了裂变，也使他们的审美追求不知不觉地发生了转移和倾斜，"落魄江湖载酒行"（杜牧《遣怀》），诗人们走向了世俗生活和官能享受，甚至狎妓、携妓、观妓并以此相夸耀也成了晚唐的一种士风表现，这在晚唐时代不少诗人的艳情之作中都屡有反映，如薛逢的《夜宴观妓》写道："灯火荧煌醉客豪，卷帘罗绮艳仙桃。纤腰怕束金蝉断，鬓发宜簪白燕高。愁傍翠蛾深八字，笑回丹脸利双刀。无因得荐阳台梦，愿拂馀香到缊袍。"李商隐的《天平公座中呈令狐令公，时蔡京在坐，京曾为僧徒故有第五句》写道："罢执霓旌上醮坛，慢妆娇树水晶盘。更深欲诉蛾眉敛，衣薄临醒玉艳寒。白足禅僧思败道，青袍御史拟休官。虽然同是将军客，不敢公然子细看。"李群玉的《醉后赠冯姬》写道："黄昏歌舞促琼筵，银烛台西见小莲。二寸横波回慢水，一双纤手语香弦。桂形浅拂梁家黛，瓜字初分碧玉年。愿托襄王云雨梦，阳台今夜降神仙。"崔珏的《有赠》写道："心迷晓梦窗犹暗，粉落香肌汗未干。两脸夭桃似镜发，一眸春水照人寒。"温庭筠的《光风亭夜宴妓有醉殴者》写道："吴国初成阵，王家欲解围。拂巾双雉叫，飘瓦两鸳飞。"……游离在末世都城里的才子们在艳情的抒写中宣泄着他们的才情。

唐朝没落衰亡已成趋势，既然无法挽狂澜于既倒，人们思索的也就是如何使得这种衰亡的破坏性减到最小。对于熟读史书的书生来说，当时可供参考的有两种模式：一种是秦汉之亡，天下鼎沸，四海横尸，历经残酷的杀戮，然后才能再度恢复和平；另一种是南朝之灭，兵不血刃，而朝代已改。其实李商隐他们何尝不知"小怜玉体横陈夜，已报周师入晋阳"（李商隐《北齐》）何尝不知道沉溺声色易于亡国？只不过，他们潜意识里都希望，如果不得不亡国，不得不改朝换代，那么,与其像汉末三国,群雄逐鹿,杀到"白骨露于野,千里无鸡鸣"(曹操《蒿里行》),倒不如南陈后主陈叔宝,一夜风流梦未醒,已报北师渡江来。值得注意的是,晚唐艳情诗很喜欢咏三国,恐怕不是偶然,细读温庭筠《过五丈原》"天清杀气屯关右,夜半妖星照渭滨",应该可以体会他们对汉末杀气的警惕和恐惧。因为晚唐的藩镇割据,有向汉末三国混乱局势发展的危险,晚唐文人希望用艳情来冲淡即将到来的血腥,让人们把注意力更多放在儿女情而不是英雄气上,可见,晚唐的艳情与南朝贵族的醉生梦死不同,是一种逃避与颓废的末世心理使然。

以温、李为代表的晚唐诗人们也因与世俗情趣的亲密接触而遭到了后人的非议。胡应麟《诗薮·外编卷四》说:"飞卿北里名娼,义山狭斜浪子……"张戒《岁寒堂诗话·卷上》说:"杜牧之之诗只知绮罗香粉",吴乔说:"宫体始淫,至晚唐而极"《围炉诗话·卷一》,乔亿指出:"唐末三十六体并作,语多移亵,其宫体之职志,诗人轻薄之号,有由然矣"(《剑溪说诗·卷下》)。贺裳《载酒园诗话》卷一《艳诗》一条更是对晚唐诗歌的这一趣味提出了尖锐的批评:

> 飞卿"曲巷斜临""翠羽花冠""微风和暖"等篇,俱无刻划。杜紫薇极为狼藉,然如"绿杨深巷马头斜""马鞭斜拂笑回头""笑脸还须待我开""背插金钗笑向人",大抵纵恣于旗亭北里间,自云"青楼薄幸",不虚耳。……李义山"书被催成墨未浓""车走雷声语未通",始真是浪子宰相,清狂从事。

然而,客观地看,由于时、世、人、艺的差异,晚唐的艳情诗潮绝不是六朝诗风的简单的回归。从这些诗歌所产生的时代背景和社会环境上看,从创作文体的人生境遇和精神状态上看,晚唐艳情诗与南朝时的宫体艳诗是有本质区别的。闻一多先生《唐诗杂论·宫体诗的自赎》认为:宫体诗是在"一种伪装下的无耻中求满足""专以在昏淫的沉迷中作践文学为务的""衰老的、贫血的南朝宫廷生活的产物"。① 就以晚唐艳情诗而言,虽然在表现放纵声色与人欲泛滥方面,与南朝宫体诗有惊人的相似,但却并不同调。南朝宫体诗是走向没落的封建贵族腐朽生活的产物。对于这样一个必然灭亡的统治阶级来讲,其思想意识已堕落到无

---

① 闻一多:《唐诗杂论》,上海古籍出版社1998年版,第9、18页。

药可救的地步,故宫体诗的出路与这种思想意识一样,必然走进历史的坟墓。晚唐艳情诗中自然也不排除如南朝宫体诗一样的色欲、肉欲的发泄,对女性世界、情爱天地的赏玩,但更多的是诗人对自我心灵的补偿,以艳情寄托落寞人生之感怀,"一曲艳歌留婉转"(温庭筠《和友人伤歌姬》),在艳体诗中注入深情,融入身世之感,表现沉沦之痛,诚如古人所评:"义山生平,历宪、文、武、宣之朝,时多变故,且党祸倾轧,仕途委顿,宾主僚友间,亦多不偶。抑郁之志,发为诗歌,而又不可壮语,故托之于艳词,闺闼神仙,犹楚骚人之香草美人,皆寓言耳。"(徐德泓、陆鸣皋《李义山诗疏序》卷上)如此看来,晚唐诗人的创作动机和思想与南朝君主贵族的确有着本质区别。因此,不能把中晚唐以来产生的艳情诗与宫体诗混为一谈。

以温、李为代表的晚唐诗人们成就了一代绮艳的诗风,其重要的构成莫过于"情"与"色"。晚唐诗人多重"情"好"色"。晚唐诗人诠释着以男女为中心的情感世界。自魏晋时代"诗缘情"的提出,从初盛唐与"神""气"同来的"情"依然是融合着壮志的豪情,渗透着逸致的高情,而到中唐则为对现实人生的钟情。晚唐诗人重"情"并将情感的抒写进一步锁定在以男女为中心情爱世界中并向更深的心灵层面渗透更为复杂的情绪。体现为情的真挚与厚重,情的纯粹与丰富。李商隐称:"人禀五行之秀,备七情之动,必有咏叹,以通性灵。"(《献相国京兆公启》)韩偓说:"不能忘情,天所赋也。"(《香奁集序》)又说"言情不尽恨无才",基于对情的充分认同,极力表现情感世界成为一代诗人的艺术追求。晚唐许多诗人都自觉不自觉地将笔触伸入了男女之情这个正统文学的禁区。最能体现晚唐诗坛浓情蜜意的要数李商隐的情诗了。他的一些《无题》诗描写闺阁之情,把女性悱恻的思绪、婉曲的心理描摹得那样深沉、细腻,以至意象超越了文字符号本身的含意,实现了爱情诗境的升华与深化。纪昀说:"《无题》诸作……以曲传其郁结,故情深调苦,往往感人。"正道出了义山艳情诗的精髓,诗人在"无题"中表现了极为复杂的内心世界,当诗人走进他所爱女性的世界时,当他深入自己幽微的内心深处时,发现自己的情怀是这样深挚难绝,在这样的感情中,男女感同身受,已无主从、中心与附属的区别。例如这首《无题》:

相见时难别亦难,东风无力百花残。

春蚕到死丝方尽，蜡炬成灰泪始干。

晓镜但愁云鬓改，夜吟应觉月光寒。

蓬山此去无多路，青鸟殷勤为探看。

诗中首联点出情人别离之苦，以东风无力百花凋零烘托无限愁绪，寄托一片痴心，颔联写情思不断，蚕丝回环，言无尽缠绵；烛泪不止，喻人泪涟涟。春蚕和蜡烛的无私付出，连生命都在所不惜，生命为了爱情而燃烧，给心爱之人送去光明和温暖是生命的本色与辉煌。以付出生命为代价去追求真挚的爱情是生命的绝响。"晓镜但愁云鬓改，夜吟应觉月光寒"，晓妆临镜，面对渐渐变白的鬓发，你愁我也愁。换句话说就是岁月无情人有情，纵然你的青春风华不再，也丝毫不会改变我对你的一往情深。月下吟咏，夜深露浓风冷，在外面待得太久你会着凉。愁坏、冻坏了你的身体，比割下我的心肝肉还要难受。诗人以独特的情感视角诠释着真爱，选取"晓览镜、夜吟咏"这两段人的心理最容易发生微妙变化的光景，写出了心爱之人在最需要精神支持时，对方心有灵犀送来细致入微的体贴与关怀的真切感悟。尾联借青鸟传书的典故，寄托自己的希望，却又以蓬山暗喻人神阻隔，终于只能通音信而不能见面，增添了一层愁苦，全诗回环起伏，紧紧围绕着别愁离恨来制造浓郁的伤感气氛。显然，这与传统儒家文化对男女的定位是相悖离的，如果以艳情诗、宫体诗的抒写传统来表现这种恋情是不合适的，所以李商隐爱情诗中弥漫的是非理性的痛苦迷乱、幻灭绝望。"为芳草以怨王孙，借美人以喻君子"①的抒写传统在经历了千百年的传承与儒家文化的阐释之后已渐趋僵化，几乎成为符号化的象征而丧失了文学象征所应具有的张力空间和鲜活气息，从这个意义上来说，是李商隐重新激活了这一古老的抒写传统。他的一些《无题》诗表现了士大夫爱情生活的一些特点，由于封建礼教的束缚，人们对爱情与婚姻不能得到满足，于是对爱情产生了种种渴望与幻想。虽然他的诗句中浸透了对爱情、对幸福和自由的向往，但是他的社会地位决定了他缺乏打碎封建枷锁的决心和勇气，所以在作品中有时流露出悲观消极的态度和虚无的思想，例如"春心莫共花争发，一寸相思一寸灰"就是这方面的最好说明。至于"蓬山此去无

---

① 李商隐语，见《全唐文》卷七七八《谢河东公和诗启》，中华书局 1987 年版，第 8119 页。

多路,青鸟殷勤为探看"等句则把追求爱情的期望和幻想交织在一起,充满了浪漫主义色彩,再如《无题四首》其二:

> 飒飒东南细雨来,芙蓉塘外有轻雷。
> 金蟾啮锁烧香入,玉虎牵丝汲井回。
> 贾氏窥帘韩掾少,宓妃留枕魏王才。
> 春心莫共花争发,一寸相思一寸灰!

这首诗以隐喻谐音等手法写失意的爱情,间杂诗人对悲剧身世的愤慨。这又是对男女之情的生发与升华,体现了晚唐艳情诗的深刻与厚重。又如《无题二首》其二:

> 重帷深下莫愁堂,卧后清宵细细长。
> 神女生涯原是梦,小姑居处本无郎。
> 风波不信菱枝弱,月露谁教桂叶香?
> 直道相思了无益,未妨惆怅是清狂。

诗人似乎并不注重具体情事的描绘刻画,而是以空灵的笔意来抒写爱情的迷幻,实则慨叹政治生活遇合如梦的尴尬处境。晚唐是个颇独特的时代:作为文坛主力的文人乃从属于上升的世俗地主阶级,而所处的时代却又属于那种令人绝望的末代。世俗地主文人于斯彷徨迷惘,而晚唐文坛在这秋天似的精神气候中,在飒飒的秋风中,抖擞着、开放着灿烂的秋花。"重帷深下",见出与外界隔绝之深;"清宵细细长",见出相思无眠之苦。"神女"二句,用巫山神女及乐府《青溪小姑曲》"小姑所居,独处无郎"典故,写自己虽然有过短暂的遇合,但爱情的追求终归破灭,至今仍然无所依托。"风波"二句,以风波摧残菱枝,月露不润桂叶,比喻自己受到的痛苦折磨。"直道"二句,言明知相思全然无益,却仍然决定怀抱痴情而惆怅终身。此篇作相思诗读,固已极美,而徐德泓谓其"慨不遇而托喻于闺情也",亦言之成理。黄周星评:"义山最工为情语,所谓'情之所钟,正在我辈',非义山其谁归?"冯浩评:"此种真沉沦悲愤,一字一泪之篇。"张采田评:"通

篇反复自伤,不作一决绝语,真一字一泪之诗矣。”再如:

日　高

镀镮故锦縻轻拖,玉筕不动便门锁。
水精眠梦是何人,栏药日高红髲鬏。
飞香上云春诉天,云梯十二门九关。
轻身灭影何可望,粉蛾帖死屏风上。

日　射

日射纱窗风撼扉,香罗拭手春事违。
回廊四合掩寂寞,碧鹦鹉对红蔷薇。

这些诗明显有别于传统艳情诗的审美趣味,透过表面的描写可以发现其中深层的暗示,在诗中描写女孩子失去了青春美丽和天才可以作为士人失意落魄的暗示;描写对难以接近的女子的欲望也可以作为一般的可望而不可即欲望的暗示;描写女人的孤独,也可以暗示诗人自己的孤独。此种寄托之格,正如朱鹤龄《笺注李义山诗集序》分析的那样:“唐至太和后,阉人暴横,党祸蔓延,义山厄塞当途,沈沦记室,其身危,则显言不可而曲言之;其思苦,则庄语不可而谩语之。计莫若瑶台琼宇,歌筵舞榭之间,言之者可无罪,而闻之者足以动。其《梓州吟》云:‘楚雨含情俱有托。’早已自下笺解矣。”杭世骏《李义山诗注序》亦云:“楚雨含情,银河怅望,玉烟珠泪,锦瑟无端,附鹤栖鸾,碧城有恨,凡其缘情绮靡之微词,莫非厄塞牢愁之寄托。”深沉的情感、不尽的思绪借艳体,婉曲见意地得到表达。

同样晚唐另一位大诗人杜牧也在柔情美艳之中呈现着风骨兴寄。杜牧为人不拘小节,好歌舞,多风情,在扬州任幕僚时,常出入歌楼妓馆,以排遣寄人篱下的失意苦闷。身虽沦陷烟花丛中,心中一腔热血犹在。他关心国家的治乱得失,喜论兵议政,写了不少揭露现实黑暗、借故讽今的作品,有比较进步的政治思想。似乎是在众多的描写风尘女子诗篇中,诗人挥洒着自己的才情,但是我们绝对不能因此而简单去定论诗人就是一个出没于“春风十里扬州路(杜牧《赠别》其一)”的浪荡公子。他醉心于情场,描绘了众多的女性形象,其中包含的情感也是极丰富的,或讽喻,或赞美,或痛切慨叹,或寄以孤迥……恰恰是在世风颓败的现实生活中寻找另外一种寄托的表现。杜牧诗中描写的女性形象涉及不同的阶层,上至宫廷,下至妓女,反映的社会生活面极其广阔。如《秋夕》中描绘了正值青春年少的宫女长期幽闭宫中,"轻罗小扇扑流萤""坐看牛郎织女星"夜不能寐,孤寂凄凉的画面。园子里的萤火虫飞来飞去,她拿着扇子去追逐扑打,消遣这美好却又无聊寂寞的漫漫长夜。她遥望着夜空的牛郎织女星,若有所向往,若有所渴慕。"十年一觉扬州梦",杜牧一生冶游于青楼女儿国中,他的诗中描写烟花女子的篇章较多,其中有"不知亡国恨""犹唱后庭花"(《泊秦淮》)的歌女。也有"娉娉袅袅十三馀,豆蔻梢头二月初"的妙龄妓女(《赠别二诗》其一)。在诗人那里,这些烟花女子既是他追慕的异性形象,更是他寄托一腔幽怨情怀的重要对象。晚唐时期,藩镇势力强大,拥兵自固。边境战患频繁。世风颓落,官僚阶层无思国家安危,整日沉迷歌舞逍遥之中。诗人目睹这种腐朽昏聩的现实,深感唐王朝已经危机四伏,行将就寝。当他来到当时还是一片繁华的秦淮河上,听到酒家歌女演唱《后庭花》曲,便感慨万千。他想起了陈后主(陈叔宝)因追求荒淫享乐终至亡国的历史。他想起了那些拥有军国大权而无亡国之忧的达官贵人终日耽于酒色的荒淫腐朽的生活,他们思想空虚,不关心国事的现实。他想起了唐朝末日穷途的将来。这里借歌女之吟唱却再现诗人对国事的隐忧,其情感之痛切、深沉,包含着一种强烈的历史感。柔情见风骨!杜诗的风格有"雄姿英发"的一面,也有柔肠寸断、缠绵挚重的一面。"多情却似总无情,唯觉尊前笑不成。蜡烛有心还惜别,替人垂泪到天明。"(杜牧《赠别·其二》)诗人即将离任奔赴长安,与一位歌女依依惜别。烛光达旦,一对有情人相对无语,以泪代言。离散是一件多么令人愁苦而又无奈的事情呀,这是何其真挚的爱情!诗中将人物情感柔情蜜意的一面凸现得让人心灵为之战栗。与陶潜不忍浊世而热爱田园的宁静淳朴相比照,诗人杜牧寄情女色并抒写其貌之美、情之美、声之美,是花容月貌、温情脉脉的情色对残缺破败、伤感失意人生的一种补偿,亦是委身浊世,抱负难以施展的苦闷之后对美的寻求,对美好一切能成为现实的向往。由于有着"女子困不定,士林亦难期"(杜牧《杜秋娘诗》)的共同伤感,在女性身上,晚唐诗人更多地寄托自己遭际之不幸与内心之幽怨,对女性的认同已使诗人的情感与诗中形象融合无间。李商隐《无题·八岁偷照镜》:"八岁偷照镜,长眉已能画。十岁去踏青,芙蓉作裙衩。十二学弹筝,银甲不曾卸。十四藏六亲,悬知犹未嫁。十五泣春风,背面秋千下。"透过主人公忧伤愁苦的待嫁心理,似乎可以看到诗人"五年读经书,七年弄笔砚"(李商隐《上崔华州书》)、"十六著《才论》《圣论》,以古文出诸公间"(李商隐《樊南甲集序》)的少年才俊,以及他对仕途的渴望,对未卜前途的忧虑。而在晚唐黑暗的仕进之路上,诗人怀着遭受挫折后的伤感,发出了"东家老女嫁不售,白日当天三月半"(李商隐《无题四首·其四》)的美人迟暮、落魄不谐的怨怼。

晚唐诗歌伴随着"情"的深化,是"艳"的张扬。在这方面要首推温庭筠的创作。如果说李商隐的诗将世俗的情欲升腾到缥缈的仙界加以抒发,写出了深情绵邈、神幻空灵的诗韵,那么温庭筠的艳情诗则将感官的刺激还原到审美的层面加以表现,写出了缤纷绚烂、声色并茂的世俗情味,在情感的世界里,一个做着忧郁的梦,一个做着绮丽的梦。

温庭筠在历史上被视为"无行文人",他饮酒、赌博、嫖妓,"士行尘杂,不修边幅,能逐弦吹之音,为浮艳之词""尤善作乐府歌词,思致神速,语工新造,其描写富贵处,芊绵绮合,为人所不能及"。工诗善词,"多作侧词艳曲"[1]在其今存的325首诗中(此据《全唐诗外编》,另《杨柳枝》十首为词调,不计),绮艳诗80余首,约占四分之一,数量相当可观。绮艳诗作的丰富,绝不仅是温飞卿"士行尘杂"的结果。而是与温庭筠的人生经历有关。温庭筠为温彦博之裔孙,"弱龄有志"(《上杜舍人启》),"尝研穷简籍,耽味声诗"并"粗承师法"(《上蒋侍郎启二首》)。他本希望通过苦心砚席来展露才华、荣身仕宦。但当时党争激烈,功名难觅。他托身无所,只得浪迹江湖。《玉泉子》记他本依托表亲姚勖的赈济,后因狎邪被笞逐。他大有歧路穷途之叹,愤而改名为"岐"。后来他又一度从庄恪太子游,但太子不久被害,温亦受宦党倾轧排挤,深有"空伤致身错"(《古意》)之叹。温恃才不羁,傲兀王侯,尝讥令狐无学,又作乱科场,为人假手,多为时论不满,故被诬士行有缺而久困科场。正如他在《上裴相公启》中所说:"至于有道之年,犹抱无辜之恨""岂期杜挚相倾,藏仓见疾。守士者以忘情积恶,当权者以承意中伤""徒共兴嗟,靡能昭雪。"在前程断绝的沉重打击下,温对黑暗社会感到失望的

---

① [宋]欧阳修、宋祁:《新唐书》,中华书局1986年版,第3787页。

感伤情绪逐渐加强,遂日渐消沉,"强将麋鹿之情,欲学鸳鸯之性"(《上盐铁侍郎启》),沉湎于酒筵歌席之中,凭欢遣愁,借声色之欢来消解胸中幽愤孤激之痛。他矛盾的性格铸就了他悲剧性的情怀,作为一位浪子文人,烟花柳巷是他寄托仕途失意的场所,他纵情歌楼舞馆,满足于从中所获得的视觉享受和审美愉悦;他鄙弃世俗禁锢,给予女性更多的是赏爱与怜惜,他的诗作绮艳而又饱含幽愤,颇多身世之感与命运之忧。如《春晓》《偶游》等诗作虽多醉心于女性外在容貌服饰器物艳丽繁复的铺陈,风格香软浓艳,尤其是在女性形象的塑造上浸透着浓重的世俗感官色彩,皆极尽细腻描摹、浓艳渲染之能事,常常给人雕缋满眼、惊艳绝丽之感,有偏于弱美的弊病,但大都能潜气内转,突破题材的局限,艺术上自有瑰丽幽约之美,在绮艳之内,又宛转低回、感伤幽怨,颇多忧谗畏讥之苦和功名成空之叹。如《张静婉采莲曲》:

> 兰膏坠发红玉春,燕钗拖颈抛盘云。城西杨柳向娇晚,门前沟水波潾潾。麒麟公子朝天客,佩马珰珰度春陌。掌中无力舞衣轻,剪断鲛绡破春碧。抱月飘烟一尺腰,麝脐龙髓怜娇饶。秋罗拂衣碎光动,露重花多香不销。鸂鶒胶胶塘水满,绿萍如粟莲茎短。一夜西风送雨来,粉痕零落愁红浅。船头折藕丝暗牵,藕根莲子相留连。郎心似月月易缺,十五十六清光圆。

《梁书》卷三十九《羊侃传》载:"侃性豪侈,善音律,自造《采莲》《棹歌》两曲,甚有新致。姬妾侍列,穷极奢靡。有弹筝人陆太喜,著鹿角爪长七寸。舞人张静婉,腰围一尺六寸,时人咸推能掌中舞。"唐诗人温庭筠有《张静婉采莲曲》咏其事,序曰:"静婉,羊侃妓也,其容绝世。侃自为《采莲》二曲,今乐府所存失其故意,因歌以俟采诗者。"诗中所述,一是张静婉的服饰、妆饰、容颜之美艳和歌舞环境之富丽,二是张静婉舞姿之轻盈美妙绝伦,三是《采莲曲》中所蕴含的缠绵悱恻的男女恋情。细细品味这首艳美的诗作,它在古题的传统意义上实现了翻陈出新,不但写尽了舞女张静婉的绝世容颜和非凡舞艺,更渲染了"麒麟公子"对舞女始乱终弃的情节,借以抒写女性丰富而痛苦的情感世界。诗中主人公既自伤不幸,又执着地忆恋往昔,表现出矛盾幽怨的心理。而这种心理的揭示正是通过一系列美艳之词的尽情铺写实现的。温庭筠对女性不幸命运的观照，无疑也带有自身遭遇的投影，从对"红颜镜中老"的叹惋到对"雄心醉中老"的自伤，诗人在声色张扬的"艳情"背后涂抹了一层真实的生命底色。在温诗中此类情诗比较多见，如他《三洲曲》《懊恼曲》《夜宴曲》《舞衣曲》皆属此类。从以闺阁生活、男女情爱生活的描写，温庭筠以浓词丽语完成了对女性形象乃至心理的刻画，这样的精雕细琢更多的是为抒发主观情思服务的。温庭筠艳诗往往直接将主观情感投射于审美对象，如"秦女含嚬向烟月，愁红带露空迢迢"（《惜春词》）对韶光逝去的愁绪；"窗间断暗期"（《太子西池二首》）佳讯无期的怅惘；"幽态竟谁赏"（《题磁岭海棠花》）知音难觅的酸楚，实际上就是诗人"谒王侯""乞鱼钩"①，沉沦下僚，落拓不偶，慨叹功名成空心态的委曲反映，只是个中消息都隐含在绮丽的形式之中，而以艳情来寄托罢了。

在表现形式上，温、李二人的艳情诗又同中存异，李商隐的艳情诗全为近体，写得绮丽而精工，情深而意晦，多别有寄托；而温庭筠的艳情诗多为乐府歌曲，前人曾指出他学习六朝民歌写法，色彩浓丽，辞藻艳丽，语言风格与他的曲子词非常接近。温庭筠初步完成了晚唐艳情诗词的一体化，如他用《南歌子》曲调既写有两首七绝体，又写有七首长短句体，到唐末韦庄、薛昭蕴、牛峤、张泌、韩偓等人的艳情诗词已达到了高度一体化。温李并称，他们二人形成一股创作合力，从整体上营造了那个时代诗坛的浓艳与深情。可见，"温李新声"②激发了后来者的创作灵感，同时也架构起诗词互动的平台。所不同的是温李时代的诗人们尚还清醒，还能很理智地将那纷繁复杂的感受加以梳理，细针密线地编织进情爱的幻梦之中，聊以自慰，那么这种情感的指向在兵荒马乱、生灵涂炭的唐末则由颓废的心绪一变为堕落的情欲。这也直接导致艳情题材出现了新的创作趋势。唐末咸通、乾符以后的艳情诗，大都是文人们冶游狎妓的产物，直写艳情者多，别有寄托者少，与当时盛行的曲子词已经完全一体化。韩偓的《香奁集》"词旨淫艳，可谓百劝而并无一讽矣"（纪昀《书韩致尧香奁集后》），可见"艳"的色彩突出了而"情"的成分却淡化了。

---

① 温庭筠《寄裴生乞钓钩》诗云："一随菱棹谒王侯，深愧移文负钓舟。今日太湖风色好，却将诗句乞鱼钩。"

② 语出元好问《论诗绝句三十首》："风云若恨张华少，温李新声奈尔何"，言温庭筠、李商隐之诗风云气少，有讥讽之意。本书引用主要以其指代温、李一派诗歌，尤其是绮艳题材的艺术风貌，并无贬义色彩。

如果说六朝那些浮艳绮靡的诗篇大多艳情诗止于艳,而乏乎情,那么到晚唐这一题材的兴盛主要表现就是情感的注入,以温李为代表的晚唐诗人延着中唐元白的诗路,进一步将人生际遇、心灵感悟一并写入艳情,用超越前人的艺术手法来驾驭传统的绮艳题材,提升了艳情诗的品位与格调,唱响了这一脉诗歌最为跃动的一段旋律,展现了艳情诗如此动人的艺术魅力。他们在艳情诗中或是寄身或是托心,在温柔乡里回避着现实,共同的人生处境造就了"温李新声",也充分拓展和深化了古典诗歌表现情爱的艺术空间,人间天上,事艳情哀。温李在南朝和唐初宫体艳诗的老调上唱出了新曲,以艳情的形式演绎着"生命进行曲",这是一代士子出离庙堂、浪迹市井,在繁华都市中对苍凉心境、落拓情怀的一种释放,更是一代诗人潜心诗艺、月锻季炼,在命运泥淖中对人生意义、自我价值的一种救赎。

本 章 小 结

对晚唐诗歌的情感世界巡视后,我们发现,虽说时代的衰败和诗人的失望情绪造成了作品中气势和力度的削弱,但这并不就意味着诗歌艺术本身的衰竭,它只是向另外的方向发展了。晚唐诗人与现实世界疏离的同时洞开了心灵的家园,情爱的天地、历史的时空。唐诗在晚唐诗人的笔下明显地转向抒写个人情思,表现个人的生活情趣和矛盾复杂的内心世界。温李的咏史怀古诗流露出浓厚的感伤之气,叹世道的衰微,个人的沦落;艳情诗中则往往有着深沉的寄托,这是特定时代的折光。他们凭借敏锐的审美感觉来发掘诗歌的素材,尤其注重对感觉意绪的捕捉,对历史空间的再现以及对情爱氛围的描摹,从而完成对生命的深度体验。正因为如此,我们看到温李笔下的咏史诗往往能够突破"史"的局限,真正进入"诗"的领域,引发关于社会、人生的诸多命题;艳情诗亦能透过艳的韵调,诠释复杂的情感,呈现生命的底色。晚唐诗人在咏史诗和艳情诗的创作上都超越了前代同类题材的创作,丰厚了诗歌的意蕴,深化了艺术的主题,实现了文本的升华,传递出现实在心灵中的投影和回声,诗的境界突破了时空的限制,模糊了真与幻、古与今的界限,向深处的心灵宇宙、远处的历史空间、私密处的情爱世界开掘出一片新的诗歌艺术天地。

第三章　晚唐诗歌的意象抒情

　　内敛的晚唐诗人们较少采用直抒胸臆的方式,而是创造性地运用了意象化抒情的方式,把握心灵的感受,遵循情感的流程和意绪的变化在内心世界镕铸意象,使情感抒发更为空灵幽渺。晚唐诗歌意象生成的过程往往借助于想象,虚拟、幻化等手段,意象往往色彩浓烈,主观化的特征明显。常常于具象和抽象的巧妙转逆之间创造意象,通过类似"蒙太奇"式的手法实现意象之间的跳跃性组接、以意象叠加的方式渲染复杂纷繁的思绪,在表现与隐藏之间诠释诗人深幽细腻的心灵和情感,意象富于朦胧迷离的美感,有着丰厚的内涵并呈现出多义性和象征意味。晚唐诗人们用自己的人生体验,及其对自然、社会、生命的理解和感悟,"窥意象而运斤"(《文心雕龙·神思》),妙造诗境,成就了诗歌的含蓄空灵之美,意象化的抒情方式是晚唐诗歌艺术的一个亮点。

　　如果说"唐代在中国诗歌史上是诗歌艺术屡屡发生新变的时期"[1],那么意象抒情作为诗歌艺术的重要表征,在唐代无疑也经历了一个发展变化的过程。从主客观的融合方式上看,初盛唐的诗人往往以平和的心境、从容的视角看取大千世界,捕捉诗意,融情入景,借景抒情,侧重客观的描绘方式,我们看到诗才天纵的李白喜欢抒胸臆而以客观物质作陪衬,杜甫则多寓情感于景物或叙事之中;中唐韩孟诗派开辟了一条主观化的道路,主观意志与主观情感的表现尤为突出;到李贺,则进一步发展了重主观、重感觉的艺术思维,笔补造化,诗中多心造之象,以新颖奇幻的艺术构思创造了一个幽艳奇诡的意象世界。以温、李为代表的晚

---

[1]　余恕诚:《唐诗风貌》,安徽大学出版社 2000 年第 2 版,第 120 页。

唐诗人正是沿着此路向内心世界搜寻,营造精美的意象,使中国古代诗歌的意象抒情达到了一个新的境界。

一、意象的特征

晚唐诗歌艺术的精妙之处在于充分意象化。诗歌创作过程,实际上就是审美意象受孕、构思、熔铸,并传达诗人情感体验的过程。在晚唐诗歌意象的择取和生成的过程中都有着明显的幻化特征。晚唐诗中大量运用虚象,即使是实象也都涂抹了浓浓的主观色彩,心灵熔铸,亦真亦幻,从而使情感的抒发趋于空灵幽渺的一面。

杜夫海纳在《审美经验现象学》中将"物象"分成"艺术质料"和"物质质料",以区别艺术和非艺术,并指出只有通过"审美知觉"才能发现具有艺术价值的"艺术质料"。[①] 可见,客观物象也需要意向性和向心力,需要诗人之思对物象之境的渗透力与穿透力,才能进入艺术的视域。晚唐诗人们潜心于诗艺创造,"审美知觉"高度发达,从而发现和生成了大量的"艺术质料"。同时我们注意到,当"意象"作为一种艺术表现形式进入到诗歌作品中时,具有不同审美观念的诗歌创作者,总会根据自己的创作习惯和爱好,对意象系统进行过滤和选择,赋予它新的美感与内涵,这就是意象择取和生成的复杂性。从诗人的艺术构思过程来看,意象的生成大致可分为由象生意和由意寻象两种类型。

晚唐诗两种类型兼具,但以"由意寻象"更擅胜场。叶嘉莹先生将其称为"缘情造物",在《从比较现代的观点看几首中国旧诗》一文中指出:"至于义山,这才真的是一位意象化的大师。……而义山诗中之意象则是'缘情造物',在义山诗中我们可以清楚地感觉到,作者对于意象的有心制造和安排。有时在义山诗中所表现的就是一片错综繁复的缤纷的意象,……其意象之所取材,也就特别偏爱于某些带着恍惚迷离之色彩的非现实之事物,因为唯有这些非现实之事物,才能够表现出他的哀伤幽眇的情思。"[②]以温、李为代表的晚唐诗人将元和诗坛那种主观化的构思方式与表现特点进一步发扬和深化,以意象化的抒情方式来表达深隐幽微的心灵世界。

---

① [法]杜夫海纳:《审美经验现象学》,韩树站译,文化艺术出版社 1992 年版。
② 叶嘉莹:《迦陵论诗丛稿》,河北教育出版社 1997 年版,第113~114页。

　　诗人们先有主观情感冲动或理性认识,然后搜寻相应的客观物象,实现寄托隐含,构成意象,即所谓由意寻象,在这个过程中,"意象"成为一种心灵的图画,是自心灵的眼所见的东西。王昌龄说:"搜求于象,心入于境,神会于物,因心而得。"(《诗格》)"因心",出于意识中的某种目的,而搜求的最终结果是得到了象。徐寅也说:"先须令意在象前,象生意后,斯为上手矣。……凡搜觅之际,孜孜在心,终有所得。"(《雅道机要》)在创作实践上,晚唐诗人普遍执着于心灵世界的开掘,所以他们更多地从主观感受出发来择取意象,以"心象"来熔铸物象,晚唐诗中最具艺术创造性的诗歌多为着意追寻和表现自己心象这一类。如李商隐笔下的:"无蝶殷勤收落蕊,有人惆怅卧遥帷""玉盘迸泪伤心数,锦瑟惊弦破梦频"(《回中牡丹为雨所败二首》),暮雨春寒,绝无舞蝶前来殷勤收取落花,"收落蕊"是诗人之心象。牡丹因风雨委顿,遥看犹如佳人惆怅卧于帷中。此处写牡丹为雨所打,孤寂落寞,无怜惜救助者,希望破灭,联系牡丹因风雨摧残而伤心迸泪,这实际上是诗人理想破灭的心象写照。再如《蝉》:

> 本以高难饱,徒劳恨费声。
> 五更疏欲断,一树碧无情。
> 薄宦梗犹泛,故园芜已平。
> 烦君最机警,我亦举家清。

　　作为一首咏物诗,做到了遗貌取神,超象入理,因物见人。蝉鸣本是无知之物的鸣叫,并非因难饱之恨而费声,蝉亦不会感到绿树之无情。上半四句,所写的蝉,已化作诗人的心象,致力于揭示它的感情、感受与心理。下半四句,写自己的清贫,"烦君"一句,可见其与鸣蝉对话。纪昀称此诗首联斗起有力,意在笔先。在诗人构思之初,已将其情其意移入诗中,而此情此意正是诗人的身世之感,因之"蝉"成了这复杂感受的形象载体,"本以高难饱,徒劳恨费声",蜕于浊秽,餐风饮露声声悲吟的蝉性成为诗人心灵的外化,品格清高,不同流俗,终生潦倒,苦无知音的诗人可谓"与蝉同操,与蝉同病"。而"五更孤欲断,一树碧无情"一联更以"碧无情"三字渲染一种幻缈的意境,不难想见是作者羁役幕府心力交瘁,举目无亲的那种"冷极幻极"的心象投影。借"蝉"来解读自己心灵的密码,结尾处感慨世事,人蝉双写,神理俱足。又如:"一春梦雨常飘瓦,尽日灵风不满旗"(《圣女祠》)、"嫦娥应悔偷灵药,碧海青天夜夜心"(《嫦娥》)——诗人的飘忽空幻之感,如梦雨灵风;流落凄冷孤寂的心境,犹如在碧海青天的广漠空间中的嫦娥,冷凄孤寂之情难以排遣。"以心象融合某些景物或情事铸造出来的形象,与传统的诗歌形象不同,在情与景、主观与客观的交融整合上,较传统的方式更进一层,这是完全主观化了的象,有时甚至是一种幻象。这种熔铸,除李商隐的作品外,在温庭筠等人的诗里也能见到。温庭筠的《达摩支曲》如果'视为一篇《愁赋》'(袁行霈《在沉沦中演进》),则'捣麝成尘香不灭,拗莲作寸丝难绝',正是愁恨绵绵不尽的心象。《瑶瑟怨》:'冰簟银床梦不成,碧天如水夜云轻。雁声远过潇湘去,十二楼中月自明。'后两句展开的意境是那么缥缈,那么悠远,也是'冰簟银床梦不成'之后心象融合物象的一种表现。非常接近李商隐的'如何雪月交光夜,更在瑶台十二层'的意境。"①晚唐诗人笔下的种种精美而奇特的意象,其意义往往不在叙述或简单地抒情,而是在为诗人的心灵世界找一个直接的物化形式,将抽象之情思化为可触可感可知的客观事物,或者是仿佛可能或可知的一种幻象。出现这一特征主要是由于晚唐诗人的主体精神意识升腾,内心世界丰富而敏感,却无绪玩味江河日下的时局,也无心欣赏破败的社会现实,所以在晚唐诗世界里少有盛唐时代的对客观世界单纯而富于激情的讴歌,也没有中唐诗歌对现实人生所给予的热切关注。

如前所述,晚唐诗较之于盛中唐诗在思想情调、艺术视域上发生了重大变化,诗人们的生活空间萎缩了,而心灵空间却拓宽了,他们将时代之悲、心灵之痛、人生之惘,种种难以言说的情绪和感受一并写入诗中,由此前诗歌对公共意象抒情的一般性书写,变而成为充满个性的独特意象表达。张戒以为:"李义山诗只知有金玉龙凤,杜牧之诗只知有绮罗脂粉。"(《岁寒堂诗话》)这一评价虽颇有微词,但却恰恰道出了晚唐诗在意象择取上所呈现的显著的主观化、个性化特征。晚唐时代精神与士人心态的巨大变化,导致这种意象择取的结果是形成了一系列有别于前代诗歌的特定的意象群落,其中最引人注目的是以神话、典故为主的非现实意象群和以女性为中心的闺阁意象群。同时,晚唐诗人也同前代诗

---

① 余恕诚:《唐诗风貌》,安徽大学出版社 2000 年版,第 138 页。

人一样喜欢择取自然物象入诗,只是在对自然的观照中附着了特定时代的色彩,交织成末世的风景,这些意象类型承载了一代文人特有的思绪与情感,共同构成了浓厚的"晚唐气味"。

(一)空灵迷幻的虚象

废名在《谈新诗》中盛赞"温李",说温庭筠"是整个的想象",而"李商隐的诗,都是借典故驰骋他的幻想"①。葛兆光在《晚唐风韵》中也说:"李商隐心中的那种浪漫情调与自卑压抑使他的诗郁结了感情的缠绵结绕……他那种悱恻于情的性格又使他的诗偏于沉郁曲折……那种自感不容于世的心理更使他的诗常常指向虚幻的想象世界。"②晚唐诗人超越了现实的时空,以幻想力来熔铸意象,想落天外的诗情生成了一个个非现实世界可尽相的虚幻意象,其中频繁出现的一类独特意象就是神话意象。

神话意象其实是一种典型的幻象,即以虚幻的物象和事象,表现真实的情意,呈现出意实象虚的特征。这里所说的虚实,是就本质而言的,即以意为实,以象为虚,以幻象虚事表达真情实感。清人章学诚《文史通义·易教下》以《易·睽》之所谓"载鬼一车"与《易·中孚》之所谓"翰音登于天"为例,说"睽车之载鬼,翰音之登天,意之所至,无不可也",认为都是心有所感而营构出来的事象,《诗经·小雅·小宛》:"宛彼鸣鸠,翰飞戾天",即写"翰音"(高飞之音)。宋郭象著有《睽车志》六卷,专记鬼怪神异之事。这些都是意之所至而营构出来的幻象,都是以虚幻之象表现真实之意。叶嘉莹先生曾将李商隐和杜甫做过一个比较,她说:"他们二人皆长于以律句之精工富丽,来标举名物,则又微有不同,杜甫所藉以表现其意象者,多属现实本有之事物……而义山所藉以表现其意象者,则多属现实本无之事物……自文学演进来看,二者虽同为意象化之表现,而义山之以假想之事物,表现心灵之敏锐的境界,较之杜甫之以现实之事物,表现生活中现实之情意的境界,实当为更精致更进步之表现。"③

广采神话传说入诗,的确是温李诗派的一个突出特色,所谓"笔头仙语复鬼

---

① 冯文炳:《谈新诗》,人民文学出版社1984年版,第35页。
② 葛兆光、戴燕:《晚唐风韵》,中华书局2004年版,第6页。
③ 叶嘉莹:《迦陵论诗丛稿》,河北教育出版社1997年版,第112页。

语,只有温李无他人"①。温、李诗中许多非现实性的幻象与幻境,均取材于幻想的神仙世界的意象体系。其中人物故事有嫦娥奔月、素女悲瑟、紫玉化烟、弄玉吹笙、女床栖鸾、穆王西游、王母设宴、庄生梦蝶、望帝化鹃、刘阮遇仙、贾氏窥帘、宓妃留枕等,景物环境有碧城瑶池、绛河云圃、蓬山青鸟、彩凤灵犀、玉生烟、珠有泪、相思树、白玉堂和碧牙床等。

李商隐有一些咏物诗即以神话传说的幻象发兴,如《北禽》:

> 为恋巴江好,无辞瘴雾蒸。
> 纵能朝杜宇,可得值苍鹰。
> 石小虚填海,芦铦未破矰。
> 知来有乾鹊,何不向雕陵。

诗一二句写北禽因爱恋温暖的巴江而不惮瘴雾的蒸腾;三四句写北禽纵能朝谒杜宇,也难避苍鹰之害;五六句写北禽空怀精卫填海之志,实有矰缴射身之忧;七八句写北禽欲学有"知来"之智的乾鹊,飞向雕陵以侥幸避害。全诗写的是诗人随柳仲郢来东川以求托庇,然而尽管得到柳仲郢的辟置,却仍然难免牛党的排挤。诗人因此感伤自己有志反击却无能为力,小心防范而不能自全。最后表示要脱身远害。诗歌通过神话意象的运用,加深了人与所咏之物之间的人文联系。再如《袜》:

> 尝闻宓妃袜,渡水欲生尘。
> 好借嫦娥著,清秋踏月轮。

全诗通篇都是幻象,前二句从曹植《洛神赋》中提取出宓妃"凌波微步,罗袜生尘"的幻象。三四句更幻想这双神奇的罗袜借给嫦娥穿上,让她在清秋时节,踏着长年独守的月轮,飞到她想去的地方。诗人妙用幻象,表达他对那些入道的女子凄清孤寂生活处境的同情,希望她们能摆脱宗教清规的禁锢,去过自由幸福

---

① 元好问评金末诗人王郁:"王郎少年诗境新,气象惨淡含古春。笔头仙语复鬼语,只有温李无他人⋯⋯"参见《元遗山诗集》卷六。

的生活。巧构幻象与妙造幻境,使诗人借一双罗袜,导演了一幕嫦娥踏月的歌舞剧。而温庭筠的《莲花》诗后二句"应为洛神波上袜,至今莲蕊有尘香"亦从《洛神赋》生发想象,谓莲叶凌波,恐是当年洛神之罗袜,故至今莲蕊中似犹含其余香。这一奇思妙想使所咏之莲花平添了几分婀娜的姿态与迷幻的色彩,意境优美,情韵悠长。

晚唐诗人还擅长在想象的世界里对物象进行化实为虚的处理。比如对于月亮,"圆月"也好,"残月"也罢,"月"在晚唐诗人的笔下往往不是一个现实的物象,因而也不会简单地赋予某种情感,他们的诗情不只停留在此前诗歌把酒问月、对月抒怀的层面上,他们的心绪似乎更在月亮之上,喜欢用富于幻想的诗心编织出一个个与月亮传说相关的美妙意象,串联起人间天上的故事,如李商隐的《霜月》:

初闻征雁已无蝉,百尺楼高水接天。
青女素娥俱耐冷,月中霜里斗婵娟。

诗歌先用"征雁"和"蝉"的意象以及"百尺楼""水接天"的意象描绘了时空的变化,秋意浓了,初闻南飞征雁的惊寒之声,突然意识到连月来撩人愁思的蝉唱业已消歇。在月白霜清的夜晚,诗人登楼远眺,只见茫茫月色之中水天相接,一片澄澈空明之景。首二句虚实结合来写环境背景,这环境是美妙想象的摇篮,它会唤起人们绝俗离尘的意念。笔触完全在空际点染盘旋,诗的形象是幻想和现实交织在一起而构成的完美的整体,在自然界萧瑟凄凉的气息中将我们带入出离人间烟火的天上,借助对神话典故的妙手缝制,生动地展现出"青女素娥俱耐冷,月中霜里斗婵娟"的瑰丽画面。秋夜何以如此皎洁明净?那是因为主管霜、月的青女、素娥不畏寒冷,在相互争艳斗美。诗人将自己瞬间的奇思妙想注入客观的物象之中,诗境有如海市蜃楼般梦幻缥缈,"霜月"意象,经神话而人化,赋予了作为传统意象的"月亮"以更新、更美的意蕴。我们似乎可以感受到其间所蕴含的一种坚强的意志和竞争的精神。再如:"嫦娥衣薄不禁寒,蟾蜍夜艳秋河月"(《河内诗二首》)、"嫦娥应悔偷灵药,碧海青天夜夜心"(《嫦娥》)、"兔寒蟾冷桂花白,此夜嫦娥应断肠"(《月夕》)……李商隐对"月"意象神化与形象化

的观照体现了晚唐诗人特有的诗情,正如废名论及晚唐诗与盛唐诗时所指出的那样:

> 他们用同样的方法做诗,文字上并没有变化,只是他们的诗的感觉不同,因之他们的诗我们读着感到不同罢了。古今人头上都有一个月亮,古今人对月亮的观感并不是一样的观感,"永月夜同孤"正是杜甫;"明月松间照"正是王维;"举杯邀明月,对影成三人"正是李白。这些诗我们读来都很好,但李商隐的"嫦娥无粉黛"又何尝不好呢?①

在晚唐诗中,我们还会看到对仙境神界的描绘,其间的非现实意象更是俯拾即是。如果说晚唐才子们的生命像是春天里的秋天,那么,他们笔下的神仙世界则又是这个秋天之中的春天了。如李商隐的《七月二十八日夜与王郑二秀才听雨后梦作》:

> 初梦龙宫宝焰然,瑞霞明丽满晴天。旋成醉倚蓬莱树,有个仙人拍我肩。少顷远闻吹细管,闻声不见隔飞烟。逡巡又过潇湘雨,雨打湘灵五十弦。瞥见冯夷殊怅望,鲛绡休卖海为田。亦逢毛女无憀极,龙伯擎将华岳莲。恍惚无倪明又暗,低迷不已断还连。觉来正是平阶雨,独背寒灯枕手眠。

这是一次梦游仙境的记录。诗中密布的神话意象无疑是诗人错综复杂的意绪的一次集中呈现,而"潇湘雨"与"平阶雨"的切换又有效地接通了虚与实的境界,亦幻亦真,意象神奇而趣味盎然。温庭筠的《晓仙谣》则与此诗有着异曲同工之妙,诗中写道:

> 玉妃唤月归海宫,月色澹白涵春空。银河欲转星靥靥,碧浪叠山埋早红。宫花有露如新泪,小苑丛丛入寒翠。绮阁空传唱漏声,网轩未辨凌云

---

① 冯文炳:《谈新诗》,人民文学出版社 1984 年版,第 227 页。

字。遥遥珠帐连湘烟,鹤扇如霜金骨仙。碧箫曲尽彩霞动,下视九州皆悄
然。秦王女骑红尾凤,半空回首晨鸡弄。雾盖狂尘亿兆家,世人犹作牵
情梦。

全诗紧扣一个"晓"字,破晓时分的景色在诗人笔底历历如绘:月色澹白,银
河欲转,宫花含露,薄雾泛起,晨鸡初弄,九州悄然。用澹白、银、碧、早红、寒翠等
颜色词构成的意象在明丽中透出淡雅,形成一种虚不可及的美。结尾写仙人已
乘凤而去,俗人仍尘梦昏昏,酣睡未醒。正由于情牵难忘,仙境遂成不可企及之
幻境。这是一个单纯的梦想中的世界,这个世界遥不可及,美好清绝,和尘世喧
嚷形成鲜明的对比,寄托着他心底的一份向往之情。生于唐王朝面临解体的时
代,诗人怀恋着曾经繁华的过去,其心底的隐衷不难体会,而对神仙世界的向往
更无疑是诗人在乱世里以虚幻的世界覆盖现实的苦境,借以寻求安慰的一种
方式。

"温李"融诗情于那些动人的神话传说,此种意象运用远承屈宋,近则与李贺
有着很深的渊源。翻开李贺诗集,作者巧妙营造的虚幻意象便会迎面扑来,宛如
进入了一个"童话世界"①。虚幻是李贺诗歌意象的一大特点。这种虚幻集中表
现在贺诗中的鬼冥和神仙两个意象世界。"秋野明,秋风白,塘水漻漻虫喷
喷。……石脉水流泉滴沙,鬼灯如漆点松花。"(《南山田中行》)"南山何其悲,鬼
雨洒空草。……月午树无影,一山唯白晓。漆炬迎新人,幽圹萤扰扰。"(《感讽五
首》其三)"百年老鸮成木魅,笑声碧火巢中起。"(《神弦曲》)……这些诗句写荒
芜的山野,写惨淡的黄昏,写阴森恐怖的墓地,而活动于这些场所的则是忽闪忽
灭的鬼灯、萤光、百年老鸮、食人山魅,由此构成的鬼冥世界是感伤的、幽怨的、阴
森的,甚至是恐怖的,或许他自己也意识到这样的鬼冥世界似乎过于阴暗、压抑
了,需要有一点阳光的东西来维持呼吸。于是,他转而创造了另一个与之相对的
但同样虚幻的神仙世界。"梦入神山教神妪,老鱼跳波瘦蛟舞。吴质不眠倚桂
树,露脚斜飞湿寒兔。"(《李凭箜篌引》)仍带点幽冷的气息;"天河夜转漂回星,
银浦流云学水声。玉宫桂树花未落,仙妾采香垂佩缨。秦妃卷帘北窗晓,窗前植

---

① 参见陶尔夫《李贺诗歌的童话世界》,《文学评论》1991 年第 3 期。

桐青凤小。王子吹笙鹅管长,呼龙耕烟种瑶草。粉霞红绶藕丝裙,青洲步拾兰苕春。东指羲和能走马,海尘新生石山下"(《天上谣》)就比较温馨安详了,然而奇险怪诞的神秘色彩仍然非常浓厚,难免给人匪夷所思之感。而"温李"在神话构成的幻象上突出了感伤与哀怨的情调,怪异色彩被淡化,为表达幽怨的情感,晚唐诗中的神仙世界又是充分女性化的,是王母、瑶姬、湘灵、嫦娥、秦女、萼绿华的世界,其故事传说多与男女恋情有关,景物环境也多是绮丽莹洁或是恍惚迷离的,纤弱而缥缈,它不同于李贺充满了天真异想的童话世界,也与盛唐时代以李白为代表的浪漫主义诗人笔下那充分男性化的,满是大鹏、巨灵、五丁壮士的力的世界不同,它仙韵十足,而又情味盎然。这一特征主要得益于神女意象的运用。

在神话意象体系中神女意象(也包括富于传奇色彩而被神化的女性形象)可以说是最值得关注的,它在李商隐的诗作中得到了充分的体现。李诗以神女为范式书写己之所爱的作品非常多,作为一个十足的理想主义者,其笔下的女性或为世外仙姝,高蹈遗俗,缥缈难寻,如嫦娥、圣女;或瑰丽艳冶,美貌绝世,如梦似幻,如神女、宓妃;或为经典的完美女性的化身,如罗敷、莫愁。他用这些带有唯美色彩,高悬于历代人们心中的美女形象来状自己所欲描绘的女性,使他笔下的女性,尤其是他所爱慕并走进心灵深处的女性,成为一种在读者看来感到既朦胧又清晰,既神往又只可意会而不可言传的形象。在神与人的意蕴交织中让我们想不出她们的容颜,却可以时刻感受到她们与众不同的精神气质。同时,透过这些神女意象,读者可以触摸到李商隐对完美女性、完美爱情、完美人生的向往与追求。诗人正直而有理想,却又缺乏力挽狂澜的勇气,在黑暗不平的社会现实中,他的才华难以施展,理想难以实现,于是他把希望寄托于迷离虚幻的仙人仙事上,附着在柔媚纯洁的女性形象上,这反映了一个衰颓的时代中正直而不免软弱的诗人的悲剧心理——既不满于环境的压抑,又无力反抗环境;既有所追求向往,又时感空虚幻灭;既为自己的命运而深感哀伤,又对造成悲剧的原因感到茫然。通过神话意象的串联,诗人将在现实生活中无法表达之情感意绪得以生动的呈现,不但扩充了诗歌的艺术含量而且强化了诗歌的艺术特质。

神话的一个突出特征就是想象奇特。神话意象这种非现实世界的幻象进入诗歌,本身即是虚构的且富有奇特的想象,加之李商隐善于隐晦自己的感情,所以更增加了诗的迷离情调。如李商隐那首《重过圣女祠》,诗中写道:"萼绿华来无定所,杜兰香去未移时。玉郎会此通仙籍,忆向天阶问紫芝。"这里的"萼绿华""杜兰香""玉郎"均为传说中的神仙。作者用萼绿华下降人间,并无固定的住所;杜兰香升天而去,只是不久前的事,来反衬圣女长期沦谪不归的处境。追忆往昔玉郎助之登仙籍和天阶采芝的情景,与今相对比,更突出了此时的怅惘落寞之情。诗中三处用神话,表面上意在突出圣女的心境,实咏女冠的生活遭遇。因为神话本身就引人产生奇特的想象,所以从诗中的"沦谪迟归",不难想象这寄寓了作者的人生感受,至于到底寄寓了一种什么样的感受,也只有随神话中的神仙忽此忽彼,飘忽难定了。再如《月夜重寄宋华阳姊妹》:"偷桃窃药事难兼,十二城中锁彩蟾。应共三英同夜赏,玉楼仍是水精帘。"诗仅 28 个字,却摄入东方朔偷桃、嫦娥窃药、彩蟾、玉楼、水晶宫和昆仑十二城等 6 个神仙方外的故事,使诗的背景仿佛移至天上,而嫦娥锁于月中,人天阻隔之思跃然纸上,写出诗人对宋华阳姊妹的思念。据粗略统计,李商隐诗中摄入神天仙道、世外传谈的物意或事意在 800 个以上。这些仙道故事,通过道书的传播,本已代代积淀,深印诗人的心中,在唐人的文化心理上蕴积起一层特定的情感意绪,一种令人企羡而又虚无缥缈、可望而不可即的韵味,再摄入诗中,加以意化、情化、诗化,淡化了仙道情韵,而成为人事遗憾、幽怨的寄托。

　　温李一派还擅长融典入诗,用典故来寓其情。典故不旨在隐说事件,而是一种情境的想象。这些典故的运用往往并不注重对事实的解读,而是同样追求幻化、虚化的非写实色彩,淡化本事,凸现情蕴。诗人并没有生引活剥这些典故,恰恰借"意象"之壳出之,不纠缠于事理的阐说,旨在抒写情感意绪。在一首诗中,还往往运用多种典故来表达自己复杂的感情。如"不须浪作缑山意,湘瑟秦箫自有情"(李商隐《银河吹笙》),短短两句诗,作者动用了"王子乔缑山骑鹤""湘灵鼓瑟""秦女弄玉"三个典故,而在破译典故之前意象的提炼已在第一时间进入读者的视野。这一特征在《锦瑟》中得到最突出的呈现:

锦瑟无端五十弦,一弦一柱思华年。

庄生晓梦迷蝴蝶,望帝春心托杜鹃。

沧海月明珠有泪,蓝田日暖玉生烟。

此情可待成追忆,只是当时已惘然。

诗中传达的是一种迷惘虚幻的情绪体验,化用庄生梦蝶、望帝化鹃、鲛人泣珠、良玉生烟四个本身就具有迷幻色彩的典故,抒写伤感、迷惘、虚幻的情感,并与首句的"无端"和末句的"惘然"交相映衬,构筑起飘忽朦胧、迷惘伤感地追忆华年的情绪氛围。全诗颇具扑朔迷离、朦胧绰约之美,第三句中一个"迷"字,恰好概括出了这种审美特征。如果将该诗当作罗列典故一一破译,一一解说,恐怕既徒劳又无趣,但若将典故转换为超现实的意象去欣赏,则可在一个个幻影中寻绎出诗人流溢其间的情感思绪。李商隐的一生,是悲剧的一生,也是闪耀着艺术光辉的一生,当他在将近"知命"之年回顾平生时,想必会因政治上遭到的打击和失败而感到痛苦悲愤,也会因自己诗歌创作的卓异才华而自负和欣慰。但是,《锦瑟》这首诗最突出的特点,就是并没有具体地叙述往事,也没有直接的抒情。而是创造出一系列幽怨凄美的意象,以此来描画心灵。诗人着重提取了回味身世时的种种情绪体验,把它们熔铸于一个个表面不相连属的审美意象之中,在意象间"留白",以此引发读者多方面的联想,因而诗歌内涵丰富了并呈现出多义性的主题:其间可能包含有年华消逝的感怆,理想幻灭的悲哀,国运沦替的忧愤,爱情生活的隐痛以及漫漫人生道路上的种种遗恨。这一切,一并交织成这样一支和谐而多变的奏鸣曲,拨动着人们的心弦。再来看温庭筠的《水仙谣》:

> 水客夜骑红鲤鱼,赤鸾双鹤蓬瀛书。轻尘不起雨新霁,万里孤光含碧虚。露魄冠轻见云发,寒丝七炷香泉咽。夜深天碧乱山姿,光碎平波满船月。

诗中"红鲤鱼"用《列仙传》赵人琴高乘赤鲤事,"赤鸾""双鹤"杂用《山海经》《锦带》《十洲记》仙家以鹤传书等事,"碧虚"出《玄真子》,他如"蓬瀛""云发""香泉""玉波",皆道家之常典,从而营造了一个道教之仙境。然而假使我们不去索解这些典故,似乎也并不影响诗意的表达和诗境的呈现,诗写想象中雨后水神出行的场面,充满了神奇瑰丽的色彩。夜深之际,赤鸾双鹤衔着书信来来往往,水神骑着金色的鲤鱼跃水而出,露重云轻,泉流呜咽,在波光荡漾中,天摇山动,波光如碎玉满船。整首诗将宗教想象转化为艺术想象,意象神奇,结构跳跃,音韵流转,自有一种曲折跌宕的情致。

可见,晚唐诗人笔下由神话、传说、典故等方面得来的形象经过改造之后可以诱发多种联想,这也是虚拟性意象、非现实意象所呈现的空灵迷幻之美,是意象幻化后所扩充的艺术表现空间产生出的无穷魅力。

(二)细美幽约的实象

在晚唐诗中还有大量从客观世界、现实生活中择取物象而营造的意象,然而它们仍然是主观色彩浓郁、充满了梦幻般的感觉,体现了细腻幽微之美,是晚唐诗心的写照和诗情的寄托。主要由以女性生活为中心的闺阁意象群和体现时代氛围的自然意象群构成。

在晚唐,"表现诗人日常生活情趣的诗歌意象大量涌现,甚至到了泛滥的程度"①,晚唐诗中出现了大量表现日常生活情趣的意象,大大丰富了原有的诗歌意象世界,而晚唐诗人日常生活情趣之所在又从传统的书斋走进了女性的闺阁,形成了所谓"闺阁意象",即那些与女性日常生活相关的服饰、器物、场景等,也包括女性在居家生活中的姿容情态等意象。晚唐诗歌中闺阁意象群的生成,源于大量绮艳题材诗歌的创作,反映了晚唐诗人与现实政治的疏离及因之产生的审美理想与审美趣味的挪移。随着世风的衰颓,男性的豪情壮志日渐消歇,晚唐社会"时代精神已不在马上,而在闺房;不在世间,而在心境"②,当时的生活环境,使他们有足够的条件去接触女性,观察女性,欣赏女性。加之仕途上的压力和情感上的需要,晚唐诗人的心理与女性世界走得很近:在诗歌中,他们或是借用女性形象为自己代言,或是描摹女性的苦乐悲欢,抑或是抒写男女之间的真挚情爱,闺阁意象无疑是构成这些女性题材诗歌的重要诗料。

首先我们看到,晚唐诗人对女性的身体及与之相关的生活细节表示出了极大的兴趣,比如"钿尺裁量减四分,纤纤玉笋裹轻云"(杜牧《咏袜》),透过罗袜欣赏伊人的三寸金莲。再如李商隐笔下的:"冰簟且眠金镂枕,琼筵不醉玉交杯"(《可叹》);"蜡照半笼金翡翠,麝熏微度绣芙蓉"(《无题》);"水精眠梦是何人,栏药日高红髲髿"(《日高》)"裙衩芙蓉小,钗茸翡翠轻"(《无题》)……这些诗句

---

① 任海天:《晚唐诗风》,黑龙江教育出版社1997年版,第45页。
② 李泽厚:《美的历程》,天津社会科学院出版社2001年版,第253页。

闺阁意象密集,金碧辉煌,浓香扑面。

闺阁意象的运用既点染了诗歌的氛围,带来诗意的精致优美,又有效传达了诗歌的情感。如李商隐《无题》:"八岁偷照镜,长眉已能画。十岁去踏青,芙蓉作裙衩。十二学弹筝,银甲不曾卸。十四藏六亲,悬知犹未嫁。十五泣春风,背面秋千下。"诗中以"照镜""长眉""裙衩""银甲""秋千"等典型的闺阁意象状写了女孩成长的历程。再如他的《蝶三首》:

> 初来小苑中,稍与琐闱通。
> 远恐芳尘断,轻忧艳雪融。
>
> 只知防皓露,不觉逆尖风。
> 回首双飞燕,乘时入绮栊。
>
> 长眉画了绣帘开,碧玉行收白玉台。
> 为问翠钗钗上凤,不知香颈为谁回。
> 寿阳公主嫁时妆,八字宫眉捧额黄。
> 见我佯羞频照影,不知身属冶游郎。

诗人以拟人化的手法,逼真传神地写出了"蝶"的芳馨、轻盈、艳丽的形体和姿态。"长眉""绣帘""翠钗""钗上凤""香颈"这些闺阁意象同样生成了浓艳香软的诗境,女性的姿容与美感跃然纸上,词之雅艳,妙不可言。

对于"多作侧词艳曲"的温庭筠来说,闺阁意象更成为其诗中的高频意象。温诗与温词一样颇多对于女子的装扮、意态、形体、心理等的描绘,出现大量的"蛾眉""纤腰"以及"羞""恨"等刻画女子容颜、形体、表情和心理的意象,又有"铜壶""宝马""琼瑟""金梭""罗幕""骊珠""绮阁""珠帐""玉墀""绣屏""蝉衫""麟带"等具有色彩美、富贵气的意象充斥诗篇。总的来看,温庭筠擅长以清新绮丽、细密精工的笔法从细微处刻画妖娆多姿的女子。如他的《照影曲》:

> 景阳妆罢琼窗暖,欲照澄明香步懒。

桥上衣多抱彩云,金鳞不动春塘满。

黄印额山轻为尘,翠鳞红稚俱含嚬。

桃花百媚如欲语,曾为无双今两身。

通过描写少妇临水照影发其闺怨。全诗除用"香步懒"点明人物外,几乎全是景物铺叙,从室内陈设的豪华和冷清,到室外大自然的生机勃发,多层次、多侧面地沉浸烘托出主人公的青春寂寞、红颜暗老。通过描摹女子的意态,来揣写她们感情的波澜和心理的情绪,通过描写女子服饰的色彩和娇美的容颜等来传达审美的愉悦。这位风流倜傥的浪子文人文思清丽,才思敏捷,擅长音律,他的种种才华都展现在世人所追求的功利之外,他沉溺于风花雪月、美女如云的香楼翠馆,爱这些花面蛾眉的佳人,悲戚于这些女子的不幸命运,并用一支精工妙笔尽情刻画了一个艳丽、美好的女性世界,实际上也是对昏暗恶浊的现实的无奈、厌弃与退避。由于温庭筠经常出没于歌楼舞榭之中,触目所及的都是华丽富贵的陈设和锦绣满堂的深闺,所交往的人物多是温柔娇媚的女性,所以他的诗词多由闺阁意象架构而成,带有明显的女性化色彩,来看这首《经旧游(一作怀真珠亭)》:

珠箔金钩对彩桥,昔年于此见娇娆。

香灯怅望飞琼鬓,凉月殷勤碧玉箫。

屏倚故窗山六扇,柳垂寒砌露千条。

坏墙经雨苍苔遍,拾得当时旧翠翘。

诗作从回忆彩桥上的珠箔金钩中初见娇娆的女主人公写起,以"香灯怅望飞琼鬓,凉月殷勤碧玉箫"描绘她的容貌神态,相当精细,然后写伊人去后倚屏扶柳的相思,最后以独自踯躅,在雨后苔下"拾得当时旧翠翘"作结。全诗中,珠箔、金钩、彩桥、娇娆、香灯、琼鬓、凉月、碧箫、屏窗、柳丝、苍苔、翠翘等华美精细的意象和色彩明丽的辞藻纷至沓来,令人目眩神迷、应接不暇。再如《偶游》:

曲巷斜临一水间,小门终日不开关。

红珠斗帐樱桃熟，金尾屏风孔雀闲。

云鬟几迷芳草蝶，额黄无限夕阳山。

与君便是鸳鸯侣，休向人间觅往还。

诗表达的是一个女性的哀怨，对这种哀怨的刻画却通过富有特征的景物的铺排透露出来，由曲巷而至小门，由外面而至闺阁，由"红珠斗帐""金尾屏风"的铺写，再至主人公"高髻翘鬟""施朱敷粉"的描绘，画面富于跳跃性。

晚唐诗运用大量闺阁意象状女性生活之情态，既有诸如裙衩、罗裳、画屏、纱窗、锦帐、绣楼、珠帘、衾枕、秋千、灯烛等实物意象，又有与之相呼应的梦、思、愁、惆怅、寂寞等人物心理映象。通过细节渲染、心理描写、环境烘托等多种艺术手法，传达女性幽邃隐秘的心理状态，使得女性形象自然、真切、丰满、生动，这是对女性世界较为全面而平等的观照。与齐梁的宫体诗相比，在继承中实现了超越，超越了对女性单纯物化的描写，超越了"影里细腰""镜中好面"（萧纲《答新渝侯和诗书》）式的低级刻画。晚唐诗歌从意象角度对书写女性题材的开拓和创新又直接影响了词的创作，晚唐五代词乃至宋词对女性世界的全面揭示也正得力于丰富多彩的闺阁意象的运用，它们无疑成为支撑词境不可或缺的框架。

与对香软细美的闺阁意象的择取相呼应的，是晚唐诗人在外部空间里往往也注目那些幽微纤弱的事物。在晚唐诗人的笔下，出现了一个带有时代气息的自然意象群，其特点是意象形态的细小纤弱。诗人们对趋细、趋小、趋柔的景物表现出浓厚的兴趣，喜欢以衰飒萧条之自然物入诗，如为雨所败的牡丹，被人剪伐的嫩笋，枝残叶萎的枯荷，飘荡纤弱的杨柳，以及寒月、夜雨、残花、秋池、钟漏、孤鸾、独鹤、疏萤、暮蝉等，并将其熔铸成含有哀愁、彷徨、伤感色彩的意象，这是晚唐诗在意象运用上区别于此前各个阶段的一个特征。

晚唐诗人们眼中的自然世界似乎总是阴天多于晴天，秋日多于春朝，残照多于骄阳，花多凋零，雨多清冷，枯枝败叶、残花弱柳、斜阳晚照、秋风冷雨、古道荒城、寒蝉暮鸦这些衰落之象。即使是以"俊爽"著称的杜牧，其诗也不免被时代的烟云雨雾所笼罩，吟咏出感伤凄凉的调子，如《金谷园》："繁华事散逐香尘，流水无情草自春。日暮东风怨啼鸟，落花犹似坠楼人。"《旅宿》："旅馆无良伴，凝情自悄然。寒灯思旧事，断雁警愁眠。远梦归侵晓，家书到隔年。沧江好烟月，门系钓鱼船。"《中秋》:"暮云收尽溢清寒,银汉无声转玉盘。此生此夜不长好,明月明年何处看。"《秋夕》:"银烛秋光冷画屏,轻罗小扇扑流萤。天阶夜色凉如水,坐看牵牛织女星。"而许浑诗中的"景联",则呈现出一幅幅风物残萎、旷寂凄迷的画面。诗人选取的逝水、寒雨、夕阳、秋色、荒草等自然意象熏染着浓重的主观感情和哲思的光晕,经有机组合,含蓄蕴藉,表现参透世道和感时伤世之情,如《石池》:"通竹引泉脉,泓澄深石盆。惊鱼翻藻叶,浴鸟上松根。残月留山影,高风耗水痕。谁家洗秋药,来往自开门。"诗中以"水"意象为中心,串联起"惊鱼""浴鸟""残月""山影"等细微幽渺的意象,诗境空明纯净、简淡旷逸。刘沧笔下更是频繁出现寒凉荒败的自然意象有"绿芜寒野、空林莎径、秋山荒台、田园荒草、石壁杨柳、浩渺兼葭、黄埃折碑、荒冢古庙、破斋枯松、晚风寒磬、落日鸣蝉"等,大多染上了一层寒凉的秋意,而在他今存的 101 首诗中,又多黄昏夜幕之象:其中"夕阳""落日"者 18 首;"月"46 首;"晚"31 首;"暮"13 首;"夜"9 首。这些都很典型地代表了晚唐诗人在自然意象择取上的偏好。

　　诗人们深味着时代的衰败,身世的飘零,精神的困顿,以自我的心灵体验去观照客观世界,没有盛唐诗那种雄浑的气象和壮阔的时空境界;瞩目山河大地,往往不注意把握它的整体景观和内在气象,而是着重捕捉其局部细微的形态和变化,或属意一花,或分题一草,转向一种纤细的意趣,在意象择取与生成的过程中渗透着末世的感伤情调。同时,承载上述诗歌意象与意境的诗体也与之适应,于是我们看到晚唐人刻苦锻炼的短制,虽然未免气象促迫、气格较弱,却恰恰能够安置诗人们所选取的那些细柔、玲珑的意象,能够营造具有晚唐心理整体内延性特色的诗歌意境。在诗歌理论上,盛唐所推崇的"气骨"不再被重视,而是发展了"兴象",诗人的普遍艺术追求和审美风尚不再是充沛的感情、阔大的气势,而是追求感情的细腻、韵味的绵长。意象的使用也突破了审美点缀的功用,成为一种直接呈现作者情感和心境的方法和载体。晚唐诗人开辟的正是这样一条以意象呈现体验的道路,他们将细微敏感的心灵熔铸成了一个精致玲珑的意象世界,在他们笔下那些纤柔的、细弱的、凄清的、萧瑟的、飘忽不定的蜂蝶莺蝉、微风细雨、枯荷败柳都是被损害、被冷落、被摧残、被阻隔的对象,诗人在这些幽怨、凄婉、缠绵、伤感、备遭冷落摧隔之物、象、境上倾注情感,寄托情怀,体验与自己异质同构的身世命运,如李商隐的《宿骆氏亭寄怀崔雍崔衮》:

竹坞无尘水槛清,相思迢递隔重城。

秋阴不散霜飞晚,留得枯荷听雨声。

全诗紧紧扣住了诗题的"寄怀",诗中的修竹、清水、静亭、枯荷、秋雨这些细柔的意象无不成了诗人抒发情感的凭借,成了诗人寄托情感的载体。那枯荷莫不就是诗人的化身,而那"雨声"也远不仅是天籁之韵了,或许它还是诗人在羁泊异乡、孤苦飘零时,略慰相思,稍解寂寥的心韵! 由此可见,轻清细微的晚唐诗风虽力弱声屐,然亦是一种精神所注,诗人们所追求的不是远大、无限之美,而是小巧、灵动、精致之美。"晚唐诗人在细微局部的审美感受上是出类拔萃的,在捕捉细腻的、富于表现力的意象,选择微妙的语词、构筑幽远婉约的意境方面几乎可以说超越了以往任何一个时代。"①

晚唐诗中集结着诸如"斜、残、寒、枯、败"等一系列表现残缺、不完美的字眼,欣赏一种幽约、凄艳的美,这一方面是受老庄美丑相生相依,没有完美,取法自然,强调和谐美学观点的影响,因为晚唐社会的破败与残花、夕阳是和谐的,正如古罗马美学家朗吉驽斯说:"整体中任何部分如果割裂开来孤立看待,没有什么引人注意的,但是所有各部分综合在一起,就形成了一个完美的整体。"另一方面,也与山河的破碎,士人心态的衰老、凄凉相适应,"忽忽此生已老,忽忽此日又暮"②,晚唐国势日落崦嵫,世风不及盛唐那样振奋,元和中兴昙花一现,随之而来的是晚唐士人更大的幻灭和绝望,唐代由盛而衰与士人心态的转变、审美情趣的转变是同步的。

在把握晚唐诗人情感基调的基础上,去体味、审视诗人在心灵涌动中渗透出的对人生的思考,不难看出其心灵的孤独、失落与迷惘。"晚虹斜日塞天昏,一半山川带雨痕"(雍陶《晴诗》)、"白杨落日悲风起,萧索寒巢鸟独奔"(刘沧《过北邙山》)、"流莺漂荡复参差,度陌临流不自持"(李商隐《流莺》)……在伤春悲秋的情感下晚唐诗人用他们的独特视角看取客观世界,向我们呈现了那个走向衰亡

---

① 葛兆光、戴燕:《晚唐风韵》,中华书局2004年版,第7页。
② 参见金圣叹《杜诗解》卷四释杜甫《日暮》诗:"忽忽此生已老,忽忽此日又暮,……壮夫读之,遍生不乐。"

的时代所特有的风物,这些衰飒、弱质的意象成了晚唐诗中最常见的自然图景和心灵表现。

(三)虚实相生,亦幻亦真

无论是虚象入诗还是对实象的择取,晚唐诗在意象生成上都着意于主观感受,多以幻化虚拟的方式来营造迷离空灵的意象之美。如李商隐《板桥晓别》:

> 回望高城落晓河,长亭窗户压微波。
> 水仙欲上鲤鱼去,一夜芙蓉红泪多。

诗中的"水仙欲上鲤鱼去"暗用琴高事,通过艺术化的处理,将离别的现实场景幻化成"水仙欲上鲤鱼去"的神话境界,构成诗歌新奇浪漫的情调,"一夜芙蓉红泪多"暗用薛灵芸事,将送行者暗喻为水中芙蓉,以表现她的美艳;又由红色的芙蓉进而想象出它的泪也应该是"红泪",这种天真烂漫的想象,颇有些类似李贺《金铜仙人辞汉歌》中"忆君清泪如铅水"的奇想。作者用传奇的笔法来写普通的离别,将现实与幻想融为一片,创造出色彩缤纷的童话幻境,故前人评价:"义山多奇趣。"(张戒《岁寒堂诗话》)。意象幻化的特征不单从神话意象和典故中生成,更是一种独特的艺术手法,用这种手法晚唐诗人笔下的许多意象都多了一层如梦似幻之感。我们试比较一下盛唐诗人和晚唐诗人笔下的荷雨意象:

> 烛至萤光灭,荷枯雨滴闻。
>
> ——孟浩然《初出关旅亭夜坐怀王大校书》
> 秋阴不散霜飞晚,留得枯荷听雨声。
>
> ——李商隐《宿骆氏亭寄怀崔雍崔衮》

李商隐的诗句从孟浩然诗的下句化出。两者都借雨打枯荷的声响写旅邸寂寞不寐,表达对友人的怀念。然而孟诗是实写,李诗则把描述性意象改造为虚拟性意象,写预想的情景。秋阴不散,秋霜不降,似有意护惜枯荷,留待孤客听雨,写出秋阴、秋霜的有情,感受独特,意象空灵。"秋阴不散霜飞晚,留得枯荷听雨声"——诗中甚至消解了主体形象的存在,只剩下一颗寂寞的灵魂在阴霾与凋残中听着生命的节奏,感受着其中的孤独与凄冷。全诗情寓景中,朦胧地传达出凄清空茫的意绪。《细雨》一诗同样用了这种幻化的笔调:

> 帷飘白玉堂,簟卷碧牙床。
> 楚女当时意,萧萧发彩凉。

诗中"白玉堂",指天宫,相传中唐诗人李贺临死时,看见天上使者传天帝令召唤他上天给新建的白玉楼撰写记文。"碧牙床",喻指天空,蔚蓝澄明的天空好像用碧色象牙雕塑成的卧床。这里将细雨由天上洒落,想象为有如天宫白玉堂前飘拂下垂的帷幕,又像是从天空这张碧牙床上翻卷下来的簟席。帷幕、簟席都是织纹细密而质地轻软的物件,用它们作比,既体现出细雨的密致形状,也描画了细雨随风飘洒的轻灵姿态。接下来,再借用神话传说材料作进一步形容。"楚女",指《楚辞·九歌·少司命》里描写的神女,诗中曾写到她在天池沐浴后曝晒、梳理自己头发的神情。"萧萧",清凉的感觉,想象神女当时的意态,那茂密的长发从两肩披拂而下,熠熠地闪着光泽,萧萧地传送凉意,不就同眼前洒落的细雨相仿佛吗? 这个比喻不仅更为生动地写出了细雨的种种特征,还特别富于韵致,逗人遐想。整首诗联想丰富,意境优美,如"帷飘""簟卷"的具体形象,"白玉""碧牙""发彩"的设色烘托,"萧萧"的清凉气氛,尤其是神女意态的虚拟摹想,合成了一幅神奇谲幻、瑰丽多彩的画面。再看杜牧的《江南春绝句》,同样体现了由实转虚,虚实相间的意象运用:

> 千里莺啼绿映红,水村山郭酒旗风。
> 南朝四百八十寺,多少楼台烟雨中。

这首诗用鸟瞰取景的手法,把千里江南莺啼燕语,绿嫩红肥的明丽春光铺展在读者的眼前,使读者的心胸也似乎扩展到能容纳千里的幅度。后两句借南朝迷恋佛教,大建佛寺,导致国力贫弱而终于沦亡的教训,来提醒晚唐统治者不可重蹈覆辙。诗人从眼前的实景切入,但到第三四句却一笔宕开,由实景进入虚景。"南朝四百八十寺,多少楼台烟雨中""烟雨"之中的"楼台"既是眼前实景,又是想象中的虚境,亦实亦虚,似真似幻,使诗的境界一下就扩展开来。

晚唐诗人取象、生象都统摄于那趋向于内心的审美意志,形成了一个奇幻华美的神话世界,一个香软幽约的女性世界和一个衰飒纤弱的自然界,在取象上较之于盛、中唐诗歌进一步实现了由实向虚,由外向内,由刚到柔,由大到小的转变。这种意象转变在很大程度上是"跟着感觉走"的结果,诗人们将现实世界中的复杂体验与人生感悟化作诗的感觉,作意象化的表达,在意象的幻化与虚拟中的确渗透了更多的艺术质素。正如 20 世纪初英美诗坛意象主义创始人庞德(EzraPound,1885—1972)在 1914 年译《神州集》(Cathay)时所说:"中国诗人们把诗质呈现出来便很满足,他们不说教,不见陈述。"①认为"一个意象是在瞬息间呈现出的一个理性和感情的复合体"②。可见,"意象"这一中国古典诗学的核心具有惊人潜远的艺术生命,而庞德关于中国古典诗歌意象的认识似乎也正道出了晚唐诗歌意象生成与表现的特征。

二、意象的营造

晚唐诗人们普遍注重意象化的抒情方式,诗中种种美丽而奇特的意象,其意义也不在于单纯地叙述或是简单地抒情,而是在为丰富的心灵世界找一个直接的物化形式。诗人们用特有的心态与意绪熔铸意象,从色彩、情调、意蕴上精心地营造意象,使之呈现出秾丽幽艳的美感和丰厚深婉的意蕴。

(一)意象的色彩营造

温李诗在营造意象时特别强调和突出诗人对外界物象的色彩感受,创造了绮丽缤纷、光影离合的意象美。诗中所取之象有些是生活中实有的,如云母屏风、睡鸭香炉、金翡翠、绣芙蓉、水精盘等;有些则是取自虚幻浩渺的神仙世界,如瑶台、蓬山、海宫、青鸟、灵犀、珠泪、玉烟等,它们无不闪烁着奇异的光泽,共同渲染着一种秾丽幽艳之美。这显然受到了李贺瑰丽浪漫诗风的影响,更是这个唯美时代的风尚使然。

李贺敷设色彩追求浓重富艳和神秘诡异,有意突出意象的色彩,如《残丝曲》:

---

① 叶维廉:《中国诗学》,生活·读书·新知三联书店 1992 年版,第 165 页。
② 潞潞:《准则与尺度——外国著名诗人文论》,北京出版社 2003 年版,第 198 页。

垂杨叶老莺哺儿,残丝欲断黄蜂归。

绿鬓年少金钗客,缥粉壶中沈琥珀。

花台欲暮春辞去,落花起作回风舞。

榆荚相催不知数,沈郎青钱夹城路。

  描写青年男女在暮春中宴游,诗仅八句,就接连叠用了黄莺、黄蜂、浓绿的杨柳、青色的榆钱、粉红的落花、绿鬓的少年、金钗女子,还有青白色的壶、琥珀色的酒,组成了一幅色彩斑斓青春行乐图,而诗人怅惘的惜春情绪,也渗透在这色彩缤纷的画面中。在《贾公闾贵婿曲》《夜饮朝眠曲》《秦宫诗》《上云乐》《荣华乐》《瑶华乐》等揭露帝王宠妃或豪门权贵纵情声色、骄奢无度生活的诗中,李贺更是恣肆地飞红点翠、错彩镂金,密布诸如"红罗宝帐""夜光玉枕""琼钟瑶席""铜龙金铺""珊瑚水精""琉璃琥珀"等色彩秾丽璀璨的意象,令人目眩神迷。温李一派晚唐诗人继续接过李贺手中的画板,在意象的色彩上用心地涂抹渲染。

  李商隐好以丰富而表意多样的色彩意象营造出虚实相间、悲喜各异、色调微差、亮暗有别的意境。其诗在意象色彩的营造上主要有两种情况:一类为字面有色彩却不表示色彩意义,大都为人名、地名、曲名等专有名词。人名如萼绿华、杜兰香、紫姑;地名如蓝田、青冢、紫府、白门、黄山、黑水;曲名如《黄竹》《白纻》,虽不表色彩,其色彩感却与诗歌意境浑然一体。"沧海月明珠有泪,蓝田日暖玉生烟"(《锦瑟》),蓝色清冷,海水亦蓝亦冷,加以珠光明月,共造精深华妙之境;"怅卧新春白袷衣,白门寥落意多违"(《春雨》),伤春伤别的怅惘寥落与空虚苦闷非白色难以表达。"黄山遮舞态,黑水断歌声"(《送千牛李将军赴阙五十韵》),言朱泚之乱后,官馆皆为贼据,歌舞皆为贼娱,而皇帝被困奉天。黄、黑相间可见距离最远,属强对比色,渲染动荡、危急的局势。再比如:"紫凤青鸾并羽仪"(《相思》)、"欲得识青天,昨夜苍龙是"(《宫中曲》),青紫为同类色,表夫妇和合;青、苍为一色之不同明度,皆指天子,有揭示人物或物象之间关系的作用;"红露花房白蜜脾,黄蜂紫蝶两参差。春窗一觉风流梦,却是同衾不得知"(《闺情》),黄、紫为对比最强的互补色,以色之差异喻二人同床异梦;"紫凤放娇衔楚佩,赤鳞狂舞拨湘弦"(《碧城三首》),绚烂的色彩暗示情欲的狂欢;有借服饰表现人物身份的:"白衣乌帽"为隐居之服,指隐逸之士;"青袍白简"指品阶低的官员,唐制中八九品着青袍,六品以下执白简。大量色彩意象的运用,丰富了其诗歌的内涵,在光怪陆离中闪烁着扑朔迷离的意绪诗情。

另一类则为字面无色彩却极具色彩感意象。此类意象有的与色彩字混用,构成虚实相间的色彩组合。"絮飞藏皓蝶,带弱露黄鹂"(《柳》),柳絮色白,柳带色弱近黄,藏露白蝶黄鹂,清丽和谐;"花须柳眼各无赖,紫蝶黄蜂俱有情"(《二月二日》),花红柳绿,间杂黄紫,热闹缤纷;"粥香饧白杏花天"(《评事翁寄赐饧粥走笔为答》),"霜天白菊绕阶墀"(《九日》)皆为此类。还有的构成"无色而丽"的境界:"一条雪浪吼巫峡,千里火云烧益州"(《送崔珏往西川》)、"樱花永巷垂杨岸"(《无题》)、"花明柳暗绕天愁"(《夕阳楼》)、"日向花间留返照"(《写意》)等等,都是靠诗句所构成的意境而非字面传递色彩信息,境丽而非字丽,更显浑融。字面是否有色彩,是否确实表示色彩意义都不重要。诗人正是以此发挥文字的长处,给有限的篇幅充填更多色彩,并进一步挖掘其表情达意的功能,使其在创造意境上发挥重要的作用。

较之李商隐,温庭筠这位以绮丽诗风著称的诗人更加注重意象色彩的铺写,他往往选取精巧的服饰器具及花鸟烟树等自然景物,作为基本意象,再涂绘以浓艳的色彩,着力渲染华丽绮艳的氛围和明媚轻软的情调,他的长篇歌行中意象的色彩铺排尤为鲜明,而且多用红、朱、翠、碧、紫、黄等鲜明的色彩,都是富丽温柔兼而有之的,如:"黄印额山轻为尘,翠鳞红稚俱含矕"(《照影曲》)、"小苑有门红扇开,天丝舞蝶俱徘徊"(《吴苑行》)、"簇簇金梭万缕红,鸳鸯艳锦初成匹"(《织锦词》)、"晴碧烟滋重叠山,罗屏半掩桃花月"(《郭处士击瓯歌》)等。温庭筠的乐府诗更是镂金刻玉,雕绘满眼,以"金"修饰的意象,就有"金人""金梭""金鞭""金虬""金乌""金鞍""金炉""金鳞""金索""金蝉""金网""金壶""金丸""金丝""金面""金甲""金须""金衔""金樽""金缕""金沟""金凤""金犊""金钗""金笳""金帻""金饰""金勒""金煌钌""金鸣珂""金络头""金画龙""金麒麟""金貂人""金凤凰""金芙蓉"等,这些金灿灿的意象,往往又与"银鸭""玉兔""紫骝""红烛""骊珠""碧池""艳锦""绮阁""绣龙画稚""绿场红迹"等同样绚烂的意象相交织,如他的《黄昙子歌》:"参差绿蒲短,摇艳云塘满。红激荡融融,莺翁鸂鶒暖。姜芊小成路,马上修蛾懒。罗衫袅回风,点粉金鹂卵。"全诗从头至尾都在色彩中律动，真称得上"簇簇金梭万缕红，鸳鸯艳锦初成匹"（温庭筠《织锦词》），字字镂金，句句错彩，编织出耀眼的诗行，给人以鲜明的感官刺激；再如"水清莲媚两相向，镜里见愁愁更红"（《莲浦谣》）、"碧草含情杏花喜，上林莺啭游丝起"（《汉皇迎春词》）、"韶光染色如蛾翠，绿湿红鲜水容媚"（《春洲曲》）"夜深天碧乱山姿，光碎玉波满船月"（《水仙谣》）、"红泪文姬洛水春，白头苏武天山雪"（《达摩支曲》）……这些诗句富于色彩、光度、气味，交织着想象，充满了动感，都旨在筑构出一个富丽堂皇、浓艳夺目的艺术世界，以强烈繁复的色彩意象冲击着读者的眼球，正所谓"视觉的盛宴"。

晚唐诗人赋予现实生活中的物象以独特的时代色彩和诗的感觉，因此熔铸了全新的意象，这种源于时代精神的主观色彩的强化在晚唐诗意象运用中表现得尤为突出。晚唐诗人的内心体验往往比他们对于外物的感受更为细腻，当心灵受到外界触动时，在心境中会出现一串心象序列，发而为诗，则可能以心象融合眼前或来源于记忆与想象而得的物象，构成色彩浓烈的意象，它着重呈现人的某种心象和情结，主观化倾向往往很突出，大都蕴含有一定的哀愁、彷徨、伤感等感情色彩，如《出关宿盘豆馆对丛芦有感》：

芦叶梢梢夏景深，邮亭暂欲洒尘襟。

昔年曾是江南客，此日初为关外心。

思子台边风自急，玉娘湖上月应沉。

清声不远行人去，一任荒城伴夜砧。

诗人所见所闻，是芦叶瑟瑟，风疾月沉，一夜砧响，不绝如缕，全诗选择的都是令人感觉凄凉的意象，表现他的"有感"，即流落天涯，内心寂寞、荒疏、冷清的感受。再如，温庭筠的《鸡鸣埭曲》：

南朝天子射雉时，银河耿耿星参差。铜壶漏断梦初觉，宝马尘高人未知。鱼跃莲东荡宫沼，濛濛御柳悬栖鸟。红妆万户镜中春，碧树一声天下晓。盘踞势穷三百年，朱方杀气成愁烟。彗星拂地浪连海，战鼓渡江尘涨天。绣龙画雉填宫井，野火风驱烧九鼎。殿巢江燕砌生蒿，十二金人霜炯炯。芊绵平绿台城基,暖色春容荒古陌。宁知玉树后庭曲,留待野棠如雪枝。

诗歌前半部分意象的色彩感较强,如"银河""红妆""碧树"写盛时的富丽与优游,后半部分则通过"战鼓""野火""生蒿""霜炯炯""芊绵平绿""荒古陌""野棠""雪枝"等景物的摄取渲染出苍凉的意象,在荒冷凄艳的色彩中,流露出一种感伤的情调。

(二)意象的象征意味

晚唐诗,尤其是李商隐的诗歌以情韵见长,意在言外,使意象由一般的寄托到成为一种象征意象,往往给读者提供多方面的启示和联想,构成解读上的复义。苏雪林先生在《唐诗概论》和《玉溪诗谜》中都注意到李商隐诗歌的象征主义风格,她认为义山诗"虽可说是诗谜,但诗谜必须离开谜底而谜面仍能独立成为一首有价值的诗,那才够得上真正的象征主义作品""其实如果不是用西方的定义来硬套,那么义山诗中象征主义的痕迹可以说是俯拾皆是"。虽然李商隐生活的年代在西方象征主义产生之前,他没有直接受西方现代主义思潮的浸染,但李商隐诗歌不仅于咏叹中流露个人感慨,甚至达到全面象征的程度。他的作品中的风景、事物或典故,都有强烈的象征色彩,"李义山和许多晚唐诗人的作品在技巧上很类似西方的象征主义,都是选择几个很精妙的意象出来,以唤起读者多方面的联想"[1]。诗人通过意象间色彩的、声音的、人文的、物候的丰富隐喻关系展示出潜在的情感。这样,我们就有可能通过对其意象体系的解剖来发掘其深层的情感意蕴。

梁宗岱先生在《象征主义》一文中指出,象征有两个特性:"一是融洽或无间;二是含蓄或无限。所谓融洽是指一首诗的情与景、意与象的惝恍迷离,融成一片;含蓄是指它暗示给我们的意义和兴味的丰富和隽永。"又说,在最上乘的象征诗中,有"一种灵幻飘缈的氛围""扑朔迷离,我们的理解力虽不能清清楚楚地画下它含义和表象的范围,我们的想象和感觉已经给它的色彩和音乐的美妙浸润

---

① 　朱光潜:《读李义山的"锦瑟"》,《美育》1987 年第 3 期。

和渗透了"①前面提到李商隐的名作《锦瑟》,便是梁宗岱所说的最上乘的象征诗,对此诗的解释分歧最多,人们争论至今。刘学锴、余恕诚认为是诗人晚年回顾平生遭际,抒写身世之感的篇章②,笔者赞同此说。"锦瑟"是诗的核心意象,它有生命,有性灵,一弦一柱都能追忆诗人的华年往事。颔、颈二联,是诗人以幻觉和幻想从典故与神话中创造性地研炼出的四幅朦胧奇丽的幻景,既摹状瑟声,又象征诗人的遭际与情思。颈联十四字中,从海天写到蓝田,从日月写到珠玉,从泪写到烟,境象寥廓又幽深,壮丽又玲珑,明亮又朦胧,神秘又亲切。诗人将视觉、触觉与听觉,真与幻,感性与知性融为一体,诗意惝恍迷离。这些幻象奇妙的、跳跃的连缀在一起,交织并凝结着强烈、丰富、复杂、微妙的情思,真令人叹为观止!梁宗岱在《谈诗》中说:"有些字是诗人们最隐秘深沉的心声,代表他们精神的本质或灵魂的怅惘的,往往在他们凝神握管的刹那有意无意地流露出来。这些简直就是他们诗境的定义或评语。"③《锦瑟》中的"无端""梦""迷""春心""托""泪""烟""惘然"等,都是深蕴情思、灵光四射的字眼,也可作为李商隐大多数象征的幻境的定义或评语。诗人将自己的悲剧身世和悲剧心理幻化为一幅幅各自独立的、含蓄朦胧的象征性图景,因此使得这首诗歌缺乏通常的抒情方式所具有的明确性,而具有了通常的抒情方式所缺乏的丰富的暗示性。这些象征性图景之间在时间、空间、事件、感情上都没有固定的秩序,只是诗人借助于工整的对仗,凄清的声韵,迷离的气氛吟唱出的一首哀怨凄迷的千古悲歌。

李商隐还创作了寄托深遥而措辞委婉的无题诗体制,他的这类诗作的特色可以用他自己的一句诗来形容:"独留巧思传千古"(《奉同诸公题河中任中丞新创河亭四韵之作》)。空负凌云之才的诗人内心郁结着太多的幽怨,可处境的恶劣又让他的心事无法直接宣泄出来,所以他着意摹写心象并将其客观化,将本来难以直接表现的心象依托于物象之中,令人吟咏感叹,联类兴感,恰如皎然《诗议》所云:"夫诗工创心,以情为地,以兴为经,然后清音韵其风律,丽句增其文彩。如杨林积翠之下,翘楚幽花,时时间发。乃知斯文,味益深矣。"正是这种比兴象征与寄托的广泛应用,增强了诗歌内容的含蕴和诗歌意象的暗示性,进而增强诗

---

① 李振声:《梁宗岱批评文集》,珠海出版社 1998 年版,第57～59页。
② 刘学锴、余恕诚选注:《李商隐诗选》,人民文学出版社 1993 年版,第254 页。
③ 李振声:《梁宗岱批评文集》,珠海出版社 1998 年版,第78 页。

境的朦胧性与多义性,从而让读者沉迷于其如梦如幻的诗境之中并反复寻味其诗歌的意旨。如《无题四首》其二:

> 飒飒东风细雨来,芙蓉塘外有轻雷。
> 金蟾啮锁烧香入,玉虎牵丝汲井回。
> 贾氏窥帘韩掾少,宓妃留枕魏王才。
> 春心莫共花争发,一寸相思一寸灰!

　　这首诗以隐喻谐音等手法写失意的爱情,间杂诗人对悲剧身世的愤慨。"细雨"暗用"梦雨"典,"盖雨之至细若有若无者,谓之梦"①,以巫山神女的故事而融入爱情遇合的意思。"轻雷"暗用司马相如《长门赋》:"雷殷殷而响起兮,声象君之车音。""金蟾"是一种蟾状的香炉;"玉虎"是用玉石装饰的虎状的辘轳。这些事物,在诗词中也经常与男女欢爱联系在一起。如南朝乐府《杨叛儿》中,有"郎作沉水香,侬作博山炉"这样动情的描写,牛峤的《菩萨蛮》中,也有"帘外辘轳声,敛眉含笑惊"的句子。但这些意象在李商隐的诗中,含义却远没有这样清晰。它们不是直接的抒情,而是一种深隐的暗示;不是向我们诉说着什么,而只是给我们一种感情的指向,引发着我们对美好爱情的联想。接下来的"贾氏窥帘""宓妃留枕"②两个典故,其审美意义也应当作如是观。诗歌所表现的是幽锁深闺的女子对爱情幸福的渴望,以及梦想幻灭时的痛苦和悲哀,但诗中不仅没有写任何具体的情事,而且除了最后一联,没有任何直接的抒情,作者只是描写了一连串优美的物象,从而构成了一种富于暗示性的、可意会而不可言传的幽邃神奇的艺术境界。东风细雨、莲塘轻雷,这些意象都似乎与爱情有关,给予读者的暗示和联想是很丰富的,但却又不能作过实的理解,只是以其委婉回旋的美妙旋律,逗引着我们的奇思遐想。又如《无题二首》其二:

---

① 王若虚:《滹南诗话》引萧闲语。
② 《世说新语》记载:晋韩寿貌美,大臣贾充辟其为掾,一次充女在门帘后窥见韩寿,私相慕悦,遂私通。女以皇帝赐充的西域异香赠寿。被贾充发觉,遂以女妻寿。《文选·洛神赋》李善注说:魏东阿王曹植曾求娶甄氏为妃,曹操却将她许给五官中郎将曹丕,甄后被谗死后,曹丕将她的遗物玉带金缕枕送给曹植,植离京归国途经洛水,梦见甄后对他说:"我本托心君王,其心不遂,此枕是我在家时从嫁,前与五官中郎将,今与君王……"

重帏深下莫愁堂,卧后清宵细细长。

神女生涯原是梦,小姑居处本无郎。

风波不信菱枝弱,月露谁教桂叶香?

直道相思了无益,未妨惆怅是清狂。

诗人不注重具体情事的描绘刻画,而是以空灵的笔意来抒写爱情的迷幻,实则慨叹政治生活遇合如梦的尴尬处境。

再如李商隐笔下的灯烛意象,往往成为命运之苦的象征。"滞雨长安夜,残灯独客愁。故乡云水地,归梦不宜秋"(《滞雨》),诗人羁留长安而独对残灯客愁,残灯意象使孤寂之情如在目前,宦游失意之感自寓言外。命运的坎坷与无助,成了义山漂泊一生的写照,在沉浮不定中,心灵会无时不被孤单与寂寞所包围、所侵袭。"觉来正是平阶雨,独背寒灯枕手眠"(《七月二十八日夜与王郑二秀才听雨后梦作》),"独背寒灯"一语正写出当时诗人由秘书省意外调补弘农尉,独遭斥外的闲冷寂寞和怅然失望的心绪。"勇多侵路去,恨有碍灯还"(《朱槿花》),因槿花朝开暮落,凌辰侵路往看,日暮怅然对灯而还。花在黄昏之时,夜到来之前的倏然零落,实写了命运于己的不可把握,灯烛意象以朦胧昏黄的色泽濡染了诗人的漂泊感,暗示了生命的某种神秘和不可捉摸,某种缺憾与怅惘。

同样,温庭筠诗中的"马"意象也是值得玩味的,如"雕边认箭寒云重,马上听笳塞草愁"(《赠蜀府将》)、"伎语细腰转,马嘶金面斜"(《陈宫词》)等。诗人在这些带有"马"意象的诗歌中,于意象的背后暗藏了矛盾的自我:一方面是欲驰骋疆场、戎马边塞,想要有所作为的壮士形象;另一方面是走马踏花、玉楼寻柳、风情万种的风流才子形象。

晚唐诗人加深了对包括爱情在内的心灵世界的挖掘与开拓,创造了一种复义的,即"味无穷而炙愈出,钻弥坚而酌不竭"(葛立方《韵语阳秋》卷二)的诗境。袁行霈先生在《中国诗歌艺术研究·自序》里说:"有唐三百年,自然景物意象化的过程十分迅速,同时诗歌创作也达到了高峰。意象还有一个比喻化、象征化的过程。比喻化和象征化使意象的蕴涵丰富,是意象成熟的标志;但也会使意象凝固,而成为意象衰老的标志。唐诗之富于艺术魅力,原因之一就是多姿多彩的意象层出不穷,这些意象既已成熟尚未衰老,正处在最富有生命力的时候。"①并指出唐诗中如张九龄的"丹橘",王维的"幽篁",孟浩然的"幽人",李白的"大鹏""明月""槛中虎""鞲上鹰""剑"与"侠",杜甫的"凤凰""瘦马""病菊",李贺的"秋坟"等等,都是带有象征意义的意象,晚唐诗的成功之处是在意象之中渗透了对命运与时代的悲叹,使诗歌既缤纷多姿又有深层意蕴,将诗人自我的心灵世界揭示得极其幽微,这也是以温李为代表的晚唐诗人对唐诗意象化抒情艺术的一大贡献。

三、意象的组接

诗论家郑敏在《诗的内在结构》一文中提出:"诗与散文的不同之处不在是否分行、押韵、节拍有规律,二者的不同在于诗之所以成为诗,因为它有特殊的内在结构(非文字的、句法的结构)。诗的内在结构是一首诗的线路、网络,它安排了这首诗里的意念、意象的运转,也是一首诗的展开和运动的路线图。……诗的内在结构,也是诗的灵魂,它决定着一首诗的生命的开始、展开和终结。"②以温李诗为代表的晚唐诗歌不是简单的触景生情,也并不专注于事态的叙写,而是受诗的内在结构影响,以特有的时代心理体验择取生成熔铸意象,又在情绪感觉的支配下串联意象,构筑表达自我心灵情感的图式。一方面诗中意象受情绪的驱动,意象组接往往呈现出跳脱的特征。由于感情的激荡和想象的驰骋,再加上节奏和韵律的限制,诗歌不可能也没有必要详细地描述事物或感情的发展过程,而是把握意脉的走向,进行跳跃性的组接;另一方面,相通的感觉之间发生连动,形成叠映式的铺排,意象组合往往又呈现出绵密的特征。意象组合所呈现出的鲜明特征体现了晚唐诗歌独特的章法结构,又进而形成了晚唐诗歌所特有的意境之美。

晚唐诗的这种意象组接的方式显然受到李贺诗的奇思幻构的影响。李贺作诗注重内心的感觉,充分发挥联想、想象,不断向深处引申,逐层跳跃,意象往往不是按事理或逻辑顺序有规律地衔接在一起的,而是依据诗人的主观感受组合在一起。如《李凭箜篌引》中的名句"女娲炼石补天处,石破天惊逗秋雨",就是诗人经过精心的敲打锤炼的结果。首先,诗人从乐声联想到秋雨,进一步联想为

---

① 袁行霈:《中国诗歌艺术研究》,北京大学出版社 1996 年版。
② 郑敏:《诗歌与哲学是近邻》,北京大学出版社 1999 年版,第 21～23 页。

乐声把秋雨从天空引下来,其次推想出秋雨的下落是由于天空被乐声震破,然后想到了神话传说的"女娲补天"。诗人巧妙且大胆地联想、想象,把几个意象之间的联系连接在一起。李贺不少诗歌,都具有这样的特点,展现出的画面往往是跳跃的、不连续的,如《雁门太守行》中的第一句:"黑云压城城欲摧,甲光向日金鳞开。"上半句写战地实景,下半句则跳至诗人的想象,想象战士的铁甲在日光下闪耀的情景。再如《苏小小墓》:

幽兰露,如啼眼。无物结同心,烟花不堪剪。草如茵,松如盖。风为裳,水为佩。油壁车,久相待。冷翠烛,劳光彩。西陵下,风吹雨。

第一句描绘凄凉的墓地景象,第二句忽然出现女鬼的自白。第三句回到眼前实景,第四句又跳至女鬼身上。第五句突然楔入女鬼生前的景象,第六句又回到墓前。末句写诗人幻想女鬼满怀凄苦,渐渐隐去。全诗共七句,其中的意象却在时空与人称上来回跳跃,使人读其诗易产生一种飘忽不定的感觉。

李贺诗歌在意象组合上的另一特点就是意象的叠加。能体现这一特点的最有代表性的诗句便是:"洞庭帝子一千里,凉风雁啼天在水"(《帝子歌》),这句诗描绘的图景是:千里洞庭,倒映楚天,雁啼寒水,风吹秋叶,而在这一背景之上,叠印上了帝子缥缈哀怨的形象,诗句立体感陡增,形象更加生动可感。此外,如"复宫深殿竹风起,新翠舞衿净如水"(《三月》)、"小白长红越女腮"(《南园十三首》其一)、"杜鹃口血老夫泪"(《老夫采玉歌》)、"桐风惊心壮士苦,衰灯络纬啼寒素。"(《秋来》)均运用了意象叠加的手法。意象的跳跃与叠加,正如李贺诗歌的绘色一样,是李贺强烈的主观色彩的表现,似乎带有西方意识流的味道。这种带有意识流味道的意象创作手法,使李贺能更好地在他的诗中表达他内心独特的感受与情感,同时也使李贺的诗歌比较难读,这些意象抒情艺术上的技巧,无论因与果,得与失,都直接在中唐重主观重感觉的艺术气息中蔓延到温李一派的诗世界中来。

(一)情感的流动与意象的跳脱

前人评价李商隐的诗歌"总因不肯吐一平直之语,幽咽迷离,或彼或此,忽断忽续,所谓善于埋没意绪者"(冯浩《玉谿生诗集笺注》),此语正道出了晚唐诗歌在意象组接上的一大特征。朱光潜先生用"跳"来概括晚唐诗歌的这种意象组接特征,强调这种"不连贯性,中断性,可以说是李商隐这几首诗的重要的结构手法……正是这种手法构筑了、熔铸了诗人的诗象与诗境,建造了一个与外部世界有关联又大不相同的深幽的内心世界,造成了一种特殊的'蒙太奇',一种更加现代的极简略的'蒙太奇'"①。

晚唐诗人们大多心理负荷沉重,内心体验则极其复杂敏感。诗歌的意象,以内心体验为核心向外投射,加之诗人丰富而奇特的想象,结构成诗,往往迷离恍惚,错综跳跃,物象频换,境界屡迁,略去逻辑关系的明确表述,不受现实生活中时空与因果顺序限制,而是完全依着诗人意绪的流动而展开,这样,意象转换跳跃所造成的间隔,便有待读者通过艺术联想加以连贯和补充。如李商隐的《无题》:

> 紫府仙人号宝灯,云浆未饮结成冰。
> 如何雪月交光夜,更在瑶台十二层。

这首诗意象和句子之间跳跃都很大,作叙事看,真乃匪夷所思。但处在迷茫失落之中,人的内心有可能出现类似的心象与幻觉。作为心象,把前后变化联系起来看,云浆未饮,旋即成冰,是追求未遂的幻化之象。"如何"二句是与所追求的对象邈远难即之感,中间的跳跃变化,透露对方变幻莫测,难以追攀。又如《无题四首》中的"梦为远别啼难唤"句主体与客体都没有交代;"芙蓉塘外有轻雷"句的"轻雷"没有暗示给读者是写实、比喻或是想象;《无题二首》中"曾是寂寥金烬暗,断无消息石榴红"两句之间的关系也不十分明确。正如王蒙先生在《通境与通情——也谈李商隐的〈无题〉七律》一文中总结的那样,诗中"没有提供确定的主体与客体",也"没有提供具体的时间空间""现实与非现实、叙事、用事、借喻、想象之间没有明显的区别"。"尤其是形象与形象之间,诗句与诗句之间没有提供关联上下的关系。"②诗人在意象间留白,让心绪情感在意象间自由地流动,这种似有实无、富于跳跃性的意象呈现极大地扩充了作品的艺术空间,这就是前

---

① 《朱光潜全集》第八卷,安徽教育出版社 1992 年版,第 409 页。
② 王蒙:《双飞翼》,生活·读书·新知三联书店 1996 年版,第 73 页。

人所谓峰断云连,辞断意属。也就是说,从象的方面去看好像是孤立的,从意的方面寻找却有一条纽带,这是一种内在的、深层的联系。意象之间似离似合,似断似续,给读者留下许多想象的余地,读来更有涵咏不尽的余味。

可以说,意象组接上的跳跃性,给读者提供了广阔的想象空间。文学作品是让人读的,作品的意义和审美价值都是在阅读过程中才能产生和表现出来,读者并不是被动地接受作品的信息,而是积极地思考、对语句的连续、意义的展开和情节的推进都不断做出期待、预测和判断。如果一部作品的每句话都符合我们的预测,情节的发展完全在我们意料之中,我们读来毫不费力,他也就感觉不到奇绝的妙处,这种作品自然枯燥无味,引不起我们的半点兴趣。所以,从读者的实际反映这个角度来说,打破读者的期待水平,使他不断感受到作品出奇制胜的力量,才是成功的艺术品。我们来看李商隐的《烧香曲》:

> 钿云蟠蟠牙比鱼,孔雀翅尾蛟龙须。漳宫旧样博山炉,楚娇捧笑开芙蕖。八蚕茧绵小分炷,兽焰微红隔云母。白天月泽寒未冰,金虎含秋向东吐。玉佩呵光铜照昏,帘波日暮冲斜门。西来欲上茂陵树,柏梁已失栽桃魂。露庭月井大红气,轻衫薄细当君意。蜀殿琼人伴夜深,金銮不问残灯事。何当巧吹君怀度,襟灰为土填清露。

这首诗不断地变幻韵脚,急促地推出一个又一个不同的意象,使得节奏十分细密,而各句之间毫无关联,好像蒙太奇式的镜头分切,又使诗的意脉无迹可寻,意境散乱零碎,变化莫测,一个个奇特怪异的意象或华贵,或黯淡,字面感觉又极为谲诡,这样,全诗就呈现出了一种虚荒诞幻的效果。诗人在艺术上着意追求的,似乎就是如何才能不把内心完全袒露无遗,而只到此为止。神龙见首不见尾,一个个意象,仿佛露出一鳞半爪,留下了许多原该衔接而不予衔接的空白。这些空白仿佛迷蒙云雾,其中隐隐约约,让人猜度。这样的艺术追求,应该说是李商隐的一个创造。

前文提到,李商隐诗的章法结构上的这种时空交错与跳跃的特点在此前李贺的诗中已表现得相当突出,"忽起忽结,忽转忽断,复出傍生"(《谈艺录·补订二》),这种兔起鹘落式的章法结构与李贺奇崛峭险的文思体势相联系,给人一种峭拔奇险的美感,但这种手法主要是源于他思路的奇幻,而不是纯粹思绪的流动结构作品,诗的意蕴还是比较实在的。李商隐对此加以继承和改造,变峭拔奇险为缥缈变幻,其方式近于"意识流"的手法,在结构诗歌时,摆脱了叙事的束缚,把情感的内在流动化为诗歌的潜在意脉,进而把一个个意象串联起来。很多时候,他不考虑物理时空的顺序,而完全以心理时空的自然流动来组织结构全诗,这是一种心理时空的结构方式,往往以跳跃性的视角转移造成意境的朦胧恍惚、扑朔迷离,以反差极大的色彩意象与情感内涵相融合,使人在不协调处领悟它的妙处,因此也往往使人感到它的"陌生"与新颖。虽然这样会给诗意的解读带来捉摸不定的因素而变得困难,但在抒情达意方面,却比物理时空结构方式要深微细腻得多、真切动人得多。如《锦瑟》首联"无端"二字,从空顿挫而出,若怨若责,似泣似诉,"一弦一柱思华年",每一根弦只要你一碰它,每一个声音带出来的都是对过去美好华年的追思;颔联的"庄生梦蝶""望帝托鹃"与颈联的"沧海珠泪""蓝田玉烟"是四个典故构成的一组迷离惝恍的意象,看似相互独立,实为诗人意识流动的产物,其间贯穿的是怅惘哀伤的基调;尾联是说并非等到真的失落了才怅惘哀伤,诗人在当时,即在"迷蝴蝶""玉生烟"的时候就已经惘然了。这种忽起忽落的文思和情调转换,既是出于诗人真实情感的"绪乱",又是诗人得之锤炼而精心安排的有序之笔。李商隐善于将缠绵无绪、细腻微妙的情意在回环往复、欲吐还吞中,曲折委婉地表现出来。如《无题》(相见时难别亦难):

> 相见时难别亦难,东风无力百花残。
> 春蚕到死丝方尽,蜡炬成灰泪始干。
> 晓镜但愁云鬓改,夜吟应觉月光寒。
> 蓬山此去无多路,青鸟殷勤为探看。

　　诗中的"愁"绪浓得化不开,但我们几乎看不到诗中的抒情主人公及其意中人的容貌、体态、服饰、举止等方面的介绍,连恋爱的情事与活动的环境也很少涉及。展现在读者面前的,主要是人物的各种心态——期待与焦虑、失望与苦痛、寂寞与忆念、憧憬与烦闷。一句话,是那种深心专注、缠绵执着的相思之情。通篇扣住离情与相思,先写由会见的艰阻引出别离的难堪,再从别离转入生死不渝的爱情自誓。进而设想别后的岁月不居和孤独难挨,而结以互通信息的想望与自我宽慰,整个过程写得细腻而有层次,显示了感情世界的波卷澜翻,诗篇便有了特别的深度和力量,也才能引发人们无穷的联想体验。再如《无题》("飒飒东风细雨来")一首,写一位深锁幽闺的女子追求爱情而失望的痛苦,从"东风、细雨"到"莲塘、轻雷"到"金蟾、香炉"到"玉虎牵丝"无一不是按幽居孤寂女子的心绪写来,最后一联"春心莫共花争发,一寸相思一寸灰",意在传达走向美好爱情的心愿,切莫和春花争荣竞发,因为寸寸相思都化成了灰烬!唯其如此,诗中所迸发出内心的郁积和愤懑及对相思无望的痛苦呼喊的理解在读者潜意识中的心理空间得以开发。

关于李商隐无题诗意象组合方式与结构特点,罗宗强在《隋唐五代文学思想史》中指出:"他除了用重叠的象喻之外,还常常把一些片段的意象组织在一起。"①王蒙《混沌的心灵场——谈李商隐无题诗的结构》一文认为李商隐无题诗结构的第一特点是可简约性、可直通性,指出李诗难点在意旨的理解上,这其中又难在神龙不见首尾的虚拟和前言不搭后语的语序上。其间意旨混混沌沌,若即若离。但如果把它的较平易的首二句和尾二句连通起来,弃其腰而取其首尾,删繁就简,则所写为何,就明白了许多。跳跃、空白、首尾相对平和与中段的异峰突起,是这类诗结构的第二个特点,有弹性、可更替性、可重组性是这类诗结构的第三个特点。② 李商隐的无题诗综合运用比兴、象征、比喻、拟人、双关、谐音等多种手法,这在唐诗中是少有的。与唐代其他诗人相比,李商隐更注意在诗中表现心理体验和情感信息传递。他的无题诗有意打乱画面的序列和完整性,把不相关联的意象剪辑在一起,通过意象间的跳跃性,造成一种迷离恍惚的情感境界,以使读者在这境界中接收到这情感的信息,而产生艺术的联想,得到固有的美感享受。

温庭筠也经常采用跳跃性的意象组接方式,如果说李商隐诗中的意象组接多用于比况种种瞬间流动变幻、难以言传的情绪体验与人生感受,是内在情感的流程的体现。相比之下,温诗中则多场面的跳跃与切换,类似后世电影中蒙太奇手法的运用。如其《湘宫人歌》:

---

① 罗宗强:《隋唐五代文学思想史》,中华书局 2003 年版,第 331 页。
② 王蒙:《双飞翼》,生活·读书·新知三联书店 1996 年版,第 97 页。

池塘芳意湿，夜半东风起。

生绿画罗屏，金壶贮春水。

黄粉楚宫人，方正玉刻麟。

娟娟照棋烛，不语两含颦。

　　闺房外池塘寂寂，闺房内烛光摇曳，不语宫人含颦伫立于画屏金壶之间，楚楚可怜。整个画面弥漫着一种静谧安详的情调，传达出一种寂寞而又无聊的情思。这些具有鲜明色彩的意象构成了镂金错彩的效果，而且表现出一种不连贯的跳跃。但从美学角度看，温庭筠是以心灵感受为线索将这些意象暗接隐合起来的。又如《达摩支曲》：

　　捣麝成尘不灭，拗莲作寸丝难绝。红泪文姬洛水春，白头苏武天山雪。君不见无愁高纬花漫漫，漳浦宴余清露寒。一旦臣僚共囚虏，欲吹羌管先汍澜。旧臣头鬓霜华早，可惜雄心醉中老。万古春归梦不归，邺城风雨连天草。

　　全诗起之麝香、莲丝，与结之梦思、衰草，通过中片之"花漫漫""清露寒"连缀在一起，成为全诗主脉。"文姬红泪"与"羌管先汍""苏武白头"与"旧臣霜华"，又均有意无意地形成前后对称。因而全诗出处古今，跨度很大，但因这种意象的组接而显得似断若续，疏中见密。再如《题卢处士山居》（一作《处士卢岵山居》）一诗：

西溪问樵客，遥识楚人家。

古树老连石，急泉清露沙。

千峰随雨暗，一径入云斜。

日暮飞鸦集，满庭荞麦花。

　　全诗以向樵夫询问，指点遥望领起，用三组景语描绘了卢岵山居的清幽，层次深得画理而富有意蕴。"古树"二句是近景,在古拙清奇中,带有时间的久远感;"千峰"二句是远景,在迷蒙幽静中,呈现空间的纵深感。尾联写出黄昏时分,晚鸦也已飞往自己巢里栖息后花落满庭之景象。三组画面在似断若续的连缀中组接在一起,清丽流走,空灵超逸,涌动着一股情感的潜流,景语中自见人的情趣。温庭筠的这种重客观意象的描绘、多用白描的手法在晚唐诗人中有一定的代表性。钱钟书说:"飞卿生山水画盛大之日,即目有会,浅山含笑,云根石色,与人心消息相通,其在六法,为用不可指言。"①温庭筠的诗歌与这时的山水画一样,境界远不如盛唐开阔,但细腻的描绘却是无法比拟的,感情的触角也更为深入。观温氏的《偶题》《春日野行》《溪上行》等诗都能发现作者善于抓住自然景物和客观事物的某一点或某一个侧面生发开去,描之绘之,渲之染之,精确细微地反映出人物感情深处的涟漪。

要之,晚唐诗人较之前代诗人更注重在诗中表现审美形象与自身情感的传递,他们有意打乱画面的序列和完整性,把不相关的形象剪辑在一起,通过意象间的跳跃性,造成一种迷离的情感世界,并用比兴、象征、比喻、拟人、双关、谐音等多种手法更加精细的加工这个世界。

(二)感觉的叠加与意象的绵密

晚唐诗人在熔铸意象时常常将各种感觉叠加在一起,形成一种错综复杂的主观印象,对应的意象组合则呈现出绵密的特征。关于这一点,陈植锷指出,"意象"一词表示有关过去的感受和知觉的经验在心中的复现和回忆,首先是视觉的复现,然后是听觉的、触觉的、嗅觉的、味觉的和动觉的(与体感和运动感有关),还有一种属于心理性的对外界做了歪曲反映的错觉,和诉诸理念的有意转换感觉印象的联觉意象。② 杜牧的《江南春绝句》正是将诉求于听觉的声音美、诉求于视觉的色彩美、诉求于幻觉的想象美有机地组织在一起,色调错综,层次丰富而有立体感。诗人在缩千里于尺幅的同时,着重表现了江南春天掩映相衬的美丽景色。诗的头两句所展现的空间跨度,末两句所包含的时间跨度,普通的绘画恐怕难于做到。具体地讲,画家要表现特定的画境,其画面是被框定了的,在同一

---

① 钱钟书:《谈艺录》补订本,中华书局1984年版,第55页。
② 陈植锷:《诗歌意象论》,中国社会科学出版社1990年版,第129页。

幅画面上,要展现千里之景,就无法过细地刻画某一个细部;要突出某一个细部,就难以显示千里之遥。但诗歌则不然,它可以通过意象的组合,将若干互相关联而又各自独立的画面拼接在同一个画境之中,还可以通过意象的复叠将同一画境分割成若干个不同视点的画面,一层一层地再现出来,本诗正属于后一种手法。首句"千里莺啼绿映红"是一个长焦距镜头,因为远了,落在画面上的,只是一片模糊的颜色:绿的底色,间杂着一些红色。次句"水村山郭酒旗风"是一个广角镜头,透过它可以看得稍为清楚一点,原来那"绿"的一片片是"水村山郭",那"红"的一点点是"酒旗"在"风"中飘扬。本句七个字中并置了四个密集化程度较高的意象,与首句相比,后两句又在历史的想象中搜寻到了"南朝"无数的"寺庙"而这些"楼台"又模糊于无限时空、迷蒙烟雨之中,由实入虚,由真生幻,诗人把这种意象复叠的艺术,真是发挥到了极致!与其说这是一幅古代诗歌中的山水画,倒不如说它是一组现代电影中的蒙太奇镜头。而实际上,这种类似电影剪接的不同视点,不同画面的绘图技法,只有注意意象艺术的中国古代诗歌才可以做到。

李商隐诗中则更能呈现出这种文思编织之妙,诗人往往突破时空的限制,将描写不同时间、不同地点的意象巧妙地组接起来。因此,其诗在结构上比起盛、中唐诗人之作要细密得多。意象堆叠得往往较为繁缛,甚至让人感到浓得化不开。如果说盛、中唐诗的结构常是平行或递进式的,一层一个视境,一层一个意蕴,境界开阔舒展,如高山远眺,而李商隐的诗则迂回曲折,往往在吟咏一种情绪的时候,从不同的角度进行叠加重复,犹如人在深谷徘徊,缠绵无休。如《促漏》:

促漏遥钟动静闻,报章重叠字难分。
舞鸾镜匣收残黛,睡鸭香炉换夕薰。
归去定知还向月,梦来何处更为云。
南塘渐暖蒲堪结,两两鸳鸯护水纹。

全诗从静夜钟漏声写起,在朦胧中将读者牵入一个幽渺隐秘而宁静的世界,这里闪烁着浓艳而凄凉的色泽和气息,给人以虚幻和神秘的感觉。而后点出一场幽会已经过去,归去之人却仍在月下徘徊难眠,来日悠悠,更不知这样的云雨幻梦在何处重现。最后画面转为明亮,写南塘中蒲草结,鸳鸯游,水波荡漾,更令人触目伤心。一层又一层地渲染,首尾回应,烘托出寂寞和孤单之情。又如,《锦瑟》中的"忆华年",是今与昔的交织;"沧海"句与"蓝田"句,是海与陆的空间变换;《无题》"相见时难"中的"晓镜"与"夜吟"是晓与夜的错杂;《无题》"来是空言"中的"刘郎已恨蓬山远"与"更隔蓬山一万重",是人间与仙界的空间变换;《无题》"昨夜星辰"中的"身无彩凤双飞翼"与"心有灵犀一点通"是外界环境与内心活动的空间变换,这些都是突破空间的写法。这都是作者写刹那间的感觉,其表现方法犹之乎制造电影一样,把一刹那的影子留下来,然后给人一个活动的呈现。意象的重叠交融,真境与幻境投影对照,能使诗的情思和意境更深邃,更有魅力。

这种利用视角变化而形成的回环往复的结构,在《夜雨寄北》中也同样使用得非常巧妙:

> 君问归期未有期,
> 巴山夜雨涨秋池。
> 何当共剪西窗烛,
> 却话巴山夜雨时。

诗人在巴山夜雨中思念友人,幻想他日重逢西窗共剪残烛之时,再回忆漫话今宵情景。四句诗先在实境中想象虚境,又把眼前实境变成虚境中的虚境,像电影蒙太奇一样重叠,表现了诗人对妻子深长的感情。"巴山夜雨"和"剪烛西窗"两个意象将现在之境与将来之境交融在一起。是眼前与未来的转移,这些都是突破时间的写法。利用"视角转换",造成时间和空间的"切割"和"重构",引起一种类似电影蒙太奇般的效果,它把物理时间与空间中不可能出现的现象在诗歌中切割组合出来,构成了一种突破常规的经验,表达着各种人生体验。勾画了时间与空间重叠交错的两地情思幻想图。通观全诗,眼前实景与虚拟的未来幻境叠映、对照,使这首诗的意境、章法与音调都有回环往复之美,情意曲折深婉,余味无穷。这种独创的艺术结构,被清人何焯赞誉为"水精如意玉连环"①。刘若愚评《锦瑟》一诗,"在单一的感觉的层面上,诗呼唤着若干种感觉:锦瑟作为听觉的形象显然具有音乐的含意,进一步加入了视觉的联想,由蝴蝶、海、月光、珍珠、山、太阳、碧玉、轻烟等丰富的意象构成视觉的形象,在海和眼泪的湿的意味中,在珍珠的坚硬和碧玉的光滑的意味中当太阳的温暖引导热的感觉时,触觉的感官也被调动起来"②,在感觉的"挪移"中,将意象串联成一种神秘的体验,表达诗人特有的情感意绪。废名也在《谈新诗》中评李商隐:"我看他的哀愁或者比许多诗人都美,嫦娥窃不老之药以奔月本是一个平常用惯了的典故,他则很亲切的用来做一个象征,其诗有云:'嫦娥应悔偷灵药,碧海青天夜夜心',我们以现代的眼光去看这诗句,觉得他是深深的感着现实的悲哀,故能表现得美,他好像想象着一个绝代佳人,青天碧海正好比是女子的镜子,无奈这个永不凋谢的美人只是一位神仙了,难怪他有时又想到那里头并没有脂粉。(嫦娥无粉黛)又好比雨,晚唐人的句子'春雨有五色,洒来花旋成',这总不是晚唐以前诗里所有的,以前人对于雨总是'雨中山果落''春帆细雨来'这一类闲逸的诗兴,到了晚唐人,他却望着天空的雨想到花想到颜色上去了。因此,感觉的不同,我只能笼统的说是时代的关系。因为这个不同,在一个时代的大诗人手下就能产生前无所有的佳作。"③在李诗中我们看到善感的灵魂,多重的体验,借助虚实结合的艺术手法呈现出来,让诗人笔下的意象并置叠加,如"百宝流苏",同时,诗人又善于在绵密秾丽的意象中表达重叠层积的情思,意象的繁复与情感的厚重相得益彰。

温庭筠诗中也体现了这种意象组接的艺术效果,如这首《春江花月夜词》:

> 百幅锦帆风力满,连天展尽金芙蓉。珠翠丁星复明灭,龙头劈浪哀筑发。千里涵空澄水魂,万枝破鼻飘香雪。

诗中对隋炀帝南游的场面的描写完全出之于华美意象串联,充分调动了视觉和嗅觉,从水面到岸边,从锦帆到琼花,从珠翠到哀筑,众多华美繁复的意象,

① 刘学锴、余恕诚:《李商隐诗歌集解》,中华书局 1988 年版,第 1231 页。
② 刘若愚:《李商隐的诗境界》,《北京化工大学学报》2005 年第 1 期,第 67~71 页。
③ 冯文炳:《谈新诗》,人民文学出版社 1984 年版,第 228 页。

组合成"舳舻千里"的广阔场景。再来看他的《经旧游》：

> 珠箔金钩对彩桥，昔年于此见娇娆。
>
> 香灯怅望飞琼鬓，凉月殷勤碧玉箫。
>
> 屏倚故窗山六扇，柳垂寒砌露千条。
>
> 坏墙经雨苍苔遍，拾得当时旧翠翘。

通篇节奏繁密，转换频多，同时景语含情，抒情结构中有较大跳跃，仿佛是多组镜头组成的绚丽画面。意象精巧，色彩讲究，结构上也显出重叠回环的特征。温诗还常常选择服饰器具和花鸟烟树等自然景物作为基本的意象单位，在描写时，侧重于外在的具象描绘，又好以"金""玉""锦""绣"等词修饰其质地，"碧""翠""红""绿"等词涂绘其色彩，从而使其诗呈现出富贵绮靡、浓艳绚丽的风格特征。有时还依靠意象间的内在联系，用一个或连续几个句子呈现出多个意象来强化表达一种情感，使词达到高度的凝练、含蓄和高度的呈现性，句与句之间也依其共同的表现性和空间的连续性而组合，形成一种更加广阔的境界，正如温庭筠《商山早行》中"鸡声茅店月，人迹板桥霜"一联，不用一个连接词，把"鸡声""茅店""月"和"人迹""板桥""霜"六个意象直接拼合，"止提掇出紧关物色字样……音韵铿锵，意象具足"（李东阳《怀麓堂诗话》）而且，这两句诗借一个声的意象和一个色的意象的直接拼合，便有声有色地表现了一个早行旅人的孤独感和空旷感，我们透过这些意象的组合，便可加深对行人在天涯苦旅中的愁苦感受，这些意象割裂开来，似乎也可以描写早行的辛苦，但合为一处，有声音、有空间、有时间、有景物、有处所，则形成了一个独特的意境，一种浓厚的氛围，实现了"象小境大""境生于象而超乎象"的艺术效果。

不难看出，以温李诗为代表的晚唐诗作在意象的安排上惯用印象式的描绘和跳跃性的组接，所以其诗均具有意象绵密特点。胡震亨评："温飞卿与义山齐名，诗体密丽概同，笔径较独酣捷。"（《唐音癸签》卷八）

正如蒙太奇是整体的创造，而不是一个镜头和另一个镜头的总和，它是一种创作行为，其结果在质上和个别镜头独立看是不同的，诗歌意象的组合生成的是比单个意象内涵更丰厚的意境。从结构上看李商隐的诗在结构上比盛唐和中唐诗人收敛细密,他的诗境通常不是全景式的扫描,也不是几种相关意象的平面连缀,而是把一些似乎不相干的精巧象征从多个角度叠合起来,构成多层面的意境朦胧的境界,这样的诗气势缩小了,内涵却扩大了,给读者留下更多的想象空间,要求读者投入更积极的参与,进行更多的联想。叶燮在《原诗》卷二内篇(下)中说:"诗之至处,妙在含蓄无垠,思致微妙,其寄托在可言不可言之间,其指归在可解不可解之会,言在此而意在彼,泯端倪而离形象,绝议论而穷思维,引人于冥漠恍惚之境,所以为至也。"以温李为代表的晚唐诗人正是运用创造性的艺术表现手法将诗意从它所依存的客观事物中分离和突现出来,栖息在朦朦胧胧的诗景之中;在章法结构上,他们常常打破时空变化的一般次序,把不同时空的情事、场景浓缩统摄于同一画面内,或者将实有的情事与虚幻的情境错综叠映,使意境扑朔迷离。诗的结构往往具有突变性,时空场景的跳跃变化不受理性和逻辑次序的约束,而且缺乏必要的过渡与照应,情思、脉络隐约闪烁而无迹可求,不再像传统诗歌一样条理化、逻辑化、井然有序。词与词,句与句,几乎不需要任何中介而直接组合在一起。这不仅仅使诗的意象更浓密,而且增强了诗的多义性效果,使诗意更含蓄,如"羚羊挂角,无迹可求"(严羽《沧浪诗话》)。诗人就是这样灵活地处理和表现意象的时空关系,不黏不滞,自由地挥洒笔墨,意象之间似乎没有关联,其实在深层上却互相勾连,只是那起连接作用的纽带是隐蔽的,并没有显现出来。这就是前人所说的峰断意连,辞短意属。也就是说,从象的方面看去好像是孤立的,从意的方面看却有一条纽带。这实在是一条内在的、深层的联系。意象之间似离实合、似断实续给读者留下许多想象的空间和再创造的余地。这也正是中国古典诗歌被世人喜爱的重要原因之一。

本 章 小 结

唐末诗评家司空图说:"意象欲出,造化已奇。"(《二十四诗品》)胡应麟也说:"古诗之妙,专求意象。"(《诗薮》)可见意象艺术是中国诗歌的传统,而把这种传统创造性地加以发扬光大,正是温李时代诗人们自觉的审美追求和艺术倾向。晚唐诗人喜欢把自己的艺术构思锤炼得千回百转,一波三折。他们的情感世界是极其复杂的,借以传达情感的意象世界同样是异常丰富的,往往是远离现实的一些窈眇之心灵产物,绚烂而深刻、纤弱而敏感,所以呈现出隐微幽约的意象化抒情特征。加之以感性化的意象组接来记录着诗人们的心理流程和情感脉动,晚唐诗人正是以意象化的抒情方式表达了他们对人生、对世事的无限感怀。

第四章　晚唐诗歌的语言艺术

诗歌是语言艺术。意象要靠语言来呈现,作为意象物质外壳的诗歌语言无疑是至关重要的,一首诗的表现技巧、艺术风格最终也都要落实到语言上。晚唐诗人追求精纯的诗美表现,更加注重诗歌语言的锤炼,在语言的运用上有新的调度:有时根据感觉的变化,需要句式倒装;有时强调某种情绪,需要对名词着意刻画;有时为体现婉曲的风格,需要虚字的措置……用形象传神的语词来表达浓郁的诗意,用丰富多姿的句式变幻来演绎跌宕的诗情,用流美工稳的声律对偶来呈现精致的诗心,晚唐诗歌,尤其是晚唐近体诗在语言艺术上达到了新的高度。

一、晚唐诗歌的语言风貌

晚唐诗歌语言体现出由自然之美向锤炼之美的嬗变,这一点在近体诗的创作上尤为突出。钱良择《唐音审体·七言律诗总论》云:

> 七言律诗始于初唐咸亨、上元间,至开、宝而作者日出。少陵崛起,集汉、魏、六朝之大成,而融为今体,实千古律诗之极则。同时诸家所作,既不甚多,或对偶不能整齐,或平仄不相黏缀,上下百余年,止少陵一人独步而已。中唐律诗始盛。然元、白号称大家,皆以长篇擅胜,其于七言八句,竟似无意求工……义山继起,入少陵之室,而运之以秾丽,尽态极妍,故昔人谓七言律诗莫工于晚唐。然至此作者愈多,诗道日坏,大抵组织工巧,风韵流丽,滑熟轻艳,千首雷同。

由此可见，以李商隐为代表的晚唐诗人主要受到杜甫的影响，在近体诗的创作上注重语言的锤炼，精雕细刻，惨淡经营，苦心润色，使诗歌语言更加精致工巧。这是晚唐诗人在诗歌艺术上的一大贡献。管世铭也在《读雪山房唐诗抄·七律凡例》中说："七言律至长庆以后，奄奄一息，温、李二集，正如渔歌牧笛，忽闻钟鼓嘈呔。"

古典诗歌发展到唐代，可谓"众体大备"（高棅《唐诗品汇》），"遂定五七言古、排律、近体、绝句等体制"（叶羲昂《唐诗直解·诗法》），但是各种体式诗歌在有唐一代的兴盛与成熟却不是并驾齐驱、均衡发展的，从初唐到晚唐，是一个由"古"而"近"的发展趋势，有唐一代近一半的近体诗出自晚唐诗人之手，晚唐律诗和绝句，尤其是七言律、绝这两种体裁的创作较之前几个时段呈现出兴旺的景象。诗坛上有些影响的诗人几乎都注重于律体的创作，有的甚至专攻其体，据统计：许浑 531 首、刘沧 101 首、赵嘏 261 首、张祜 468 首诗中，全部为格律诗，其中又以七律所占比重最大；许浑 10 卷诗重，七律占 4 卷；刘沧集中除 2 首五律外，七律高达 99 首，赵嘏七律亦有 90 首之多。

从诗歌发展的进程来看，唐前诗歌大多"平平道出，且无用工字面"（谢榛《四溟诗话》卷三），"篇不可句摘，句不可字求"（《诗薮》内编卷二），不特别注重个别字句，而追求整体效果，以浑朴胜。回顾唐诗发展进程，诚如胡应麟所说："盛唐句法浑涵，如两汉之诗，不可以一字求。"（《诗薮》内编卷五）可以这样认为，魏晋以降，由于诗人的感受更为细腻，诗歌语气的探讨更为深入，要用有限的字句表达丰富的情思，有的诗人遂逐渐开始对句中起关键作用的动词进行锤炼，并尝试通过动词的超常选配以取得新鲜的效果，这成了魏晋以后诗艺的一种新趋向。但这一趋向在杜甫之前还只是零星的透露，即使是与杜甫同时的诗人，也还未引起足够的注意，只是到了杜甫，这种情况才起了一个明显的变化。杜甫对阴铿、何逊等人的诗做过深入研讨，其祖父杜审言对他的影响自不待言，他平生"性僻耽佳句"，并以"语不惊人死不休"自誓，因而敏锐把握了这一诗艺发展的趋向，在诗语的锤炼上投入更大的气力，"晚节渐于诗律细"，以执着的精神致力于语言艺术的创造性实践，杜诗不是天才式的挥洒，而是锻炼苦吟，为后世近体诗创作昭示了注重诗语表现力的榜样与法门。"子美之诗，周情孔思，千汇万状，茹古涵今，无有涯涘，森严昭焕，若在武库，见戈戟布列，荡人耳目，非特意语天出,尤工于用字,故卓然为一代冠。"①韩、孟时代即沿杜诗一路前行,晚唐诗人李商隐、温庭筠、杜牧、许浑、刘沧、赵嘏、张祜等诗人也在学习继承杜甫的基础上,更加注重律诗字句的锤炼,章法的照应,从而将律诗的形式打琢得晶莹润妥。律诗因有格律的限制,句法本就不自由,为求变化自需要更动语次,倒装句式;由于句数的限制,则需要尽量精简语句,通常不说明句主,使用散漫性语法,或在虚字上下功夫,务使字与字之间、句与句之间的关系趋于丰富。这些手法,盛、中唐诗中已有运用,至晚唐则进一步发展为普遍性的技巧。

从诗歌艺术形式上来考察,近体诗较之古体诗要精致得多。篇幅的短小,格式的齐整对字句结构提出了更高的要求。"律与绝句,行间字里须有暖暖之致"(刘熙载《艺概》),"绝句只有四句,为地无多,须字字句句俱有意味,着不得一毫浮烟浪墨。"(王楷苏《骚坛八略》)对于不懂格律的现代人,"律"或许是作诗的枷锁和镣铐,而对于深谙诗艺的唐代诗人而言,它则是创造美与和谐的前提。讲究形式美的律、句小作成为晚唐诗人的偏爱,并在他们的精心创作中日臻完美,而晚唐诗人在体式上对近体诗的选择势必引发晚唐诗歌语言艺术特征的新变。

晚唐诗人还注重以骈语来架构诗歌语言,将骈文的写作技巧运用于诗作中,形成晚唐诗歌在语言方面的一些突出的特色:辞藻典丽、音律圆转、色彩绚烂,而且结构绵密,往往反复吟咏、重叠渲染,曲折回环,甚至可以在短小的诗行间呈现出细密铺排的艺术效果。此时,令狐楚、李商隐、温庭筠、段成式等人都擅长骈体文,其中李、温、段三人齐名,时号"三十六体",他们大力提倡"四六"之文,并将其广泛应用到书信、公文、表奏等各种文体中,文字上尤见功夫,大都雕镂精工,用典深僻,词采繁缛,偶对切当,注重形式,同时四六文这种整齐华美,讲究对仗、声韵、辞藻、用典的语言风格与诗歌特别是近体诗有不少相近之处。李商隐在《樊南甲集序》中讲到他如何学习吸取徐、庾等人骈文的用事对仗等艺术技巧,得以名家时说:"后又两为秘书省房中官,恣展古集,往往咽噱于任、范、徐、庾之间。有请作文,或时得好对切事,声势物景,哀上浮壮,能感动人",更在自己的诗中明言对骈体艺术经验的吸收,其《漫成五章》首章中亦曾提及:"沈宋裁辞矜变律,王杨落笔得良朋。当时自谓宗师妙,今日惟观属对能",言当年从令狐楚受四六章

---

① 参见《杜工部草堂诗话》卷一引王彦辅语。

奏之学,指望能在仕途上致身通显,但今日所得不过属对的本领而已。诗中虽未交代"属对能"表现于何种文体,但沈宋的贡献在于律诗,王杨兼长骈文与诗歌,则"属对能"应既关诗又关文,其诗其文在"属对能"方面是相通的。温李时代以骈文为诗的特点引起后世之人的普遍关注,清代贺裳已敏锐地看到:"温李俱善作骈语,故诗亦绮丽"(《载酒园诗话·又编》),指出温庭筠、李商隐因擅长骈文,而诗写得绮丽。何焯更是特别强调商隐诗受骈文影响,在《义门读书记》论商隐《镜槛》诗时云:

> 陈无己谓昌黎以文为诗,妄也。吾独谓义山是以文为诗者。观其使事,全得徐孝穆、庾子山门法。

韩愈以文为诗,自从陈师道指出后,为许多学者认可。何焯居然斥之为"妄"。而在否定韩愈以文为诗的同时,又强调商隐"以文为诗",他的看法就更引人注目。他就李商隐用事,得徐陵、庾信门法做出论断。因徐、庾是骈文大家,所谓商隐"以文为诗"之文,则非散文,而是骈文。其后,方东树说:"义山《韩碑》,前辈谓足匹韩,愚谓此诗虽句法雄杰,而气窒势平。所以然者,韩深于古文,义山仅以骈俪体作用之,但加精炼琢造,句法老成已耳。"(《昭昧詹言》卷一)方氏以《韩碑》诗为例,比较韩诗与李诗的差异,指出《韩碑》气势比较平,而精炼琢造,句法老成。认为所以如此,是由于韩以古文作用于诗,而商隐以骈俪体作用于诗。方东树承认文对诗有影响,而且认为古文与骈文影响于诗的效果不同。现代学者也注意到骈文对晚唐诗歌的影响。周振甫先生在《李商隐选集前言》中曾对钱钟书先生提出"商隐以骈文为诗"之说做过介绍,他引用钱先生一封信里的话说:"樊南四六与玉溪诗消息相通,犹昌黎文与韩诗也。杨文公(亿)之昆体与其骈文,此物此志……"作文与作诗之间的关系可见一斑。董乃斌也指出:"以骈文手法入诗乃是玉溪生诗的一大特色……其所作诗歌,尤其是五七言律绝,皆为其四六之苗裔,或深受其影响者,故欲深知其诗,非研究其四六则莫办也。"[①]

由此可见,"当熟悉、擅长骈偶文赋语言格式的李商隐等人把他们平昔爱用

---

① 董乃斌:《李商隐的心灵世界》,上海古籍出版社1992年版。

典故、长于刻琢字词、巧于音律安排的作文技巧不自觉地'挪移'到诗里的时候，他们的诗歌便也呈现了一种与'三十六体'相近似的特色"①。精于骈文的晚唐诗人把骈文写作的元素带进诗歌，讲究诗歌的词采、对偶、用典、虚字，以及表达上的委婉含蓄，对诗歌语言，尤其是近体诗歌语言的影响是毋庸置疑的。

　　而在古体诗的创作中，"温李"一派则接续李贺诗歌的用语特色，呈现出"语丽"之风格。关于李贺的"丽"语，杜牧说："时花美女，不足为其色也"（《李长吉歌诗叙》），齐己也说："吴绫蜀锦胸襟开"（《读李贺歌集》），陆游则把李贺的诗比作"百家锦衲，五色眩曜，光夺眼目"（赵宧光《弹雅》），毛驰黄更从艺术创造的角度出发，说他的诗"设色秾妙"（《诗辩坻》）。李贺的一生都在刻意锤炼诗歌的语言，不断地追求语言的色彩美。他宛如一位高明的画师，一眼觑定事物的本质特征，便倾全力摹状绘形，敷彩设色，构造五彩斑斓的画面。而这一画面正是在晚唐时代得以全面铺开。

　　哲学家说"语言是牢笼"，但诗人却说"语言是宇宙"。晚唐诗歌艺术魅力最直接地源于诗人们对语言文字的驾驭能力，以温、李为代表的晚唐诗人，尤其是执着于格律诗创作的诗人们努力把读者从语言的牢笼中解放出来，冲破牢笼，打开宇宙，他们有意在声律上进行的陌生化的改造，形成拗峭峻拔的效果。破坏了日常语言的结构，违背了日常语言的习惯，恰恰建立了诗歌语言多向性多义性的基础，给诗歌语言开创了一片自由的天地，对读者来说也带来了诠释的自由，这就是艺术语言的超语言性的体现。把眼中的自然与心中的体验，把无尽的时间与无限的空间呈现在几行诗中，诗歌的精致最直接地由语言呈现出来。王蒙对李商隐的无题诗尤其是《锦瑟》的语言推崇备至，称赞它是"汉语的奇妙性的例证""关于语言层次的一些学说的一个很好的例证"，惊叹于李商隐"往往能把他的颓唐的情绪用艳丽精致的文字加以表现"，认为李商隐"最大的成就之一是他直观地捕捉了掌握了语言的最高层次——超语言"，并以《锦瑟》为例，具体分析了李商隐诗语言上的特征：第一，诗的字、词的选择构成了诗的基石、基调、基本情境。这些字词之间有一种情调的统一性、联结性，相互的吸引力，很容易打乱重组。第二，字词的组合有相当的弹性、灵活性。它的主、谓、宾、定、状诸语的搭

---

　　① 　葛兆光、戴燕:《晚唐风韵》,中华书局 2004 年版,第163～164页。

配,与其说是确定的、明晰的,不如说是游动的、活的,可以更易的。这样的诗,不是一般地按照语法——逻辑顺序写下的表意——叙事语言,而是一种内心的潜语言、超语言。第三,诗语诗象更浓缩、更概括,更具有一种直接的、独立的象征性、抒情性、超越性和"诱惑性"。① 游国恩等主编的《中国文学史》也认为李商隐"成就最高的是近体,尤其是七律。这方面他继承了杜甫七律锤炼谨严、沉郁顿挫的特色,又融合了齐梁诗的浓艳色彩,李贺诗的幻想象征手法,形成了深情绵邈,绮丽精工的独特风格",而吴乔评温庭筠则称其"五言律尤多警句,七言律实自动人"。

　　温、李诗的珠圆玉润自不必说,对语言的精心打磨和装饰是晚唐诗坛的风尚。追求"字字清新句句奇"(韦庄《题许浑诗卷》)的许浑在律诗语言的推研上尤见功力,其诗注重字面的铺写,当骈俪处几乎无不对偶工整,其中不少都堪称精致工丽,情辞俱佳之句。许浑是一位尤其讲究诗法的作家,他自述"岁业诗,长不知难"(《乌丝栏诗序》),长期的刻苦努力,使他娴熟的诗艺,达到了炉火纯青的境界。其《秋晚云阳驿西亭莲池》诗写道:"心忆莲池秉烛游,叶残花败尚维舟。烟开翠扇清风晓,水泛红衣白露秋。神女暂来云易散,仙娥初去月难留。空怀远道难持赠,醉倚阑干尽日愁。"这首诗使一向鄙薄他的杨慎读后也不由得许之为"晚唐之绝唱,可与盛唐峥嵘"(《升庵诗话》卷十一)。刘克庄在《后村诗话》里说许浑,也只是说他抑扬顿挫不太行,而"圆熟律切,丽密或过杜牧",宋人范晞文对许诗更是激赏不已:"七言律诗极为不易,唐人以诗名家者,集中十仅一二,且未见其可传。盖语长气短者易流于卑,而事实意虚者又几乎塞。用物而不为物所赘,写情而不为情所牵,李杜之后,当学者许浑而已"(范晞文《对床夜语》卷二),前人还有"声律之熟,无如浑者"(田雯《古欢堂集·杂著》)的赞语。许浑在近体诗语言上的成就也证明了晚唐时代对诗语的追求已由盛唐冲口而出的流溢自然,经中唐由杜诗呈现的顿挫之感,发展为精心锤炼后"圆转如弹丸"的人工之美。许浑的七律对仗工整,律切丽密,其五律也韵远情长,足以上接杜甫、下启后人。而同时期其他格律诗人也多有对仗工稳的名篇佳句,为后人所津津乐道,如《载酒园诗话又编》列举刘沧诗中之警联:

---

① 王蒙:《双飞翼》,生活·读书·新知三联书店 1996 年版。

黄白山评:(刘沧)警联尚多,如"半夜秋风江色动,满山寒叶雨声来";"绿芜风晚水边寺,清磬月高林下禅";"停灯深夜看仙篆,拂石高秋坐钓台";"霜落雁声来紫塞,月明人梦在青楼";"萧郎独宿落花夜,谢女不归明月春",虽气格未超,而风韵独绝。

《诗源辩体》卷三一列举赵嘏诗歌警联云:

赵嘏(字承祐)七言律诗《题双峰院松》一篇,声气有类盛唐。"广武溪头""正怀何谢""楼上华筵"三篇气格亦胜。他如"两见梨花归不得,每逢寒食一潸然。斜阳映阁山当寺,微绿含风树满川""芰荷香烧垂鞭袖,杨柳风横弄笛船。城拟十洲三岛路,寺连千顷夕阳川""沾衣正叹人间事,回首更惭江上鸥。鹁鸪声中寒食酒,芙蓉花外夕阳楼","杨柳风多潮未落,蒹葭霜冷雁初飞。重嘶匹马吟红叶,却听疏钟忆翠微""故园何处风吹柳,新雁南来雪满衣。目极思随原草遍,浪高书到海门稀"等句,声皆浏亮,语皆俊逸,亦晚唐一家。"残星几点雁横塞,长笛一声人倚楼"一联,杜紫微赏咏不已,称为"赵倚楼",惜下联不称。

《养一斋诗话》卷五列举张祜诗歌佳联云:

吾独惜以承吉之才,能为"晴空一鸟渡,万里秋江碧""河流出郭静,山色对楼寒""海明先见日,江白迥闻风""地盘山入海,河绕国连天""仰砌池光动,登楼海气来""风帆彭蠡疾,云水洞庭宽""人行中路月生海,鹤语上方星满天""潮落夜江斜月里,两三星火是瓜洲"诸句,可以直跨元、白之上。

从上述所列警联妙语足见晚唐诗歌语言技巧的精湛与圆熟,诗人们特别注重锤字炼句,诗语凝练而丰富,力求章无碍句,句无疵字,体现了追求完美的艺术精神。以温、李为代表的一代文士既是诗人,又如"画家""雕塑家""音乐家",用他们的诗情演绎着诗歌语言的形象性与节奏感,使晚唐诗歌语言成为一种精美的艺术表现形式。

二、晚唐诗歌的语词特征

晚唐诗人对诗歌语言的艺术表现力空前重视,却又不同于苦吟诗派的推敲,与流于形式的雕琢有着本质的区别,他们能够以自身细腻的体验来熔铸诗歌语言,把刻镂深细的形貌和意在言外的韵味结合起来,从而锻炼出精致工丽,情辞俱佳的诗歌语言,在语词的具体铺排和运用上很见功力。

(一)色浓藻密

晚唐诗"工于造语,极为绮靡"(胡仔《苕溪渔隐丛话·后集》卷十七)显示出"色浓藻密"、错金镂彩的特点。大量色彩词的装饰构成了晚唐诗歌语言富艳精工的独特风貌。此种语言风貌首先体现为精美细密的字面铺写。字面是诗语最直接的呈现,晚唐诗多选用那些感觉印象强烈的词汇,讲究炼字着色的华丽瑰奇,涂抹色彩,熔铸感觉,犹如彩绘与香薰般地装饰渲染,力求为抽象的情感找到最形象的文字表达。

晚唐贺裳针对这种唯美倾向尖锐地指出:"七言古诗,句雕字琢,当其沾沾自喜之作,虽竭其伎俩,止于音响卓越,铺叙藻艳,态度生新,未免其美悉浮于外。"(清贺裳《载酒园诗话》又编)诚然,色彩浓丽、意象华美、追求一种铺陈夸张和纤秾华艳的装饰效果,确是温李绮艳诗风的一大特色,但并非"止于音响卓越""其美悉浮于外"。

我们先来看看温诗中的色彩表现。应当承认,温庭筠是一位非常感性的诗人,他善于捕捉并组接客观世界的缤纷色彩,以达到其一贯追求的视觉效果。在温诗中,红、黄、绿、碧、翠、紫等浓烈的色彩随处可见,简直目不暇接,给人以强烈的感官刺激。他的五、七言乐府诗因之没有严格的声律限制,更加侧重视觉彩绘,侧重腻香脂粉的温馨描写,华美绰约,往往成为色彩模块的组接拼合,如《春愁曲》以"紫骝""金凤""银鸭""红烛""骊珠""绮阁"等秾丽词语来装点诗句。又如《兰塘词》中"金-绿-紫-红"的系列色彩展现,极大地满足了读者的感官期待,而律诗则相对收敛一些,多在一联中将两种色彩加以并列呈现,如:

> 浓荫似帐红薇晚,细雨如烟碧草春。(《题李处士幽居》)
> 红深绿暗径相交,抱暖含芳被紫袍。(《寒食日作》)

绿杨阴里千家月,红藕香中万点珠。(《寄卢生》)

红垂果蒂樱桃重,黄染花丛蝶粉轻。(《偶题》)

　　我们再来分析温庭筠创作中的装饰性表现。在温诗中,金、玉、香、兰、画、锦、雕、琼、绣等装饰性的字眼出现频率相当高。这些字眼多作为修饰语放在实物名词之前,大部分情况下并不具有实际的指称意义,而仅作为装饰,突出所表现的事物、场景的富贵香艳。如金塘、金堤、金缕、金线柳、金芙蓉中的"金"字,兰塘、兰膏、兰钗、兰舟中的"兰"字,都失去事物本身的原有含义,而成了华丽名贵性质的标志。试看下列几联:

屏掩芙蓉帐,帘褰玳瑁钩。(《过华清宫二十二韵》)

彩虬蟠画戟,花马立金鞭。(《感旧陈情》)

杨家绣作鸳鸯幔,张氏金为翡翠钩。(《池塘七夕》)

屏上楼台陈后主,镜中金翠李夫人。(《和友人溪居别业》)

　　这些诗句突出表现的是一种装饰美,其目的是渲染一派富贵华美的氛围。胡仔说温庭筠《春晓曲》"殊有富贵佳致"(胡仔《苕溪渔隐丛话·后集》卷十七),乃是切中肯綮之语。再看几联:

一曲堂堂红烛筵,金鲸泻酒如飞泉。(《钱塘曲》)

红珠斗帐樱桃熟,金尾屏风孔雀闲。(《偶游》)

百幅锦帆风力满,连天展尽金芙蓉。(《春江花月夜词》)

绣毂千门伎,金鞍万户侯。(《过华清宫二十二韵》)

　　无论是陶醉于现实生活的品味,还是耽溺于历史往事的追忆,都表现出诗人对那种奢华富贵气派的着意关注。追求并表现这种富贵气是温庭筠诗装饰风格的内在心理依据,而这种心理归根结底是那个奢靡浮华的时代所赋予的。

　　与温庭筠相一样,李商隐也擅长组织绮丽的辞藻,如"烟带龙潭白,霞分鸟道红";"绿筠遗粉箨,红药绽香苞";"碧瓦衔珠树,红轮结绮寮";"红绽樱桃含白雪,断肠声里唱阳关";"红壁寂寥崖蜜尽,碧帘迢递雾巢空";"红露花房白蜜脾,黄蜂紫蝶两参差"……所用颜色单字和语词讲究浓淡调和,刚柔相称,看起来犹如一片古锦上斑斓的图案。范晞文《对床夜语》云:

> 商隐诗:"斗鸡回玉勒,融麝暖金釭。玳瑁明书阁,琉璃冰酒缸。"七言云:"不收金弹抛林外,却惜银床在井头。彩树转灯珠错落,绣檀回枕玉雕锼。"金玉锦绣,排比成句,乃知号至宝丹者,不独王禹玉也。

这正是敖陶孙《诗评》所云"百宝流苏",然而并非其所贬"要非适用",李诗恰恰能将色彩的运用与情感心绪的表达完美地结合起来。如"红楼隔雨相望冷,珠箔飘灯独自归"一联,妙在用清新明丽的语言把色彩与感觉相对照(红与冷)和雨帘珠箔的自然融会,细致入微地写出抒情主人公寂寥怅惘的心理状态,极富抒情气氛。再品味"曾是寂寞金烬暗,断无消息石榴红"这联,我们会发现似乎"暗"与"红"才是关键性的字,系自一片灰暗之中所透露出来的光芒,是"断无"的确定中的一种希冀,系自视觉意象的对列中的一种传达,使诗情自绝望之中跃出。由颜色字生发出诗歌内在情感的力量。"翠减红衰愁杀人"(《赠荷花》)经直觉捕捉而获得的色彩印象是诗人通往自我心灵世界的一个入口。古人云:"作诗虽贵古淡,而富丽不可无。譬如松篁之于桃李,布帛之于锦绣也。"(谢榛《四溟诗话》卷一)晚唐诗中富丽美艳的字眼构成了一个缤纷的色彩世界,可谓是流光溢彩,色彩的修饰使晚唐诗中的意象更加充盈,进而眼中之色调与心绪之情调形成了一定的对应关系。

此外,晚唐诗人还用心于颜色字在诗句中的安置。范晞文在《对窗夜语》中注意到杜甫诗将颜色字置于句首:

> 老杜多欲以颜色字置第一字,却引实字来。如"红入桃花嫩,青归柳叶新"是也。不如此,则语既弱而气亦馁。他如"青惜峰峦过,黄知橘柚来""碧知湖外草,红见海东云""绿垂风折笋,红绽雨肥梅""红浸珊瑚短,青悬薜荔长""翠深开断壁,红远结飞楼""翠干危栈竹,红腻小湖莲""紫收岷岭芋,白种陆池莲",皆如前体。若"白摧朽骨龙虎死,黑入太阴雷雨垂",益壮

而险矣。(范晞文《对床夜语》卷三)

以颜色字置句首,能强化视觉的形象性和具体性,同时使句子健拔有力,具有一种新奇感。杜甫这一用字之法启发了晚唐诗人。由于晚唐诗尤其是温李诗中颜色字较之杜甫更加密集,因此诗人们为把色彩有效地突出来,给读者以色彩鲜明的感觉,晚唐诗中的颜色字多置于"诗眼"处,如"红叶高斋雨,青萝曲槛烟""未秋红实浅,经夏绿阴寒""长眉留桂绿,丹脸寄莲红""红垂果蒂樱桃重,黄染花丛蝶粉轻""风翻荷叶一向白,雨湿蓼花千穗红""由来碧落银河畔,可要金风玉露时""红虾青鲫紫芹脆,归去不辞来路长"等,在诗句节奏上对颜色字加以强调。从而使颜色字的运用成为晚唐诗语锤炼的一个重要方面,也是构成晚唐诗语言风格的一个重要物质元素。

(二)熔裁典故

典故的恰当运用可以不露痕迹地拓宽诗歌表现的"疆域",使空间局促,格局不大的近体诗有了生成深广诗意的可能,晚唐诗人大都善于熔裁典故,增强了诗歌语言的内蕴容量与表现力度,使诗歌语言高度浓缩,而内涵却得以充分拓展,情致更加曲折幽深,进而去除诗歌的"浅易鄙陋之气",体现这一特征的当首推李商隐,在这里,试结合李诗用典简论之。

喜欢用典是李商隐诗的一个重要特色。虽然宋人吴炯曾讽刺其诗用典过多而有"獭祭鱼"(《五总志》)之嫌,然而,其大多数用典却是精工而又贴切的。正如袁枚所评:"惟李义山诗,稍多典故,然皆用才情驱使,不专砌填也"(《随园诗话》卷五),正因为是"才情驱使",把典故融化在诗情里,令如己出,而不露痕迹,不是为用典而用典,故而能够做到贴切妥当。李诗用典不是编事,而是对语言的一种修饰,典故的运用对于诗语的锤炼有着重要的意义。首先可以减少语词之繁累——诗句之组成,应力求经济,尤其近体诗有其一定之字数限制,用典可以使诗语得到有效的浓缩。如李商隐《览古》:

莫恃金汤忽太平,草间霜露古今情。
空糊赪壤真何益,欲举黄旗竟未成。
长乐瓦飞随水逝,景阳钟堕失天明。

回头一吊箕山客,始信逃尧不为名。

诗中"长乐"一词乃指汉之长乐宫。《汉书》平帝纪:"大风吹长安城,东门屋瓦飞旦尽";"景阳钟"之典出自《南史》:"齐武帝数游幸,载宫人于后车,宫内深隐,不闻鼓漏,置钟于景阳楼上,应五鼓及三鼓。宫人闻声早起妆饰"。"箕山客"一词乃指尧之许由也,《庄子》:"尧让天下于许由。许由曰:'天下既已治也,而我犹代子,吾将为名乎'?"又齧缺遇许由曰:'子将何之?'曰:'将逃尧'。又史记:"余登箕山,其上盖有许由冢"。如此利用有限之文字,即将所欲表达之意念,呈现在读者眼前,故可减少语词之繁累。

此外用典还可以充实内容、美化词句,可使文辞妍丽,声调和谐,对仗工整,结构谨严。李商隐特别讲求"炼典",用典时,常常是在仔细分析典故原文的基础上,将原文加以提炼,只择其关键字眼加以点化,从而熔成新句,变成他表达情感构成诗境的活材料。例如"永忆江湖归白发,欲回天地入扁舟",(《安定城楼》)所用范蠡泛舟五湖事,只取"江湖""扁舟"四字即将此典故嵌入,而诗人自身那不慕虚荣但欲酬壮志的复杂心志,却巧妙而又充分地表现出来了。又如"平生风义兼师友,不敢同君哭寝门",(《哭刘蕡》)所用《礼记·檀弓》孔子哭伯高的故事,商隐仅择出"师友"与"寝门"熔炼于诗中,从而有力地衬出刘蕡对他生平为友、风义则师的特殊关系,将他沉痛的心情及痛哭的意义确切地表达出来了。典中情景,融情于典,益觉凝练警策,读之令人顿生无限感慨。

(三)用语工切

晚唐诗人多情善感,也善于用感觉去熔铸外物,使"物皆著我之色彩""一株小草,一片落花,一点飞絮都逃不脱诗人的视觉;夜深依约的磬声,微风动竹洒地的雪声,野兽脚踩枯叶的些微响动,任何一丝幽微的声响都会刺激诗人们的听觉……表现了诗人敏锐的通感联觉,心态意绪中轻柔细腻的感受"[1]。于是,诗人们在感觉的流程里寻绎细密的诗情,缔结敏感的文字,锻炼最恰当的词语来表达微妙而复杂的感情和思绪,诗歌呈现出体物精微,用语工切的特征。

清人贺裳《载酒园诗话又编》曾云:"义山之诗,妙于纤细",并举《子初全溪

---

① 田耕宇:《唐音余韵》,巴蜀书社 2001 年版,第 237 页。

作》中的"战蒲知雁唼,皱月觉鱼来",《晚晴》中的"并添高阁迥,微注小窗明",《细雨》中的"气凉先动竹,点细未开萍"等诗语为例。我们来看一看《晚晴》全诗:

> 深居俯夹城,春去夏犹清。
> 天意怜幽草,人间重晚晴。
> 并添高阁迥,微注小窗明。
> 越鸟巢干后,归飞体更轻。

　　这首诗写雨后晚晴生机勃勃的景象,总的看境界并不狭小,但其中有不少局部的细致描写。如日出普照万物,诗人却偏偏拈出微不足道之"幽草",光线由晦转明,诗人又捕捉了晚景斜晖流注在小窗上带来的"一米阳光",微弱而柔和,故曰"微注"。巢干翅爽,归飞的鸟儿也显得格外轻捷,更从小处见出万物蕴含的生机。此诗作于唐宣宗大中元年(847年),当时作者应聘随桂管观察使郑亚到桂州(今广西桂林),认为这是自己人生道路上的一次转机。诗中反映的正是这种欣慰的心情,而出之以细腻的笔调。顾安评曰:"三、四妙在将'天意'突说一句,然后对出'晚晴'。'并添'、'微注','晴'字说得深细。结句有意无意,亦是少陵遗法。"(《唐律消夏录》)纪昀评曰:"轻秀,是钱、郎一格。五、六再振起,则大历以上矣。末句结'晚晴',可谓细意熨贴,即无寓意亦自佳也。"其实"细意"不仅是末句,其他多句亦是如此。而且此种细意,在其他作品中也时有表现,如"已闻佩响知腰细,更辨弦声觉指纤"[李商隐《楚宫》二首(后首一作《天水闲话旧事》)],从声响中体味女性姿容。"气凉先动竹,点细未开萍"(《细雨》),从细微处感受自然风物。"凉波冲碧瓦,晓晕落金茎"(《令狐舍人说昨夜西掖玩月因戏赠》),从感觉上说,此句有"凉"的触觉,有"碧""金"的视觉,有"冲""落"的动觉。通过这些,人们强烈地感受到了那夜气之冲力、朝晕之沉力,人们仿佛身临其境,给人以特别的美之享受。又如《微雨》一诗:

> 初随林霭动,稍共夜凉分。
> 窗迥侵灯冷,庭虚近水闻。

　　此诗不仅体物工切、摹写入微,还能够通过多方面的刻画,传达出物象的内在神韵。下字也极有分寸,"初随""稍共""侵""冷""虚""近",处处扣住微雨的特点,一丝不苟。此外,《重过圣女祠》中的"白石岩扉碧藓滋"句,"白石"与"碧藓"色彩对比鲜明,给人以强烈的视觉印象,"滋"又给人以湿冷的触觉体验。是写物,但同时又是在写心灵的意绪;《自喜》中"绿筠遗粉箨,红药绽香苞""绿筠"与"红药"相映,"粉箨"与"香苞"相映,"遗"与"绽"相映,给人以视觉的美感、味觉的美感和动觉的美感,形象地传达出内心的喜悦之情;《正月崇让宅》诗中的"鼠翻窗网小惊猜"一句,则非常逼真地写出了诗人的心理活动:深夜诗人全神贯注地怀念亡妻,忽听到鼠翻窗网之声,还以为是妻子到室中来了。"小"字形容心中微微一怔,措辞极有分寸。一"惊"、一"猜",连下两个动词,体物精细入微。而温庭筠的《春日偶作》中有"夜闻猛雨判花尽,寒恋重衾觉梦多"之句,写春夜听雨惜花、恋衾频梦的感觉,特点也在于感觉的细腻与对细腻感觉的准确表达。俞陛云评曰:"此类之句,贵心细而意新,必确合情事,乃为佳句。且一句中自相呼应:唯雨猛,故花尽;恋衾,故梦多。……诗中此类极多,固在描绘精确,尤在用虚字之精炼也。"许浑的《晚自朝台津至韦隐居郊园》写村居之景,更是体物工细,曲尽其妙,情韵悠然:

> 秋来鸟雁下方塘,系马朝台步夕阳。
> 村径绕山松叶暗,野门临水稻花香。
> 云连海气琴书润,风带潮声枕簟凉。
> 西下磻溪犹万里,可能垂白待文王。

　　《贯华堂选批唐才子诗》卷六释此诗云:"(前四句)一、鸟雁方塘,大好'秋'字;二、系马缓步,大好'晚'字;三、山径松滑,大好'自'字;四,水门稻香,大好'至'字。四句合为一解,是一幅妙画。一解分为四句,又是四幅妙画也。(后四句)五、六非以海气潮声写琴书润、枕簟凉,正以琴书润、枕簟凉写海气潮声也。言惜哉韦隐居,今乃僻处于斯。彼太公生于海上,然至将遇文王,则亦漂流万里,直到磻溪。今君越在遥遥东南,其将何所希望于世也哉!"通篇精致工密,有情有韵。而以五律见长的诗人张祜则将敏感幽微,体物工细的诗语风格运用到对山水景致的描摹中,如《题润州金山寺》:"树色中流见,钟声两岸闻";《题惠山寺》:"泉声到池尽,山色上楼多";《题招隐寺》:"古井人名在,清泉鹿迹幽。竹光寒闭院,山影夜藏楼";《江城晚眺》:"河流出郭静,山色对楼寒。浪草侵天白,霜林映日丹";《题樟亭》:"地盘江岸绝,天映海门空。树色连秋霭,潮声入夜风",这些工致的诗联,无不熔铸了诗人细微的感受,状物精切而形神并具。

循着意绪状情设色,跟着感觉体物铺辞,晚唐诗人锤字炼句的功夫在字面上得到充分的体现。不仅如此,晚唐诗人在近体诗的创作中更注重动词的使用。

(四)注重诗眼

晚唐诗人的近体诗,尤其中间四句,遣词造句极为讲究,对仗工稳,声律谐和,特别注意对联缀名词性意象的谓词的锤炼,即古人所谓"诗眼"。关于锻炼"诗眼",林三正先生在《诗学概要》中有这样一段论述:

> 古人于炼字之法另有点眼一说,盖取画龙点睛之意,谓用之得当可使全句生色。其说出自江西诗派之论点,虚谷承山谷、居仁之论,主张句中必得有眼云:"未有名为好诗,而句中无眼者。如杜甫诗'吴楚东南坼,乾坤日夜浮'(登岳阳楼颔联)之'坼'字与'浮'字,及李白之'人烟寒橘柚,秋色老梧桐'(秋登宣城谢朓北楼颈联)之'寒'字与'老'字等"。"诗眼"原为江西派诗人之共同主张,然虚谷所论不限一字,更不限于第几字,另一派则主张五言诗以第三字为眼,七言诗以第五字为眼。潘邠老云:"七言诗第五字要响,如'返照入江翻石壁,归云拥树失江村'(杜甫:返照颔联)之'翻'与'失'字,乃响字也。五言诗第三字要响,如'圆荷浮小叶,细麦落轻花'(杜甫:为农颔联)之'浮'字与'落'字乃响字也。所谓响者,致力处也"。

黄庭坚说:"拾遗句中有眼"(《赠高子勉》),其所谓"眼",本指杜妙处,耐人讨索探求①,后人遂用以指杜诗句中锻炼工致之动词(以及形容词等)。如前引文所论,又有指这些词为"响字"②的,有的语言学家认为:"在正常情况下,句子的

---

① 此从钱钟书先生说,见《谈艺录》,中华书局 1984 年版,第 330 页。
② 参见《吕氏童蒙训》引潘邠老语,《横浦心传录》卷上引吕居仁语,以及杨载《诗法家数》等。

主要信息总是搁在谓语里"①,充当谓语的字(词)作为语义和结构关系的枢纽,在诗句中的作用相当重要,其使用的好坏常直接关乎艺术的高低,便成为诗语锤炼的主要对象。晚唐诗人在锤炼"诗眼"上尤为用力:五言如马戴的"疏雨残虹影,回云背鸟行"(《送客南游》),刘得仁的"鸟栖寒水迥,月映积冰清"(《冬夜寄白阁僧》),雍陶的"竹动时惊鸟,莎寒暗滴虫"(《秋露》),李频的"断烧缘乔木,盘雕隐片云"(《淮南送友人归沧州》),顾非熊的"疏叶秋前渚,斜阳雨外山"(《桃岩怀贾岛》)……都在写一种伤感悲愁之情,虽诗境不免狭小敛约,但在近体格律的框架内都能做到琢词炼句,翻新出奇。七言如:"万里山川分晓梦,四邻歌管送春愁"(许浑《赠河东虞押衙》)、"溪云初起日沉阁,山雨欲来风满楼"、(许浑《咸阳城西楼晚眺》)、"残星几点雁横塞,长笛一声人倚楼"(赵嘏《长安秋望》)、"风传鼓角霜侵戟,云卷笙歌月上楼"(许浑《将为南行陪尚书崔公宴海榴堂》)……因一字之工而成就佳句,这是诗人对锤炼诗眼的收获。

在温、李诗中这种锤炼更为精工。李商隐善于选择内涵丰富的词语编织诗行,熔铸诗境,在引人联想中增加诗之韵味。如"集鸟翻渔艇,残虹拂马鞍"(《楚泽》),"翻""拂"二字,绘出水禽飞舞嬉戏,残虹行空如练的美景;"一条雪浪吼巫峡,千里火云烧益州"(《送崔珏往西川》),"吼""烧"二字,写尽入川途中的奇险艰难;"直登宣室螭头上,横过甘泉豹尾中"(《少年》),"直""横"二字,画活少年皇帝的轻狂浮躁。再如"静怜穿树远,滑想过苔迟""絮飞藏皓蝶,带弱露黄鹂""风飘弱柳平桥晚,雪点寒梅小苑春"等诗句,都可见锤炼诗眼之功。

温庭筠的"咸阳桥上雨如悬,万点空蒙隔钓船"(《咸阳值雨》)也是讲究诗眼锻炼的佳句。诗人起笔直陈景物,用语也极为质朴,前句描桥上之景,后句状水上之象。桥上,雨丝绵延如帘空悬;水上,云缠雾绕烟雨霏霏。前句的"悬"字,生动地传达出"雨"的密注和非同一般的气势;后句的"隔"字,则将水中"钓船"的实景推向迷蒙的烟雨之外,于是一种若隐若现,似有似无的景致,便荡漾在雨中,也便荡漾在诗人的诗行里。诗人于雨中徜徉,腹满的却是一种闲适,而正是这样的一种闲适,笔墨染出的才是如此的一幅迷离空蒙的山水图景。这样的图景很容易让人遐想到小桥流水的江南水乡。

---

① 赵元任:《汉语口语语法》,吕叔湘译,商务印书馆1979年版,第4页。

晚唐受益于诗眼锤炼而成就的佳句不胜枚举。可见,出于表情达意以及艺术追求等多方面的原因,诗眼的锤炼进一步受到诗人们的重视,它作为诗歌语言艺术的一个焦点,担当着创造诗美的重任。

(五)妙用叠字

晚唐诗人无论是驾驭古体还是近体,在语词运用上的另一个特色是喜用叠字,而且善用叠字,他们凭借对文字的敏感、对音韵的精熟,在叠字的铺写中突出了诗歌的别一番情致和趣味。

叠字是汉语言文学中的一种特有的修辞现象,又称复字、重言、叠词、双字,即是把形、音、义完全相同的两个字紧相连接在一起使用的修辞方式。同双声、叠韵一样,叠字可以增强语言的音乐美。宋人叶梦得在《石林诗话》卷上指出:"诗下双字极难,须使七言五言之间除去五字三字外,精神兴致,全见于两言,方为工妙。"清代的顾炎武在《日知录》中,也有"诗用叠字最难"的说法,这是因为,古代诗歌每一句都有固定字数的限制,尤其是律诗,还要合平仄,讲粘对,这就对诗人在诗歌创作中使用叠字提出了考验,如何使用才不是简单的重复和叠加,如何能发挥叠字具有的独特审美效果,这是有相当难度的。好的叠字应该是诗人用意所在,是全句的关键所在,这是不容易做到的,但是如果用得好,就会超出原来单字的意义,或者在原来的意义上产生一种新的意味,情趣,比用单字更能传情达意,生动形象,正因为如此,历代许多诗人都愿意一显身手。

早自《诗经》已开始大量使用叠字,在 305 首诗篇中,运用叠字写人状物、表情达意的近 200 篇,叠字多达 610 余个,《诗经》第一首第一句:"关关雎鸠"就用了叠字。继《诗经》之后的《古诗十九首》,除 5 首外,14 首诗用了近 30 个叠字,如为后人传唱"青青河畔草""行行重行行"等。到了魏晋时期,诗人也常用叠字描绘景物,抒写情怀,"三曹"的诗中都反复用过叠字,如曹操的"去去不可追""明明日月光"(《秋胡行二首》其二),曹丕的"遥遥山上亭,皎皎云间星"(《于明津作诗》),曹植的"柔条纷冉冉,落叶何翩翩"(《美女篇》)。对唐代诗人产生深远影响的陶渊明诗中也有很多地方使用了叠字,如"暧暧远人村,依依墟里烟"(《归园田居》)。至唐代,就有更多的诗人在诗中使用叠字,如韩愈、杜甫。杜甫更在此方面为一大家,博得明代杨慎称赞"诗中叠字最难下,唯少陵用之独工"。这些诗人的创作都对晚唐诗中使用叠字产生了深刻的影响。在晚唐诗歌人中,杜牧在使用"叠字"进行诗歌创作方面表现尤为突出,在他的523首诗歌作品中,运用叠字的有230处,比较唐代的其他诗人,可与大量运用叠字的杜甫诗歌(627例)相比肩。杜牧诗中的叠字大部分都是以形容词的形式出现的,用叠字来描摹事物的状态,可以增强语言的生动性、形象性,增加艺术表现力。刘勰在《文心雕龙·物色》篇中论述了叠字对于状物写景抒情的重要作用,他说:"诗人感物,联类不穷。流连万象之际,沉吟视听之区;写气图貌,既随物以宛转;属采附声,亦与心而徘徊。故'灼灼'状桃花之鲜,'依依'尽杨柳之貌,……并以少总多,情貌无遗矣。"在杜牧的诗集中,第一首诗就多处用到了形容词叠字,"穰穰如儿戏""蹇蹇还榛莽""荡荡乾坤大,瞳瞳日月明""往往念所至"(《感怀诗一首》),等等。杜牧诗中同样形容垂柳,在不同的诗句中却分别用了三种叠字形容词,"袅袅垂柳风,点点回塘雨"(《村行》),"摇摇远堤柳,暗暗十程烟"(《罢钟陵幕吏十三年来泊湓浦感旧为诗》),"柔柔垂柳十余家"(《商山麻涧》)。另外,还有一种情况是同样用形容词"萧萧",来形容不同的事物,表达不同的场景。如"秋思高萧萧,客愁长袅袅"(《赴京初入汴口晓景即事先寄兵部李郎中》),"最宜檐雨竹萧萧"(《送国棋王逢》),"萧萧山路穷秋雨,淅淅溪风一岸蒲"(《秋浦途中》),"无媒径路草萧萧"(《送隐者一绝》),"红树萧萧覆碧潭"(《秋晚怀茅山石涵村舍》),分别用"萧萧"来形容秋、竹、草、树等,虽然都是用"萧"字的"萧条寂寥"之义,但是却在不同的诗句中表现出了不同的环境特征。由此可见,在杜牧诗中使用的这些叠字,发挥了比单字更强的表现力,用叠字描绘自然景色,丝毫不觉拖沓,反而能够表现出事物的特征和姿态,令读者历历在目,如身临其境。在杜牧诗中,还频繁地运用叠字来模拟声音,形成一种和谐动听的音乐美感。如"好鸟响丁丁,小溪光汃汃"(《池州送孟迟先辈》),用丁丁来形容鸟鸣的清脆响亮,用鸟声衬托出一派田园风光。再如:"芝盖不来云杳杳,仙舟何处水潺潺"(《洛阳长句二首》其一),不但用潺潺形容出水慢慢流动的声音,而且衬托出因无人到访的安静。由此看来,叠字的巧构不仅可以摹声,更可以突出诗歌的场景和氛围。此外在杜牧诗中叠字也常用来表达一种缠绵惆怅的情思,如"故交相见稀,相见倍依依"(《逢故人》)中的依依别情;"苒苒迹始去,悠悠心所期"(《句溪夏日送卢霈秀才归王屋山将欲赴举》)中的悠悠情思。杜牧的诗歌风格以俊爽见长,在诗中使用叠字则为诗歌平添生动流畅之美,使之俊爽而不失风华流美之韵。

　　从对杜牧运用叠字的分析中,可以初步领略晚唐诗语中叠字的魅力——叠字绘色,使画面鲜明,给人以鲜明的色彩感;叠字摹声,使人如闻其声,有余韵不绝之妙;叠字写景,使诗歌情景交融,意境开阔、深邃,增强了诗歌的形象性;叠字抒情,真挚细腻,委婉悠长,具有极强的艺术感染力。王又华《古今词论》指出:"晚唐诗人好用叠字语,义山尤甚",并举《菊》诗中的"暗暗淡淡紫,融融冶冶黄",称其"殊不见佳"。他看到了李商隐用语上的特色,但所识欠妥。李商隐诗,尤其是近体诗的情韵之美,在很大程度上得益于叠字的运用,如《向晚》"花情羞脉脉,柳意怅微微"中叠字的运用,创造出了声、色、情俱佳的境界。再如:"摵摵度瓜园,依依傍竹轩"(《雨》)、"鬼疟朝朝避,春寒夜夜添"[李商隐《异俗二首(时从事岭南)》]、"定定住天涯,依依向物华"(《忆梅》)、"封来江渺渺,信去雨冥冥"(《酬令狐郎中见寄》)、"本以亭亭远,翻嫌脉脉疏"(《槿花二首》其二)……这些叠字多运用于一联之中,上下相对,工丽整饬,这要表现形式主要取法自杜甫、韩愈,他们二人都善用叠词,且多用《文选》诸赋格,即诗格中所谓"双拟对""连绵对""赋体对",直接导引了晚唐格律诗中叠字的运用。在温庭筠诗歌中叠字则呈现了另一种风貌,如《罩鱼歌》:"朝罩罩城东,暮罩罩城西。两桨鸣幽幽,莲子相高低",《杂曲歌辞·西洲曲》:"悠悠复悠悠,昨日下西洲。西洲风色好,遥见武昌楼",《溪上行》:"绿塘漾漾烟濛濛,张翰此来情不穷",这些语句多取法民歌,呈现的是叠而不对的俗格,此种类型的叠字运用在晚唐中也很常见,如许浑的《鹭鸶》:"西风澹澹水悠悠"、《楚宫怨二首》:"腾腾战鼓动城阙,江畔射麋殊未归",叠字运用不断创新,到了唐末,甚至"诗有一句迭三字者,如吴融《秋树》诗云:'一声南雁已先红,摵摵凄凄叶叶同'是也。有一句连三字者,如刘驾云:'树树树梢啼晓莺,夜夜夜深闻子规'是也。"(《鹤林玉露》乙编卷六)

　　在注重语言形式之美的晚唐诗中,辅之以叠韵的铿锵、双声的婉转,叠字运用频繁且得当,有如翩翩的舞者,动感之中不失优雅,呈现出摇曳的"舞姿",成为诗语锤炼的典范,并为后来的诗人所效法。前人曾批评唐末诗歌用叠字太多,恐怕与温李一派的影响有相当关系。①

(六)巧置虚字

　　与盛唐近体诗比较,晚唐诗中虚字出现的频率大幅增加,诗人们不但注重锤

---

①　参见葛立方《韵语阳秋》卷一批评杜荀鹤、郑谷诗好用叠字。

炼充当谓语的动词与形容词,更善于利用连词、副词、介词、助词这样意义更无义可解的虚字,通过对其巧妙地设置,实现诗句间的承转,一方面使语言流转自如而不至于僵化,另一方面强化了诗思的表达,在关联起伏中为诗歌打开一方理性的空间。

诗歌,尤其是近体诗,一般忌用虚字,李东阳《怀麓堂诗话》分析说:"'鸡声茅店月,人迹板桥霜',人但知其能道羁愁野况于言意之表,不知二句中不用一二闲字,止提掇出紧关物色字样,而音韵铿锵,意象具足,始为难得。"又说:"律诗不可多用虚字,两联填实方好",然而也有诗家认识到虚字的重要性,方东树《昭昧詹言》卷二十一:

范德云:"实字多则健,虚字多则弱。"愚谓此亦不然,如杜《送郑广文》《东阁官梅》,李义山《隋宫》,曲折顿挫,全以虚为用。

谢榛《四溟诗话》亦引李西涯语曰:

诗用实字易,用虚字难。盛唐人善用虚字,开合呼应,悠扬委曲,皆尽于此。用之不善,则柔弱缓散,不可复振。夏正夫谓涯翁善用虚字,若"万古乾坤此江水,百年风日几重阳"是也。

一句诗中之字,有实有虚,"律诗重在对偶,妙在虚实"(谢榛《四溟诗话》卷一)。实字多则语句凝练,然其病在于板滞沉闷,缺少生气;虚字多则气脉流畅,风神飘逸,而其病则易流于轻浅与浮泛。如何在实字中加入虚字,以为斡旋之枢纽,成为炼字之要务。历代诗词名家,均于动词与状词等虚字上用功夫,如果虚字运用得妙,足使全篇生色。

在晚唐骈文盛行,由于四六句式调配组合的需要,以及构成俪偶和熔裁典故的需要,骈文是双句,需要连属和策应。没有虚字,前后往往难以构成属对,难以表现承转起伏。虚字在骈文中,往往用于句子开头和吃紧处,在文中起到了重要的作用。以温李为代表的晚唐诗人亦多是骈文的大家,"以骈文为诗"的创作倾向提高了晚唐诗歌中虚字的使用率和运用技巧。李商隐诗的诗虚字用得就很

多,也很精妙,如《九日》诗:

> 曾共山翁把酒时,霜天白菊绕阶墀。十年泉下无消息,九日樽前有所思。不学汉臣栽苜蓿,空教楚客咏江蓠。郎君官贵施行马,东阁无因再得窥。

除二、七两句外,其余六句均有虚字。中间两联,用"有"与"无""不学"与"空教"构成反对,表达对令狐楚的思念和对令狐绹的不满。"无消息""有所思",先蓄势,后放开。"有所思",承上启下,复以"不学"和"空教"相呼应,一气鼓荡,表现感念和怨愤交并的心情,虚字的运用使全诗脉络流畅、情意得到充分表达。再如《辛未七夕》前四句:"恐是仙家好别离,故教迢递作佳期。由来碧落银河畔,可要金风玉露时",分别用"恐是""故教""由来""可要"八个虚字冠首,"翻跌层折而下,是为诗家别开一生面者。"(徐德泓、陆鸣皋《李义山诗疏序》卷上)

凭借虚词的变化,于笔端蓄势,构成语意的起伏与时空的跳转,使诗歌的韵味更为悠长,从而呈现"高情远意",李商隐的《重有感》一诗,句中虚字,最见用意:

> 玉帐牙旗得上游,安危须共主君忧。
>
> 窦融表已来关右,陶侃军宜次石头。
>
> 岂有蛟龙愁失水,更无鹰隼与高秋。
>
> 昼号夜哭兼幽显,早晚星关雪涕收。

起句先明示其有兴兵勤王之便利条件,次即以一"须"字指明此系义不容辞之责任。颔联"已来""宜次",前宾后主,敦促中隐含对从谏"宜次"而竟迟迟"未次"之不满。腹联盖谓君主失权,受制阉竖,即缘无人如鹰隼搏击君侧恶人之故。"更无"者,绝无之意,深有慨于"安然须共主君忧"者坐视危局,能为"鹰隼"而不为也,感慨中复含愤郁,于从谏则激之亦所以责之也。末联"早晚"犹"多早晚",不定之词,热望中透出忧心如焚之情。再如《流莺》中"巧啭岂能无本意,良辰未必有佳期"一联,尽管点点血泪,痛彻肺腑,但通过那"巧啭""良辰""佳期"等精美的字面与"岂能""未必"等深婉精到的虚词措置,在流美回转的音韵声调与精巧工致的对仗格式中又形成了一种回肠荡气之美,《无题》诗中"刘郎已恨蓬山远,更隔蓬山一万重",一"已"字与一"更"字前后相承,将无限怅望之情推向了极致;《嫦娥》诗:"嫦娥应悔偷灵药,碧海青天夜夜心"中的"应"字则表露了诗人的主观判断,判断的结果是"后悔"背离了人们对嫦娥故事的通常解读,形成了一个新颖的论调。诗人对于孤单寂寞深味后的痛苦体验也一目了然。《柳》诗云:"曾逐东风拂舞筵,乐游春苑断肠天。如何肯到清秋日,已带斜阳又带蝉。"纪昀《玉谿生诗说》评:"只用三四虚字转折,冷呼热唤,悠然弦外之音,不必更着一语也。"再如杜牧《泊秦淮》中的"隔江犹唱后庭花"用一"犹"字表现诗人自己的幽怨,"犹"即"还",商女不懂得亡国的怅恨,如今竟然还唱着这样的亡国之音,这样,通过"犹"字的铺设,语气便多了一层含蓄和委婉,而指责的意味却得到了加强。"这是一个表现作者主体情感的虚词,有了这个'犹'字。诗人的叹息与不满就传递到了读者心中,试去掉这一字来读,秦淮夜月、江上歌声就不存在多少讽刺意味了。"①

晚唐诗人特别注意一些表递进、转折、假设关系的副词以及否定副词和疑问副词的使用,并将其巧妙地串联在诗行中,从而构成强烈的感叹语气和反诘语气,在唱叹和诘问中宣泄情感,呈现诗意。此法突出表现在咏史诗中,如李商隐常用虚字形成反诘语气,嘲讽历代昏君,如《南朝》:"谁言琼树朝朝见,不及金莲步步来",《隋宫》(七律):"地下若逢陈后主,岂宜重问后庭花",《华清宫》(其二):"当日不来高处舞,可能天下有胡尘",《马嵬》(其二):"如何四纪为天子,不及卢家有莫愁"等等,李商隐在诗中还善用副词,修饰和表现历史人物动作行为的过程、范围、程度、性质、情态等特征,由此显示出用笔的犀利和讽刺的辛辣。例如《北齐二首》(其二)的"晋阳已陷休回顾,更请君王猎一围",诗人结合叙事选用表示过去的时间副词"已"字和表示继续的情态副词"更"字,就更尖刻而辛辣地嘲讽了北齐后主不顾晋州平阳已经沦陷,还想听从宠妃之求再围猎一次的荒唐行径。其他诸如"侍臣最有相如渴,不赐金茎露一杯"(《汉宫词》)中的"最"和"不";"从臣皆半醉,天子正无愁"(《陈后宫》)中的"皆"和"正";"玉玺不缘归

---

① 葛兆光、戴燕:《晚唐风韵》,中华书局2004年版,第71页。

日角,锦帆应是到天涯"(《隋宫》)中的"不"和"应"等等副词,也都闪现着诗人尖锐而辛辣的讽刺色彩。温庭筠笔下"四方倾动烟尘起,犹在浓香梦魂里"(《春江花月夜词》)中的"犹""甘泉不复重相见,谁道文成是故侯"(《马嵬驿》)中"谁道"也很有讽刺的力度。而"大能感慨"的许浑在咏史之作中也多以虚字出其情韵,如:"行人莫问当年事,故国东来渭水流"(《咸阳西门城楼晚眺》)、"英雄一去豪华尽,唯有青山似洛中"(《金陵怀古》)、"四海义师归有道,迷楼还似景阳楼"(《汴河亭》)等等。值得注意的是,杜牧咏史诗中的一些翻案之作,更是借助虚词的抑扬转折来自辟蹊径,呈现新奇的立意,如"江东子弟多才俊,卷土重来未可知"(《题乌江亭》)、"东风不与周郎便,铜雀春深锁二乔"(《赤壁》)、"千古艰难惟一死,伤心岂独息夫人"(《题息夫人庙》)。对晚唐几位大家的诗作,做一个小小的统计,以虚字"犹"为例,李商隐诗中出现65次,温庭筠42次,许浑诗61次,其他如"岂""自""若""犹""莫""不"出现的频率也非常高,一些诗人在虚字的使用上还形成了一定的偏好,出现一些用字的模式。如李商隐笔下多用"只是":

> 杨朱不用劝,只是更沾巾。《离席》
>
> 如何湖上望,只是见鸳鸯。《柳枝五首》
>
> 殷勤报秋意,只是有丹枫。《访秋》
>
> 年华无一事,只是自伤春。《清河》
>
> 姮娥无粉黛,只是逞婵娟。《月》
>
> 夕阳无限好,只是近黄昏。《登乐游原》
>
> 未曾容獭祭,只是纵猪都。《异俗二首》
>
> 此情可待成追忆,只是当时已惘然。《锦瑟》

温庭筠诗中则出现了由"自……不(莫)……"这一组虚字关联语所构成的典型句式。试列举如下:

> 自笑谩怀经济策,不将心事许烟霞。(《郊居秋日有怀一二知己》)
>
> 自恨青楼无近信,不将心事许卿卿。(《偶题》)
>
> 自知终有张华识,不向沧洲理钓丝。(《题西明寺僧院》)

自有玉楼春意在,不能骑马度烟郊。(《寒食日作》)

梅仙自是青云客,莫羡相如却到家。(《送陈嵒之侯官兼简李常侍》)

此外,我们还看到,在歌咏怀抱的诗句中晚唐诗人尤喜用虚字。如"不作浮萍生,宁为藕花死"(温庭筠《江南曲》)、"见说杨朱无限泪,岂能空为路岐分"(温庭筠《博山》)、"谁能不逐当年乐。还恐添成异日愁"[温庭筠《题崔公池亭旧游》(一作《题怀贞亭旧游》)]、"素志应难契,清言岂易求"(许浑《与侯春时同年南池夜话》)、"身闲境静日为乐,若问其馀非我能"(许浑《南亭夜坐,贻开元禅定二道者》)、"人生岂得轻离别,天意何曾忌崄巇"(李商隐《荆门西下》)等,诗人有意在虚字的承转间,加强语气的表达,进而提升了情感表达的力度。

虚字曾是诗家力避之语,正如薛雪所说:"作诗不用闲言助字,自然意象具足"(《一瓢诗话》)。从上述诗例中我们领略了晚唐诗人对虚字的锤炼之工,他们在诗中大量采用虚字承转诗句,或以问语发之,或以指点出之,或以感慨系之,不仅为诗作增摇曳之致、跌宕之姿,而且正意内含,藏锋不露。晚唐诗人妙用这些表现思维逻辑的虚字,最终形成富于知性的诗歌语言,既完成了诗句间的承转,又突出了诗歌的意脉,为咏史诗注入哲理的意味,为咏怀诗增添了情感的韵味,体现了"以文字为诗"的特征,这又与"以议论为诗"构成一定的因果关系,从而成就了此类诗作情韵不减而又理趣盎然的风貌。这一用语特色对宋诗产生了深远的影响。

三、晚唐诗歌的句法特征

积字成词,缀词成句,如同炼字一样,晚唐诗人注重对诗句精心锤炼,从前文所举大量佳句警句中,可见其用心之苦。晚唐诗歌在诗句的组织上力求变化,善于运用独特的句法结构使诗句更富表现力,这是晚唐诗歌语言艺术的又一特质。

(一)属对精工

"温、李七律,以属对擅长。"(冒春荣《葚原诗说》卷三)晚唐诗歌,尤其是七言律诗受骈语的影响,特别注重对仗的工稳,形成属对精工,句法老成的特点。沈德潜《说诗晬语》(卷上):

　　温、李擅长，固在属对精工……义山"此日六军同驻马,他时七夕笑牵牛"飞卿"回日楼台非甲帐,去时冠剑是丁年",对句用逆挽法,诗中得此一联,便化板滞为跳脱。

清吴乔《围炉诗话》也指出:

　　义山《马嵬》诗曰:此日六军同驻马,他时七夕笑牵牛。叙天下大事而'六''七'、'马''牛'为对,恰似儿戏,扛鼎之笔也。高棅谓义山诗对偶精切。

　　温李的优秀律诗大多具有这种由"逆挽""跳脱"而形成的气势顿宕的特点,或上句写人情,下句写物态,使本不相类属的事物相联结,或将当前景象与过去史事组合成为一体,在广远的意绪与跳跃的时空的融叠中体现巨大的艺术张力,如温飞卿《苏武庙》云:"回日楼台非甲帐,去时冠剑是丁年",甲帐是武帝事,丁年用李陵书,丁年奉使皓首而归之语颇有思致,"极痛切有味,不独对偶之工也。"(《徐氏笔精》卷四)再如李商隐《漫成五章》其三:

　　　　生儿古有孙征虏,嫁女今无王右军。
　　　　借问琴书终一世,何如旗盖仰三分。

　　此诗也是联系王氏的婚姻抒慨,说生男古代曾有孙权那样的儿子,而嫁女今已无王羲之那样的女婿。试问如王羲之之以琴书名世,与孙权之建立鼎足三分帝业相比,究竟如何? 其中有自比王右军之以文才自负,有怀才不遇之愤激,而以似解嘲似内悔的语气出之。一二句与三四句之间均用反对,三四句以"借问""何如"构成反诘,反对的意味尤深。运用反对表达情意,别有一番韵味。

　　属对精工在律诗盛行的晚唐似乎成了所有杰出诗人在诗歌语言艺术上共同的成就,尤以许浑最为突出,以他为核心,晚唐出现了赵嘏、刘沧、张祜等一大批格律诗人。从诗法上看,律诗一联上下两句(主要指颔联、颈联的出句和对句)字面句式、词性、词义要一一对应,形成骈俪的对仗形式,以产生整齐对称之美。上官仪、僧皎然在理论上概括提出"六对""八对"的名目,杜甫则以其创作实践树立了格律精细的典范,大大提高了诗歌修辞艺术。晚唐诗人普遍重视诗歌形式,而许浑在创作中则更为专注地推研词面,当骈俪处几乎无不偶对工整,其中不少都堪称精致工丽,情辞俱佳。如地名对:"晓月下黔峡,秋风归敬亭。"(《送僧归敬亭山寺》)"山昏函谷雨,木落洞庭波。"(《送前缑氏韦明府南游》)史事对:"荆树有花兄弟乐,橘林无实子孙忙。"(《题崔处士山居》)"汉业未兴王霸在,秦军才散鲁连归。"(《题卫将军庙》)山水对:"溪云初起日沉阁,山雨欲来风满楼。"(《咸阳西门城楼晚眺》)"水声东去市朝变,山势北来宫殿高。"(《故洛城》)天文对:"玉池露冷芙蓉浅,琼树风高薜荔疏。"(《再游姑苏玉芝观》)"星河半落岩前树,云雾初开岭上关。"(《早发天台中岩寺度关岭次天姥岑》)数量对:"碧云千里暮愁合,白雪一声春思长。"(《和浙西从事刘三复送僧南归》)"一声溪鸟暗云散,万片野花流水香。"(《沧浪峡》)色彩对:"雨中耕白水,云外劚青山。"(《王居士》)"秋水静磨金镜土,夜风寒结玉壶冰。"(《送卢先辈自衡岳赴复州嘉礼二首》其二)花木对:"刘伶台下稻花晚,韩信庙前枫叶秋。"(《淮阴阻风寄呈楚州韦中丞》)"芰荷风起客堂静,松桂月高僧院深。"(《寓居开元精舍酬薛秀才见贻》)除以上内容外,人名、宫室、器物、饮食、人伦、方位、文事、干支,在许浑诗中无不成对;就形式而言,实字、虚字、联绵字、叠字、双声、叠韵,无不可对。葛立方《韵语阳秋》指出:"偶对不切则失之麤;太切则失之俗。"许浑在对偶形式中使事、咏史、写景、状物、抒怀,大都熨帖匀稳,工而能化,别具深心。

同时期还有许多诗人也都追求诗歌语言的工致齐整,多风格清丽的佳作。如李群玉的七律:

落照苍茫秋草明,鹧鸪啼处远人行。
正穿诘曲崎岖路,更听钩辀格磔声。
曾泊桂江深岸雨,亦于梅岭阻归程。
此时为尔肠千断,乞放今宵白发生。

——《九子坡闻鹧鸪》

小姑洲北浦云边,二女容华自俨然。
野庙向江春寂寂,古碑无字草芊芊。

> 风回日暮吹芳芷,月落山深哭杜鹃。
>
> 犹似含颦望巡狩,九疑愁断隔湘川。

——《黄陵庙》

赵嘏除广为传诵的"残星几点雁横塞,长笛一声人倚楼"之句,尚有代表作,如《自遣》:

> 晚树疏蝉起别愁,远人回首忆沧洲。
>
> 江连故国无穷恨,日带残云一片秋。
>
> 久客转谙时态薄,多情只共酒淹留。
>
> 到头生长烟霞者,须向烟霞老始休。

他还有钱塘诗,"一千里色中秋月,十万军声夜半潮",在工整灵动的偶句里把中秋节前后的钱塘江潮,也非常形象地写了出来。

被严羽誉为"晚唐诗人第一"的马戴,也擅长在俪偶中逞才,其诗如:

> 领得卖珠钱,还归铜柱边。
>
> 看儿调小象,打鼓放新船。
>
> 醉后眠神树,耕时语瘴烟。
>
> 又逢衰蹇老,相问莫知年。

——《蛮家》

> 河梁送别者,行哭半非亲。
>
> 此路足征客,胡天多杀人。
>
> 金罍照离思,宝瑟凝残春。
>
> 早晚期相见,垂杨凋复新。

——《河梁别》

> 露气寒光集,微阳下楚丘。
>
> 猿啼洞庭树,人在木兰舟。
>
> 广泽生明月,苍山夹乱流。

云中君不见,竟夕自悲秋。

——《楚江怀古》

帝乡归未得,辛苦事羁游。

别馆一尊酒,客程千里秋。

霜风红叶寺,夜雨白苹洲。

长恐此时泪,不禁和恨流。

——《将别寄友人》

这些精工典切的对仗与浑圆纯熟的语言,无不体现了造语之奇、构思之巧。

晚唐诗歌在语言修辞上还有许多精熟的手法,如比喻、博喻等,在此不一一赘述。声调的和谐,虚字的斡旋控驭,事典的巧妙组织,近体在形式上的整齐规范,都标志着晚唐诗语言艺术达到了一个新的境界。既遵循格律,又力求变化,常常于难中见巧,别出新意。通过对字句的千锤百炼,晚唐诗人的艺术才情得到生动的呈现。

(二)句式灵活

晚唐诗人还常常有意破坏诗歌的平仄格式,使韵律和节拍都发生了变化,改变了人们阅读近体诗通常的断句方式,给人以新奇之感,读来别有一番韵味。此类生新的句式在前代诗歌中并不多见,然而在晚唐诗人求新求变的艺术风格中却时常出现。如李商隐笔下"日暮灞陵原上猎,李将军是旧将军"(《旧将军》)、"回廊四合掩寂寞,碧鹦鹉对红蔷薇"(《日射》)"苏小小坟今在否,紫兰香径与招魂"(《汴上送李郢之苏州》)、"集仙殿与金銮殿,可是苍蝇惑曙鸡。"(《漫成五章》)《赠司勋杜十三员外》:"杜牧司勋字牧之,清秋一首杜秋诗。前身应是梁江总,名总还曾字总持。"《七月二十八日夜与王郑二秀才听雨后梦作》中"有个仙人拍我肩。"……温庭筠《太液池歌》:"夜深银汉通柏梁,二十八宿朝玉堂",段成式《送僧二首》:"四十三年虚过了,方知僧里有唐生。"这些句法的出现是中唐韩愈"以文为诗"创作倾向的延续,再来看这首晚唐"以文为诗"的典型,李商隐的《韩碑》:

元和天子神武姿,彼何人哉轩与羲。誓将上雪列圣耻,坐法官中朝四夷。淮西有贼五十载，封狼生䝙䝙生罴。不据山河据平地，长戈利矛日可麾。帝得圣相相曰度，贼斫不死神扶持。腰悬相印作都统，阴风惨淡天王旗。愬武古通作牙爪，仪曹外郎载笔随。行军司马智且勇，十四万众犹虎貔。入蔡缚贼献太庙，功无与让恩不訾。帝曰汝度功第一，汝从事愈宜为辞。愈拜稽首蹈且舞，金石刻画臣能为。古者世称大手笔，此事不系于职司。当仁自古有不让，言讫屡颔天子颐。公退斋戒坐小阁，濡染大笔何淋漓。点窜尧典舜典字，涂改清庙生民诗。文成破体书在纸，清晨再拜铺丹墀。表曰臣愈昧死上，咏神圣功书之碑。碑高三丈字如斗，负以灵鳌蟠以螭。句奇语重喻者少，谗之天子言其私。长绳百尺拽碑倒，粗砂大石相磨治。公之斯文若元气，先时已入人肝脾。汤盘孔鼎有述作，今无其器存其辞。呜呼圣皇及圣相，相与烜赫流淳熙。公之斯文不示后，曷与三五相攀追。愿书万本诵万过，口角流沫右手胝。传之七十有二代，以为封禅玉检明堂基。

　　张中行《诗词读写例话》称此诗"学韩愈以文为诗，可谓比韩愈更韩愈"韩愈善以古文章法为诗，把古文的谋篇、布局、结构，加之起承转合的气脉，贯彻到诗歌创作里去。他还有意把古文句法引入诗中，摒除骈句，突破诗的一般音节，力求造成错落之美。李商隐的这首《韩碑》可谓将上述技巧发挥到了极致。

　　另一位晚唐大诗人杜牧也喜欢创作拗峭之句，"以文为诗"。明杨慎《升庵诗话》云："律诗至晚唐，李义山而下，唯杜牧之为最，宋人评其诗豪而艳，宕而丽，于律诗中特寓拗峭，以矫时弊，信然。"清鲍桂星《唐诗品·中书舍人杜牧》称道杜牧："下语精切，含声圆整，而抑扬顿挫之节尤其所长。""牧之诗力求生新，亦讲古法，故晚唐诸名家中，尤为铮铮"（《越缦常读书记》卷八）五言诗句法，向以上二下三为正格，而杜牧有上一下四者，如"誓肉房杯羹"（《感怀诗》）；"如日月緪升，如鸾凤葳蕤"（《雪中书怀》）；"取蜑弧登垒，以骈邻翼军"（《史将军》）。有上三下二者，如"一千年际会，三万里农桑"（《华清宫三十韵》）"四百年炎汉，三十代宗周""二三里遗堵，八九所高丘"（《洛中送冀处士东游》）七言诗句法以上中下三为正格，而杜牧乃有上五下二或上二下五者，如："邯郸四十尤秦坑"（《东兵长句十韵》）；"故乡七十五长亭"（《题齐安城楼》）；"留警朝天者惕然"（《商山富水驿》)这些诗句都有意打破了常规的句法,打乱原有的节奏感,努力营造一种别出心裁的反均衡、反圆润的美。小李杜"以文为诗"的做法,进一步使传统诗歌的功能与范围得到空间的扩展,进而推动了宋诗的散文化。

另一方面,受六朝骈体文和古体律化倾向的影响,唐诗中还出现一类破坏正常语序的奇句拗句,这类句子多用倒装、错综、歇后等手法形成。典型的诗句是杜甫《秋兴八首》其八中的"香稻啄余鹦鹉粒,碧梧栖老凤凰枝"一联,前人多以为这是两个倒装句,原来的语序应该是:鹦鹉啄余香稻粒,凤凰栖老碧梧枝。也有人认为这是一种歧义句法。但都说明原诗句打破了正常的句法关系,破坏了语言的连续节奏,通过别解与歧义,产生奇化、活化的效果。在晚唐诗中,也有这种句法的出现。"动春何限叶,撼晓几多枝"(《柳》),倘若不打乱语序则为"春何限叶动,晓几多枝撼",这样从理解的角度看,确实容易为人接受,但是倘若从表现动态和抒情的角度看,效果则有天壤之别。"侵夜鸾开镜,迎冬雉献裘"(《陈后宫》)倘若按客观实际应是"侵夜开鸾镜,迎冬献雉裘"。诗人居然把"开"用在"鸾镜"之中,把"献"用在"雉裘"之中,这些句法结构都是非常有创意的。钱钟书先生对此类现象分析说盖韵文之制,局囿于字句,拘牵于声律……韵语既因羁绊而难放纵,苦绳检而乏回旋,命笔时每恨意溢于句,字出于韵,既非同狱囚之银铛,亦类旅人收拾行滕,物多箧小,安纳孔艰。(钱钟书《管锥编·毛诗正义·雨无正》)

"以文为诗"在晚唐诗坛大家的驾驭下呈现出别样的美感,这是诗歌艺术达到高峰的时候,形式上的又一新变,足见晚唐诗人兼采骈语和散文入诗,融会贯通多种文体琢炼诗句的艺术精神。

(三)重出句法

晚唐诗在句法上的一个突出特征,就是"重出"成句。重出者,一句或一首诗中,一字或数字再现之谓。刘勰于《文心雕龙》"炼字篇"云:"重出者,同字相犯者也。诗骚适会,而近世忌同,若两者俱要,则宁在相犯。故善为文者,富于万篇,贫于一字"。行文遣词,诗文家皆避重出,然有时却以重出为能。如苏颋《奉和春日幸望春宫应制》诗起句云:"东望望春春可怜。"金圣叹评云:"七字中凡下二'望'字,二'春'字,想来唐人每欲以此为能也。"重出与本书此前所论叠字不同,叠字是两同字相连,且连绵而成一意,大都为状词,或状其形,或状其声,或状其动作等,而重出则是某一字或一词在诗中另一位置的复现,即使两字相连亦不构成一意,如前句之"望春"为宫名,非有"望望"与"春春"之意。这种回环往复的表达方式在晚唐诗作中更多地体现为句与句之间的关系。

晚唐诗人的内心世界往往复杂敏感,诗人的心海潮起潮落,起伏不定,诗情更是含思宛转,缠绵难测,于是遵循情感运动的模式,诗歌中常常出现回环往复的句式。重言出之,是晚唐诗歌脉络婉曲之重要手法。李商隐的《暮秋独游曲江》便集中体现了这一手法的运用,诗云:

> 荷叶生时春恨生,荷叶枯时秋恨成。
> 深知身在情长在,怅望江头江水声。

短短的四行小诗,二十八字间出现了"荷叶""时""恨""在""江"五组重出表达,加之多组双声词的运用,造成整齐中有错落,往复回环中有转进,极具风调声情之美的审美效应。在李诗中重出之法又常常同独特的章法结构相结合,体现诗人精巧的艺术构思。来看这首《夜雨寄北》:

> 君问归期未有期,巴山夜雨涨秋池。
> 何当共剪西窗烛,却话巴山夜雨时。

四句诗,明白如话,却何等曲折,何等深婉,何等含蓄隽永,余味无穷!诗中"期"字两见,而一为妻问,一为己答;妻问促其早归,己答叹其归期无准。"巴山夜雨"重出,将当下之实景与日后欢晤之想象勾连在一起,使时间与空间的回环对照融合无间,意蕴连贯,重出的句法的巧妙地运用,构成了音调与章法的回环往复之妙,同时使文意更为曲折深厚,达到了内容与形式的完美结合。

从上面诗作分析可见,这种重出之法讲究回环往复地表达,一唱三叹,用得好可以收到诗脉婉曲、诗意绵长的艺术效果,晚唐诗人内心世界大多郁结难通,末世的情感一直在士人的心中低回缭绕,重出这一语用技巧正契合了他们情感世界的特征,成为晚唐诗人的一个重要的造句之法。据统计,李商隐诗运用重出法的诗作约 70 首。黄世中在《论李商隐诗的隐秀特征》一文中论述了这一现象,现征引如下：

李商隐诗运用复辞重言手法，从而使节奏回环、诗脉婉曲之诗约70首。有同句单步往复，如"一弦一柱/思华年""此花此叶/长相映""江南江北/雪初消""如丝如线/正牵恨"。有同句双步往复，如"一夕南风/一叶危""自埋红粉/自成灰""半留相送/半迎归""浣花笺纸/桃花色""地险悠悠/天险长""别时冰雪/到时春""雏凤清于/老凤声""不是花迷/客自迷""相见时难/别亦难""不拣花朝/与雪朝""送到咸阳/见夕阳"。这种同句不同音步的重叠往复，又可以组成对仗的一联，如"池光不定/花光乱，日气初涵/露气干""昨夜星辰/昨夜风，画堂西畔/桂堂东"；"座中醉客/延醒客，江上晴云/杂雨云"；"纵使有花/兼有月，可堪无酒/又无人"；"集仙殿与/金銮殿，李将军是/故将军"。还有同联内前后一次单复的，如"可羡瑶池碧桃树，碧桃红颊一千年"；"壶中若是有天地，又向壶中伤别离"；"行到巴西觅谯秀，巴西惟是有寒芜"；"只知解道春来瘦，不道春来独自多"；"刘郎已恨蓬山远，更隔蓬山一万重"；"莫羡仙家有上真，仙家暂谪亦千春"。还有同联前后句蝉联，"上下相接，若继踵然"（陈骙《文则》），具上递下接、滚珠反荡之曲折感，如"巴江可惜柳，柳色绿侵江"；"春日在天涯，天涯日又斜"；"回头问残照，残照更空虚"；"莫将越客千丝网，网得西施别赠人"；"东南日出照高楼，楼上离人唱石州"。也有同一联前后句首尾衔顾，使回环增大，涵盖全联，如"春风为开了，却拟笑春风"；"武关犹怅望，何况百牢关"；"啼笑犹不敢，应防啼与笑"；"回肠九回后，犹有剩回肠"。且有一首诗内多次连环回复，大小回环相套的情况，如《石榴》云："榴枝婀娜榴实繁，榴膜轻明榴子鲜；可知瑶池碧桃树，碧桃红颊一千年。"

此种句法在温庭筠的一些乐府诗中也得到广泛地应用，如《张静婉采莲歌》《碌碌古词》《惜春词》《西州词》等作品，别有一番悠长的情味，而其近体诗如《友人伤歌姬》："月缺花残莫怅然，花须终发月终圆。更能何事销芳念，亦有浓华委逝川。一曲艳歌留婉转，九原春草妒婵娟。王孙莫学多情客，自古多情损少年。"同样在宛转跌宕，情意绵绵。再如杜牧笔下的"烟笼寒水月笼沙"（《泊秦淮》）、

"多情却似总无情"(《赠别》)、"闲爱孤云静爱僧"(《将赴吴兴登乐游原一绝》)、
"鸟去鸟来山色里,人歌人哭水声中"(《题宣州开元寺水阁阁下宛溪夹溪居
人》)、"百战百胜价,河南河北闻"(《史将军二首》其一)许浑笔下的"行尽深山又
是山"(《早发天台中岩寺度关岭次天姥岑》)、"日暮长堤更回首,一声蝉续一声
蝉"(《重游练湖怀旧》)等句,无不是深得此法的妙句。

本 章 小 结

正如温庭筠自信地讲"佳句在中华"(《送渤海王子归本国》),晚唐诗歌语言
的确"诗化"到了极点,也变异到了极点。它是末世诗人心灵情感的心画心声,并
且力求真实形象地传达;它也是古典诗歌话语系统中的重要一环,它广泛地汲取
前代诗歌语言发展的成果来丰富自己,而对近体格律诗的偏爱又使晚唐诗人钻
研出了一系列新的适合于这种诗体的字法和句法,这些新的语言表达技巧,使晚
唐诗歌语言出现了律化、骈化、散文化、词化的多种特征,造成了新鲜的艺术效
果,从而开创了一片新的诗歌天地。古典诗歌语言艺术在温李一代诗人手中走
向更为纯熟的境界,他们所打造的这种精工的语言艺术作为一种创作典范一直
影响着后世,有评:"唐末人诗,虽格不高而有衰陋之气,然造语成就"(引自丁福
保辑《历代诗话续编》),不单唐末诗人受益,典丽的诗歌语言更为五代及两宋诗
词导夫先路,甚至一直影响到新诗的时代。

第五章　晚唐诗歌的审美风格

晚唐诗人在末世中飘摇浮沉，以诗写心，而心灵的真实呈现有赖于诗美的精妙传达。袁枚说："情从心出，非有一种芬芳悱恻之怀，便不能哀感顽艳。"①以温、李为代表的晚唐诗人追求的正是所谓"深情丽藻"，情感与辞采并重，创造出晚唐诗独有的风格韵味，它不同于盛唐时代高华明朗、趣味澄夐的自然诗风，也不同于中唐韩孟诗派重主观而呈现出的险怪重拙的诗风，更区别于元白诗派平易通俗的诗风，而是沿着杜甫以来的苦吟诗路，受李贺"长吉体"的影响，精雕细琢，句锻字炼，自觉地营造诗美，在诗性的空间里刻意地追求细腻精致的艺术之美，务求在形式、风格上下功夫，追求音节的和谐流畅，讲究辞采的清新绮丽，以及风调的婉转圆美，呈现出鲜明的唯美主义倾向。苏雪林说李贺"以沉博绝丽的形式，矫正韩派的枯瘦犷野，以艺术为艺术的主张打破元白的功利主义，遂成立唯美文学的时代"②，从唐诗发展史上看，温李的崛起在很大程度上意味着唐诗唯美时代的全面铺开，借鉴西方文学流派的变革历史，有的评论家甚至将李商隐称为唯美派诗歌的集大成者，说他是"更近于人情的唯美派"③。应该说，晚唐诗在尽可能地兼容前代诗美的同时又凸显出属于那个时代的诗歌艺术之美。

一、深幽迷离

颓废没落的时代，沉沦的世道让晚唐诗人们几乎看不到希望和出路，就诗歌

---

① ［清］袁枚:《随园诗话》卷六，人民文学出版社 1982 年版，第 183 页。
② 苏雪林:《唐诗概论》，上海书店 1992 年版，第 148 页。
③ 顾随:《诗文丛论》，天津人民出版社 1995 年版，第 258 页。

的格调而论,远离了崇高和壮美而趋向于细腻优美,与盛唐雄浑的诗风相比,晚唐诗韵呈现出一种深幽之美。这样的美不是捏造的无病呻吟,不是强装的豪迈,晚唐诗的美丽是哀怨悲怆的,朦胧迷离的,幽艳细腻的。从精美的字面叙写到流美的声韵铺排;从纯美的意象提炼到谐美的意境呈现,晚唐诗可谓是美的全方位渗透。

毋庸置疑,欣赏晚唐诗的第一感觉就是"美",然而这种美往往看得见却道不明,或说此美易于感受而难于辨析——它拒绝"理解"而只欢迎"体验",当人们用全身心去品尝它的滋味而不用理智去思索它的意义的时候,它便会向人提供丰富的内涵,让人读后总有一种仿佛得之的感觉。关于这一点,诚如孙绪所言:"古人诗文亦自有不可解者,或当时偶有所寄激而为言,今皆不可知,如老杜《桃树诗》、温飞卿《郭处士击瓯歌》、李贺《申胡子觱篥歌》、李义山《锦瑟歌》、樊绍述《绛守居园池记》、公孙龙《白马非马论》等篇,今人必欲解且谓其高妙亦随众悲喜而已。"[①]

这种深幽迷离之美的最典型、最集中的体现恐怕就是李商隐的《锦瑟》了。前文已多有分析,谜一样的的诗,就其诗意没有人能够给出确切的解释,有的说是悼亡,有的说是自伤,有的说是政治影射,有的说是咏物……真所谓"一篇锦瑟解人难"。李义山一首《锦瑟》,引来注家千百,虽理解各不相同,却无人对其批判,可见此诗确实有其非凡的迷人之处,"全诗表现的是浓重的怅惘、迷茫、感伤的朦胧情思。这情思并非专指一事。它要丰富得多,有对身世遭际的感叹,有对往日情爱已成梦幻的伤悼,或者还有别的什么。追忆往事,百感交集,图像联翩迭现,情思错综纠结,当时已经朦胧,后来当然更难确指"[②]。诗中为什么要写这些,为什么要这样写,没有人能彻底说清,诗境的唯美与诗意的含蓄都达到了极致,但每个人似乎都能从中读出一种人生况味,并感受到美的真实存在。我们看到,在这首诗中诗人将自己内心的情感冲突和痛苦隐于其中,而又出之以变化无穷,重叠绵密的典故意象,使今昔界限消解于浑然的诗境中,引起读者丰富的想象,这是由含蓄之深与浮想之广融合而成的绝妙境界。"读之但觉魂摇心死,亦

---

① [明]孙绪:《沙溪集》卷十四,文渊阁四库全书本。
② 罗宗强:《隋唐五代文学思想史》,中华书局 2003 年版,第 333 页。

不能名言其所以佳也"①,这种不可名言,但其中有相有物,可意致而不可言传的恍惚境界,即是一种朦胧的境界。

正是这种这对"无端"人生的深刻体验使得诗歌呈现出深情绵邈而又扑朔迷离的美感。这种美感呈现不是局部、表面的,而是几乎遍及、蕴蓄于诗人的全部作品,给人以永恒的梦牵魂绕、销魂蚀骨的美学享受。正如梁启超所云:"义山的《锦瑟》《碧城》《圣女祠》等诗,讲的什么事,我理会不着。拆开一句一句叫我解释,我连文义也解不出来。但我觉得他美,读起来令我精神上得一种新鲜的愉快。须知美是多方面的,美是含有神秘性的,我们若还承认美的价值,对于此种文字,便不容轻轻抹煞。"②这是晚唐诗晦涩的表现,更是其特殊的审美韵味所在。其笔下那些《无题》诗则更是隐匿了作者的写作意图,在没有缘由,没有时间、地点和具体主人公的情况下,让读者在朦胧含蓄中去自由联想、任意体验,创造属于自己的故事情节,"总因不肯直叙易令人着迷"(冯浩《李义山诗集笺注》)。造成李商隐诗歌这种意境朦胧迷幻的原因是多方面的,譬如他的特殊经历造成了压抑的心理,他的某些恋爱秘密不可明言等等。但同时我们也要注意到,诗歌终究是一种艺术创造活动,一定的艺术特色总是和诗人的有意追求分不开的。李商隐那些朦胧诗篇,虽然不大容易读"懂",却有很强的感染力,受到人们普遍的喜爱,那就是因为它有真实的艺术生命。李商隐诗歌所要表现的内容与一般诗歌不同,他并不打算用诗来记述具体的人物事件,而且,他也不是直接抒发单纯明了的喜怒哀乐之类的情感,他着重表达的是对某些人生经历的内心深层体验,这种体验往往是多方面的,流动不定的,有时连自己也难于捕捉,更不易明白地转达,因而只能用象征手段作印象式的表现,由此造成意境的朦胧。"伴随着自我信念的失落,诗人的内在感受却在加强。他们相对较少或不再关注身外那既不精彩又很无奈的世界,而是沉浸在自己的情感世界之中,体会心灵的痛苦,抚摸内在的创伤。因此,作为诗人,李商隐虽不具李白的豪迈潇洒,却有着更深的敏感和多情。在他那幽奥婉丽的诗的世界里,我们时时可以通过那些复杂的暗示和微妙的象征来体验诗人所特有的那种惝恍迷离的心绪,从而获得另一种风

---

① 参见[清]周咏棠《唐贤小三昧集续集》评《无题》诸作。
② 梁启超:《中国韵文里头所表现的情感》,《饮冰室文集》第四册,台湾中华书局1989年版。

格的审美享受。"①

晚唐诗人善于表现主观情思，把抽象的感伤与惆怅托付于形象的感性辞藻中，用含蓄而不够确定的象征物将他的心路历程和生命体验暗示给读者，诗人们茫然悲苦的心绪恰如月光笼罩大地一样弥漫于晚唐的诗坛，把它浸染得朦朦胧胧。回归自我的诗人们将生存的世界，体悟的世界，表现的世界融成一个不可切割的整体，这是一个充盈而深刻的诗美复合体，虚实相生、显隐成趣，呈现出迷离的梦幻情调，散发出别样的诗味。《重过圣女祠》就是这样一首诗有滋味的晚唐诗，它的滋味正在于它的难懂："一春梦雨常飘瓦，尽日灵风不满旗"，写圣女"沦谪得归迟"的凄凉孤寂处境，境界幽缈朦胧，被认为"有不尽之意"（吕本中《紫薇诗话》）。荒山废祠，细雨如梦似幻，灵风似有而无的境界亲切可感，而那种似灵非灵，既带有朦胧希望，又显得虚无缥缈的情思意蕴，又引人遐想，似乎还暗示着什么，朦胧难以确认。此诗不仅吟咏的"本事"不明确，而且又蒙上了三层雾一般的轻纱：一层是隐喻，那些美丽但又深妙的典故往往把语义的指向遮蔽起来，而只把那些毫不着边的故事弄来分散人们的注意力。一层是句子的结构，李商隐常把句子写得七颠八倒，句与句之间，联与联之间似乎毫不相干，弄得人们无从寻绎其中的脉络，仿佛入了迷宫找不到通途。一层是朦胧的氛围，尤其是"梦雨""飘瓦""灵风""不满旗""来无定所""去未移时"，一下子就烘托出一种梦幻般的气氛，把人们引入迷离恍惚之中；正是在这样的诗句里，李商隐心中那难言之情、怅惘之思便在这迷离恍惚之间飘进了读者心中。难怪许学夷在《诗源辩体》中评："商隐七言律，语虽秾丽，而中多诡僻。"他致力于情思意绪的体验、把握与再现，用以状其情绪的多是一些精美之物。表达上又采取幽微隐约、迂回曲折、婉曲见意的形式，同"深情绵邈"的内涵相结合，做到"寄托深而措辞婉"（叶燮《原诗》），这就是李商隐诗歌的基本风格，秾丽之中时带沉郁，流美之中不失厚重，常常一重情思套着一重情思，表现得幽深窈缈，如《春雨》一诗：

怅卧新春白袷衣，白门寥落意多违。

红楼隔雨相望冷，珠箔飘灯独自归。

---

① 葛兆光、戴燕：《晚唐风韵》，中华书局2004年版，第24页。

远路应悲春晼晚，残宵犹得梦依稀。

玉珰缄札何由达？万里云罗一雁飞。

为所爱者远去而"怅卧""寥落""意多违"的心境，是一层情思；进入寻访不遇，雨中独归情景之中，又是一层情思；设想对方远路上的悲凄，是一层情思；回到梦醒后的环境中来，感慨梦境依稀，又是一层情思；然后是书信难达的惆怅。思绪往而复归，盘绕回旋。雨丝、灯影、珠箔等意象，别情如雨，雨情含恨，诗中有着无边无沿美丽而又细薄的迷蒙，加上情绪的暗淡迷惘，诗境遂显得凄美幽深。

刘学锴先生说："晚唐诗是含意深曲与抒情婉转的最佳结合。诗人大量运用比兴寄托的手法，或借古讽今，或托物喻人，或言情寄慨，往往寄兴深微，寓意空灵，索解无端，而又余味无穷。"[①]像"沧海月明珠有泪，蓝田日暖玉生烟"（《锦瑟》）、"已是寂寥金烬暗，断无消息石榴红"（《无题二首》其一）这样的诗句，谁又能只通过字面而不借助想象和领悟去理解呢？在流美回转的音韵声调与精巧工致的对仗格式中又形成了一种回肠荡气之美，冯浩评李商隐"总因不肯吐一平直之语，幽咽迷离，或彼或此，忽断忽续，所谓善于埋没意绪者"（《李义山诗集笺注》）；林昌彝亦云："余极喜李义山诗，非爱其用事繁缛，盖其诗外有诗，寓意深而托兴远，其隐奥幽艳，于诗家别开一洞天，非时贤所能摸索也"（《射鹰楼诗话》卷三）；宋初"西昆体"代表诗人杨亿认为李商隐诗的艺术特质是"富于才调，兼极雅丽，包蕴密致，演绎平畅，味无穷而炙愈出，钻弥坚而酌不竭，曲尽万态之变，精索难言之要"（《宋朝事实类苑》引《杨文公谈苑》），这些评价可谓切中肯綮。

李诗上述特征在一定程度上标志着晚唐诗歌已经开辟出了一条在表现与隐藏之间成就诗美的道路。这既是对风雅传统的继承，又体现了特定时代背景下诗歌在审美趣味和艺术手法上的创新。《诚斋诗话》尝云："太史公曰：《国风》好色而不淫，《小雅》怨诽而不乱。《左氏传》曰：《春秋》之称微而显，志而晦，婉而成章，尽而不污。此《诗》与《春秋》纪事之妙也。"在《周子益训蒙省题诗序》中，诚斋将对《国风》《小雅》等的这种评价转移到了"晚唐诸子"身上："晚唐诸子虽乏二子（指李白、杜甫）之雄浑，然好色而不淫，怨诽而不乱，犹有《国风》《小雅》

---

① 刘学锴、余恕诚：《李商隐诗选》，人民文学出版社 1986 年版，第 26 页。

之遗音。"基于这种带有明显倾向性的认识,他以为《长门怨》中的"珊瑚枕上千行泪,不是思君是恨君",便不如刘长卿的"月来深殿早,春到后宫迟"来得婉曲;而《咏李伯时画宁王进史图》中的"汗简不知天上事,至尊新纳寿王妃",更不及李商隐的"侍宴归来宫漏永,薛王沈醉寿王醒"来得含蓄(《诚斋诗话》)。由此可见,委婉含蓄是诚斋所激赏的"晚唐异味"之一大端,这当然也是他本人的诗美标准之一。李商隐擅长于象征暗示的艺术技巧,"巧啭岂能无本意,良辰未必有佳期"(《流莺》),流莺巧啭式的笔意,是对古代比兴之法的一种继承和发展,借咏物引申暗示,用典故唤起联想。"嫩箨香苞初出林,于陵论价重如金。皇都陆海应无数,忍剪凌云一寸心"(《初食笋呈座中》),嫩竹的凌云寸心,寓示着受挫折而志不移的昂扬朝气。"本以高难饱,徒劳恨费声。五更疏欲断,一树碧无情"(《蝉》),蝉儿的彻夜凄鸣,隐现着孤高绝俗、无人理会的清苦境遇。这种象征蕴蓄的笔法极大地丰富了诗的表现力与感染力。但他的诗由于刻意象征,用典过僻,不免带来"半明半暗,近通近塞"(毛奇龄《诗话》引张衫语)的感觉。"诗家总爱西昆好,独恨无人作郑笺"(元好问《论诗绝句三十首》),这正是人们读李商隐诗有时感到的晦涩难晓的缺憾。

与盛唐的高华明朗、中唐的或怪奇狠重或通俗浅易相比,晚唐诗朦胧迷离的情调的确开辟了一种新的诗美形式。"朦胧"作为一种创作风格使诗歌从意象到意境,从语词到结构呈现出浑成的美,具有很高的美学价值。大力创造了晚唐诗美的李商隐,其诗歌最大的艺术魅力就在于能赋予日常生活以朦胧的美感,"如空中之音,相中之色,水中之月,镜中之像,言有尽而意无穷。"(严羽《沧浪诗话》)诗人找到了对应他们迷茫心境的迷离诗境,如《春雨》诗,借助飘洒迷蒙的"春雨",烘托出寻访不遇的寥落。诗人有意将"红楼""珠箔"等光彩艳丽的幻象,与细"雨"飘"灯"这样迷蒙的真境糅合,造成像"雾里繁花的朦胧凄艳"①。李商隐的创作证明了诗歌并不一定需要表述明白的事实,而是可以借朦胧的形态表现复杂变幻的内心情绪,这是一大贡献。当然,刻意求深求曲,也会带来晦涩费解的弊病。许多诗读来总觉疑点重重,问题重重,各个典故、意象、比喻到底要说些什么呢?对此前人亦有许多批评,诸如:"诗到李义山,谓之文章一厄,以其

---

① 冯浩:《李义山诗集笺注》,上海古籍出版社1979年版。

用事僻涩,时称西昆体"(惠洪《冷斋夜话》);"唐李商隐为文,多检阅书史,鳞次堆积左右,时谓为獭祭鱼"(吴炯《五总志》);"李商隐诗好积故实,如《喜雪》……一篇中用事者十七八……以是知凡作者,须饱材料。"(黄彻《巩溪诗话》);范晞文《对床夜语》评:"诗用古人名,前辈谓之点鬼簿,盖恶其为事所使也……李商隐诗半是古人名,不过因事造对,何益于诗?"胡应麟《诗薮》也指出:"李商隐……填塞故实",当然这些说法未免有失偏颇,然而李商隐的一部分作品注重用典,善埋意绪,题旨难明,从而给读者造成欣赏上的距离感、理解上的不确定性和接受上的生涩之感,有的甚至成为千古揭不破的"诗谜",导致读者妄为比附、影射的索隐风气,他是不能辞其咎的。

二、丽语哀情

晚唐诗是艳丽的,"温李"并称在一定意义上是就其"以秾致相夸"的特征而言。《钝吟文稿·陈邺仙旷谷集序》有云:"温李之于晚唐,犹梁末之有徐庾",朱鹤龄评李商隐"沉博绝丽"(《李义山诗集笺注》卷首),孙光宪评温庭筠"才思艳丽"(《北梦琐言》卷四),李调元评杜牧"轻倩秀艳"(《李调元诗话》),刘克庄评许浑诗"律切丽密"(《后村诗话》)……可见,谈及晚唐诗,大都离不开艳丽,晚唐诗美的一个重要表现就是琢炼精莹而摹刻真切。钱钟书曾拈出李商隐《锦瑟》的"沧海月明珠有泪,蓝田日暖玉生烟",以为这一联诗句实是作者自述其风格或境界,"虽化珠圆,仍含泪热,已成珍玩,尚带酸辛。喻己诗虽琢炼精莹,而真情流露,生气蓬勃,异于雕绘夺情、工巧伤气之作。"《无题》诗"身无彩凤双飞翼,心有灵犀一点通""风波不信菱枝弱,月露谁教桂叶香"等,都呈现着这种精工琢炼、艳美蕴蓄、真情至性的义山风格。而此种风格无疑又构成了晚唐诗坛的一个共同的审美倾向,即注重秾丽之美的表现。值得注意的是,晚唐诗又是悲伤的,翻开晚唐诸子的诗作,于字里行间普遍充满了一切无法长驻的感伤主义基调,大多融入了身世之感的悲慨。只是因个性的差异各个诗人表现的方式不同:杜牧用旷放排遣伤感,温庭筠用侧艳融合伤感,李商隐则执着缠绵,郁结不解。国运衰微,世风日下,生活在晚唐社会的审美主体首先感受到的便是理想被粉碎后的悲哀,悲苦之音伴随着战乱的现实生活以其强大的力量冲进了美学领域,在看似华美精艳的外表下,在华丽的诗句后面回荡着的是深沉的思索和深挚的感情,而这种将形式的锤炼与个人或沉郁或丰沛的情感完美地结合在一起的,正是温李一派。温李诗犹如一个伤心的美人,集美貌与悲情于一身,既悲又艳,让人既爱又怜,越是欣赏她的美,越是更深地懂得了她内心的痛。一首首精致的晚唐诗发出一阵阵美丽的哀音,回荡在诗歌艺术的殿堂里,形成了晚唐诗美在构成上的一大特色。

中国古典诗歌从诗骚时代就已开始表现一种悲感情怀。《诗经》中那"昔我往矣,杨柳依依,今我来思,雨雪霏霏"的情境之悲,"知我者,谓我心忧,不知我者,谓我何求"的内心苦闷,"所谓伊人,在水一方"的茫然期待,一卷楚辞更将一种伤心绵延不尽,尤其是宋玉面对草木摇落的哀叹深深地引起了古代诗人的心理共鸣。感伤与悲慨也就成了中国古代诗歌的主旋律。《古诗十九首》极力描绘人生苦短,颇多人生哀感,诗中流露出来的及时行乐其实也缘于对人生迷茫的恐惧。建安文学由于世积乱离,人命危浅,因而也极富感伤色彩。即使像曹操这样的大英雄,其诗中英风豪气的背后,依然有着难以名状的痛楚。阮籍的《咏怀》用委婉深曲的旨意,抒发其无路可走的悲哀。江淹的《恨赋》和《别赋》将历史与人生的不幸熔为一炉,刻意渲染、流露出那个时代文人深沉的感伤。初唐诗歌是少年的感伤,张若虚的《春江花月夜》用如诗如画的语言,描绘了少年站在人生的十字路口,面对广阔的世界和茫茫的人生,流露出了强烈的宇宙意识和人生怅惘。充满青春气息的盛唐之音以其明朗乐观给诗坛带来一股活力,王维、孟浩然的山水诗宁静中充满了生命的活力;高适、岑参对边塞风光的礼赞表明了盛唐诗人"功名只向马上取,真是英雄一丈夫"的进取精神;李白的诗歌更以他那"谪仙人"的风采,以那种大鹏经天、天马行空式的理想和斗志将盛唐诗歌推向了极致,充分展示了在那个风起云涌的时代一代文人的使命感、自豪感和责任感。可惜安史之乱后,时世维艰,感伤主义重又抬头。白居易《琵琶行》中"同是天涯沦落人"道出了多少士人的由衷叹息,元稹的"白头宫女在,闲坐说玄宗"短短的十个字,说出了中唐诗人对于人生的苍凉之感;李贺的诗更是被人称为"骚之苗裔",实质上是在抒发贫士失职的孤愤;到了"春来多少伤心事""我为伤春心自醉"的晚唐,诗人们更感"薄暮牵离绪,伤春忆晤言"(温庭筠《与友人别》)"年华无一事,只是自伤春"(李商隐发《清河》),"相携花下非秦赘,对泣春天类楚囚"(李商隐《与同年李定言曲水闲话戏作》),"天荒地变心虽折,若比伤春意未多"(李商隐《曲江》),感伤是晚唐时代的典型情绪,成为一代文人的情感主调,并进而形成一代感伤主义诗风。李商隐称道杜牧"刻意伤春复伤别"——诗人们"伤春,不只是伤春天的逝去,而且是伤华年的凋谢,以至伤封建王室的衰颓""伤别,不只是伤男女的离别,也伤离京去国,转徙他乡"。① 由于"刻意"而为,此种心伤也自然成为美感的诉求对象,成为一代诗人在创作上的共同心理,"君问伤春句,千辞不可删"(李商隐《朱槿花二首》)、"心许凌烟名不灭,年年锦字伤离别"(温庭筠《塞寒行》),晚唐诗坛的伤春伤别之作很多,温李一派受楚辞、李贺的影响,以绮艳瑰丽,浓厚的色彩来突现出凄美幽眇,感伤之情往往借雨中落花,美人情爱失落,思妇,宫女春怨,游子伤景伤别等加以表现,如李商隐《为有》中少妇的怨艾之情:"为人云屏无限娇,凤城寒尽怕春宵,无端嫁得金龟婿,辜负香衾事早朝",《端居》中离人的思乡之绪:"远书归梦两悠悠,只有空床敌素秋,阶下青苔与红树,雨中寥落月中愁";温庭筠《达摩支曲》中写岁月蹉跎,无力回天之恨:"旧臣头鬓霜华早,可惜雄心醉中老";《山中与诸道友夜坐闻边防不宁因示同志》写空怀抱负,知者何人之痛:"心许故人知此意,古来知者竟谁人"。挫折、失落、孤独、忧郁、漂泊、阻隔、分离、幻灭、寥落以及时运不济,无能为力的感觉使晚唐诗人笔下的形象往往带有深刻的悲剧性,在温、李描写女性的艳情诗中,伤感之音更是轻易可触。如李商隐的《无题四首》之二:

> 飒飒东风细雨来,芙蓉塘外有轻雷。
> 金蟾啮锁烧香入,玉虎牵丝汲井回。
> 贾氏窥帘韩掾少,宓妃留枕魏王才。
> 春心莫共花争发,一寸相思一寸灰。

温庭筠的《瑶瑟怨》:

> 冰簟银床梦不成,碧天如水夜云轻。
> 雁声远过潇湘去,十二楼中月自明。

---

① 万云峻:《晚唐诗风和词的特殊风格的形成及发展》,华东师范大学中文系中国古典文学研究室:《词学论稿》,华东师范大学出版社 1986 年版,第 37 页。

　　两首诗均写相思之怅恨,前者表现的是"一寸相思一寸灰"的执着,展示了爱情被毁灭的悲哀;后者表现的是"十二楼中月自明"的孤寂,展示了相思被反复咀嚼的幽怨。它们同是抒写女子的哀歌,也是诗人将自身生活失意及不幸的音符藏匿于他们特殊观照群体的心灵之中,"将身世之感,打并入艳词"。当然,由于诗人身世个性的差异,同样是通过写女子来表现感伤主义的基调,二者又有所不同。李商隐十岁丧父,早年生活孤贫,"四海无可归之地,九族无可倚之亲",后知遇令狐楚,得其亲授。但势单力薄,屡次应试不举,终于在开成二年(837 年)春登进士第,但开成三年应博学宏词科复审时被挤落选。是年,赴王茂元幕,娶王茂元女为妻,而因此,又被卷入牛李党争,成为夹缝中的牺牲品。他背负着"背恩""诡薄无行"的恶名,政治上穷途抑塞,辗转于各幕府,做着为他人作嫁衣裳的工作,虽有欲回天之志,无奈被剪"凌云一寸心"(《初食笋呈座中》)。他的伤感似乎与生俱来,年少的孤苦无援深深根植于他脆弱善感的心中,这种伤感也成为他诗歌中形影相随的印痕,或隐或显,挥之不去。李商隐一生之中仕途屡遭间阻,举步维艰,他的爱情与他的政治理想一样在疾风冷雨的环境中飘摇无依。他怀着一颗支离破碎的心,眼见这离乱衰落的世界,将身世之感蕴涵到描写女性的诗中,以女性的遭逢来观照自己的遭逢。李商隐的女性诗中,驻扎着诗人的影子,隐含着时代的悲剧。因此我们看到其内心世界情感芜杂,已不仅仅是一种感伤,而是多端情绪的融合,并且在感伤之中透露出许多人生的哲理。迟暮之感,沉沦之痛,触绪纷来,悲凉无限,纪昀云:"百感茫茫,一时交集,谓之伤时世可,谓之悲身世亦可。"(《玉谿生诗说》)杨基《无题和李义山商隐序》也称:"尝读李义山无题诗,爱其音调清婉,虽极其秾丽,然皆托于臣不忘君之意,而深惜乎才之不遇也。"

　　比之李商隐,温庭筠诗中的感伤,则较为具体、单纯。他是唐初宰相温彦博裔孙,"少敏悟,天才雄赡,能走笔成万言""每入试,押官韵作赋,凡八叉手而八韵成,时号温八叉",但苦于无人援引,又恃才傲物,放浪不羁,讥讽权贵,多犯忌讳,故"数举进士不中第",一直受到排挤。一生中只担任过方城尉和国子监助教一类的小官,晚年流落而死。其一生,纵有才华而终不被用,遂转向烟花柳巷,"梦逐烟销"(《西江贻钓叟骞生》)、"沈醉无期"(《李羽处士寄新酝,走笔戏酬》),他矛盾的性格铸就了他悲剧性的情怀。因其自身成了弱势群体的一员,加之他长期混迹于歌楼舞馆,自然对与其有着同样不幸命运的女子有较多的了解。他关注各种各样的女性,将她们收入自己的视野,纳入自己的生活。她们的美丽给了他审美的愉悦,她们的痛苦引起了他极大的共鸣。浪子文人的情怀中有理想的失意,有红颜的凋零,所以清丽的诗句中掩饰不住心中的哀伤。综观李商隐、温庭筠有关女性的诗歌,共同之处在于他们都通过女子的不幸命运来抒发自己的身世之感和沉沦之痛,并以其充满个性色彩的诗情,进一步生发了感伤文学的主题,创造了哀感顽艳的诗美形态。

我们注意到,晚唐时代"感伤之为美"不单纯是情感的,更是一种独特的诗美表现方式。写作诗歌常见的情形是,用绚烂光鲜的景物来衬托欢乐喜悦的思想感情;用萧瑟凄迷的景物来衬托悲哀忧愁的思想感情。而以温、李为代表的晚唐诗人却另辟蹊径,用充满绚丽色彩的景物来衬托悲哀忧愁的思想感情,使得情的内涵与景的色调形成一种全新的融合,一种更为复杂的情调,进而收到意想不到的艺术效果。晚唐诗人大都善于用丽语写哀情,艳丽与哀感如影随形。温庭筠的乐府诗浓艳得令人目为之眩,李商隐的"丽"则更突出地和"深"联系一起:一方面艳丽得如百宝流苏,另一方面,如施朴华《岘佣说诗》中所论,却是"秾丽之中,时带沉郁""意多沉至,语不纤佻"。即使是诗风俊爽的杜牧,也是豪宕之中彰显艳丽,而艳丽的背后仍不免悲伤的底色。他的诗语言华美而含蓄,意境妍丽而清幽。特别是他的绝句,常常能在极短小的篇幅中,描摹出一幅色泽鲜艳的优美画面,用最为精练的语言,传达出幽深的情思。如他的《齐安郡后池绝句》:

菱透浮萍绿锦池,夏莺千啭弄蔷薇。

尽日无人看微雨,鸳鸯相对浴红衣。

诗的起句,紧扣诗题。露出水面的菱叶,铺满池中的浮萍,满眼的青绿,柔和而又宜目。特别是一个"透"字,绘出的是菱的傲然突起,其形象之兀立,可感可掬,这也为满池平平的绿萍,添加了一种属于诗人内心的情绪。次句"夏莺千啭弄蔷薇",由池中之景转入岸边之象,这是池塘夏色图必不可少的衬托。岸边蔷薇摇曳,而摇曳的蔷薇中,传递出来的是莺的婉转的歌声,这歌声拨动着花儿和叶儿的颤抖。一个"弄"字，又将"千啭"的无形的声音有形化了。这样的一幅图画中，有声与色的搭配，有动和静的结合，同时诗人还将自己的情感，密含在风景的描写中，给人以至深的回味。"尽日无人看微雨"，这句看似闲笔，却十分耐人寻味，"微雨"使得诗的画面染上了一层寂寥、迷离的色彩，"尽日无人"，却隐然托出"看"景的诗人，诗人百无聊赖的孤独情状，便在物景中时隐时现。"鸳鸯相对浴红衣"，诗人也许是意识到了画面色彩的搭配素净有余而明艳不足，于是，末句又为这幅画添上了艳艳的一笔。鸳鸯的"红衣"不仅在一片葱绿中格外的醒目耀眼，"鸳鸯相对"的戏水，同样还暗衬出诗人的孤寂和幽怨。杜牧是一个素有政治抱负的人，却不幸生在唐王朝的没落时期，平生之志，百无一酬。所以，他的眼底、笔下的自然景观，无论是绿的浮萍、黄的夏莺、粉的蔷薇，还是色泽艳丽的鸳鸯，都给人以一种赏心悦目的美感，而隐逸于这些色彩背后的，则是诗人欲说还休的无限感慨，于是那看似靓丽的景观，也就自然地漫溢着一种哀愁。景中有人在，景中有情在，诗人内心深处的隐情，就这样曲折地浮沉在诗的字里行间。诗人的另一首诗《齐安郡中偶题》："两竿落日溪桥上，半缕轻烟柳影中。多少绿荷相依恨，一时回首背西风。"也完全可以作为这首诗的参读。在这首诗中，"两竿落日"之景，"半缕轻烟"之象，都相依着一种原于心灵深处的"恨"，这种"恨"，是外界物态的描摹与诗人自我内情不期而遇的融合。

　　作为诗美的刻意追求者，晚唐诗人们将真实的心灵世界与缤纷的艺术世界融为一体，几乎任何题材、任何意象，一旦落到诗人手里，都可以变为感伤的诱因，与心灵融合，创造出感伤的美和美的感伤，这一趋向在李贺诗中已露端倪。李贺的个性极强，在失落中追求心理上的补偿，有很强的感官欲求。所写的物象，往往具有特别的硬度和锋芒，又多用颜色字，瑰丽炫目。近人张采田曾分析说："长吉诗派之佳处，首在哀感顽艳动人，其次练字调句，奇诡波峭，故能独有千古。"又说："唐人能学长吉者首推玉溪，其次则温飞卿。"称许李商隐此类诗章："玉溪古诗除《韩碑》《偶成转韵》外，宗长吉体者为多，而寓意深隐……晚唐昌谷之峭艳、飞卿之哀丽，皆诗家正宗，玉溪则合温、李而一之，尤擅胜境。"①温李一派正是在"以艳写哀"中来安顿心灵的。

_____

①　张采田：《玉溪生年谱会笺》，上海古籍出版社 1983 年版，第 471 页。

陈伯海先生在《唐诗学引论》中曾指出温李所生活的时代是唐王朝由"中兴"趋向末路的过渡时期:"苦闷的心理寻求感官的刺激以为排遣,加上当时都市经济畸形发展,士夫文人奢华作乐、治游寻芳视为常事,便又造成人们对于官能的感受特别发达。秾丽的色彩、芬香的气息、柔弱的形体、朦胧的意象,以及作为这些因素集中表现的女性美和爱情生活,因而成为时代精神注目的焦点。这种纤丽的好尚与落寞的心情相配合,正好构成'世纪末'形势下的病态美的追求",同时他也看到这些诗人"往往在言情写物的小小旨中渗入家国身世的感慨,形成一种兴寄遥深、余味曲包的美学风格,耐人吟讽,引人玩索"①,唐诗歌正是这样将绮丽与哀伤纠缠在一起,追求艳中生悲的美感体验,"朗丽以哀志""绮靡以伤情"(《文心雕龙·骚辩》),用美来雕刻悲伤,用美来节制悲伤。从这个角度来看,晚唐诗似乎又超越了"以乐景写哀"的艺术手法,它是在营造整首诗华美艳丽的意境中完成了悲情的抒发,进而形成了凄艳浑融的风格,绚烂至极而又不失幽深绵长;沉郁之致而又不失精美妥帖。正如王蒙所说:"值得玩味的是李商隐这位诗人往往能把他的颓唐的情绪用艳丽精致的文字加以表现。读其诗,不难感受到诗人的彻骨(并非没有深度的)与敏感的(不无神经质的)悲哀、孤独、无奈、软弱。……"他还举李商隐诗句加以说明,指出:

"金翡翠""绣芙蓉""珠有泪""玉生烟""玉郎""红楼""珠箔""金烬""石榴""彩凤""灵犀""凤尾""香罗""金蟾""玉虎""芙蓉""春心"……以及用事中的"蝴蝶""杜鹃""萼绿华""杜兰香""贾氏窥帘""宓妃留枕"……单从字面上看,也给人以金雕玉砌却涉疑俗浊、美不胜收却涉疑轻佻、感觉细腻却涉疑脂粉气的印象。我们可以容易地设想用这样的语词语象去编织荣华富贵、侧词艳曲、闲愁幽怨、小悲小恨……却很难设想用这样的风格形式语词语象去表述一种深挚、概括、迢远的大迷茫与大悲哀。②

顾易生在《李义山诗的思想内容》中也认为,李商隐有很多诗在精深、婉丽的辞藻中含有丰富高尚的感情和充实深挚的内容,更多的是"委宛含蓄,曲吐隐微

---

① 陈伯海:《唐诗学引论》,东方出版中心 1988 年版,第 36 页。
② 王蒙:《双飞翼》,生活·读书·新知三联书店 1996 年版,第 63~64 页。

无尽的愁丝,以婉丽蕴藉的彩笔,写凄楚低迷的哀思"①,丽语深情,或许这正也是晚唐诗美的魅力之所在。我们来看李商隐的这首《春雨》:

> 怅卧新春白袷衣,白门寥落意多违。
> 红楼隔雨相望冷,珠箔飘灯独自归。
> 远路应悲春晼晚,残宵犹得梦依稀。
> 玉珰缄札何由达? 万里云罗一雁飞。

陆昆云:"此怀人之作也。上半言怅卧新春,不如意事,什常八九。况伊人既去,红楼珠箔之间,闻其夫人,不且倍增寥落耶?'远路'句言在途者之感别而伤春也。'残宵'句,言独居者之相思而托梦也。结言爱而不见,庶几音问时通,乃一雁孤飞,云罗万里,虽有明珰之赠,尺素之投,又何由得达也哉!"②诗的颔联更是冷艳与感伤的浓缩:前一句色彩(红)和感觉(冷)互相对照,红的色彩本来是温暖的,但隔雨怅惘反觉其冷;后一句珠箔本来是明丽的,却出之于灯影前对雨帘的幻觉,极细致地写出主人公寥落而迷茫的心理状态。于是人们在色彩与情感两极的反差中,便领略了诗人那隐埋得极深的艳而悲的诗歌韵味。张文荪《唐贤清雅集》云:"以丽语写惨怀,一字一泪。用此作结,知是泪是墨。义山真有心人。"③他的另一首《日射》同样也是以乐境写哀思,诗中写道:"日射纱窗风撼扉,香罗拭手春事违。回廊四合掩寂寞,碧鹦鹉对红蔷薇",以美丽的春色反衬少妇的怨情,以轻快流畅的笔调抒写抑塞不舒的情怀,以清空如话的语言表现人事的孤寂寥落,同样收到了相反相成的艺术效果。

此种诗美的传达在艳情诗中尤其突出,一诗之内,辞采的富丽浓艳与情感基调的凄清苦寂往往形成强烈的对比,造成极大的心理与情感落差。如《无题四首》其二,首联"飒飒东风"二句描写春天景色;中二联以金蝉啮锁、玉虎牵丝、贾氏窥帘、宓妃留枕等色彩明艳光润、带有浓厚情感意味的意象,渲染出一种春意荡漾、缠绵悱恻的情调氛围;尾联却语锋急转,以"春心莫共花争发,一寸相思一

---

① 顾易生:《李义山诗的思想内容》,《复旦大学学报》1958 年第 1 期。
② 刘学锴:《汇评本李商隐诗》,上海社会科学院出版社 2002 年版,第 298 页。
③ 刘学锴:《汇评本李商隐诗》,上海社会科学院出版社 2002 年版,第 299 页。

寸灰"直指相思的无望与虚空,由原本浓郁鲜艳、生机焕发的色调直接跌入冷落凄清的境界之中,在鲜明浓厚的色彩背后是一片同样鲜明浓厚的伤感与惆怅,形象地展现了生命的凄凉与无奈。又如"曾是寂寥金烬暗,断无消息石榴红"(《无题》其一)、"玉盘迸泪伤心数,锦瑟惊弦破梦频"(《回中牡丹为雨所败二首》其二)"枫树夜猿愁自断,女萝山鬼语相邀"(《楚宫》)、"水仙欲上鲤鱼去,一夜芙蓉红泪多"(《板桥晓别》)、"碧草暗侵穿苑路,珠帘不卷枕江楼"(《与同年李定言曲水闲话戏作》)、"尽日伤心人不见,石榴花满旧琴台"(《游灵伽寺》)、"金舆不返倾城色,玉殿犹分下苑波"(《曲江》)、"凤尾香罗薄几重,碧文圆顶夜深缝"(《无题》二首其一)、"相思树上合欢枝,紫凤青鸾共羽仪"(《相思》)、"金缕毵毵碧瓦沟,六宫眉黛惹春愁"(《咏柳八首》)、"雄龙雌凤杳何许,絮乱丝繁天亦迷"(《燕台诗四首春》)……都是把感伤情绪注入朦胧瑰丽的诗境,融多方面感触于沉博绝丽之中,形成了浸透悲伤的绮艳之美。诗人的悲愁是用金玉鸾凤、碧瓦珠帘等的华美材料构筑的,其间自是花红柳绿,流光溢彩。正如钱谦益《题冯子永日草》所评:"又尝谓李义山之诗,其心肝腑脏窍穴筋脉,一一皆绮组缛绣排纂而成,泣而成珠,吐而成碧,此义山之艳也。"

温庭筠的诗,作风近似李商隐,绮丽香艳,但有时雕琢过甚,故情感融入的程度与李商隐相比有浅深之分。不过总的来看温庭筠笔下一样多此类有声有色有情有味的诗篇。如《张静婉采莲曲》:

> 兰膏坠发红玉春,燕钗拖颈抛盘云。城边杨柳向娇晚,门前沟水波粼粼。麒麟公子朝天客,珂马珰珰度春陌。掌中无力舞衣轻,剪断鲛绡破春碧。抱月飘烟一尺腰,麝脐龙髓怜娇娆,秋罗拂水碎光动,露重花多香不销。鹨鹕交交塘水满,绿芒如粟莲茎短。一夜西风送雨来,粉痕零落愁红浅。船头折藕丝暗牵,藕根莲子相留连。郎心似月月未缺,十五十六清光圆。

这也是一首"以美写怨"式的作品,诗的个体意象优美、富丽、绰约,给人以很强烈的审美感受。但是诗人通过优美的个体意象的特定组合,使整首诗的艺术形象表现出来的美感却是悲凄哀怨的。又如《春日野行》:"骑马踏烟莎,青春奈怨何。蝶翎朝粉尽,鸦背夕阳多。柳艳欺芳带,山愁紫翠蛾。别情无处说,方寸是星河。"目睹春色而生怨别之情,怨情又寓于绮艳,凄美之景物。我们再以温诗中频繁抒发的"愁"情为例进一步分析之:"苍莽寒空远色愁,呜呜戍角上高楼"(《回中作》)、"远翠愁山入卧屏,两重云母空烘影"(《春愁曲》)、"三秋梅雨愁枫叶,一夜篷舟宿苇花"(《西江上送渔父》)、"路傍佳树碧云愁,曾侍金舆幸驿楼"(《题端正树》)、"花红兰紫茎,愁草雨新晴"(《太子西池二首》)、"柳艳欺芳带,山愁萦翠蛾"(《春日野行》)……又如:"跃鱼翻藻荇,愁鹭睡葭芦"(《病中书怀呈友人》)、"芳意忧鶗鴂,愁声觉蟪蛄"(《病中书怀呈友人》)、"景阳宫女正愁绝,莫使此声催断魂"[《觱篥歌(李相妓人吹)》]、"舞转回红袖,歌愁敛翠钿"(《感旧陈情五十韵献淮南李仆射》)、"秦女含嚬向烟月,愁红带露空迢迢"(《惜春词》)"神轩红粉陈香罗,凤低蝉薄愁双蛾"(《七夕》)、"含愁复含笑,回首问横塘"(《江南曲》)"粉香随笑度,鬓态伴愁来"(《齐宫》)"毛羽敛愁翠,黛娇攒艳春"(《咏嚬》)……我们看到诗人喜欢把"愁怨"的心理画布涂抹得色彩斑斓,演绎出无限的风物之美、自然之趣,红颜之姿,美人之态。美丽形象的背后总还隐约可见一颗孤苦的心,如果说前景的那些声色并举,芳香四溢的心灵化了的"物象"已经传达了一种心绪,那么这一背景则是诗人主观情感的外在追加,二者相得益彰。在诗人笔下,几乎实现了万物皆可成愁,于是有花愁、草愁、云愁、烟愁、声愁、歌愁……愁亦是有色彩的,于是有"愁红""愁碧""愁翠"……"草木荣枯似人事"(《题端正树》),诗人正是在恨紫愁红中看到了自己的存在,看到了自己忧郁的情绪和惆怅的心境。温诗中大量运用这些富于色彩和声音的意象,并铺张且夸张呈现出他们的声色之美,可谓是说尽花红柳绿、芙蓉翡翠,道完马嘶鸡鸣、燕语莺声,而华美辞藻修饰的正是落寞的愁思,诗人在意念中加深了他们的色彩与声响,或者说诗人对声与色的捕捉与描摹正是对内心寂寥与惨淡的一种补偿,是诗人从现实人生向艺术王国的逃亡。

温李诗常用浓艳的色彩,着力渲染,而且多用红、绿、碧、紫、黄等艳丽明亮的色彩去表现悲凉与落寞的情绪,诗人"有意构造这种精美华丽的诗境并不在于破坏悲剧气氛,而是有意制造一种反差极大的荒谬感。他把人引入一个金碧辉煌的五彩世界,却又把这个世界打得粉碎"[①],告诉人们这只是一个虚幻的肥皂泡。

---

① 葛兆光、戴燕:《晚唐风韵》,中华书局2004年版,第108页。

于是,人们就在这两极的巨变中猛然感到了荒谬与失落,能够透过这些绚烂去体会那种埋藏于诗人内心的深度痛苦。可以说,晚唐诗人们用美丽装点了悲哀,又用悲哀深邃了美丽。关于晚唐诗的丽与愁、艳与悲的相互生发用现代诗人废名对李商隐诗作的评述最能说明,他以"嫦娥应悔偷灵药,碧海青天夜夜心"(《嫦娥》)为例子,说了一个平常的典故,李商隐能很亲切地用来做一个象征,表达人的比什么都美的哀愁。"我以现代的眼光去看这诗句,觉得他是深深地感着现实的悲哀,故能表现得美,他好象想象着一个绝代佳人,青天与碧海正好比是女子的镜子,无奈这个永不凋谢的美人只是一位神仙了。""凡是美丽都是附带着哀音的,这又是一份哲学。"①不管是悲幻美、虚幻美还是含蓄美、朦胧美,诗人在诗美追求中都与其悲慨心态有着千丝万缕的联系,他们远离了盛唐笑对世界的豪情,也走出了中唐直面现实的激情,在晚唐时代步入了自我心灵的悲情抒写,执着于诗艺创造的一代诗人用细腻唯美的笔触雕琢着感伤痛苦的心绪,正所谓"深情丽藻,千古无双"。(《唐贤小三昧集续集》)

三、绚中之素

晚唐诗坛在以绮艳为美的主流中还潜藏着一种追求清丽格调的审美倾向。诗人们在艳笔彩绘的同时,也常常用淡墨去展示诗歌艺术的美感,有秾丽精工、情思幽邈的一面,也有娴雅淡远、天趣横溢的一面,不用典故,长于白描,而又构思精巧,以锻炼为工,追求音节和谐朗畅,讲究辞采的清丽自然,以及风调的婉转圆美,在常语的打造和对情调的淬炼上,体现别致精巧之趣。

一般地说,情调低回晦暗、意境朦胧虚幻、辞藻艳美华赡的晚唐诗歌呈现的是绮丽的风格,尤其是李商隐诗用典繁僻、细美幽约,但刘学锴先生在《白描诗境话玉谿》一文中明确地指出,李商隐诗歌除了体现绮艳风格的典丽精工型的作品之外,还有一大批质量相当高的、遍及各种诗体的以淡笔白描为主要特征的佳作。为了说明白描诗境在义山诗中所占的比重,便于与典丽精工型的作品做比较,他还按诗体对两种类型的诗选目对照,据该文统计,李诗中白描型各体诗 109首,典丽精工型各体诗 103 首,数量大体相当。从体裁看,白描型的诗主要分布

---

① 冯文炳:《谈新诗》,人民文学出版社 1984 年版,第 188 页。

在五律、七绝、五绝、五古这几种诗体中,而典丽精工型的诗则主要分布在七律、七古、五排这几种诗体中,二者正好互补。从题材看,白描型的诗多为一般即景即事抒情之作,而咏史、咏物、无题、爱情等题材的诗多为典丽精工型。从创作时期看,虽两种类型的诗均贯穿了各个创作阶段,但从总的趋向看,后期创作(包括桂幕、梓幕)中白描型的作品明显增多。以上几个方面的对照,说明商隐的白描型作品跟特定的生活与感情内容、跟某些体裁的体性、跟特定时期的心境及诗艺发展由绚返素的一般规律等密切相关。①

　　上述的内容区别了两类诗,并显示了其在李商隐创作中的布局及成因。实际上,"绮艳"与"清丽"两种诗风在晚唐诗歌中是普遍存在的,这与晚唐诗人情感心绪的复杂不无关系,我们深入到具体的诗作中或许会有更加直观的印象。典丽精工型的作品前面已多有分析,在这里主要剖析一下与浓艳涩重相映成趣的清丽流易。脍炙人口的《乐游原》便是此类风格的典型代表,诗中所抒发的感慨,触绪多端,内涵深广,形态混沌,难以指实。诗人用白描手法浑沦抒慨,而举凡时世衰颓、身世沉沦、年华消逝之慨,乃至对一切美好事物消逝之惋惜怅惘,均可在"向晚意不适"的情感基因与"夕阳无限好,只是近黄昏"的浩叹中包蕴,故管世铭谓其"消息甚大,为绝句中所未有"②,这样的作品不事藻采,不用典故,而以情韵风调取胜。浑沦抒慨的白描手段为大容量大概括提供了成功的艺术创造凭借,历代传诵的《夜雨寄北》也是清丽风格的典型代表。诗中利用"巴山夜雨"之境的虚实与时空转换来结构诗意,构思精巧,但不著艳语,不引故实,只说巴山夜雨之际,适逢友人来书询问归期,不禁触动绵长的羁愁,而生出"何当共剪西窗烛,却话巴山夜雨时"的期盼。诗的佳处,在诗心诗情的自然流露。屈复评道:"即景见情,清空微妙,玉溪集中第一流也。"③纪昀评道:"作不尽语每不免有做作态,此诗含蓄不露,却只似一气说完,故为高唱。"④都揭示出此诗的自然本色之美。清代吴仰贤曾说过这样一段话:

　　　　余初学诗,从玉溪生入手,每一握管,不离词藻,童而习之至老,未能摆

① 刘学锴:《白描胜境话玉溪》,《文学遗产》2003 年第 4 期,第50～61页。
② 管世铭:《读雪山房唐诗序例》,《清诗话续编》下册,上海古籍出版社 1983 年版,第 1561 页。
③ 参见屈复《玉溪生诗意》卷六,清乾隆四年扬州芝古堂刻本。
④ 参见纪昀《玉溪生诗说》卷上,清光绪十三年朱记荣校刊本。

脱也。然义山实有白描胜境，如咏蝉云："五更疏欲断，一树碧无情。"咏柳云："桥回行欲断，堤远意相随。"《李花》云："自明无月夜，强笑欲风天。"《落花》云："高阁客竟去，小园花乱飞。"《乐游原》云："夕阳无限好，只是近黄昏。"《即日》云："重吟细把真无奈，已落犹开未放愁。"《复至裴明府所居》云："求之流辈岂易得，行矣关山方独吟。"数联皆不着一字，尽得风流。①

李商隐诗中这些"不着一字，尽得风流"的佳句正是晚唐诗美的另一种呈现，这种诗美的构成已然超越了字面上的富艳精工，而以真挚之情、精妙之思驭寻常之语、疏淡之趣，重在感觉的细腻传神，不再是雕缋满眼的浓妆重彩，而是纤巧精细地淡笔点染，轻快之极，清爽之至。同样范晞文《对床夜语》云："'虹收青嶂雨，鸟没夕阳天'，'月澄新涨水，星见欲销云'，'池光不受月，野气欲沉山'，'城窄山将压，江宽地共浮'，'秋应为红叶，雨不厌苍苔'，皆商隐诗也，何以事为哉！又《落花》云'落时犹自舞，扫后更闻香'，《梅花》云'素娥唯与月，青女不饶霜'，尤妙。"又《渔隐丛话》称：

> 李义山诗，杨大年诸公皆深喜之，然浅近者亦多。如华清宫诗云："华清恩幸古无伦，犹恐蛾眉不胜人。未免被他褒女笑，只教天子暂蒙尘。"用事失体，在当时非所宜言也。岂若崔鲁华清宫诗云："障掩金鸡蓄祸机，翠华西拂蜀云飞。珠帘一闭朝元阁，不见人归见燕归。"又云："草遮回磴绝鸣鸾，云树深深碧殿寒。明月自来还自去，更无人倚玉阑干。"语意既精深，用事亦隐而显也。义山又有马嵬诗云："如何四纪为天子，不及卢家有莫愁。"浑河中诗云："咸阳原上英雄骨，半是君家养马来。"如此等诗，庸非浅近乎！

这番话中对义山诗"浅近""浅直"的讥陈，恰恰道出了李商隐诗并非一味地追求"寄托深而措辞婉"，所以我们看到以风格清朗开豁，"主于高华鸿朗，激昂痛快"（钱谦益《唐诗鼓吹序》）为选诗标准的唐代七言律诗选集《唐诗鼓吹》，在选录了对许浑、陆龟蒙、杜牧、谭用之等作品的同时，也大量选录了李商隐此种风貌

---

① 参见吴仰贤《小匏庵诗话》卷一，清光绪八年俞樾序本。

的诗作,这些无疑也可以作为李商隐在绮艳深婉的风格之外别有追求的佐证。

　　由此可见,很多学者已然看到李商隐诗之味不全在用事,无事亦有味,诗之美不全在设色,无色亦很美。刘熙载《艺概·诗概》中论义山诗的两段话对我们思考这一问题很有启发,他说:"诗有借色而无真色,虽藻缋实死灰耳。李义山却是绚中有素。敖器之谓其'绮密瑰妍,要非适用',岂尽然哉!"①所谓"借色",联系上下文,即所谓"藻缋""绚",亦即敖陶孙所说的"绮密瑰妍",指义山诗绮艳华美的外表;而与之相对的"真色",即"绚中有素"的"素",究竟何指? 或许正是我们所看到的这些只存情韵而无隐晦的诗句所构成的清新优美的诗境。

　　淡境浅语并非义山偶然一格,而是遍布于各种题材,有相当大数量和相当高艺术质量的一大类作品的共同特点。指出这一点,丝毫不意味着要否认或贬低商隐那些辞采华美、色泽浓艳、用典繁复、意象密集的典丽精工型之作,而是突出了浓妆淡抹,花面相映之美。

　　以"绮艳"诗风著称的温庭筠同样也有对清丽格调的追求,注重在浓与淡两种诗美中去创造新的审美趣味,只是他那些富艳浓致的作品过于惹眼。明人顾璘在评点《唐音》时批评温庭筠道:"温生作诗,全无兴象,又乏清温。句法刻俗,无一可法。不知后人何以尊信。大抵清高难及,粗浊易流,盖便于流俗浅学耳。余故恐郑声乱雅,故特排击之。"清初贺裳在《载酒园诗话》中引述顾璘这段评论,但是他以为顾璘的话未免过分,他以为"大抵温氏之才,能瑰丽而不能淡远,能尖新而不能雅正,能矜饰而不能自然,然警慧处,亦非流俗浅学所易及"。施蛰存在《唐诗百话》中针对上述论调,提出了自己的看法:

　　　　我以为说温诗"句法刻俗,无一可法",确是排击太甚。我倒同意贺氏,以为温诗亦有"非流俗浅学所易及"之处。不过贺氏谓温庭筠的才情"能瑰丽而不能淡远"三句,我觉得也有些过分。淡远、雅正、自然,这三种风格,温庭筠并不是没有。

　　这位现代派诗人的评述似乎是对温诗审美风貌较为全面妥帖的概括。他进

---

　　① 刘熙载:《艺概》,上海古籍出版社1978年版,第65页。

而指出温庭筠的诗,有两种风格。一种显然是受李贺影响的齐梁体小乐府,和辞藻浓艳的七言律诗,这是贺裳所谓瑰丽的一面。另一种是写行旅、登览的五言律诗,这些诗仍然是从王维、孟浩然、刘长卿等人的风调发展而来,并不用瑰丽的辞藻,这是贺裳所谓淡远的一面。由此可见,在整体呈现浓艳瑰丽诗风中不乏清词秀句,追求浓与淡混搭的艺术效果同样也是温诗的一个重要特色。如他的名句:"鸡声茅店月,人迹板桥霜"(《商山早行》),只用几笔淡墨的线条,就勾勒出山村秋晨美景,充满诗情画意,颇见匠心。再如下列诗句:

> 波上马嘶看棹去,柳边人歇待船归。(《利州南渡》)
> 一院落花无客醉,五更残月有莺啼。(《经李征君故居》)
> 庙前晚色连寒水,天外斜阳带远帆。(《老君庙》)
> 野船著岸偎春草,水鸟带波飞夕阳。(《南湖》)
> 湖上残棋人散后,岳阳微雨鸟来迟。(《寄岳州李外郎远》)
> 萍皱风来后,荷喧雨到时。(《卢氏池上遇雨赠同游者》)
> 波上旅愁起,天边归路长。(《旅次盱眙县》)
> 千峰随雨暗,一径入云斜。(《处士卢岵山居》)
> 鱼盐桥上市,灯火雨中船。(《送淮阴孙令之官》)
> 细雨无妨烛,轻寒不隔帘。(《偶题》)
> 野梅江上晚,堤柳雨中春。(《和段少常柯古》)
> 凫雁野塘水,牛羊春草烟。(《渚宫晚春寄秦地友人》)
> 月落子规歇,满庭山杏花。(《碧涧驿晓思》)

我们看到温庭筠作行旅、送别诗,多用五言律体,与瑰丽的七言律诗、五言排律,或乐府诗迥然不同,用评许浑的"字字清新句句奇"去评价温庭筠的这些诗句,似乎也很恰当。来看他的《送人东归》:

> 荒戍落黄叶,浩然离故关。
> 高凤汉阳渡,初日郢门山。
> 江上几人在,天涯孤棹还。

何当重相见,尊酒慰离颜。

这首诗宛如一首离别壮歌。在萧萧落叶的寒秋季节,于荒凉的古堡送别,此情此景,离愁别绪颇多,起二句诗人写在黄叶纷纷坠落的荒城中,"浩然离故关",点明了友人此行心怀远志,"荒戍"是荒凉的边城,可知送人之处不在都城,而在边远的小邑。颔联写景,点出东归的目的地,可知这位朋友是回到江汉之间的老家去。颈联抒情,从诗意来看,这两句也是倒装句。你是天涯孤客,现在回归老家,可"江上几人在,天涯孤棹还",在这个江汉流域中,有几个老朋友还生存着呢?这是对东归友人的寂寞不得志表示同情,也感慨那边的旧友凋零,久无消息。诗人目送友人的孤舟消失在天际,与李白的"唯见长江天际流"有相似之处,从而寄托了诗人对友人的关切之意,何时还能再相见?"此地一为别,孤蓬万里征"。诗的结尾二句,表惜别之情,希望有朝一日,重新相见,大家喝一杯酒,以慰藉离别之情。从古堡到江上,从江上又回到眼前,独具匠心。《唐诗百话》称将此诗编在刘长卿、戴叔伦等大历诗人的诗集中,恐怕也不会有人发觉是误入。它的确有着大历诗歌幽远清寂的风神。大历时期的诗歌更多的是通过描写自然山水的恬静、幽远、清冷甚至孤寂来表现人生的感叹及个人内心的惆怅。诗歌往往呈现幽隽、娴雅,重清新流丽的韵致、省净精炼的风格。再来看他的这首《宿城南亡友别墅》:

水流花落叹浮生,又伴游人宿杜城。
还似昔年残梦里,透帘斜月独闻莺。

这是一首怀友诗,此诗从多年前与友人相聚时的美好情景写起:往事的几个瞬间,却使诗人从对友人的深深怀念之情,到与友人相聚美好时光的无限眷恋之情,表现得淋漓尽致,"水流花落"一句与"流水落花春去也"意境相似。象征时光飞逝,引出诗人对人生匆匆的感慨。怀友之情也愈加浓烈。情思清峻,感情丰富。又如《利州南渡》一诗:

澹然空水对斜晖,曲岛苍茫接翠微。

波上马嘶看棹去,柳边人歇待船归。

数丛沙草群鸥散,万顷江田一鹭飞。

谁解乘舟寻范蠡,五湖烟水独忘机。

江水粼粼斜映着夕阳的余晖,弯弯岛岸苍茫接连山坡绿翠。眼看人马已乘摆渡扬波而去,渡口柳下人群等待船儿回归。乃声惊散沙洲草丛的鸥鸟,水田万顷一只白鹭掠空孤飞。谁理解我驾舟寻范蠡的意义,漂泊五湖独自忘掉世俗心机。诗写南渡嘉陵江时所见情景,从江上晚色起笔,中间写渡江情景:"波上马嘶""柳边人歇",如画般地绘出渡头劳人情意迫促之状,最后即景兴感,抒发自己淡然遗世与鸥鹭为友的志向,意境幽远、淡雅、清爽。

温庭筠的山水诗也写得清丽淡远,如:《早秋山居》:

山近觉寒早,草堂霜气晴。

树凋窗有日,池满水无声。

果落见猿过,叶干闻鹿行。

素琴机虑静,空伴夜泉清。

看到此诗的题目,很容易让人想到王维的《山居秋暝》,此诗是对山居气候景物的描写,以早秋为重点,反映出诗人闲适的心境。诗的开始写出了山居的气候和感觉,像是在作一幅早秋图,"树凋窗有日,池满水无声"两句,本是人们常见的事物,却写得如此真实生动,可见诗人有着静观事物的特殊本领,前四句为客观描写,为后面的描写做以铺垫,"果落""叶干"都是秋天中的景色,从果落看到有猿经过,从叶干听到鹿行,可见深山里人烟稀少,动物们会大摇大摆地出来觅食,由此可以看出山居环境的寂静,也可看出诗人闲适恬静怡然自得的心境。在这幽静的山林里,静下心来,手弹素琴,倾听泉水的声音,看看山中的景色,忘记了所有的忧愁与杂念,不由得进入一种理想的境界,使人心旷神怡,人与自然融为一体,不但净化了诗人的心灵,同时读者也接受了一次山水自然的陶冶。此诗可谓是温庭筠之佳作。

对比温庭筠的一些绮艳诗作,不难看出这些诗作呈现的却是另一番风味。

从艳美走向优美,清新、自然、明快,无论感官还是声色都有所不同。如《溪上行》中的"风翻荷叶一向白,雨湿蓼花千穗红"和前面所举《利州南渡》中的"数丛沙草群鸥散,万顷江田一鹭飞"等,并不盛装浓抹,花枝招展,而是画面明丽,新颖,富有层次感,给人以很深的印象,清而不寒,丽而不冶,秀而不媚,雅而不俗,别具风韵。

我们看到,温李诗歌都或多或少地显现出"浓艳"与"清丽"两种不同的风貌,从诗歌自身的发展规律来分析这一现象,我们看到经过三唐的开拓,诗歌的风貌已有多种之呈现,晚唐诗人潜心艺术上的创造,在诗歌创作上有必要也有需要寻求广泛的诗承。闻一多先生就曾敏锐地指出:"晚唐一方面来自迷人的齐梁,一方面又近承十才子。"源于齐梁的绮艳之美无疑是显性的呈现,而源于大历,甚至再追溯与盛唐王孟的山水气质相承的素淡之美则是隐性的存在,但二者共同成就了晚唐温李诗歌的艺术美质。

唐诗两美兼备与晚唐社会的纷乱及士人心态的复杂性不无关系。一般来讲,"秾艳"代表了滋生于繁华都市中的艳俗思潮,是时代审美趣味的集中体现;而"清丽"则反映出孕育于山林乡野中的冷淡作风,是晚唐寒士心底式微的感怀与咏叹。大凡王朝趋于末世,统治集团总是大开声色,追求享受唯恐不及,社会受其制导而靡靡之音流行,"倾炫心魂"的红紫之文也于斯时大走其红,晚唐自然也不例外。就以"感官的彩绘笔触"而论,梁、陈宫体的"感官笔触"集中表现在对女性细腻的观察乃至玩赏,在对女性无所不至的描绘中满足一种对感官刺激的追求。而中唐"感官笔触"则主要来自诗人用感觉去感受世界的兴趣与能力,如李贺,对声、色、香、味的高度敏感,甚至其感应神经被打通了,视觉、触觉、听觉、味觉在心灵中交汇,如"松柏愁香涩""玉炉炭火香鼕鼕"之类。且又用浓重的色彩表现之,如《雁门太守行》中的黑、金、紫、胭脂,同处一个画面。论者所云李贺善用"通感"表现手法,也正是"感官的彩绘笔触"之典型体现。李商隐、温庭筠更是大力发展了这种笔触,乃至在华丽辞藻下埋伏着某种病态。吉川幸次郎曾将李商隐诗的形象称为"有力的病态形象"[1]。"病态"而"有力",就在于作者并非心死,只是心哀,如李贺所谓"神血未凝"。这也是晚唐"感官的彩绘的笔

---

[1]　[日]吉川幸次郎:《中国诗史》,章培恒等译,安徽文艺出版社1986年版,第262页。

触"与梁、陈"感官的彩绘的笔触"不尽相同之处。同时,诗人们这种病态的自我释放也慢慢地消解了都市生活的热度,当他们从声色的狂欢中淡出的同时,也渐入了寻求晚唐山林隐逸诗人那种自我解脱的心路历程,晚唐山林隐逸诗人耽于禅悦的归趣对温李一派也产生一定的影响,这是同一时代诗人群体相互磨合的结果。

　　此外,影响诗歌风格的另一要素是宗教思想的渗入,我们看到,与初唐、盛唐、中唐诗相比,晚唐诗中有关佛禅题材的作品明显增多。粗略统计,《全唐诗》中有关佛禅题材(以诗题为准,包括登临题咏寺院、访僧赠僧、参禅拜佛等内容)的作品共2136首,其中晚唐诗人的作品就有1035首,而在晚唐诗人中,又以这群隐逸诗人所写为最多。北宋张方平曾经感叹:"儒门淡薄,收拾不住,尽归释氏。"(《嵩庵闲话》卷二)这种现象其实是从中唐开始的,到晚唐则愈演愈烈。这主要是由于晚唐五代佛教禅宗大为发展,他们受到的禅风影响较初唐盛唐诗人也更多。在温李的诗中我们会发现明显的禅境介入:他们对参禅礼佛、登临山寺、结交方外有较为浓厚的兴趣,一样津津乐道倾心禅悦、出入佛老、清静无为的淡泊情怀。李商隐之《送臻师二首》《游灵伽寺》《同崔八诣药山访融禅师》《明禅师院酬从兄见寄》,温庭筠之《赠楚云上人》《访知玄上人遇暴经因有赠》《宿白盖峰寺寄僧》《送僧东游》《题造微禅师院》《题中南佛塔寺》……"幽径定携僧共入,寒塘好与月相依"(《赠从兄阆之》)、"残阳西入崦,茅屋访孤僧"(《北青萝》)、"难寻白道士,不见惠禅师"(《归来》)、"忧患慕禅味,寂寥遗世情"(《题僧泰恭院二首》)、"高阁清香生静境,夜堂疏磬发禅心"(《宿云际寺》)、"僧居随处好,人事出门多"(《赠越僧岳云二首》)……从中我们可以读出诗人寂寞的寻觅,心灵的向慕和对现实的感慨,而此类诗情的抒发则成就了清空的韵味。刘尊明《禅与诗——温庭筠艺术风格成因新探》认为温庭筠的游历佛寺、交结学僧诗,写景咏物诗,羁旅记游诗,隐逸闲适诗大都具有冲和平淡、俊逸清丽的风格,这与他受华严宗第五祖宗密禅师、深受禅宗思维方式和审美情趣熏陶有关。吴言生的《论李商隐诗歌的佛学意趣》认为以善写情、深情绵邈见长的李商隐,与佛教有着千丝万缕的联系,特别是在他丧妻后,与佛教的缘分更深,提出了"诗佛王维,情禅义山"的观点,指出义山诗具有比较明显的佛学意趣,从对无常幻灭感的深切体验、超越痛苦的禅学观照、耽著色相的执迷歌吟等方面,比较深刻地论述了义山诗歌具有超越痛苦、溶解痛苦的悲怆、超逸之美。如其笔下的《僧院牡丹》:"薄叶风才倚,枝轻雾不胜。开先如避客,色浅为依僧。粉壁正荡水,缃帷初卷灯。倾城惟待笑,要裂几多缯。"正是对禅学的观照给晚唐诗歌注入了一剂清凉之感,使温李时代的诗歌在绮艳幻彩之外别有归趣。唐末,由于大唐帝国覆灭之势已定,使得当时诗人们的心理普遍存在末世情绪更为浓厚。过重的时代负荷,使得大部分诗人极力追寻解脱,力求在诗歌中找到精神寄托。晚唐出现的清丽格调的审美趋向在唐末诗人那里得到充分的发展,尤其是韦庄诗,追求音节和谐流畅,讲究辞采的清新绮丽,以及风调的婉转圆美,形成了以清丽为主的风格特色。韦诗虽有淡泊的成分,却没有流于空寂冷,颇得自然之神韵,又富于生活气息,直承温李诗,可谓绚中炼素,情韵不减。《夜景》一诗就体现了这个总体风格特色:

> 满庭松桂雨余天,宋玉秋声韵蜀弦。
> 乌兔不知多事世,星辰长似太平年。
> 谁家一笛吹残暑,何处双砧捣暮烟。
> 欲把伤心问明月,青娥无语泪娟娟。

这首诗描写秋夜的凄清,有声有色。一场新雨过后,庭中松桂青翠欲滴,而雨珠滴响和风吹叶落的萧瑟秋声四处传来,宛如清冽的琴韵。雨霁云开后,星月依然闪现,全不管人世沧桑。这时,又不知什么地方传来笛声和砧声,驱散了残暑,划破了夜晚的烟霭和静谧。如此秋色秋声,勾起诗人重重愁绪,以至他再看明月时产生了幻觉:月宫的嫦娥也默默无语地流下了伤心的清泪。诗中的意象无不清丽如画,淡泊似烟,意境凄美悠远,而又和现实生活那样贴近。诗人伤时伤事的凄婉愁绪,构成了这幅夜景的底蕴,清丽之中夹带着一丝伤感,几分沉重,是韦庄特有的风格。可见,温李时代诗歌所形成的诗美风尚对后世的广泛影响。

晚唐诗歌审美风格的总的趋向是藻绘绮密,但我们也看到温李诗在声色之美中兼备绚中之素。艳美的主调之中有着清雅的和弦,浓淡调和,两种诗美的呈现就如同向我们虚掩了一扇门,可以隐约窥见一室的烛光倩影,但同时又向我们敞开了一扇窗,可以真切地感受到阵阵清风拂面。门内的情调与窗外的景物相得益彰,取象造境上的典丽与淡雅,表现方式上的彩绘与白描,都体现着晚唐诗歌精巧的艺术构思,使晚唐诗不仅仅因它的繁复而美丽,更因它的丰富而流光溢彩,也为后世学温李者提供了多种借鉴和接受的可能。

本 章 小 结

总的来看,晚唐诗以情韵之深、意象之妙、语言之工确立了精致典丽的诗美范型,而诗人们在诗性的空间里完善自我,安顿心灵,故而又追求清丽脱俗的诗风,亦有挥洒自如的写意白描。需要指出的无论是"绮"的风格,还是"清"的风格,其指向都是"丽",晚唐诗人对"丽"有着一种强烈的追求与迷醉,从温李诗中可见一代诗人的审美风尚。他们在艺术风格和审美情趣上,追求一种幽细婉约的美,日益向华艳纤巧的形式主义发展。由中唐的明朗变成朦胧的美;由质朴无华的美趋向于瑰丽斑斓的美;由开阔壮大之美变为深谷幽兰般的美。朦胧的情思、雅艳的哀愁成就了晚唐的美丽,多种意趣的融合构筑了晚唐诗精致精美精纯的艺术风貌,这种"精"重在情感与诗艺的交融,诗人将感伤的情思以或艳或雅或浓或淡的诗歌形式之美呈现出来,淡妆浓抹,绚素相宜,更凸现了温李一派对诗歌艺术的深度把握和全面开掘,有力地彰显了晚唐诗歌艺术走向自觉并达到新的高度这一客观事实。诗艺的提高是对诗美的充分兼容,这一艺术实践在唐末司空图所倡导的"以全美为工"(《与李生论诗书》)的诗歌理论中得到了确认,温李诗歌最终收获的是耐人寻味的味外之旨、韵外之致,而非止于咸酸的单调的诗风诗韵。

第六章　晚唐诗歌的艺术影响

在时人和后人对于温李的大量评述中,我们看到温李诗风尽管同中存异,但二人并称的文学意义是不容忽视的,以温李为代表的一代诗人身上的艺术精神和他们所开创的新的艺术风貌,对文人词的创作及对唐末五代诗歌和宋初诗坛都产生了深远的影响。

范文澜先生在《中国通史》第四册中指出:"在晚唐,李商隐是旧传统的结束者,温庭筠是新趋势的发扬者,晚唐诗人温李并称,其余诗人都不能和他们比高下,因为此后诗人(包括词人)都是温李的追随者。"①这旧传统与新趋势无疑是从艺术精神上做出的判断。因此,不必细究是就诗而言,还是就文而论,"温李"并称标示了一种整体艺术感觉和审美趣味,他们在特定的时代所营造的诗境和这种诗境赖以生成的方式大致相同,所表现的风致韵调也正是那个时代的气息。"温李新声"作为晚唐诗坛的主调,引领了一代文学的审美风尚,也为中国古典诗歌的诗境开拓和诗艺形式提供了新的经验和启示,在后世诗歌漫长的演进过程一直散播着温李诗所吐露的"秋花"之"晚香"。

一、晚唐诗对词的影响

伴随着晚唐社会由雅入俗的嬗变,一些晚唐文人们的"士子"情怀日渐消磨在"浪子"人生中,晚唐诗文风貌较之唐代前期呈现出深婉细腻、精致典丽的特征,其最终的结果是实现了诗词交互影响的艺术效应。一方面曲子词为晚唐诗

---

① 范文澜:《中国通史》,人民出版社 2001 年版。

的出新提供了条件,正如陈伯海先生指出的:"曲子词的艺术风格,与晚唐诗可谓
桴鼓相应……从总体上看,晚唐诗所反映的生活面,当然要比曲子词开阔得多,
决不限于咏写绮情怨思,但正是这方面题材所开辟的深美闳约的艺术世界,构成
了晚唐诗歌创新上的重要特色,这显然与曲子词的广泛流行分不开",同时他也
指出,以温李诗派为代表的晚唐诗风对词的创作也产生了直接的影响,进而成为
宋词(以婉约派为宗)的先导,并构成了唐诗质变的另一种形态,"就具体作家的
创作实践来看,温庭筠写诗亦写词,诗风与词风常有相通之处。如所作《湘宫人
歌》,那种秾丽的色泽和幽怨的情味,跟他的大部分词篇颇为接近。同时的李商
隐有诗无词,而脍炙人口的无题诸章,善于用精美的物象传达出要眇的意境,其
神似于词甚且超过了温庭筠"①。

　　总的来看,晚唐之诗多绮怨之作,意境细美幽约,出现了明显的词化特征。
实际上个别诗篇的词化,在隋代已露端倪,如诸葛颖诗《春江花月夜》:"张帆渡柳
浦,结缆隐梅洲。月色含江树,花影覆船楼。"虽无动人怀思,而写江中月色花影
之景颇近词境。隋炀帝的《春江花月夜》紧步其后,写得更美:"暮江平不动,春花
满正开。流波将月去,潮水带星来。"盛唐时期刘方平的《春怨》:"纱窗日落渐黄
昏,金屋无人见泪痕。寂寞空庭春欲晚,梨花满地不开门。"无论在意象、意境、写
法上都极似后来的闺情小令。而作为一种趋向,中晚唐士人内敛的心态,重官能
感受而导致的绮艳诗风真正构筑起了诗词互通的平台,李贺、李商隐、杜牧、温庭
筠、李群玉、唐彦谦、韩偓等在诗中都出现了不同程度的词化倾向,可以说温李时
代的创作之于词的影响尤为深刻。温诗中如"百舌问花花不语,低回似恨横塘
雨"(《惜春词》)、"舞衫萱草绿,春鬓杏花红"(《禁火日》),李诗中如"阶下青苔
与红树,雨中寥落月中愁"(《端居》)、"黄叶仍风雨,青楼自管弦"(《风雨》)等,
其风格韵致已与词相融通了。"商隐七言古,声调婉媚,大半入诗余矣……庭筠
七言古,声调婉媚,尽入诗余"②,许学夷在《诗源辩体》中以词体表现功能为参
照,以"声调婉媚"这一共同特征为标志,描画出温李诗与词体的亲密关系。考察
晚唐文坛,温李诗的确开辟了通向词之一路,这也是唐诗发展四季变化的一种必
然结果。

---

① 陈伯海:《唐诗学引论》,东方出版中心1988年版,第90页。
② [清]许学夷:《诗源辩体》,人民文学出版社1987年版,第288、290页。

(一)晚唐诗向词的渐入

晚唐诗重情感的表达,意境的营造,唯美尚艳,精致典丽,对彩绘声色与婉媚声调的追求无疑促进了词体的发展,充分开启了词风之端绪。正如蛹化为蛾的过程,晚唐由诗入词的现象既是诗体成熟的一种自然流变,更是以温李为代表的一代诗人诗艺追求的必然产物。谢章铤针对这一现象指出:

> 自制氏去而古义亡,四始衰而雅音溺。乐胜则流,诗降为曲。虽燥湿所感,生民大情。而政府相推,品物恒性。文辞繁诡,则靡而非典。才情异区,斯丽而有则。有唐中叶,创始倚声。俎豆青莲,宗祧啰唝。温飞卿助教之年,杜紫微制诰之日。易梵呗为艳曲,杂纥那于铙吹。双声单调,纲领之要可指。侧犯换头,情变之数易滥。迨至五代,风流弥劲。孟蜀花间,南唐兰畹,或沿波于初造,或寻条于后时。小楼吹彻,水殿风来,君臣闲作,互相嘈阗。以至深官刬袜之辞,秘监敧梳之作,莫不流播旗亭,传歌酒肆。然而绮缛为多,柔靡不少。丰藻克赡,而风骨不飞。(《赌棋山庄词话》卷三)

清人田同之也指出:"诗词风气,正自相循。贞观、开元之诗,多尚淡远,大历、元和后,温、李、韦、杜,渐入《香奁》,遂启词端。《金荃》《兰畹》词,概崇芳艳。"[1]

为了论明晚唐诗与词之关系,先探讨一下"诗词之辨"。宋人常以苏轼和秦观相对举,如《王直方诗话》云:"少游诗似小词,先生(苏轼)小词似诗。"[2]秦观之诗,金元好问《论诗绝句》评:"有情芍药含春泪,无力蔷薇卧晚枝。拈出退之山石句,始知渠是女郎诗。"这种"时女步春"的风格相对于诗的确失之婉弱,但于词却又是另一种情况了。清人毛先舒曾论及词之长调和诗之歌行作法的区别:"歌行犹可使气;长调使气,便非本色,高手当以情致见佳。盖歌行如骏马蓦坡,可以一往称快;长调如娇女步春,旁去扶持,独行芳径,徙倚而前,一步一态,一态一变,虽有强力健足,无所用之。"[3]由此可见,词的本色以"情致"见佳,词的风格以软

---

① 参见[清]田同之《西圃词说》。
② [宋]胡仔:《苕溪渔隐丛话·前集》卷四十二引《王直方诗话》。
③ 转引自[清]王又华《古今词论》,词话丛编本。

媚见长。张惠言在《词选》中特地拈出"低徊"二字说明词体的特点,所谓"低徊"是指情感的婉约含蓄,音律的婉转圆润,而上述特征在晚唐诗中早已呈现出来。晚唐诗在温李的手中走向更加精致唯美的境界,唐诗经历了表现自然美、社会美这些现实的美,到了晚唐成了艺术品,向世人展示了精纯的文字之美、音韵之美、意象之美、情性之美,这是上升到艺术本体后的结果,当这种美的开掘与表现足以颠覆诗的形式的时候,当诗美的淬炼使旧有的形式不再适应美的表现时,于是出现了新的载体,这也是诗歌发展的内在规律使然。同时我们看到晚唐诗中大量出现的对情爱世界的揭示、对女性形象的描摹、对都市生活的铺写,这些内容不是传统的诗料,却成为词一直以来的重要素材。

从晚唐到唐末诗风的走向越发地远离了大唐盛世的恢宏,时代的阴霾让更多的诗人逞才于艺术世界里,可是他们已很难搜寻到适合诗歌传统的"诗料"去架构自己的诗篇,更多的创作灵感源于平凡而琐碎的生活,传达的是世纪末颓废而伤感的情绪,外部世界的萎缩让艺术的天地越发的精致细微,敏感而多情的诗人们精雕细琢,使此时的诗歌更加艳丽纤巧,正如苏雪林所言:"到第四时期的唐诗坛,便全为唯美主义所支配。技巧和工丽,乃成晚唐诗的信条。"①关于这一点,我们从古人的相关言论更可以得到印证。魏庆之在《诗人玉屑》中批评:"义山诗,世人但称其巧丽,至与温庭筠齐名;盖俗学只见其皮肤,其高情远意,皆不识也。"评者强调义山诗之"高情远意",也是为了矫正世俗眼中温李诗"巧丽"的一面。纪昀在评李绅所撰《追昔游集》时说:"今观此集,音节啴缓,似不能与同时诸人角争强弱。然舂容恬雅,无雕琢细碎之习,其格究在晚唐诸人刻画纤巧之上也。"②也从一个侧面反映了他对晚唐诗的印象。而李渔在《闲情偶记》中谈到为妇人选诗重在"平易尖颖"四字,并道出了其中的奥妙:"平易者,使之易明且易学;尖颖者,妇人之聪明,大约在纤巧一路,读尖颖之诗,如逢故我,则喜而愿学,所谓迎其机也",进而指出"所选之诗,莫妙于晚唐及宋人,初中盛三唐,皆所不取"。古人诗论诗讲:"刻则伤神,巧则伤雅。均为诗家最忌。"③上述种种不难看出,晚唐诗歌由于纤巧艳靡而遭到后世的很多非议,而从另一个角度来看这也恰

---

① 苏雪林:《唐诗概论》,上海书店 1992 年版。
② 参见《四库全书总目提要》卷一百五十,集部三。
③ [明]佚名:《萤窗清玩》卷四。

恰反映出晚唐诗歌艺术技法的圆熟和诗人们对艺术美的执着追求,也正是"刻画纤巧"的特质使此时的诗歌创作具备了"流为词体"①的可能。正所谓"诗太拙则近于文,太巧则近于词"②,晚唐诗人们在一片"气格卑陋"的指责声中找到了更适合彰显其情感、巧思与艺术美质的载体——长短句,也因此出现了这样的局面:"诗至晚唐五季,气格卑陋,千人一律,而长短句独精巧高丽,后世莫及……"③所以说"到晚唐时,唐诗发展到极处,亦就是发展到绝处。稍有才气的文人便转向词的方面,去求新创造新发展了"④。

"晚唐诗有词境"⑤,以温李为代表的晚唐诗人在创新诗境的同时,开辟了词境,以"缘情"之诗奠定了词言情的基调。他们的诗歌重主观、主自我,直达心灵深处,于政治教化、功名事业的畛域之外,抒写那一份与时俱来的迷茫与感伤。如温庭筠之《七夕》《偶游》《瑶瑟怨》《敷水小桃盛开因作》,李商隐的《嫦娥》《落花》《即日》《柳》《忆梅》等,都旨在活化一种境界,表现一种情致,传达生命中缠绵悱恻、哀婉凄苦的情怀,颇通于词。婉约词一个突出的艺术特征也是抒写感时伤世之情,作家们往往把家国之恨、身世之感,或打入艳情,或寓于咏物,表面看似抒写爱情,描摹物象,实际上却别有寄托。可见,此种创作传统实肇源于此。所以说温李诗风,打通了诗与词的境界。

王国维在《人间词话》(删稿)中说"词之为体,要眇宜修,能言诗之所不能言,而不能尽言诗之所能言。诗之境阔,词之言长。"晚唐诗体现的恰恰是词的一些特征。就诗境而言正是从广阔的外部世界走进了自我的狭深天地,以细腻委曲之笔道出了凄迷绵长之情。我们看到,中晚唐诗歌虽然是诗而非词,但其中相当大部分诗的趣味、情调,其所构成的氛围,已和传统的诗不同,似乎可以说这是诗中的词。温庭筠与李商隐诗集中许多作品的确体现了"诗中词"的特点。如温氏之《瑶瑟怨》,已似五代冯韦词境。其他如《碧涧驿晓思》:"香灯伴残梦,楚国在天涯。月落子规歇,满庭山杏花。"《唐人万首绝句》评曰:"写得情思悠扬婉转,末句更含无限寂寥。诗末句与其'花落子规啼,绿窗残梦迷'辄出一境。"另一

---

① 吴可:《藏海诗话》:"失之太巧,只务外华,而气弱格卑,流为词体耳。"
② [明]李东阳:《麓堂诗话》序。
③ 吴梅:《词学通论》引陆游语。
④ 苏雪林:《唐诗概论》,上海书店 1992 年版。
⑤ [清]况周颐:《蕙风词话》卷二。

首词《更漏子》："星斗稀,钟鼓歇,帘外晓莺残月,兰露重,柳风斜,满庭堆落花。虚阁上,倚栏望,还似去年惆怅。春欲暮,思无穷,旧欢如梦中。"此词与《碧涧驿晓思》诗,均发生在夜晚,残梦相随,残月西沉,落花飘转,心境与情思几混为一。再如《春洲曲》："韶光染色如蛾翠,绿湿红鲜水容媚。苏小慵多兰渚闲,融融浦日鸡鹍寐。紫骝蹀躞金衔嘶,岸上扬鞭烟草迷。门外平桥边柳堤,归来晚树黄莺啼。"此诗与《河传》一词言事写景也极为相似,均是在破晓之时,一群鲜艳的女子在水上开始了劳作,直到人稀莺啼才归来。其他如《织绵词》与《菩萨蛮》蕊黄无限当额,《照影曲》与《菩萨蛮》凤凰相对盘金缕,《兰塘词》与《荷叶杯》等。我们再来看这样一组诗篇:

> 来时西馆阻佳期,去后漳河隔梦思。
> 知有宓妃无限意,春松秋菊可同时。
>
> ——李商隐《代魏宫私赠》
>
> 朱邸方酬力战功,华筵俄叹逝波穷。
> 回廊檐断燕飞去,小阁尘凝人语空。
> 幽泪欲乾残菊露,馀香犹入败荷风。
> 何能更涉泷江去,独立寒流吊楚宫。
>
> ——李商隐《过伊仆射旧宅》
>
> 树绕池宽月影多,村砧坞笛隔风萝。
> 西亭翠被馀香薄,一夜将愁向败荷。
>
> ——李商隐《夜冷》

以上所列诗作,显然不以追求阔大的境界和表现雄心抱负为目的,而是力图以细腻的笔触描摹出人物幽微的心态意绪,尤其是结尾以景语宕出幽韵,留给读者无穷回味。试比较本期的一些小词写法:

> 千万恨,恨极在天涯。山月不知心里事,水风空落眼前花。摇曳碧云斜。
>
> ——温庭筠《梦江南(其一)》

玉炉香，红蜡泪，偏照画堂秋思。眉翠薄，鬓云残，夜长衾枕寒。梧桐树，三更雨，不道离情正苦。一叶叶，一声声，空阶滴到明。

——温庭筠《更漏子》

红楼别夜堪惆怅，香灯半掩流苏帐。残月出门时，美人和泪辞。琵琶金翠羽，弦上黄莺语。劝我早归家，绿窗人似花。

——韦庄《菩萨蛮》

这些诗与这些词虽属两种格局，却似一种境界，全可作词调来把玩。晚清词论家况周颐在《蕙风词话》卷一"述所历词境"中这样描述他所经历的词境的审美过程："人静帘垂，灯昏香直。窗外芙蓉残叶，飒飒作秋声，与砌虫相和答。据梧暝坐，湛怀息机。每一念起，辄设理想排遣之。乃至万缘俱寂，吾心忽莹然开朗如满月，肌骨清凉，不知斯世何世也。斯时若有无端哀怨怅触于万不得已，即而察之，一切境象全失，唯有小窗虚幌、笔床砚匣，一一在吾目前。此词境也。"况氏感受到的"无端哀怨怅触"正是词人创作时的心态，而晚唐诗人在很多时候也正是以这种心态写诗的，所以晚唐诗中自然有许多疑似词调之作。可以说正是苦闷之中产生的温、李新声，始终致力于诗美境界的开拓和艺术手法的创新，才使得诗与词之间的有效链接成为可能。逮及温、李新声的直接继承和发扬者韩偓那里，诗与词的关系则因"艳情"的突出呈现而更进了一层，其《香奁集》和他所留存的十三首词①，无论是体貌格调，还是用笔遣词，都与词没有什么明显区别，的确是已入词境。晚唐诗这种艳体曲笔，对于词的特殊风格的形成，有很重要的影响。正是经过晚唐诗情的打磨，词渐渐脱离了民间文学的情趣，在题材和风格上都更像末世的诗了。这一点从20世纪初被发现的敦煌曲子中可以得到证实："今兹所获，有边客游子之呻吟，忠臣义士之壮语，隐君子之怡情悦志；少年学子之热望与失望，以及佛子之赞颂，医生之歌诀，莫不入调。其言闺情与花柳者，尚不及半。"②可见，词在初起阶段并未形成"词为艳科"的单一局面。而是被当时诗坛的绮丽之风所熏染，在晚唐五代文人的手中出现了明显的"艳化"趋势。有"花间鼻祖"之称的温庭筠就很擅长在青楼艳曲的基础上，利用曲子词特有的

----

① 《全唐诗》将其视为诗收入，《全唐五代词》则作词收。
② 参见王重民《敦煌曲子词集叙录》。

抒情优势,将俗事、俗景、俗情,提炼成美的语言,创造出美的意境。词的"艳化",主要是某些文人有意或无意的选择结果。说它有意,是因为词作为一种新的体裁,更便于发泄抑郁于心的对爱情的渴望,更便于表现对纵欲享乐生活的迷恋,故而文人们更愿意在词中抒写男女艳情;说它无意,则是因为文人在最初写作曲子词时,多在秦楼楚馆、歌台舞榭等女性环境,因而词的内容充斥着红粉闺意,也就是自然而然的事情了。

经过无数文人的进一步努力,"温李新声"中描写男女情爱那种动人心弦,充满伤感缠绵情思的作品,在词境中得以发扬而大放异彩,成为古典诗词中最具哀感顽艳艺术魅力的部分。"温李新声"不但在某种程度上奠定了词体文学的基调,更成为晚唐以来文人词创作的典范,以至后世的许多词人都以温李诗来驾驭词作。南宋周密《浩然斋雅说》称贺方回(铸)尝言"吾笔端驱使李商隐、温庭筠常奔命不暇",张炎《词源》谓贺方回、吴梦窗词之字面"多于温庭筠、李长吉诗中来",刘克庄戏评周邦彦:"美成颇偷古句,温、李等人困于挦撦。"(《后村先生大全集》卷九十九)元人沈义父《乐府指迷》则称词之用语"当看温飞卿、李长吉、李商隐及唐人诸家诗句中字面好而不俗者,采摘用之",又郑文焯称宋代周邦彦、姜白石诸词家"嘉藻纷缛,靡不取材于飞卿、玉溪"①。谭献评沈传桂《高阳台》词曰:"以温李诗笔入词,自是精品。"(《复堂词话》)由此可见,温李诗风横被词林的确是一个值得关注的文学现象,以下我们分别以李商隐的律绝和温庭筠的乐府诗为例对这一问题做进一步的阐释。

(二)李商隐的律绝对词的影响

关于由诗入词的渐变,有学者曾指出:"大抵诗歌自张、王、元、白以明博深切相尚,遂蹈显露之失。温、李承之,不得不变而微婉。而微婉者,小令之所宜也",又云:"晚唐诗家,歌行既取法齐梁,律绝尤务为婉丽,……胎息相承,遂开小令宗风。"②不难看出,晚唐五代词主要为小令体制,与当时律绝创作的繁盛是分不开的。而律绝的成功作家无疑要首推李商隐了。他援用律绝的优长,把情诗写得哀怨凄婉、含蓄深长,自然成为文人词的一个重要资借对象。所以说,虽然李商

---

① 郑文焯:《大鹤山人词话》。
② 刘永济:《词论》,上海古籍出版社1981年版,第15页。

隐并未有词作传世,或者说由于对诗文传统的坚守,他甚至是不屑于写词的,但这并不能排除其诗风对词坛的深刻影响。诚如缪钺先生所言:"盖中国诗发展之趋势,至晚唐之时,应产生一种细美幽约之作,故李义山以诗表现之,温庭筠以词表现之,体裁虽异,意味相同,盖有不知其然而然者。长短句之词体,对于表达此种细美幽约之意境尤为适意,历五代、北宋,日臻发达,此种意境遂为词体所专有。义山诗与词体意脉相通之一点,研治中国文学史者亦不可不致意也",他还指出:"盖词之所以异于诗者,非仅表现之体裁不同,而尤在内质及作法之殊异。词之特质,在于取资于精美之事物,而造成要眇之意境,义山之诗歌,已有极近于词者。"①难怪诗人的《杨柳枝》二首虽属七言绝句体,但又被《全唐五代词》辑录为词,以至被后世归入"以诗句而乱词调"②的典型。

义山诗之所以成为诗词渐变过程中一个重要的元素,主要源于其艺术风貌与词体特征之间千丝万缕的联系。在李商隐的创作中,无题诗(包括只以首句名词为题的准无题之作)与词的关系是最为密切的,因为词大多无题,只是倚声填词。而李商隐的无题诗多为男女情事,缥缈朦胧,在迷离梦幻的情调中完成对心灵的雕刻,借以传达情爱世界的独特体验。且看他的《无题四首》(其一)与韦庄《木兰花》:

无 题

来是空言去绝踪,月斜楼上五更钟。
梦为远别啼难唤,书被催成墨未浓。
蜡照半笼金翡翠,麝熏微度绣芙蓉。
刘郎已恨蓬山远,更隔蓬山一万重。

木 兰 花

独上小楼春欲暮,愁望玉关芳草路。
消息断,不逢人,却敛细眉归绣户。
坐看落花空叹息,罗袂湿斑红泪滴。

---

① 缪钺:《缪钺说词》,上海古籍出版社1999年版。
② 参见王弈清等《古今词话》:"兹考李商隐之《杨柳枝》(按:此首集本题作《柳枝》,系五首之五)云:'画屏绣步障,物物自成双。如何湖上望,只是见鸳鸯。'……他如《离别难》《金缕曲》《水调歌》《白苧》,各有七绝,杂以虚声,亦多可歌者。后之集谱者无以诗句而乱词调也。"(《历代词话》卷一)

千山万水不曾行,魂梦欲教何处觅。

　　两首作品都写寂寞闺楼上的怅惘与哀愁,一样的千回百转,一样的凄艳缠绵。不同之处在于前者诗意跳跃、余味曲包;后者层层铺叙,平实明朗。其区别仅在于诗词体格之不同。围绕着义山这类无题诗的实际内涵,后人一直争论不休,他们虽然意见纷出,但大都不出男女情事的范围,而对于创作此类诗歌的动机,陆游是这样分析的:"唐人诗中,有曰无题者,率杯酒狎邪之语,以其不可指言,故谓之无题。非真无题也。"(陆游《老学庵笔记》卷八)的确,"无题"所传达的信息或者本不欲示人以真意;或者本来就加不上合适的题目。不欲示人,可能是诗人自己明白而不欲别人明白;加不上合适的题目,则诗人自己也未必明白,这些诗只是表现了时常萦绕于诗人心间的一种莫名的心绪而已。值得注意的是,李商隐无题诗的这一特征,恰与唐五代词表达隐秘难言情愫的精神暗合。再以《如有》为例:

如有瑶台客,相难复索归。

芭蕉开绿扇,菡萏荐红衣。

浦外传光远,烟中结响微。

良宵一寸艳,回首是重帏。

　　罗宗强先生对此诗有精彩的分析,他认为表现了"一种深藏于心的强烈的恋情,而把这种恋情用一种迷离惝恍的形式表现出来:所深心系念之人仿佛如在,相亲而又旋即离去。于是驰骋神思,仿佛相送于芭蕉碧绿、菡萏艳红之处所,愈去愈远,几乎可望而不可即,尾联言此令人心驰神往之良宵,稍纵即逝,原本并非实有,实有者惟深夜独坐而已,回首重帏,益增其渺茫与向往"①。全诗表现一种浓烈的恋情是明白的,而感情发展的脉络,情之所钟又是朦胧的。这一特征,恰与晚唐五代词表达隐秘情愫的精神暗合。李商隐无题诗追求朦胧情思与朦胧意境的美,与词体所要表达的细美幽约之情境氛围颇显同调,而且在题旨、意境、语

---

　　① 罗宗强:《隋唐五代文学思想史》,中华书局2003年版,第330页。

言、风格、表现手法以及感情倾向等主要方面都接近了"艳科",渐入词的艺术规范。

李商隐诗歌向来以深情绵邈著称,尤其把爱情诗推向了高峰。这部分爱情诗与元白诗相比,更偏重于抒情,表达一种铭心刻骨、无法排遣、热烈追求而又不愿明白表示的热烈恋情。诗情往往缠绵悱恻、深情绵邈,有一种欲向人诉而又唯恐人知的复杂情状,如这首《暮秋独游曲江》:

> 荷叶生时春恨生,荷叶枯时秋恨成。
>
> 深知身在情长在,怅望江头江水声。

诗人幽怨的情思千回百转,无可断绝,在生命的一呼一息之间是无限的怅恨,这一生为情所困,又沉浸在茫无涯际的时间长河里体味着情感世界的波澜。诗作在曲折回环中展示情爱的绵长与跌宕,那样一种哀怨,那样一种迷恋,使诗歌在情感的表现上着实"已似花间"(朱氏评点《李义山诗集》)。再如:"昨夜星辰昨夜风,画楼西畔桂堂东。身无彩凤双飞翼,心有灵犀一点通。"(《无题二首》其一)"飒飒东风细雨来,芙蓉塘外有轻雷。金蟾啮锁烧香入,玉虎牵丝汲井回。贾氏窥帘韩掾少,宓妃留枕魏王才。春心莫共花争发,一寸相思一寸灰。"(《无题四首》其二)"一春梦雨常飘瓦,尽日灵风不满旗。萼绿华来无定所,杜兰香去未移时。"(《重过圣女祠》)"三更三点万家眠,露欲为霜月堕烟。斗鼠上床蝙蝠出,玉琴时动倚窗弦。"(《夜半》)"怅望银河吹玉笙,楼寒院冷接平明。重衾幽梦他年断,别树羁雌昨夜惊。月榭故香因雨发,风帘残烛隔霜清。不须浪作缑山意,湘瑟秦箫自有情。"(《银河吹笙》)等诗句,也都写得凄恻哀怨、缠绵深细,极大开拓了感情的幽微领域。张惠言在《词选》中特地拈出"低徊要眇"[1]一语说明词体的特点,追求情感的婉约含蓄,音律的婉转圆润,上述诗作无疑正体现了所谓"低徊"之妙。再来看《春雨》一诗:

---

[1] 张惠言:《词选序》:"意内而言外谓之词? 其缘情造端,兴于微言,以相感动? 极命风谣里巷男女哀乐,以道贤人君子幽约怨悱不能自言之情? 低徊要眇以喻其致? 盖诗之比兴,变风之义同,骚人之歌,则近之矣?"[参见《张惠言论词》,唐圭璋《词话丛编》(二),中华书局1986年版。]

怅卧新春白袷衣,白门寥落意多违。

红楼隔雨相望冷,珠箔飘灯独自归。

远路应悲春晼晚,残宵犹得梦依稀。

玉珰缄札何由达?万里云罗一雁飞。

初春时节,在诗人笔下却是阴云万里,雨打风吹,淅沥迷蒙的春雨中融入了作者迷茫的心境和依稀的梦境,这些都是为了烘托诗人别离的寥落和思念的真挚,从而寄寓诗人的身世感慨。风花雪月不过一场梦,朝云暮雨转头空,以艳情透视哀思,诗人写出了人生的怅恨与凄凉,这些艺术手法也被"词"所吸纳。在北宋前期的词作中不乏此类感触人生、寄概身世的作品。义山所谓"楚雨含情俱有托",同样也成为词体的追求。况周颐《蕙风词话》即指出:"词贵有寄托。所贵者流露于不自知,触发于弗克自己。身世之感,通于性灵,即性灵,即寄托,非二物相比附也……"

义山诗多秾丽之语,柔媚之态,呈现出明显的女性化色彩也是与词相通的。如他的《燕台四首》,便颇有疑似词调之处。据载:当年仅17岁的里巷少女柳枝听人吟咏《燕台四首》时,便惊问道:"谁人有此,谁人为是?"并当即手断长带为赠乞诗。可知《燕台》之类的作品虽只能作徒诗吟诵,但深受当时青年人的喜爱,也是他们一听即懂的。因此,《无题》《燕台》一类的作品与词一样带有流行诗歌的性质,大致是可以想见的。如《代赠》:"杨柳路尽处,芙蓉湖上头。虽同锦步障,独映钿箜篌。鸳鸯可羡头俱白,飞去飞来烟雨秋。"浓情蜜意配以长短变化的句式,则与词体浑然一境了。再如《端居》中的"阶下青苔与红树,雨中寥落月中愁"、《代赠二首》(其二)中的"总把春山扫眉黛,不知供得几多愁"、《垂柳》中的"怨目明秋水,愁眉淡远峰"等句无不体现了诗语之圆转,诗意之细密,诗思之精巧,假若将它们嵌入词中,想必也极为搭调,所以许学夷称李义山的这类诗作"皆诗馀之调也"。宋人葛立方在评"春蚕到死丝方尽,蜡炬成灰泪始干"之句时也指出:"此又是一路。今效此体为俚语小词传于世者甚多……"(葛立方《韵语阳秋》卷三)可见,义山细美幽约之诗韵对婉约词风调之影响。因此也有学者明确地指出:"词家的婉约派整个地就是从李商隐为代表的晚唐诗中生化出来的。"①
清人宗元鼎云:"词以艳丽为工,但艳丽中须近自然本色为佳。近日词家极盛,其
卓然命世者,如百宝流苏、千丝铁网。世人不解,谓其使事太多,相率交诋,此何
足怪。盖寻常菽粟者,不知石砝海月为何物耳。"②这里说词的语言如"百宝流苏,
千丝铁网",与敖陶孙对李商隐诗语言风格的概括完全一致③,正说明了李诗与词
之间的密切联系。

　　同时,义山之诗虽绮才艳骨,然而绚中有素,又不失白描胜境。"高阁客竟
去,小园花乱飞"(《落花》),"自明无月夜,强笑欲风天"(《李花》),"五更疏欲
断,一树碧无情"(《蝉》)"芭蕉不展丁香结,同向春风各自愁。"(《代赠赠二首》
其一)"重吟细把真无奈,已落犹开未放愁"(《即日》)……这些轻灵随性的诗句,
不施粉黛,不杂秘事,呈现的自是别样的愁怨与深情,又与词所追求的"自然本
色"相契合。李诗极擅长于平常事物、心灵世界里发现提炼悲剧性的东西;善于
对物象进行一种细腻而满带情感的刻画,李诗中总是充满了浓厚的主观抒情,充
满了对人生悲剧特有的关注和深刻的体验,充满了独具个性的感伤气质。这种
对心灵世界不遗余力地刻画成就义山诗真纯之美,这也正是词体一直以来之本
色诉求。

　　多情善感、浓淡相宜、精致细腻的义山诗不仅在晚唐五代时期与词的创作意
脉相通,更将这一袭秋花的晚香远播至两宋词苑。在宋词中我们随处可觅义山
诗的风采,对此后世的诗论家、词论家都深有感触:

　　　　予又尝读李义山《效徐陵体赠更衣》云:"轻寒衣省夜,金斗熨沉香",乃
　　知少游词"玉龙金斗,时熨沉香"与夫"睡起熨沉香,玉腕不胜金斗",其语亦
　　有来历处。(宋胡仔《苕溪渔隐丛话》后集卷三十三)

　　　　尝有问余周美成词曰:"蝶粉蜂黄都过了"用何事?予曰:记得李义山集
　　有之。李《酬崔八早梅》曰:"何处指胸资蝶粉,几时涂额藉蜂黄"又《赠子直

---

　　①　陈伯海:《宏观世界话玉溪——试论李商隐在中国诗歌史上的地位》,《李商隐研究论集(1949—
1997)》,广西师范大学出版社1998年版,第360页。
　　②　参见田同之《西圃词说》。
　　③　[宋]敖陶孙《诗评》:"李义山如百宝流苏,千丝铁网,绮密瑰妍,要非适用。"(参见《臞翁诗评》,
《丛书集成初编》本。)

花下》曰:"屏缘蝶留粉,窗油蜂印黄",周盖用李语也。(宋程大昌《演繁露续集》卷四)

晏叔原小词:"无处说相思,背面秋千下。"吕东莱极喜诵此词,以为有思致。此语本李义山诗,云:"十五泣春风,背面秋千下。"(宋曾季狸《艇斋诗话》卷七)

欧公词曰:"池外轻雷池上雨,雨声滴碎荷声"云云。末曰:"水晶双枕,旁有堕钗横"此词甚脍炙人口。……仆观此词,正祖李商隐《偶题》诗云:"小亭闲眠微醉消,石榴海柏枝相交。水纹簟上琥珀枕,旁有堕钗双翠翘。"又"柳外轻雷"亦用李商隐"芙蓉塘上有轻雷"之语。(王楙《野客丛书》卷二十四)

欧阳修《临江仙》:"惊波不动簟纹平。水精双枕,傍有堕钗横。"不假雕饰,自成绝唱。按义山《偶题》云:"水文簟上琥珀枕,傍有堕钗双翠翘。"结语本此。(许昂宵《词综偶评》)

从上述材料中,不难看出许多宋代的词句直接从义山诗中取鉴过来,而将这些诗句植入词作,更添了词的柔媚与雅致。义山诗的确为宋词的创作提供了丰富的语料。不仅如此,与唐五代词中的情感相比,义山之诗情浓烈而深切,往往更加令人目眩神迷,后世词人其实也注意到了这一点,所以如果说他们多从李贺、温庭筠诗中获得字面,那么对于李商隐的诗,更多的却是化用其意,以发词情。如况周颐《蕙风词话》卷二"草窗词从义山诗脱出"一条:

草窗少年游宫词云:"一样春风,燕梁莺户,那处得春多。"即"梨花雪,桃花雨,毕竟春谁主"之意。俱从义山"莺啼花又笑,毕竟是谁春"脱出。

指出周密《少年游》(帘销宝篆卷宫罗)、易彦祥《蓦山溪》(海棠枝上)对于义山"莺啼花又笑,毕竟是谁春"的化用,义山的原诗为:"风露澹清晨,帘间独起人。莺花啼又笑,毕竟是谁春。"(《早起》)两首词简直就是将义山浓缩的诗情加以演绎或者稀释。再如《及第东归次灞上却寄同年》一诗:

芳桂当年各一枝,行期未分压春期。

江鱼朔雁长相忆,秦树嵩云自不知。

下苑经过劳想像,东门送饯又差池。

灞陵柳色无离恨,莫枉长条赠所思。

此诗结句言及第东归,幸与去家有别,灞陵柳色,觉无离恨,这种细腻的感受在宋词中亦可见,陆昆曾《李义山诗解》评:"宋人词'一样长亭芳草,只有归时好',似从此结翻出。"至于辛弃疾《摸鱼儿》"春且住"二句,许昂宵认为是留春之辞。"结句即义山'夕阳无限好,只是近黄昏'之意。斜阳以喻君也。"(《词综偶评》)

从上述分析论述中我们可以得出这样一个认识:李商隐虽然从未填过词,无同时代诗人温庭筠对词的开拓之功,但在词的抒情功能的扩大、词的典型审美音调的形成、词的抒写技巧、结构方式、语言运用等方面都有深远的影响。正如刘忠扬指出的那样,义山诗"在题旨、意境、语言、风格、表现手法以及感情倾向等主要方面都接近了'艳科'——词的艺术规范,只差穿上词的'外衣'——能配合燕乐曲调的长短句体式格律"。就词体的发展而言,其自入文人手中,就开始了其文人化的进程。义山诗作为一个已经存在的文本,并且在一定程度上与词体在其发展过程中所形成的有别于别的文体的独特的婉约风格相契合,必然会成为词这种新兴文学体裁学习取用的对象之一,李商隐诗以其题材的细小化、内容的深微化、意境的朦胧化、意象的纤柔化和语言的圆润化直启了晚唐五代词风,并对宋词创作产生深远影响。应该说,无论是就作品中浓郁的感伤色彩而言,还是就其"向内转",将笔触伸向人物的内心世界,去揭示心灵的隐秘而论,或是从其对男女情事的描写、女性形象的塑造以及精致唯美的文字遣词用语等方面来考量,李商隐的诗歌,尤其是他的律绝,都称得上与词结下了不解之缘。可惜李义山并没有把作诗之法用来作词。尽管他在诗的词化过程中变李贺的意境晦涩为朦胧,变语言的拗峭为温润,变阳刚为阴柔,使五七言诗向词靠近了一大步,但由诗入词的完成却有待于飞卿。

(三)温庭筠乐府诗对词的影响

温庭筠作为唐代杰出的诗人和词家,在其创作中真正实现了晚唐艳情诗词的一体化。据两唐书本传记载,温氏"能逐弦管之音,为侧艳之词""多作侧词艳曲"。在这方面,人们首先想到的便是他的六十余首曲子词,此不待论。除词之外,温庭筠还创作了大量的乐府诗。这些乐府诗中少数用的是汉魏六朝的乐府旧题,如《公无渡河》《西洲曲》《侠客行》等,多数则属温氏自拟新题。宋人郭茂倩称温氏的此类作品为"乐府倚曲",即可配乐演唱之意。这里大约有三种情况:一是因旧乐曲而咏其本事,如《张静婉采莲曲序》云:"静婉,羊侃伎也,其容绝世。侃自为《采莲》二曲。今乐府所存失其故意,因歌以俟采诗者。"可知该诗是咏张静婉之本事,以合《采莲》旧曲。又《湖阴词序》云:"王敦举兵至湖阴,明帝微行,视其营伍。由是乐府有《湖阴曲》,而亡其词,因作而附之。"可知该诗是因曲而谱词。二是仅用旧曲音调而配以新词,如《黄昙子歌》,曾益等笺注之题下按语云:"横吹曲李延年二十八解有《黄覃子》,不知与此同否?凡歌辞考之与事不合者,但因其声而作歌尔。"又如《西洲曲》,题下注曰"吴声"。此类是因乐府旧调,而后谱以新诗。三是自度新声,如《会昌丙寅丰岁歌》《新添声杨柳枝词》,或属此类。总之,温氏之创作"乐府倚曲",其本意或许就是为了配乐歌唱的。

温庭筠的乐府之作在晚唐五代有着重要的地位,《乐府诗集》录温诗多至五十余首。其笔下的此类诗歌一改初盛唐乐府诗言志的倾向,而是把笔触伸入了女性世界,绝大多数是描写女性生活的。如《春愁曲》,写空守闺房的女性的孤寂,通过"珠帘冷""远翠愁山""凉簪坠发""锦叠空床""玉兔煜香"等词的反复渲染,代女性言说愁绪、哀思、体现出浓厚的闺阁情调。再如《春晓曲》《春洲曲》《织绵曲》《兰塘词》等,都为表现怀思念远、孤寂愁思的情怀,而此种情怀正适宜在闺阁中演绎,由此看来,这些乐府之作已渐入词域了。观温氏六十余首词中,几不出闺阁,《更漏子》六首,皆写半夜情事,甚至连卧室都没超出。尽管词中有抒写边塞之作,如《遐方怨》等,而主人公仍是闺阁中之女性。伴随温庭筠乐府诗中女性、闺阁诗的不断涌现,诗歌语言也趋华美,如:

> 簇簇金梭万缕红,鸳鸯艳锦初成匹。
>
> ——《织绵词》
>
> 绣屏银鸭香蒙蒙,天上梦归花绕丛。
>
> ——《生禖屏风歌》

藕丝作线难胜针,蕊粉添黄那得深。

——《懊恼曲》

红深绿暗径相交,抱暖含芳披紫袍。

——《寒食日作》

油壁车轻金犊肥,流苏帐晓春鸡早。

——《春晓曲(一作齐梁体)》

　　注重用辞用语的感官印象,"红""粉""绿""黄""紫"等颜色字频频出现,而表示芳芬气味能引起美好联想的词如"香""粉香""花""银鸭""熏炉"等亦是屡见不鲜。在这些艳词丽语的修饰下,随之而来是精美的物象,如"蕊粉""绣屏""流苏帐""油壁车"等。或许由这部分诗的诱发,温词中最常见的物品是"水晶帘""玻璃枕""鸳鸯锦""翠翘""屏山""红烛"等;常出现的词是"画眉""弄妆""匀脸""倚栏""卷帘""流泪"等;常出现的场所是"画楼""深院""闺阁",用词皆不出以情爱为中心的绮怨范围之内。

　　从抒情上讲,词擅于抒写深微细腻的感情。随着时代精神由马上移至闺阁,由世间转入心境,温庭筠诗中也相应表现出此种细深的诗境与诗情。如《春日偶作》:"夜闻猛雨判花尽,寒恋重衾觉梦多",诗句写春夜听雨惜花、恋衾觉梦的感觉,十分细腻,非细心不能察觉。俞陛云评:"此类之句,贵心细而意新,必确合情事,乃为佳句。"①再如《瑶瑟怨》:"冰簟银床梦不成,碧天如水夜云轻。雁声远过潇湘去,十二楼中月自明。"俞陛云评:"通首纯写秋闺之景,不着迹象,而自有一种清怨。首句'梦不成'略露闺情,以下由云天而闻雁,而南及潇湘,渐推渐远,怀人者亦随之向往。四句仍归到秋闺,剩有亭亭孤月,留伴妆楼,不言愁而愁与秋霄俱永矣,作词境论,亦五代冯、韦之先河也",其情感的要眇幽深"几乎等于李商隐的无题"。② 词境以深静为至,上述诗中所表现的深静,在词中更为适宜,比如温氏的《梦江南》:"千万恨,恨及在天涯。山月不知心里事,水风空落眼前花,摇曳碧云斜。"前四句所写,是一般的恨,这种感情于诗中常可见到。而"摇曳碧云斜"一句则描摹了一种极为动荡迷离、惝恍难言的心绪。其他如"江上柳如烟,雁

---

① 刘学锴:《温庭筠全集校注》,中华书局2007年版,第346页。
② 刘学锴:《温庭筠全集校注》,中华书局2007年版,第479页。

飞残月天""花落子规啼,绿窗残梦迷""水纹细起春池碧"等,都隐喻着女性幽约的情感波澜。如此细美的情感是温词的特色,后世评:"唐之词人,温庭筠最高,其言深美闳约""温飞卿词精妙绝人,然类不出乎绮怨。"(张惠言《词选序》)

值得注意的是在温庭筠的乐府诗中往往存在这样一个抒情主人公,他不再是诗人自己,而所抒发的情感也不再是诗人的情感,而是作品中人物的。作者在创作前并没有带着浓烈的感情介入,作品中人物的情感也没有直接表露,而是完全依附在所描绘的客观物象中。温庭筠将同样的手法移入词的创作中来:

> 夜来皓月才当午,重帘悄悄无人语。深处麝烟长,卧时留薄妆。当年还自惜,往事那堪忆。花露月明残,锦衾知晓寒。

这首《菩萨蛮》中也有情感流露,但这种情感却不是作者自己的,而是作品中人物的。词人并没有直接的介入词中,用自己情绪的起伏来影响读者,而是仿佛置身事外,呈现给读者的是一系列景物的组合,让读者在意象中得出自己的感受。同时词人在这里尽量应用富有女性色彩的语汇,以此揣摩和感受以歌妓为主体的女性的欢乐和寂寞,展现他们丰富而隐秘的内心世界。我们再看词人的一首《更漏子》:

> 背江楼,临海月,城上角声呜咽。堤柳动,岛烟昏,两行征雁分。京口路,归帆渡,正是芳菲欲度。银烛尽,玉绳低,一声村落鸡。

这首词写行役时拂晓之景。羁旅行役,四处漂泊的词人有很多感受,但词中却只有一大堆意象,江楼、海月,如泣如诉的角声,随风而动的堤柳,晨霭纷纷的孤岛,两行归去的征雁,再加上欲尽的蜡烛和那一声不识时宜的鸡鸣。这里没有任何叙述,整首词全由具体的意象组合,意象的排列中间没有任何连缀。在这里,起主导作用的不是诗人的情感,而是词作中主人公的情感,但这种情感也还是隐藏在客观景物之中。

温庭筠词还有一个显著特点,就是造境的客观化、静态化,多客观之作和纯美之作,其词如"画屏金鹧鸪"般,似一幅幅剪贴的画面,感觉就像从一个场景到另一个场景,完全是一种静态美。这与温诗一向偏于客观、静态的描述以及意象之间的跳跃平铺等特征紧密相连。温诗中"鸡声茅店月,人迹板桥霜"(《商山早行》)一句向来备受称道。这一联之所以好,首先在于它的境界,而玩味此境界之构成,很容易发现作者选取清晨驿店外几个景物、场面予以平铺,辅之以客观的描叙,组成了一幅意象具足的商山早行图。此种造境之法在温庭筠的诗词中绝非个别,如"晚风杨叶社,寒食杏花村"(《与友人别》),"灯影秋江寺,篷声夜雨船"(《送僧东游》),"梨花雪压枝,莺哢柳如丝"(《太子西池二首》)等,再如"林间禅室春深雪,潭上龙堂夜半云"(《宿松门寺》)"绿昏晴气春风岸,红漾轻纶野水天"(《敬答李先生》)……在温词中亦俯仰皆是,《菩萨蛮》十四首中,几乎首首都是这种客观景物的排列,中间缺少连缀,而此种连缀有赖读者把握词中主人公心绪的流动。情感景物之间的黏和剂。其他如《菩萨蛮》,亦多用跳跃,如:

水精帘里颇黎枕,暖香惹梦鸳鸯锦。江上柳如烟,雁飞残月天。藕丝秋色浅,人胜参差剪。双鬓隔香红,玉钗头上风。

词由闺房内之"玻璃枕""鸳鸯锦"到闺房外之"江上""雁飞",再到闺中人之"人胜""玉钗"等,其间有很大跳跃性。就所用方法来说,温诗与温词是有统一风格的。温庭筠在创作心态、情感抒发、取象造境、表现技法等诸多方面打通了诗词之间的艺脉,完成了大致从盛唐就已开始了的诗与词互通之重任,诚如刘毓盘先生《词史》所言:"若真能破诗为词者,始于李白《忆秦娥》词,极于温庭筠之《河传》词。"

晚唐社会士风之纵与诗艺之工相映成趣,共同促成了"诗"这种语言的艺术走向了"词"这一更为精致的语言艺术。诚如欧阳炯在《花间词序》中所说:"有唐以降,率土之滨,家家之香径春风,宁寻越艳,处处之红楼夜月,自锁嫦娥。"在中晚唐社会风气的浸润下,晚唐的一批文人,纵情于狂邪之游,出入风月场合成了他们生活的重要内容。时风、士风直接影响到诗风之变,"至后李长吉以降,皆以刻削峻拔,飞动文采为第一流。有下笔不在洞房蛾眉,神仙诡怪之间,则掷之不顾。迄来相教学者,靡曼浸淫,困不知变。呜呼!亦风俗使然也。"同时疏离政治生活的诗人们潜心文学创作,诗歌技巧的圆熟,从中唐到晚唐,从李贺到李商隐,诗歌正经历着从男性世界走入女性世界,从外物走向心灵的历程,视角的深细、情感的绵邈、语言的精致都使它日益走近了词的境界,而艳丽的晚唐诗也对词的发展起到了推波助澜的作用。

"晚唐五代之词,于温李诗风为近水楼台。"①作为一种新兴文体,词得温李一派诗风之妙,似乎更符合那个时代的风气。《花间集序》云:"镂玉雕琼,拟化工而迥巧;裁花剪叶,夺春艳以争鲜……名高白雪,声声而自合鸾歌;响遏行云,字字而偏谐凤律……不无清绝之词,用助娇娆之态。"隐藏在晚唐诗词背后的,岂不就是那种纯情、嗜艳和求美的文学新观念。正是这种文学新观念让"温李新声"特立独行,也令词体真正得以确立于文人的案头之上。

二、对唐末五代及宋初"西昆体"的影响

以温李为代表的晚唐诗歌形成了一代诗文风尚,其对后世的诗歌创作产生了深刻的影响。黄节《诗学》云:

> 温、李既兴于晚唐,于是纤秾、绮靡之风,施及五季,若杜荀鹤、徐夤者,温、李之流也……宋初去晚唐未远。故温、李之风由五季以流入,则西昆兴焉……

可见,温李时代所开创的诗歌艺术风貌直接启发了唐末五代的诗风并导致宋初西昆体的产生兴起。

(一)对唐末五代诗坛的影响

晚唐温、李一派诗人所开创的体格密丽、辞藻浓艳、情韵细腻的诗歌作风直接影响到唐末五代诗坛。虽然这是一个诗人众多,"途轨纷出"的时代,然而一批诗人的创作明显趋向温、李词采秾丽的一路,在温李唯美倾向的影响下,一股重描写艳情声色的绮艳诗风是不容忽视的。

唐末五代人所公认的那个时代最有名的诗人就是"温李"而非其他人。皮日休《松陵集序》欲盛赞陆龟蒙为当时诗人之最,就是把他和前辈诗人"温李"鼎足

---

① 万云骏:《晚唐诗风和词的特殊风格的形成及发展》,华东师范大学中文系中国古典文学研究室:《词学论稿》,华东师范大学出版社1986年版,第33页。

而三："近代称温飞卿、李义山为之最，俾陆生参之，未知其孰为之后先也?"《唐摭言》卷十曰："赵光远，丞相隐弟子，幼而聪悟。咸通、乾符中，以为气焰温、李，因之恃才不拘小节。"五代后蜀韦縠编《才调集》，其中收录温庭筠诗 61 首，收录李商隐诗 40 首。二人诗占了全书诗篇总数的 10% 以上，可见温李诗在晚唐五代时受推崇的程度。正如叶绍本所云："诗品王官莫细论，开成而后半西崑。"(《白鹤山房诗钞》)

晚唐五代诗坛对于温李诗的接受是有选择的。《才调集》未收温庭筠的《过陈琳墓》《商山早行》等名篇，未收李商隐在后世备受推崇的《行次西郊作一百韵》《韩碑》等元气酣畅的作品，也未收情辞堪称上乘的《安定城楼》《曲江》等篇，它收录的多是《洞户》《锦瑟》《碧城》一类的言情之作。正如《才调集叙》中所云，编者看中的是"韵高而月魄争光，词丽而春色斗美"的篇章，而其中表现男女爱情相思的作品占到多数。这种特殊的选择接受确认了温李诗的基本风格，即色调秾丽、属对精工与用事繁缛。温、李隐藏于诗歌中的复杂的人生意绪，表现于吟诵中的苦调与深情都成为唐末五代时期诗人欣赏的美。而温、李诗的绮艳艺术风貌又与唐末五代追求及时行乐的社会生活风气相互生发，因此其对当时诗坛的影响是巨大的。

唐末社会已是千疮百孔、风雨飘摇了，随着世风与士风的变化，消沉悲愤成为此时士人的普遍心态，这固然是造成一部分文人对时政以一种旁观者的态度加以严厉指陈乃至批判否定的根本原因，然而这种时代氛围与士人心态本身又不可避免地同时造成了一种截然不同的倾向，那就及时行乐、沉缅声色的生活态度，出现了人情(尤其是男女之情)空前洋溢和人性空前高昂的新气象和新景观，而文学的娱乐功能和审美功能也得到了人们的高度重视。韦庄曾有一首《咸通》诗写道："咸通时代物情奢，欢杀金张许史家。破产竞留天上乐，铸山争买洞中花。诸郎宴罢银灯合，仙子游回璧月斜。人意似知今日事，急催弦管送年华。"正是那一时代纵情享乐风气的写照，反映在诗歌创作方面，则表现为艳情题材的大量出现。吴融感慨："有下笔不在洞房娥眉神仙鬼怪之间，则掷之不顾。"(《禅月集序》)黄滔亦云："咸通、乾符之际……郑卫之声鼎沸，号之曰今体才调歌诗，援雅音而听者懵，语正道而对者睡。"(《答陈磻隐论诗书》)

温李绮艳诗风的遗绪在唐末诗人韩偓、唐彦谦、吴融、郑谷等人的笔下大规

模地呈现出来。宋江少虞《宋朝事实类苑》卷三十四"玉谿生"条引《杨文公谈苑》云:

> 至道中,偶得玉谿生诗丰余篇,意甚爱之……乃专辑缀。鹿门唐先生慕玉谿,得其清峭感怆,盖圣人之一体也,然警绝之句亦多。

这段论述明确指出唐末诗人唐彦谦(自号"鹿门先生")"清峭感怆"的诗风受到李商隐的影响,而唐彦谦诗又有"用事精巧,对偶亲切"①的一面,可见其诗从情感特征到艺术技巧都受到温李诗的影响。从具体的作品来看,唐彦谦有很多诗句明显化用了义山诗。如"遥听风铃语,兴亡话六朝"(《过三山寺》),与义山之"梁台歌管三更罢,犹自风摇九子铃"(《齐宫词》);"穆王不得重相见,恐为无端哭盛姬"(《穆天子传》),与义山之"莫恨名姬中夜没,君王犹自不长生"(《华岳下题西王母庙》);"不知何事意,深浅两般红"(《玫瑰》),与义山"殷鲜一相杂,啼笑两难分"(《槿花二首》其一),以上诗句,或袭李商隐的诗语,或稍变其意,都可看出其间的关系。而晚唐温李诗对唐彦谦创作影响最主要表现还是在诗歌题材和体裁的继承上。唐彦谦擅长以七律、七绝咏史、咏物,如《新丰》《长陵》《过景陵》《钟山》等咏史之作,既富情韵,又多感慨,与前面所论温李咏史诗的格调极为相似;而《松》《萤》《垂柳》《牡丹》等咏物诗则在华美的辞藻中发身世之感,与李商隐笔下的《流莺》《蜂》等手法相类。至于他的《无题》组诗受李商隐的影响更是显而易见的。这类诗写得很是艳美,突出男女之情,但艳而不亵,虽不如李商隐《无题》诗那般意蕴丰厚,但同样"深情绵邈"。

而唐末诗人韩偓受温李诗的影响则更为突出。少年时韩偓就以敏捷的诗才得到其姨夫李商隐的欣赏,被赞许为"雏凤清于老凤声"(李商隐《韩冬郎即席为诗相送因成二绝》)其受李商隐的诗风的影响主要表现在"香奁体"的创作上。韩偓以其诗集《香奁集》在唐末诗坛树"香奁"一体,严羽说其诗"皆裙裾脂粉之语"(《沧浪诗话·诗体》),张侃则说"偓之诗淫靡,类词家语"。(《张氏拙轩集》)。诗咏"裙裾脂粉",话语又形同作为"艳科"之词的"淫靡"用语,由此看来

---

① 叶梦得:《石林诗话》:"杨大年、刘子仪皆喜唐彦谦诗,以其用事精巧,对偶亲切。"《蔡宽夫诗话》指出杨亿之所以取唐彦谦,"当是时以偶俪为工耳"(《苕溪渔隐丛话》引)。

韩偓始创、冯延巳、陆游、杨维桢等效慕的"香奁体"①与三百余年前的南朝宫体似乎更为接近。但《香奁集》中的作品不能一概而论，其中还有一些写女性伤春惜时、孤寂怅惘之情的篇章，不大涉及具体情事，情感比较真挚，风格也较为清丽，如"光景旋消惆怅在，一生赢得是凄凉"（《五更》）、"若是有情争不哭，夜来风雨葬西施"（《哭花》）、"风光百计牵人老，争奈多情是病身"（《江楼二首》其二）等诗句就颇能让我们想起李商隐笔下抒写的那些刻骨铭心的情感体验。此外，一些以景结情的诗句，写得也极富韵味，也深得义山诗法，如："夜深斜搭秋千索，楼阁朦胧烟雨中"（《寒食夜》）、"绕廊倚柱堪惆怅，细雨轻寒落花时"（《绕廊》）、"云薄月昏寒食夜，隔帘微雨杏花香"（《寒食夜有寄》）等句。在韩集中还有许多诗句直接脱化李商隐诗，如"情绪牵人不自由"与李诗"多情岂自由"（《即目》）；"瘦觉锦衣宽"与李诗"春衫瘦着宽"（《拟沈下贤》）；"后堂夹帘愁不卷"与李诗"前阁雨帘愁不卷"（《燕台四首·夏》）；"倾城消息杳无期"与李诗"倾城消息隔重帘"（《水天闲话旧事》）……这些诗句的承传与巧妙的化用足见其受李商隐诗歌影响之深。

除《香奁集》外，韩偓还有一些伤悼王朝覆亡、感伤个人身世的作品。这部分诗作也明显受到李商隐感伤时事的影响。如其《感事三十四韵》从制题到大量用典都与李商隐《有感二首》颇为相近，其中像"只拟诛黄皓，何曾识霸先"之句，显然是模仿李商隐"竟缘尊汉相，不早辨胡雏""临危对卢植，始悔用庞萌"一类的句法。再如他的《避地寒食》中有"浓春孤馆人愁坐，斜日空园花乱飞"之句，借伤春抒感时伤乱之情，更是从李商隐《落花》诗："高阁客竟去，小园花乱飞"之句化用而来。

综上，我们看到韩偓不仅与李商隐有着亲属关系，在创作上的亲缘关系更是显而易见。从韩偓、唐彦谦等唐末诗人对李商隐诗歌的继承上，可知直到唐末温、李诗风依然影响较大。

伴随着诗歌艺术走向分化，唐末五代时期对晚唐诗的接受又有学李学温之别。在五代虽说李商隐诗的题材内容、辞采声韵等与温一致处依然影响着诗人

---

① ［宋］张侃《张氏拙轩集》谓南唐冯延巳亦用"香奁集"名其词集；［宋］陆游《剑南诗稿》卷四十三有《读香奁集诗戏效其体》，诗云："金铺一闭几春风，咫尺心知万里同。麝枕何曾禳梦恶，玉壶空解贮啼红。昼愁延寿丹青误，赋欠相如笔墨工。一事目前差自慰，月明还似未央中。"［元］杨维桢为时人诗作序的集子亦名"香奁集"，见其《复古诗集》卷五。

的创作,但温庭筠为人为诗从多方面为时人所关注已成为显著的事实。在五代史臣的笔下,温庭筠地位较李突出,笔记所录温之闲闻逸事和唐诗选本所选温诗都较李多。这种由重李到重温的重心转移,就诗歌而言,其关键并不取决于温诗较李诗更轻艳,而是温庭筠的诗,特别是他的乐府、律诗之内容、写法、格调更适合五代诗坛风尚和诗歌发展的总趋势。温庭筠的诗,文字与意境都比李商隐浅显,论艺术性,这是他的短处;论大众化,这是他的长处。韦縠《才调集》选温庭筠诗六十一首,李商隐诗四十首,为全书诸诗人中选诗最多的,这就反映着温、李诗在五代时的盛行,而温庭筠诗在当时,比李商隐有更多的读者,也由此可见。温庭筠不仅从不向权贵低头,而且写了许多诗文讽刺朝廷和权贵,他的儿子温宪就是"以其父文多刺时,复傲毁朝士,抑而不录"(《唐诗纪事》卷七十),这一点对唐末罗隐、皮日休、陆龟蒙、杜荀鹤、章碣、曹松、胡曾、高蟾、曹邺、来鹏、贯休等人影响尤深。温庭筠敢于辛辣讽刺当时宰相令狐奖拔同姓:"自从元老登庸后,天下诸胡悉带令"(《戏令狐相》),意谓因令狐多荐宗族,致使天下竞奔之徒连姓胡的也在姓前加个"令"字。唐末罗隐等人完全继承了这种精神和作风并进而掀起一股讽刺潮流。唐末文人在感慨怀才不遇时,也常常提到温庭筠。温庭筠对自己的才华高度自负,当仁不让地自诩为天下第一"霸才"(《过陈琳墓》),"古来知者竟谁人?"(《山中与诸道友夜坐闻边防不宁因示同志》),这种落拓文人自负才高的心态在唐末引起了普遍反响,罗隐、陆龟蒙、杜荀鹤等的高度自负自不必说,就是才能并非突出的贯休也狂妄地称自己是天下诗人中的"一人两人"之一(《古意九首》)。再者,温庭筠(801—866 年)一直活到咸通七年①,在临死的这一年他还短暂而光荣地担任国子助教兼主监试,曾大胆地将孤寒诗人邵谒、唐彦谦、李涛等讽刺时政之诗放榜公布,虽因此遭宰相杨收之贬抑郁而卒,但却受到广大寒士的一致仰赞。活动于咸通、乾符年间的许多文人都与他有过较深的交往。较著名的如诗人唐彦谦、邵谒、李涛等皆温庭筠的弟子,诗人温庭皓乃温庭筠之弟,文人段安节乃温庭筠之女婿,他如周繇、徐商、韦蟾、王传、余知古等人也在咸通元年(860 年)与温庭筠一起在襄阳唱和,结集为《汉上题襟集》。而李商隐(813—858 年)由于去世较早的原因,唐末诗人与他直接交往的较少,可考者寥

---

① 温庭筠生年,过去多从夏承焘《温飞卿系年》定为唐元和七年(812 年),现据陈尚君先生考定为唐贞元十七年(801 年),参见《唐才子传校笺》。

寥四人。① 时至五代，以曲词为代表的文学形式空前兴盛，温庭筠的乐府诗备受推崇，其多倚曲而作，极重铺写，辞采绚丽，对五代的诗词创作的产生很大的影响。生活于唐末五代之际的诗人王毂、李咸用等诗人尤以乐府诗见长，取法温庭筠作于江南一带以六朝亡国之君为吟咏对象的长篇乐府，将诸如《雉场歌》《鸡鸣埭歌》等咏史名篇的讽刺精神发扬开来，如王毂《玉树曲》用"金""玉""红""香"等华艳的辞藻极写南朝陈之于淫奢，寄寓比兴，嘲讽中有批判。李咸用的《鸡鸣曲》《轻薄怨》等乐府同样笔锋犀利、以诗刺时，得益于温庭筠的创作。五代前蜀的张泌也师法温庭筠，常常抒怀才不遇之感于女性幽怨之情，如其《碧户》即效温之《洞户》。其《春晚谣》云："雨微微，烟霏霏，小庭半拆红蔷薇。钿筝斜倚画屏曲，零落几行金雁飞"，也颇得温诗绮艳风格之精髓。温庭筠的乐府在此一时期得到文人的广泛关注。而到了宋代以后，情况发生了变化，秾丽诗以李商隐为代表，选了李商隐就不选温庭筠。不管后世之人在学李学温上有着怎样的微妙变化，但说到底，他们更多关注的是于温、李二人所共同代表的一种诗歌风貌与诗美追求。"温李新声"作为一个整体对后世诗坛的影响是巨大的。

　　值得注意的是，由于时代的变迁导致唐末咸通、乾符以后的艳情诗，在承继温、李诗风的同时，却流品愈下，大都成为文人们冶游狎妓的产物，直写艳情者多，别有寄托者少，与当时盛行的曲子词已经完全一体化。浮艳背后我们看到的却是一代诗人的心境日渐寒凉，这是唐末绮艳题材较之温李新声的变异，或者说失去了诗心的酝酿和艺术之手的拿捏，温李新声在唐末不可避免地走了调，大多艳情之作流于粗疏庸俗，未得流传。如咸通年间以百篇宫体诗轰动诗坛的孙发虽迎合了世俗的潮流，而其作因多平庸无聊之情并未能百世流芳，"孙百篇"终被封杀于艺术的苑囿之外，竟未有一首诗作流传而只留下一时的香艳之气。韩偓的《香奁集》"词旨淫艳，可谓百劝而并无一讽矣"（纪昀《书韩致尧香奁集后》），许学夷认为"但韩诗浅俗者多，而艳丽者少"。（《诗源辩体》）我们将《香奁集》中的一些诗歌与温李诗对照就会感觉到这同中异趣的流变。试比较这两首七绝诗：

---

　　① 此四人分别为唐末老诗人薛逢（806—876 年），本来年长于李商隐，与李商隐有过交往（薛逢有《送徐州李从事商隐》），诗人李郢年龄略小于李商隐并与其有诗歌往还，其他除崔珏外就是他的外甥韩偓，可惜李商隐死时，韩偓才 17 岁。

冰簟银床梦不成，碧天如水夜云轻。

雁声远过潇湘去，十二楼中月自明。

——温庭筠《瑶瑟怨》

香侵蔽膝夜寒轻，闻雨伤春梦不成。

罗帐四垂红烛背，玉钗敲著枕函声。

——韩偓《闻雨》

  两诗内容构思相同，都写女子深夜不寐怀人的清苦寂寞，都是由感觉到视觉再到听觉，由听觉反衬深夜的孤寂凄清。韩诗的头两句显然是从温诗前两句化出，"梦不成"是妙语，颇耐玩味，但"夜寒轻"不及"夜云轻"显得空灵有味，从意境的含蓄，情思的绵邈以及带给读者的联想方面看（温诗有雁足传书、湘灵鼓瑟等多重联想意蕴），韩诗皆不及温诗，显得相对"俗艳"。再如，韩偓的一首艳诗中写道："解寄缭绫小字封，探花筵上映春丛。黛眉印在微微绿，檀口消来薄薄红"（《余作探使以缭绫手帛子寄贺因而有诗》），此诗是写他高中进士，在进士聚餐的"探花宴"上，收到红粉知己捎来的信函：打开来，唯有一方精美的缭绫手帕，上面印着淡淡的绿眉痕及浅浅的红唇印——这是纸上的红唇烈焰，是在记述一个超越时空的香吻，是一支褪色口红所演绎的浪漫风情。由于时势的沉沦，创作主体的心态进一步跌落，艺术视域也更为狭窄，因而，较之"温李新声"，同样是艳情丽藻，唐末诗歌已消减了温李诗中典丽厚重的深度，这种艺术特质的流失导致艳情诗走向了形式化的层面，表现为轻艳纤巧的倾向。唐末之人对当时的诗风是已有认识，皮日休在《正乐府序》中说："诗之美也，闻之足以观乎功，诗之刺也，闻之足以戒乎政。……由是观之，乐府之道大矣。今之所谓乐府者，唯以魏晋之侈丽，陈、梁之浮艳，谓之乐府，真不然矣！"宋人也指出"唐末诗小巧无风骚气"，五代诗坛亦多承"晚唐纤丽之弊"，这种轻艳纤巧的诗路既表现出向齐梁诗风回溯的迹象，而其以柔婉体格表现的词化趋向，又在文体意义上显示出新的特征。温庭筠的艳情诗多为乐府歌诗，前人曾指出他学习六朝民歌写法，色彩秾丽，辞藻艳丽，语言风格与他的曲子词非常接近。温庭筠初步完成了晚唐艳情诗词的一体化，如他用《南歌子》曲调既写有两首七绝体，又写有七首长短句体，到唐末韦庄、薛昭蕴、牛峤、张泌、韩偓等人的艳情诗词已达到了高度一体化。

晚唐与唐末五代的创作共同构成了末世文学的特征,故许学夷《诗源辨体》从形式的生命力这个角度将之与同为末世文学的梁、陈诗做了一番比较:

> 或问:唐末之纤巧,与梁、陈以后之绮靡,孰为优劣? 曰:诗文俱以体制为主。唐末语虽纤巧,而律体则未尝亡;梁、陈以后,古体既失,而律体未成,两无所归,断乎不可为法。

许氏所采用的这个视角颇有启发性。的确,梁、陈宫体诗在形式上并无太多创新,所以后继乏人,而"虽好却小,虽小却好"的唐代末世之诗则蛹化蛾似的演变为晚唐文人词的形式。由此可见,同为末代文学,齐梁诗与晚唐诗存在着不同的生命力度。温李一派晚唐诗人曾领晚唐文坛之风骚,尚有唐彦谦、吴融、韩偓等一大批诗人为后继,从而使文辞华赡、色彩浓郁、笔触细腻、抒情婉转的诗风得以承传,这一诗风还直跨朝代而成宋初"西昆体"之滥觞,其影响可谓源远流长。

(二)对宋初"西昆体"的影响

陈寅恪先生在《金明馆丛稿初编·论韩愈》中指出:"唐代之史可分前后两期,前期结束南北朝相承之旧局面,后期开启赵宋以降之新局面,关于政治社会经济者如此,关于文化学术者亦莫不如此。"[1]温李一派诗歌作为唐后期诗歌艺术风貌的一种类型对宋初诗坛"西昆体"的影响是巨大的。清汪琬《国朝诗选序》云:"宋诗未有不出于唐者也,杨、刘则学温、李也……"(《尧峰文钞》卷二十七)指出宋代初期,西昆派代表人物杨亿、刘筠等作诗专学温庭筠、李商隐。

西昆派因编成于大中祥符元年(1008年)的《西昆酬唱集》而得名。田况《儒林公议》记载:"杨亿在两禁,变文章之体。刘筠、钱惟寅辈皆从而效之,时号'杨刘'。三公以新诗更相属和,极一时之丽。亿复编叙之,题曰《西昆酬唱集》。当时佻薄者,谓之'西昆体'。"刘攽《中山诗话》说:"祥符天禧中,杨大年、钱文僖、晏元献、刘子仪以文章立朝,为诗皆宗尚李义山,号'西昆体',后进多窃义山语句。"葛胜仲《丹阳集》云:"咸平、景德中,钱惟寅、刘筠首变诗格,而杨文公与之鼎立,号'江东三虎',谓之'西昆体'。大率效李义山之为,丰富藻形同虚设,不

---

① 陈寅恪:《金明馆丛稿初编》,生活·读书·新知三联书店2001年版。

作枯瘁语。"杨亿、刘筠、钱惟寅等一批馆阁文人是西昆派的代表,他们受晚唐诗艺影响的主要表现是对以李商隐为代表的晚唐诗风的崇尚和在诗歌创作上对商隐诗的学习和模拟。

葛立方《韵语阳秋》载:"杨文公在至道中得义山诗百余篇,至于爱慕而不能释手。"杨亿评李商隐诗"富于才调,兼极雅丽,包蕴密致,演绎平畅,味无穷而炙愈出,钻弥坚而酌不竭"①,可见,杨亿是宋人中较早发现了李商隐诗的艺术价值者,"孜孜求访",悉心体味李诗之深趣,并率先学习之。

然而"西昆体"诗人向李商隐学习,却多重在形式和艺术技巧,仿效温李诗华美绮艳的一面。杨亿《西昆酬唱集序》云:"(钱、刘)并负懿文,尤精雅道,雕章丽句,脍炙人口。予得以游其墙藩而咨其模楷。"可见其所好独在"雕章丽句"。甚至是对李商隐诗句的"捃扯",据刘学锴先生统计,《西昆酬唱集》中有意、无意袭用义山诗语者一百八一例,还不包括某些常用词语之相同、看不出明显袭用痕迹者。诸如:

> 下蔡迷不易。(钱惟寅《宣曲二十二韵》)
> 空闻下蔡迷。(李商隐《思贤顿》)

> 合欢不验丁香结。(钱惟寅《无题》)
> 芭蕉不展丁香结。(李商隐《代赠二首》之一)

> 华池阿阁不相容。(刘筠《代意》)
> 阿阁华池两处栖。(李商隐《风》)

> 方资裂缯笑。(刘筠《宣曲》)
> 倾城唯待笑,要裂几多缯?(李商隐《僧院牡丹》)

通过上述几组诗句,不难看出,集中之作多直接摘取李诗之辞藻。还有整首

---

① [宋]江少虞:《宋朝事实类苑》卷三四"玉溪生"条,上海古籍出版社1981年版。

诗从李诗中脱化而来的,如杨亿《南朝》诗云:

> 五鼓端门漏滴稀,夜签声断翠华飞。
> 繁星晓埭闻鸡度,细雨春场射雉归。
> 步试金莲波溅袜,歌翻玉树涕沾衣。
> 龙盘王气终三百,犹得澄澜对敌扉。

李诗云:

> 玄武湖中玉漏催,鸡鸣埭口绣襦回。
> 谁言琼树朝朝见,不及金莲步步来。
> 敌国军营漂木柹,前朝神庙锁烟煤。
> 满宫学士皆颜色,江令当年只费才。

杨诗化李诗第二句为第三句,化三四句为五六句,又杂取李商隐《咏史》"三百年间同晓梦,钟山何处有龙盘"成尾联,将南朝的典故巧妙地组织在一起,全诗处处都有李诗的影子,在艺术上精于用典,辞采华美,对仗精工,音韵铿锵,有整饬、典丽的诗风。再如,李商隐的《泪》诗:

> 永巷长年怨绮罗,离情终日思风波。
> 湘江竹上痕无限,岘首碑前洒几多。
> 人去紫台秋入塞,兵残楚帐夜闻歌。
> 朝来灞水桥边问,未抵青袍送玉珂。

全诗以泪为主题,专言人世悲伤洒泪之事,八句言七事,前六句,一句一典,分别言:失宠、忆远、感逝、怀德、悲秋、伤败(朱彝尊批注语),给人以环环相扣、步步紧逼之感,不由读者不伤心饮泣也。七八句以"未抵"二字引起点睛之笔,乃全诗关键,意谓前六句所述古之伤心泪,皆不及青袍送玉珂之泪感伤深重。诗人用了六个有关泪的伤心典故,以衬托出末句。而末句所写的却是流不出的泪,那是滴在心灵的创口上的苦涩的泪啊! 全诗大量用典的手法被"西昆体"所借鉴,其代表人物杨亿、钱惟演、刘筠曾专效此《泪》诗,各作《泪》二首,句句尽用前代感伤涕泣之典故。然而"他们的典故不过是一些单纯的替代词,最多是一个浓缩了故事,并不能产生感染人的力量,构成五彩的诗境,反而使诗变得晦涩堆砌",这一评述表明西昆派诗人对李商隐亦步亦趋的模仿显得表面化、片面化,对李诗"深情绵邈"的本质特征并没能很好地把握,因此李商隐对西昆派诗人的影响主要体现在辞藻华美、用典繁复、对仗工整、音韵铿锵等方面。这也反映了西昆派诗人对商隐诗的看法与取舍。尽管杨亿论及李商隐诗时,曾谓其"富于才调,兼极雅丽,包蕴密致,演绎平畅",赞赏其《宫妓》诗措辞寓意之"深妙"①,并不只赏其辞藻典故之华赡。但在实际创作中,西昆派从李商隐那里学到的主要是挹其芳润,侧重于雕章琢句,堆砌辞藻典故。西昆派对商隐诗的这种片面接受,对后世评家对李商隐诗的看法影响很大。不但有人干脆将李商隐诗也称作"西昆体",而且在"西昆体"遭到严厉批评之后人们对商隐诗的看法仍受到西昆派的影响。

但同时我们也看到,"西昆体"虽受到了晚唐诗注重形式美的影响,但客观上却标示着两宋诗歌自觉追求艺术特性、探索诗法的开始。正是这种对诗歌艺术的着意追求,为宋初诗坛注入了较为深沉的审美意绪,丰富了宋诗的艺术内涵,为以后宋诗艺术形式美的独特风貌开了先河,而且对同时期"晚唐体"的细碎狭小和"白体"的俚俗浅易的弊病也是一种矫正,其开源促流之功不可泯没。

"西昆体"虽在后来日益衰落,但并没有削弱以温、李为代表的晚唐诗歌艺术在宋代的影响力。在王安石看来,"唐人知学老杜而得其藩篱者,惟义山一人而已",可见李商隐以其在律诗创作上的工整严谨、字锻句炼成为宋人宗杜的桥梁。苏东坡、黄庭坚沿杜甫一路,注重对诗艺的精雕细琢,使宋代诗风为之一变。尤其是黄庭坚,以他的盘空硬语,创立了江西诗派,称霸于北宋诗坛。到了南宋,江西派的诗流于艰涩拙朴,于是又有人回过头来学晚唐诗,但此时诗人所学之"晚唐诗",指的主要是咸通以后,即唐末的诗歌风貌。

---

① [宋]胡仔:《苕溪渔隐丛话·后集》卷一四引《杨文公谈苑》,人民文学出版社 1962 年版。

本 章 小 结

　　温李诗有派亦有流,由诗入词,从唐诗到宋诗直至对现代诗歌都产生了深远的影响,胡应麟指出:"晚唐则李义山、温庭筠、杜牧、许浑、郑谷,然途轨纷出,渐入宋元。"(《诗薮》内编卷六),已然划出由温、李一路而来的郑谷等人"声尽轻浮,语尽纤巧"的诗风在更广的视域下作为宋元诗风起点的轨迹。温李之诗与唐末唐风形成合力,这一艺术链条串联起中国古典诗美的重要元素,展示着诗歌艺术的恒久魅力。

第七章 "温李新声"的现代余响

以温庭筠、李商隐为代表的晚唐诗歌创作承元和诗风之变,呈现出主观化、心灵化、意象化的特征,诗风绮丽婉曲,意境朦胧幽约,遣词精工密致,韵律悠扬谐美,开辟了晚唐诗坛独特的审美风貌,呈现了中国古典诗歌的艺术魅力。温李诗所孕育的艺术之美不仅哺育了从晚唐的唐彦谦、吴融、韩偓直至清代钱谦益、吴伟业、黄景仁、龚自珍、李希圣、樊增祥诸诗人,其所蕴涵的文学信息和所承载的艺术美质一直影响到20世纪30年代现代"新诗"的时代,并被现代新诗史上的"现代诗派"所接受。

晚唐诗歌与"现代诗派"世情相仿,心绪相通,诗艺相承。晚唐诗歌艺术通过"现代诗派"重获新生,而"现代诗派"则将晚唐心态与现代情绪相沟通,将古典诗歌比兴寄托、意象抒情的传统与西方的象征、暗示等手法相融汇,唤醒了新诗的旧梦,实现了新诗与旧诗在诗艺追求上的合流,成了晚唐诗歌的现代余响,在现代诗境中重新演绎了"晚唐的美丽",进而构成了现代诗潮中意义特殊的一脉。

一、新诗史上的"现代诗派"

现代诗派因1932年5月创刊的《现代》杂志而得名,虽然既无社团也无纲领,但却拥有戴望舒、卞之琳、废名、施蛰存、何其芳、徐迟、路易士、番草、金克木、李白凤、林庚、铃君、禾金、南星等在内的众多诗人。现代诗派崛起于象征诗派和新月诗派相继衰微之后,主要受西方象征派诗歌和意象派诗歌的影响,现代主义色彩鲜明,但是,它同时又是现代新诗诞生以来最具古典特征的诗歌流派。这一诗歌流派的代表人物卞之琳就曾指出现代诗派要"无所顾虑地接通我国诗的长期传统,来利用年深月久、经过不断体裁变化而传下来的艺术遗产",称 30 年代现代派诗歌是"倾向于把侧重西方诗风的吸取倒过来为侧重中国旧诗风的继承"①。而现代诗派的古典情结又集中表现为他们不约而同地把目光投注在了晚唐诗人的创作上,并视之为自身发展的根基。废名就曾明确地讲:"现代派是温、李这一派的发展。"②何其芳则称自己在念私塾时就"能熟背许多古诗词,多数是唐诗,尤其是温、李为代表的晚唐五代诗词"③。还说:"读着晚唐五代时期的那些精致冶艳的诗词,蛊惑于那种憔悴的红颜上的妩媚,又在几位班纳斯派以后的法兰西诗人的篇什中找到了一种同样的迷醉。"

同时,谈论晚唐诗词又常常成为现代派诗人彼此切磋诗艺的话题或是品评诗歌风格的参照系。如废名在《谈新诗》中讲:"卞之琳的诗又是观念跳得厉害,无题诗又真是悲哀得很美丽得很,我最初说卞诗真个像温飞卿的词,其时任继愈君在座,他说也象李义山的诗,我当时有点否认,因为温李是不同的。李诗写得很快,多半是乱写的,写得不自觉的。卞之琳的诗是很用功写的。后来我想,卞之琳诗里美丽的悲哀,温词是没有的,卞诗有温的秾艳高致,他却还有李诗温柔缠绵的地方了。李诗看起来是华丽,确是'清',卞之琳没有李商隐金风玉露的清了,林庚却有。"④卞之琳说戴望舒的诗是"继承我国旧诗特别是晚唐诗词家及其直接后继人的艺术"⑤。而戴望舒则认为该派的另一位诗人林庚的"四行诗"中所放射出来的是"一种古诗的氛围气",而他自己的诗也是"象征派的内容,古典派的形式"(杜衡《望舒草·序》)。现代诗派的这种审美取向也早被时人所关注,周作人第一个把废名的作品与晚唐温李诗歌相联系,他说:"《桥》的文章仿佛是一首一首的温李诗,又像是一幅一幅淡彩的描画……至于《谈新诗·已往的诗文学与新诗》,简直就是一篇温李诗专论。"⑥

诗论家和文学史家都愿意将 20 世纪 30 年代诗坛上的这一现象概括为"晚唐诗热"。孙玉石认为:"他们是在扬弃西方浪漫主义而接近前期和后期象征主

---

① 卞之琳:《雕虫纪历·自序》,人民文学出版社 1984 年版,第 1 页。
② 冯文炳:《谈新诗〈草儿〉》,人民文学出版社 1984 年版。
③ 方敬、何频伽:《何其芳散记》,四川教育出版社 1990 年版。
④ 冯文炳:《谈新诗》,人民文学出版社 1984 年版,第 167 页。
⑤ 卞之琳:《戴望舒诗集》,四川人民出版社 1981 年版。
⑥ 周作人:《谈龙集》,河北人民出版社 1994 年版。

义、现代主义诗歌潮流的时候,开始对晚唐诗词的关注的;或者说,是由于对于'类似象征派的风格和手法'的晚唐诗词含蓄蕴藉传统的爱好,而对西方现代主义诗潮产生'一见如故'之感,从而努力在晚唐诗词中发现传统与西方现代派诗艺术相通的东西,为新诗先锋性探索的合理性寻找自身传统存在的'根据'。观照与转化历史是为了创造艺术现在的需要。废名等人'晚唐诗热'的文化选择及其中所包蕴的审美内涵,因此走进了一个更为开阔的历史空间,具有了更加鲜明的现代性需求的色彩。"①类似的观点还有:"'晚唐诗热'作为一种传统的返寻,不仅肯定了以绮美幽深为特征的晚唐诗风,而且还发掘出其与现代派诗歌艺术间的契合之处。"②的确,新诗的创作在晚唐诗中得到了传统的支撑,这种支撑已不是士大夫深沉的忧思,也不是传统文人复杂的心态,而是一种纯然的诗美本体所散发的真正的艺术精神。那悠悠的钟声,那一抹斜阳,那妖娆的身影,那如梦的笑靥,晚唐的憔悴与哀艳,晚唐的感伤与颓废,都化作美丽的烟云,弥散在现代诗人们那善感的灵魂里。正是这古典诗词的基因,加之以西方象征派、意象派等诗歌艺术理论的养分,共同催生了30年代现代诗派的审美品格。

二、现代诗派的传统情愫

温李时代的晚唐诗坛弥漫着浓厚的艺术香氛,有着明显的唯美倾向,诗人们大都潜心于诗美的创造,讲究意象提炼,注重表达策略,一首诗中往往并用比兴、象征、拟人、双关、谐音等多种技法,他们在诗歌的苑圃里精耕细作,将古典诗歌引向了一个崭新的艺术高度。晚唐诗人这种追求精致的艺术精神深深地感染了现代诗派,也在一定程度上引发了现代诗人的传统情愫。正如温李诗虽艳美但并未回到六朝绮靡的诗路上一样,现代诗派也超越了早期"新月派"过分追求形式美的局限,都将精工的文字,美妙的意象沉入对心灵意绪的抒写,以艺术的方式走进人生,把诗歌从社会的舞台引入心灵的空间,表现主观感受和情绪,使诗歌真正成为表现心灵的艺术,传递现实在心灵中的投影或回声,不乏现实人生情境的折射,但更是由外物与自我契合后的一种情绪与人生体验的凝聚。从另一

---

① 孙玉石:《新诗:现代与传统的对话——兼释20世纪30年代的"晚唐诗热"》,见陈平原《现代中国》第一辑,湖北教育出版社2001年版,第76页。

② 张洁宇:《荒原上的丁香——20世纪30年代北平"前线诗人"诗歌研究》,中国人民大学出版社2003年版。

角度看,五四以来古典诗歌艺术精神在新诗创作中的流失,已是一种相当普遍的现象,在这种情况下,现代诗派的诗人们欣赏晚唐诗歌,追慕"温李新声"有着很大的必然性,更有着独特而深刻的意义。

因此,废名认为,"胡适之先生所推崇的白话诗,倒或者与我们今日新散文的一派有一点儿关系。反之,胡适之先生所认为反动派'温李'的诗,倒似乎有我们今日新诗的趋势。李商隐有诗应是'曲子词缚不住者',因为他真有诗的内容。温庭筠的词简直是走到自由路上去了,在那些词里表现的东西,确乎是以前的诗所装不下的"①。由此可见,30年代现代派诗人们从以温、李为代表的晚唐诗歌创作中发掘和借鉴了宝贵的艺术资源,以意象抒情的方式对内心世界进行精致细腻的刻画并与西方的诗歌艺术理论相融汇,形成了自己的诗歌艺术表现形态。

现代诗派对以温李诗为代表的晚唐诗歌情有独钟,主要基于两个原因,一是时代的类似,二是对艺术的追求。

从时代氛围的相似性看,在暮色沉沉的晚唐社会,士人心态发生了巨大变化。唐帝国由盛极到顷颓的巨大落差,诗人倍感迷惘,衰落的时代,恶劣的环境,给晚唐诗人的心理投下浓重的阴影;命运的坎坷,生活的苦寒,给他们的精神和肉体都造成了深深的创伤;入仕的艰难和前途的渺茫,使他们无法掌握自己的命运。因而在晚唐诗作中往往笼罩着浓郁的凄凉、感伤色彩,折射出末世的哀伤,诗人们更加倾心尽力于艺术人生的追求,试图以这种美的创造为生存的凭借,找到心灵的栖居,用苦闷的象征代替艺术功利,创作出纯美精致的诗篇。而时隔千年之后,处在半封建半殖民社会条件下的现代派诗人们,同样感受着浊世的哀音,青春的病态,沉沦于畸形变态的大都市生活,他们大多感伤、抑郁、迷乱、哀怨、神经过敏、纤细柔弱的情绪,甚至还带有幻想和虚无。特别是在五四运动后,革命处于低潮,军阀间的混战,和军阀对工人和学生运动的血腥镇压,使得刚刚被唤醒的青年陷入了彷徨和苦闷之中,一些曾经有过浪漫激情的诗人,转向了现代主义的颓废和绝望。

现代派诗人们较之于新文学初期的具有启蒙精神的新诗人,更离开了平民精神,淡化了社会价值。于是,当现代诗派的诗人们在新诗内外交困之时,自然

---

① 冯文炳:《谈新诗》,人民文学出版社1984年版,第27页。

地把目光投向了古代和西方,而当他们在审视中国古典诗歌所提供的艺术资源时,又不约而同地把目光投注在晚唐诗人的创作上,并视之为自身发展的根基。因此,如果我们沿着历史的踪迹寻觅,的确可以发现现代派一度醉心歌吟人生理想的幻灭和青春病态的感伤,构成了一种沉重的忧郁色彩。他们体验到的也是一种"晚唐式"的悲哀。我们的确很容易在现代诗派的许多作品中发现温李诗的姿态和风貌。何其芳的《预言》悲叹着"年轻的神"幻想式的"无语而来""无语而去"的迷惘;金克木哀怨生命"随着西风消逝"(《生命》),"年华像猪血样的暗紫了!"(《年华》);李广田叹息岁月流逝那"秋天的哀怨"(《窗》)……这些声音浸透着人生理想幻灭后的感慨、颓唐与悲凉。正如张春田在《晚唐诗风的现代"发明"》一文中指出的那样:"读卞之琳的《尺八》、何其芳的《古城》,分明可以感受到那种对'古昔的风物'的追念和因其失落的隐隐伤怀。感时忧国的心绪,颓废的乱世的沉重预感,都凝聚在文化的乡愁里。这种幽怀使得现代诗人们格外亲近温李诗词,于我心有戚戚焉,'发明'晚唐也就不那么奇怪。"

在时代氛围的影响下,现代诗派与晚唐诗人一样在艺术上产生了新的观念。正如晚唐诗人把一腔忧国忧民之情变成了满纸幽咽之声,追求"楚雨含情皆有托",在现代诗派的创作中也同样"仍有个人的郁结和民族的郁结,有对国民党反动政府的绝望,以及青年在畸形的大都市文明中的失落感,这些都汇成了潜在的进步激流"[1]。温李诗走进更为细腻的官能感受和情感色彩的捕捉追求中,其审美趣味和艺术主题完全不同于盛唐,其心态的变化导致了诗歌中所体现的时代精神的转移。现代诗派较之于初期的新诗也以个性体验取代了群体意识,"现代情绪"成为诗人们的普遍诉求。内向性的自我开掘,咀嚼人生的彷徨忧郁,表现时代的阴暗情绪,成为现代派诗歌的主要情调。孙作云曾指出:"(现代派诗)在内容上,是横亘着一种悲观的虚无思想,一种绝望的呻吟,他们所写的多绝望的欢情,失望的恐怖,过去的迷恋。"[2]伴随着诗歌情感内转,韵调低回,意境飘忽,我们看到同样茫然于时代风云的晚唐诗人与现代派诗人,又都选择了向艺术本体的回归。"文艺什么都不为,只是为了抒写自己,抒写自己的幻想、感觉和情

---

① 蓝棣之:《现代派诗选·前言》,人民文学出版社 1986 年版。
② 孙作云:《论"现代派"诗》,《清华周刊》1935 年第 1 期。

感"①,这样的宣言着实与晚唐超脱功利、"潜气内转"的诗风相接续。而从诗艺的层面看,我们似乎更能发现二者相呼应的事实。可以说,现代诗派接受晚唐诗一个重要的原因是他们在这一派诗歌创作中找到了"今日白话新诗发展的根据",找到的是使"诗"之为"诗"的本质特征,这是现代诗派对诗性的深层把握的结果。

新诗一直在努力完成对古典诗歌的蜕变,一如施蛰存在《又关于本刊的诗》一文中所强调的那样:"《现代》中的诗是诗,而且纯然是现代的诗。它们是现代人在现代生活中所感受的现代的情绪用现代的词藻排列成现代的诗形。"然而,在新诗现代性的开创中,古典诗歌的艺术精神并没有消亡,而是化为一种深厚的传统不断"复活"在许多现代诗人的笔下。而以温李为代表的晚唐诗人在古代的世界里就早已创作出了在今天看来也同样具有现代性的诗歌,因此,可以说"温李新声"在时间上是古典的,在风貌上却是先锋的,这正暗合了现代诗人们的艺术追求。对于晚唐的这份美丽,似乎又可以用西方诗学理论去做知性的分析,所以在接受了西方诗歌理论的同时,现代诗派的诗人们也在晚唐诗美中找寻着灵感,一面"发明"着晚唐诗歌,一面开拓着自己的园地。他们的创作风貌或是古典的现代,或是现代的古典,都倾向于对晚唐诗美的承传。

在中国新诗的发展过程中,实际上是伴随着对传统的建构。谁在建构"传统",建构什么样的"传统",为什么要这样建构?这是耐人寻味的,不可不细究。略做比较,不难发现,在新诗发展之初,当胡适标举"元白"时,他所强调的是"明白清楚";而当废名称扬"温李"时,他抓住的是"幻想"和"感觉"。"明白清楚"关联的是白话语言,而"幻想"和"感觉"则已经超越表达手段,上升到诗美本体这一层面。可以说,不少20世纪30年代的现代派诗人们,具有比较广阔的文学视野,对西方后期象征主义、现代主义诗潮每每心折。一些在现实生活感到迷惘、不满、痛苦、彷徨、失望甚至绝望的作家,认为传统的创作方法不能充分表达他们内心的感受,遂努力寻求别的艺术手段来表现他们特殊的心理活动和精神状况,这是对现代主义的接受,而象征主义是其中最大的一个分支。象征主义重主观而轻客观描述;重艺术想象而轻现实再现;重暗示启发而轻畅抒直叙。它既不同于浪漫主义——用夸张的笔描写客观事物,或在追求理想中的美好世界里直截

①　何其芳:《夜歌·后记一》,人民文学出版社1952年版。

了当地热烈抒发作者胸臆;也不同于现实主义——忠实于对客观事物的细致描绘,集中概括地塑造典型环境中的典型人物;更不同于自然主义——机械地琐碎地罗列生活的表面现象,用生物学的观点解剖一切客观物体。象征主义与班纳斯派有同有异:在情调上都是绝望的、不相信人的力量的带有消沉和颓废的因素的,"班钠斯派的理想是优美的"。象征主义与唯美主义、神秘主义、表现主义是同胞兄弟,象征主义主张写忧郁的美,主张形式上的美,写现实世界赋予了一种神秘感。尤其对于像"温李"这样具有现代主义倾向的诗人,开始从更新的角度审视他们的作品。经过"西风"的激荡和影响,他们已经被赋予了一种现代的眼光。对于"象征"(symbolism)、"客观对应物"(objective correlative)这样一些西方诗学范畴,他们更不会陌生。在阅读和观照中国传统诗的过程中,现代意识会自觉不自觉地渗入进来。传统诗中与这样一种"现代"诗潮相似相通的部分特别容易进入他们的视界,得到重视。晚唐诗词的含蓄蕴藉与象征派的风格和手法很类似,现代派诗人们对西方文学相当熟悉,他们又不约而同地认识到了晚唐诗词与现代诗歌潮流相呼应的事实。虽然未必完全接受象征派,可是,那种朦胧神秘、"表现与隐藏之间"的审美追求,他们是认同的。抱着这样的追求来检视固有传统,"元白"乃至"苏陆黄辛"自然都不足取,大概没有什么诗派比"温李"更与西方现代诗歌潮流相契合。晚唐诗词是传统的,却又是先锋的,这给现代派诗人们提供了现代性追求的依据和信心,无怪乎大受青睐。

三、晚唐诗艺在现代新诗中的复兴

废名断言:"这一派(温李诗派——引者注)的根苗又将在白话新诗里自由生长,这……也正是'文艺复兴'。"①白话新诗人对于晚唐诗歌艺术的复兴,现代诗派功莫大焉。而在现代诗派对于晚唐诗歌艺术的复兴中,"幻想力"与"意象"的发现和再造又尤为突出。

闻一多认为,"幻象在中国文学里素来似乎很薄弱",而当时的初期白话诗人"弱于或竟完全缺乏幻想力,因此他们诗中很少浓丽繁密而且具体的意象"。(闻一多:《〈冬夜〉评论》)而这里所说的"幻想力"与"意象"正是以温李为代表的晚

---

① 转引自张洁宇《论废名诗歌观念的"传统"与"现代"》,《南京师范大学学报》2008 年第 1 期。

唐诗歌的重要构成,"李义山和许多晚唐诗人的作品在技巧上很类似西方的象征主义,都是选择几个很精妙的意象出来,以唤起读者多方面的联想"①。可以说,"以幻写真"、意象抒情正是晚唐诗人们凭借他们的艺术直觉所创造的一种新的诗美表现形式,其精致精纯的艺术境界既非淋漓尽致地写实,又非激情四射地抒情,而是打破了实境与想象的空间,模糊了情绪与感觉的界限,通过形象的创造,意象的呈现,运用暗示和隐喻等手法展现复杂细腻的心灵世界,从而生成了一个朦胧迷离的艺术天地,而现代诗派的诗人们也正是被这一种独特的诗美表现形式所吸引。何其芳在《画梦录》的代序中就曾说过:"对于人生我动心的不过是它的表现。对于文章亦然。有时一个比喻,一个典故会突然引起我注意,至于它的含义则反与我的欣喜无关。"废名也认为:"人生的意义本来不在它的故事,在于渲染这故事的手法。"(《桥·故事》)因此,在运用意象这一点上,我们很容易发现现代诗派同晚唐诗人之间的联系。中国古典诗词所谓"古诗之妙,专求意象"(胡应麟《诗薮》),而意象化的抒情方式到晚唐温李时期达到了极致,可以说以李商隐和温庭筠为代表的晚唐诗人都是以意象为文的高手。

晚唐诗词因意象的巧妙运用而生成含蓄蕴藉的风格又与西方象征派的风格和手法很类似,意象也自然成为新诗"旧梦"中的精灵,现代诗派在意象择取和意境营造方面对温李诗多有借鉴。比如戴望舒那首著名的《雨巷》,诗中用以渲染愁绪的"丁香"意象就直接承自于李商隐的"芭蕉不展丁香结,同向春风各自愁"和李璟的"青鸟不传云外信,丁香空结雨中愁"。他的另一首《秋夜思》也与晚唐诗歌的意象世界相连通,诗的结尾"而断裂的吴丝蜀桐,仅使人从弦柱间思忆华年",前一句来自李贺的《李凭箜篌引》,后一句则用了李商隐《锦瑟》诗中"一弦一柱思华年"之意象组合。废名的《星》:

> 满天的星,
> 颗颗说是永远的春花。
> 东墙上海棠花影,
> 簇簇说是永远的秋月。

---

① 朱光潜:《读李义山的"锦瑟"》,《美育》1987 年第 3 期。

　　　　　　　　　　　清晨醒来是冬夜梦中的事了。

　　　　　　　　　　　昨夜夜半的星，

　　　　　　　　　　　清洁真如明丽的网，

　　　　　　　　　　　疏而不失，

　　　　　　　　　　　春花秋月也都是的，

　　　　　　　　　　　子非鱼安知鱼。

　　"春花""秋月""冬夜""海棠花影""夜半的星"在意象的流美之中传递出细腻的情思。而他的另一首《画》，诗人自称"是从古人的心事里脱胎出来的"，从诗的字里行间，我们自然联想到李商隐笔下的《月》和《嫦娥》，用现代笔墨重新演绎了"嫦娥无粉黛，只是逞婵娟"的清纯美丽和嫦娥"碧海青天夜夜心"的清冷孤寂。另一位钟情于晚唐诗风的现代诗人何其芳，他自述从童年时便坠入了文字的魔障："我喜欢那种锤炼，那种色彩的配合，那种镜花水月。我喜欢读一些唐人的绝句。那譬如一微笑，一挥手，纵然表达着意思但我却欣赏的是姿态。我自己的写作也带有这种倾向。我不是从一个概念的闪动去寻找它的形体，浮现在我的心灵里的原来就是一些颜色，一些图案。……我从陈旧的诗文里选择一些可以重新燃烧的字，使用着一些可以引起新的联想的典故。"①他喜欢温庭筠笔下的"楚水悠悠流如马，恨紫愁红满平野。野土千年怨不平，至今烧作鸳鸯瓦"，而他的诗歌创作所追求的正是这种精致的风格，犹如工笔画的效果，而且是层叠富丽的工笔，他要的是凹凸、浮雕的立体效应，是在显微镜下的细腻绮丽。我们来看他的《预言》：

　　　　　　　　　　　你一定来自那温郁的南方！

　　　　　　　　　　　告诉我那里的月色，那里的日光！

　　　　　　　　　　　告诉我春风是怎样吹开百花，

　　　　　　　　　　　燕子是怎样痴恋着绿杨！

　　　　　　　　　　　我将合眼睡在你如梦的歌声里，

---

　　①　何其芳：《梦中的道路》，《何其芳文集》(第二卷)，人民文学出版社 1982 年版，第 68 页。

那温暖我似乎记得,又似乎遗忘。

用词取调都从旧诗中化出,却毫不造作生涩,节奏清扬,婉转,温柔若处子。读起来就让人想起花间词和晚唐诗。再如"休洗红""罗衫怨"这样的题目,更是直接源自晚唐五代诗词的题材,"又践履着板桥上的白霜"的句子,分明是温庭筠笔下"人迹板桥霜"的现代版本。

晚唐诗坛笼罩着伤感悲凉的情调,残照、晚钟、雨雪、风霜、流水、落花这些衰飒之景构成了营造这种情调的意象群。现代诗派与晚唐诗人有着相近的心理氛围,故在意象情调上也有同样的偏爱。如卞之琳《音尘》诗中的"鱼""雁""咸阳古道""快马的蹄声"都延续了这些意象自古以来所固有的意义,表现了同样沧桑的意绪。骆寒超曾对何其芳早期作品中的意象系列进行了一番梳理和归纳,描写深秋的有"暮霭檐语""海棠秋泪""白杨荒郊""衰草落叶""老人残阳",表现逆旅的有"深巷夜柝""寒塘砧声""板桥薄霜"等等,许多现代派的诗人都是这样通过对一些古典文学中积淀已久的意象的择取和运用,把他们的诗作纳入了传统的浩繁的文本长河之中。同时从这种对意象群的共享中也可以看出现代诗派与晚唐诗人的确有着共同的审美趣味。

意象的运用不仅局限于诗歌的表层,更潜入诗歌的内在结构之中。诗人兼诗论家郑敏认为,现代派诗的一个特点就是"有高层或多层的诗的结构",其"底层是由现实主义的精确细节部分构成,而高层则由超现实主义因素构成"[1]。这与现代派诗人继承晚唐诗人所特有的意象营造的手法与意象组合的方式有着直接的关系。晚唐诗人喜欢在感觉串联与想象驰骋中营造意象,强调主观的渲染,用感觉熔铸意象。心象、幻象的运用造成了意境的朦胧飘忽和诗意的扑朔迷离。意识与潜意识、现实与超现实之间构筑情思世界成了共同趋向。陶文鹏在《论李商隐诗的幻象与幻境》一文中以美国诗人、意象派创始者庞德(E. Pound,1885—1972)的名作《在地铁车站》一诗为例指出,晚唐诗人李商隐运用幻象与幻境建造诗的高层和多层结构,同意象派非常相似。所以,"李商隐是中国古代诗人中最具有现代派色彩的"[2]。其实这种在意象表现方面的现代派色彩是晚唐诗歌一个

---

① 郑敏:《诗歌与哲学是近邻》,北京大学出版社 1999 年版,第21～23页。
② 陶文鹏:《论李商隐诗的幻象与幻境》,《文学遗产》2002 年第 5 期,第26～40页。

普遍的特色。

追求诗歌的内在结构,以心象表现情感世界,使晚唐诗意象组合上别具特色。这种艺术表现用朱光潜先生的说法,就是"跳""诗句特别主要是诗联之间空隙很大、空白很大、跳跃很大"①似断而实连,似碎而实整,在跳跃中完成它的过程。晚唐诗人喜欢采取纵横跳跃的方法,将繁复、矛盾的万千思绪,通过精心的构思,融汇成花团锦簇的意象,创造出朦胧婉曲的意境。有意打乱画面的序列和完整性,把不相关联的形象剪辑在一起,通过意象间的跳跃性,造成一种迷离的情感世界,他们还注重运用通感,将抽象的情思化作可观、可闻、可触、可感的声色体验,以流芳溢彩的意象加以串联,建构虚与实之间的桥梁,这一特点也为现代诗派所吸纳。如何其芳《欢乐》中的诗句,就是将感觉化为具体的视觉、听觉,出之以形象地表现:

告诉我,欢乐是什么颜色?

像白鸽的羽翅? 鹦鹉的红嘴?

欢乐是什么声音? 像一声芦笛?

还是从稷稷的松声到潺潺的流水?

是不是可握住的,如温情的手?

可看见的,如亮着爱怜的眼光?

会不会使心灵微微地颤抖,

而且静静地流泪,如同悲伤?

欢乐是怎样来的? 从什么地方?

萤火虫一样飞在朦胧的树阴?

香气一样散自蔷薇的花瓣上?

它来时脚上响不响着铃声?

---

① 朱光潜:《诗论》,安徽教育出版社1997年版,第77页。

对于欢乐,我的心是盲人的目,

但它是不是可爱的,如我的忧郁?

更多的是一首诗中兼用多种制造奇特的意象组合,如《看灯》,将化内感觉为视觉,将具象与抽象相加,充分显示了以通感的奇想为主的意象组合。诗人们将一些浓烈的情思掩盖起来,将心灵中的朦胧图像,化为恍惚迷离的诗的意象,这些往往意象自幻想生成,以情绪驱遣,由感觉连缀,有着某种象征意义,而究竟要象征什么,又难以猜测,"现在有些人非难着新诗的晦涩,……除了由于一种根本的混乱或不能驾驭文字的仓皇,我们难于索解的原因不在作品而在我们自己不能追踪作者的想象。有些作者常常省略去那些从意象到意象之间的连锁,有如他越过了河流并不指点给我们一座桥,假若我们没有心灵的翅膀便无从追踪"①。何其芳的这番话正道出了索解这种意象缔构的奥妙所在。

现代诗派的另一员大将卞之琳则擅长在短小的篇幅里营构出精致的诗境,以不多的语词表述言说不尽的意蕴和哲思,将中国新诗的知性书写提升到一个新的艺术高度。他的《断章》在"看"与"被看""装饰"与"被装饰"的辩证思考中充分阐明了世界万物之间的永恒相对与普遍联系,这样精巧的艺术构造,是可以与古典诗歌,尤其是晚唐近体小诗相媲美。《墙头草》也是短诗中的佳品,从"夕阳"到"灯光",从"长了"到"黄了",诗人感叹时间的悄挪暗移里,多少生命在徒自枉掷和耗费。《无题》是一首将爱恋隐藏很深的情诗,从"小水"到"春潮"的变化,揭示着恋人情感的明显飙升,男性的倾情自诉与女的喃喃低问构成了一阕和弦,奏响妩媚的恋曲。从这首诗中不难发现,智性化的诗人特质决定了其情爱的倾诉也带着机智与冷静。

作为现代优秀学者,林庚对古代与现代汉语和中国文化的理解异常精深,这是毋庸置疑的。作为现代诗人,林庚也一直探索着中国新诗的形式建设之路,30年代中期,林庚创作的四行诗、九行诗等诗歌,对诗行、节奏和口语化有明确的追求,也鲜明地体现出现代汉语的诸多特点,有人称之为"现代绝句"。《破晓》是林庚创作的九行诗中较有代表性的一首,通过撷取典型的意象来营建诗意,将破

---

① 何其芳:《梦中道路》,《大公报诗刊》1936 年第 1 期。

晓时迷蒙神秘的自然气息进行了细腻真切的描画。《春天的心》以一连串的画面组接,将烟雨江南的气味与风貌作了传神写照。

虽然,许多"五四"时代的诗人都一直习惯于从古典意象中吸取灵感,由此写出别开生面的诗作。郭沫若所吟诵的火中凤凰、吞月天狗、天上街市等,无不借鉴或直接运用了中国传统文化的固有意象。冯至最著名的叙事抒情诗《蚕马》即是想从古代神异传说中吸取养分的。到了闻一多、徐志摩等人的新月派时代,诗歌中的古典意象便呈示出相当普遍的趋势。闻一多诗中的"红烛""菊花",分别表现出对这些古典意象的浓厚兴趣,有时还直接借助古典意象转达自己的感受,如对太阳描写的"六龙骖驾"和"神速金乌"意象的借用。徐志摩对古典意象的兴趣也颇浓厚,单就《康桥再会吧》一诗,便能寻找出十几个古典意象来。新月派诗人孙大雨对中国古典文学意象也运用得较为自如,他的《一支芦笛》吹奏起来简直是神奇无比:

> 我只须轻轻地吹上一声
> 文凤,苍鹰,与负天的鹏鸟,
> ……都会飞舞着纷纷来朝。

"文凤"和"鹏鸟"所代表的意象充满着神奇和高贵,饱含着悠远和华丽,运用了这样的意象,便使诗歌像是在述说一个古幽迷人的故事,抑或是忆恋一场七彩迷离的梦幻。

但现代派并不满足于对古代诗歌意象的借用,而是一直在努力完成对古典诗歌的蜕变,以促成新诗的现代性。他们是想要证明,在新诗现代性的开创中,古典诗歌的艺术精神并没有消亡,而是化为一种深厚的传统不断"复活"在许多现代诗人的笔下。

"诗人对意象有复杂的感觉,加以繁复的表现,笼罩在一片梦境之中,这种情形,说到底,是一大群诗人对诗的感觉和运用的方面有了变化,是一种方法和一种气质。"①意象抒情的方式旨在为主观情感寻找客观对应物,使抒情带有客观

---

① 蓝棣之:《现代诗选·前言》,人民文学出版社 1986 年版。

性,含蓄内敛,诗歌意象往往具有模糊性、多义性,"写得像面纱后面的美丽的双眼"。所以,无论是晚唐诗还是现代派诗歌都不免出现"晦涩"的倾向。同时由于对意象色彩的渲染,诗歌风格又都体现为美与涩的交织。

要之,现代诗派是一个集"现代"与"古典"于一身的诗歌流派,其受晚唐诗歌艺术精神的影响是深刻的。两相对照,我们可以清楚地勾勒出二者在情感上、精神上、趣味上的内在联系。正是因为现代诗派与晚唐诗人的创作都体现了一种艺术上的自觉,所以在晚唐"温李"一派的诗人创作中,现代诗派很容易地发现了自己艺术创造所需要的东西,发现了合乎新诗的应该具备的本质的一条道路。这正是新诗的本质和生命追求之所在。所以说将晚唐诗的"根苗"接种在现代主义的园圃里,这的确是一件"很有意义"的事情。

本 章 小 结

从对新诗史上 30 年代现代派诗风诗貌的描述,我们看到了以温李为代表的晚唐诗歌恒久的艺术魅力,它向后世传递的是"诗的感觉",是艺术的精神,新诗时代的到来并不意味着古典诗歌艺术将被悬置或是尘封,其血脉并没有断,而是在诗性的空间时恒久地承传发展着。正如罗振亚所指出的那样:"现代诗派在艺术上赖以支撑的具体做法,是以向中国艺术传统的身心复归,以中国艺术传统固有的价值标准和审美趣味(意识的先结构)为底座。向法国象征诗派借了个火儿,照亮了具有中国民族和东方色彩的现代派诗歌殿堂……达到了化古与化欧的统一。他们将古典诗词尤其是晚唐五代时期温庭筠、李商隐诗歌精致冶艳的风韵、朦胧的意境、缠绵的纯诗情调,与法国象征诗对朦胧美、音乐美的追求融为一体,找到了中国古诗与法国象征诗的相通契合点——亲切和含蓄;并且在古诗纯粹的精华与西方象征主义焊接过程中,勇于创新自成一格。"[①]从而在新诗史上留下了自己的独特印迹。

因此,我们完全有理由说,以温李为代表的晚唐诗歌强化了感觉、意象、情调这些诗的元素,诗心与诗性相通,诗质与诗艺并重,开创了一种全新的诗美。三十年代现代派诗人群体则超越"五四"时期胡适之所代表的新诗的审美原则的历

---

① 罗振亚:《中国现代主义诗歌史论》,社会科学文献出版社 2002 年版,第 71 页。

史局限,不再粗疏地讨论语言和形式之类的外部问题,用全新的审美的眼光与价值尺度,在诗美本体这一层面上自觉地与晚唐诗歌的这一脉传统相接续,使新诗找到了真正的根本和立足点。用今天的眼光看以温李为代表的晚唐诗着实具有浓厚的现代意味,而从古典诗学中透视现代诗派的创作也的确有着传统的因缘。两种诗风,虽不生成于同样的诗情和时代环境,但在艺术手法、审美情趣等方面,却产生了跨越时空的共鸣。

第八章　现代派对温李诗
接受的意义

在 20 世纪 30 年代现代派诗歌创作和理论中我们能探寻到晚唐诗歌艺术既着落于表层又深植于内里的影响痕迹。现代派对温李诗的接受意义主要体现为两个方面：一方面，这是现代诗人对古典诗歌的一次深度关注，打破了古今诗歌艺术壁垒，将晚唐温李诗的接受史向现代文学的领域推进，在这一接受过程中体现的是基于现代视角，融汇中西方诗学理论后对晚唐诗的重估，是回到诗歌审美层面后的审视，对温李诗中"现代性"的发现无疑极大地提升了晚唐诗的艺术价值和美学意义。另一方面，对于 30 年代现代派而言，在对晚唐诗歌借鉴和吸纳的过程中，也找到了自身存在和发展的根基，在现代诗境中重新演绎了"晚唐的美丽"，进而构成了现代诗潮中意义特殊的一脉。

一、温李诗的艺术价值得到提升

现代派对晚唐温李诗的接受在某种意义上可以看作是现代诗人的晚唐温李诗研究，他们标榜"魏晋风流晚唐诗"，青睐晚唐诗的艺术美质，在创作观念倾向于晚唐的唯美主义，在创作实践中欣赏与追慕晚唐，在诗歌理论上阐释重塑晚唐，温李诗的艺术特质在这一接受过程中得以彰显，这种接受是温李诗的美学价值在漫长的诗歌演进历程中的一次重新发现，而这种价值也在这个新诗的时代得到了进一步的增值。

首先，这种接受是建立在新旧交替时期，发生在新诗对旧诗宣战的局势下。

当从胡适提出"白话"对文言的取代,到对古典诗词格律、章法、用典、用韵的批驳,旧诗似乎真的要退场了！传统对于五四以来的新诗作者来说似乎只是残留的一点情愫,一点而已,中国诗歌的艺术血脉几近断裂！然而30年代崛起的现代派诗人们在接受西方诗歌理论的同时,都不约而同地把目光放在以温李诗为代表的晚唐诗上。通过分析现代派诗人群体在晚唐温李诗中所汲取的艺术营养,我们似乎可以对曾在古典诗歌领域中不被看好的晚唐诗有一个新的"发明",那就是晚唐诗超越其他古典诗歌之上的独有的一种艺术特质——"现代性"。

"作为一个美学观念的现代性",即通常所说的现代主义文学,其表现形态错综复杂,其界定也诸说不一,而它的各流派常用手法如象征、暗示、复义、断裂、跳跃等,都呈现出"迷离隐约"的特征。因而在西方现代主义文学与中国古典文学"温李难懂的一派"之间,存在着某些可供探查、可供寻绎的依稀相似之处。西方现代主义曾从中国古典诗歌得到启示也确有迹可查。应该说,"温李难懂的一派"比"元白易懂的一派"更集中更突出地体现着被西方现代主义所看重的表现特征,如直接呈示、空白、含混等。

20世纪20年代中期之后,中国现代主义诗歌的兴起则在中国古典传统中"温李难懂的一派"和西方现代派之间筑就了一条通道。不少研究者已注意到周作人曾将中国古典诗歌中的"兴"与象征主义相联系。

而当废名推想"温李难懂的一派""或者正有我们今日白话新诗发展的根据",他发现了温词的"横竖乱写"和李诗中"感觉的联串",这些能够以审美现代性阐释的表现特征竟可以从一千多年前的中国古典诗歌中寻找到,因而废名明确提出,"新诗将是温李一派的发展"[①]。"现代主义和中国文学传统中固有的'迷离隐约'一派的结缘与新/旧、现代/传统的二元对立已形成显明的矛盾。"[②]

如果说"传统诗的衰落是因为使'一切可说的话都概念化了',找不到新鲜的感觉了。自由诗则要求表现的是'从前所不易亲切抓到的一些感觉与情调',要'寻找那新的语言生命的所在'"[③],那么"温李新声"则恰给自由诗带来了新鲜的

---

① 冯文炳:《谈新诗》,人民文学出版社1984年版,第25、28、35、39、43、110页。
② 刘纳:《二元对立与矛盾绞缠——中国现代文学发难理论以及历史流变的复杂性》,《中国现代文学研究丛刊》2003年第4期,第1~22页。
③ 葛晓音:《诗歌形式研究的古为今用——林庚先生关于古诗节奏和新诗格律的理论思考》,《北京大学学报·哲学社会科学版》2010年第4期。

感觉。现代派诗人正是发现了晚唐温李诗在传统诗艺层面外的开拓并生成的全新的审美范型，晚唐诗脱离传统诗文的轨迹，回归心灵，回归自我，重情唯美，真有"诗的内容"，满足了现代派的"纯诗"诉求。温李诗中那种意象抒情的方式，通过自由的想象和感觉的串联来营造意象、诗意空灵跳脱，韵味深幽绵长，风格朦胧含蓄，最大限度地体现了"诗之为诗"的艺术特质。温李是先锋的，是比那些没有"诗的内容"，只有白话的语言和自由的形式的新诗更新的诗。

　　林庚先生在论及李商隐、温庭筠、李贺等诗人的时候，还以西方诗人的作品为参照。如说："李义山天真风流，想入渺冥，李贺呕出心血，点染世界；一个如天上天娇的彩虹，一个如地上人为的宫殿；李贺是要在人间建筑一座艺术之宫的，这乃近乎欧洲的唯美派。……他的作风，富有颓废神秘的色彩，这是他又超出写实派之外的缘故。""他的为艺术而艺术的表现，为当时任何诗人所不及。……他既不肯应举于当时，又无意留名于后世，乃是真正沉醉于艺术的一位诗人。他的早世与艺术精神，都有点与 Keats 相像。Keats 是首先喊出 A thing of beauty is a joy forever 的诗人，那正是唯美派的先声。""李贺的呕出心乃已尔，岂不正如一只啼血的夜莺吗？"又说温庭筠诗词的特色"仍在神秘艳丽一面""似乎都与二李的作品风味相同"。"在说着神秘的感觉"，如"捣麝成尘香不灭，拗莲作寸丝难绝。红泪文姬洛水春，白头苏武天山雪"等，"莫不给人以炫惑的彩色"。他的诗，与二李"雄厚极端的精神稍逊"，别有一番"比较轻快的风致"。晚唐诗人"这些新奇的派别，都是一种极端的发展，对于中庸的本土文化，便暂时形成背道而驰的局面"①。这一点或者使得它受了无形的限制，然而它的影响却是普遍的，更是深远的！

　　台湾超现实主义诗人洛夫在《石室之死亡》自序中说："我们判断一首诗的纯粹性，应以其所含诗素（或诗精神）密度之大小而定。所谓诗素，即诗人内心所产生的并赋予其作品的力量，这种力量在读者欣赏时即成为一种美的感动，波特莱尔称之为'人类对于崇高至美的热望'。……在传统诗中，美的感动乃附丽于内容，配属于所谓'志'，美仅是诗中所表达之意念的饰物而已。"这是以现代视角对传统诗的批评，然而却不适用于晚唐温李诗，因为温李诗在时间上虽是古典的，

———————

① 林庚：《中国文学史》，清华大学出版社 2009 年版，第 99 页。

在诗性上却是现代的。也就是说"现代"一词,实际上具有两层意义,一为时间性,一为独创性,大凡创造的,应归为现代的,大凡纯粹的,往往也是永久的。

洛夫在解说超现实主义时也谈及了李商隐的诗,他说超现实主义对诗最大的贡献乃在拓展了心象的范围和智境,浓缩意象以增加诗的强度,而使得暗喻、象征、暗示、余弦、歧义等重要诗的表现技巧发挥最大的效果。象征主义与它有关,因它经常采用直觉暗示法。从纯艺术观点来看,超现实乃一集大成之流派,只要你自命为一个现代诗人或画家,就无法摆脱超现实的影响,而或多或少在作品中反射出那种来自潜意识似幻还真的,不从理路但极迷人的微妙境界,甚至中国古诗中亦不乏这种特征,如李商隐的《锦瑟》诗:

> 锦瑟无端五十弦,一弦一柱思华年。
> 庄生晓梦迷蝴蝶,望帝春心托杜鹃。
> 沧海月明珠有泪,蓝田日暖玉生烟。
> 此情可待成追忆,只是当时已惘然。

这首千古绝唱曾疯迷了多少读者,但也困惑了多少论者,自古解说纷纭,有谓悼亡,有谓自伤,有谓恋诗,但都是望文生义,自作解人。现已有人以潜意识来做解释,而我们认为这正是一首属于超现实手法的诗,虽然李商隐并未运用"自动语言"表现技巧。

他还指出:19世纪末到20世纪初,在西方各国出现了一个普发性的艺术潮流。电影中的无情节;音乐中的无调音乐;戏剧中的荒诞手法;美术作品中的抽象。诗歌……在这个历程中出现了新的众多流派。这股潮流统称为"现代主义"艺术,广泛蔓延,一百多年来,仍绵绵不绝。

这种以反古典艺术传统面目出现的新艺术,注重主观性、内向性,即注重表现人的自我心理意识,追求形式上的流动美和抽象美;他们反对传统概念中的理性与逻辑,主张艺术上的自由化想象,主张表现和挖掘艺术家的直觉和潜在意识。我认为,这是继文艺复兴和浪漫主义运动之后,在世界范围内文艺的一次重大变革,是人类物质文明发展到一个特定阶段的产物。而这样描述用于评价晚唐诗歌艺术无疑也是贴切的。但值得注意的是,此种"现代主义"艺术潮流是工业社会的产物,而在一千多年前的中国古代社会,温李等晚唐诗人就已有了这样的艺术创见!

这就是晚唐诗艺术魅力之所在,它没有随传统的时间概念而销声匿迹或是只被固化在古典的视域中来研究,它的阐释将伴着诗歌艺术的生命延续下去!因为它所富涵的现代质素太突出了,太强烈了!

也正因为如此,现代派诗人在受西方诗学理论影响的同时都了发现了晚唐诗所具有的"现代性"。实际上梁启超早在 1922 年在清华学校所作的题为《中国韵文里头所表现的情感》的讲演中,就以西方诗写实的、浪漫的、象征的三个"表情法"的观念,来梳理论析中国古代诗歌不同的艺术脉系,对李商隐象征诗的艺术魅力与悠久生命给予了非常高的评价,五四以来,强调或重视李商隐及晚唐诗的艺术发现,本身就是以西方诗歌艺术眼光为背景的。1923 年梁启超反对胡适以"白话诗"否定"温李"一派难懂诗的观念,对自楚辞至李商隐诗代表的象征主义传统的肯定评价;经 1926 年周作人批评新诗像玻璃球一样过分晶莹透明,缺乏"余香与回味",主张以中国诗"兴"的传统与西方"象征"的传统融合的新诗道路;1927 年之后戴望舒发表《雨巷》《望舒草》,1932 年施蛰存《现代》杂志倡导英美"意象派"诗,向晚唐诗及古代诗歌寻找艺术营养。这些走近传统,走近晚唐的艺术思路,都是以西方现代诗歌的象征主义、意象派、现代主义传统为参照系和域外艺术渊源的。向传统回归与向西方寻求,并提出古今东西"融合"诗学理论的构想,成为新诗发展的一种必然走向。20 世纪 30 年代,北京卞之琳、何其芳、李广田、废名、林庚等诗人群体的重新审视与吸收传统,与 20—30 年代周作人、戴望舒等代表的诗学艺术寻求之间葆有血脉相通的联系。

现代派诗人在诗艺的探求中发见并重释了晚唐温李诗的价值,是对诗歌艺术特质的高端确认,超越古今,超越语言、音韵的层面,提纯淬炼了晚唐诗歌中所蕴藏的不受古今时间阻隔、不受东西文化制约的"诗之精髓",这也需要研究者从一个更新更高的角度来观照以晚唐温李诗的艺术价值和美学意义。

二、现代派找到自身发展的根基

20 世纪 30 年代现代派诗人群体接受晚唐诗在对晚唐诗接受中也为自身的存在和发展找到了根基,进而生成了一个古今纵贯、东西汇通的坐标系,现代派确立了属于自己的那个点。而这个点既得到了西方诗学理论的支撑,也得到了中国传统诗学的滋养。

回顾五四以来的白话运动,在一定程度上打破了已趋于僵化的古典诗歌的语言对人们头脑的控制,但一度也造成了古典与现代之间的隔阂。中国新诗是以一种"革命"的姿态产生的。为了摆脱旧诗的强大影响,初期白话诗求"新"的姿态彻底得近乎矫枉过正。结果是革了旧诗的命,也切断了新诗的根。用废名的话说:"中国闹新诗的人则不大了解新诗""不了解诗而闹新诗,无异作了新诗的障碍"。① 打倒了旧形式主义的自由诗,在其发展的过程中,却犯了一种新形式主义的毛病,那便是表面上看来很像一首自由诗,而骨子里却是一种怪腔怪调的散文或者甚至于连散文都不是的,徒有自由诗之名,而无自由诗之实,所谓"分了行的本质上的散文"是也。如诗人郑敏所言:"像所有的艺术家一样,诗人只有当他/她能自由地驾驭'艺术的不自由'时才能是一位真正的诗人。很多喜爱古典诗词的老人们对新诗的批评往往是:'这也算诗! 这不就是一段大白话分段写吗?'当我们理解了'艺术的不自由'时也就明白批评者确实击中了白话诗的要害,这就是在打破古典诗词的格律后,并没有找到自己'艺术的不自由',也就是新诗的审美规律。在心态上往往以'革命'的自豪感掩盖了自己的艺术懒惰,造成新诗艺术的发展迟缓。"

没有辩明"新诗"的本质,盲目地去追求形式上的形,势必会造成"新诗"不"新"的状况,一些诗不过是自由语体的旧诗词罢了,何"新"之有!

施蛰存曾在《现代》4 卷 1 期的《文艺独白》栏内发表的《又关于本刊的诗》中做了深入的反思:"胡适之先生的新诗运动,帮助我们打破了中国旧体诗的传统。但是,从胡适之先生一直到现在为止的新诗研究者却不自觉地堕落于西洋旧体诗的传统中,他们以为诗应该是有整齐的用韵法的,至少该有整齐的诗节。于是乎十四行诗、'方块诗',也还有人紧守规范填做着。这与填词有什么分别呢?"大致说来,新诗的形式上的发展,在经历了"作诗如作文"的"胡适之体"和过于刻板严谨的"新月派格律体"的阶段之后,又面临着新的发展。新月诗派矫正了以胡适之为代表的初期白话诗的种种明显弊病之后,它自己又走进了诗歌格律化

---

① 废名:《〈冬眠曲及其他〉序》,见林庚《冬眠曲及其他》,风雨诗社 1936 年版。

的窄胡同——金克木在《杂论新诗》称之为"(新诗寻找新的格律)像解放了小脚又穿高跟鞋"很多人把探索的目光投向了西方诗歌,进行了大量的模仿和借鉴。对于那些较为盲目的模仿,"新诗作家乃各奔前程,各人在家里闭门造车。实在大家都是摸索,都在那里纳闷。与西洋文学稍为接近一点的人又摸索西洋诗里头去了,结果在中国新诗坛上又有了一种'高跟鞋'"①。在寻找新诗存在的立足点时,废名也很茫然:"我总朦胧的感觉着新诗前面的光明,然而朝着诗坛一望,左顾不是,右顾也不是。这个时候,我大约对于新诗以前的中国诗文学很有所懂得了",于是他从温庭筠、李商隐,尤其是温庭筠的诗歌中悟出,"我乃大有所触发,我发见了一个界线,如果要做新诗,一定要这个诗是诗的内容,而写这个诗的文字要用散文的文字。……只要有了这个诗的内容,我们就可以大胆的写我们的诗,不受一切的束缚,……我们写的是诗,我们用的是散文的文字,就是所谓自由诗"。他认为:"以往的诗文学,无论是旧诗也好,词也好,乃是散文的内容,而所用的文字是诗的文字。"②从这番话中有两个重要信息:一是废名强调新诗应该有"诗的内容",也就是现代派所要表现的现代、所要传达的现代情绪和感觉。废名抓住了诗歌本质的东西来区别新诗与旧诗,就不能再依诗歌形式和语言上新旧来判断了,而应从"诗的内容"来考察。二是废名的这一重大发现是从温李诗中悟出来的,也就自然确认了温李诗词中呈现的是"诗的内容",虽然是旧的诗形,旧时的创作,却是真正的"自由诗",进而为现代派诗歌找到立足点和参照系。他断言:"这一派(温李诗派)的根苗又将在白话新诗里自由生长,这……也正是'文艺复兴'"。直接点明了现代派新诗与温李诗的承继关系。无论是温李一派经由现代派的传承在新诗史里继续生长,还是说现代派找到了其与古典诗歌传统的因缘,找到了自己在诗歌范围中的根系,这都是"文艺复兴",也就是说都是诗歌艺术特质和一次开掘和艺术精神的一次飞跃!

相类似的情况也发生在当代。诗人郑敏谈及为"当代西方先锋诗歌"找寻源头的时候,也将目光聚集到李商隐身上,她说:"作为当代新诗作者,我们的血液里应当有高质量和高数量的自己民族文化的红血球,才不会在不知不觉中陷入西方文化中心主义,成为商业利益驱使下消费文化的随波逐流者。……"中国古

---

① 冯文炳:《谈新诗》,人民文学出版社 1984 年版,第 24 页。
② 冯文炳:《谈新诗》,人民文学出版社 1984 年版,第24~26页。

典诗词是所谓"当代西方先锋诗歌"的诗艺的源头的论述,这在今日西方诗论史中已有不少论述。笔者仅建议青年诗人将李商隐的《锦瑟》细读一遍,你会在那首写于 9 世纪上半叶的中国古典律诗中找到今天西方先锋诗的诗艺,而那时中世纪英语还要待一百年才诞生,乔叟也要等四百年才来到这个世界。

能成为现代主义和先锋意识影响下新诗的可资利用的精神资源与艺术技巧的武库,对于晚唐温李诗而言,无疑是对创作成就和其审美价值高度认可!中国诗歌的血脉没有断,诗艺的精华代代相传!

以现代的文学观念重新审视、阐释甚至取舍传统。在对浩瀚的旧文学的整理中,胡适发现了"白话文学"一脉,周作人发现了晚明小品,而以废名这些现代派诗人群体之所以能以现代的眼光照亮了以温庭筠、李商隐为代表的晚唐诗歌,正是其东西诗学横向沟通中的产物。

周作人在《扬鞭集·序》(《语丝》第 82 期)中曾高瞻远瞩地期望:"我觉得新诗的成就上有一种趋势恐怕很是重要,这便是一种融化。不瞒大家说,新诗本来也是从模仿来的,它的进化是在于模仿与独创之消长,近来中国的诗似乎有渐近于独创的模样,这就是我所谓的融化。自由之中自有节制,豪华之中实含青涩,把中国文学固有的特质因了外来影响而益美化,不可只披上一件呢外套就了事。"

这个化欧与化古的融化过程是在 20 世纪 30 年代派对晚唐的接受中得以完成的。30 年代现代派一方面大力引进西方的纯诗理论,另一方面大力挖掘古代的纯诗传统,从而为自身的理论建设和新诗创作提供了思想准备,并根据新诗自身发展的需要,融欧化古,以出己新。现代派纯诗理论是对初期白话诗理论的清算,是对新月派、象征派探索的总结和发展,把现代诗学的纯诗理论提高到炉火纯青的地步,指导了中国现代新诗的创作和现代诗学的发展。

有趣的现象是,现代派的诗人基本上都受到了英美意象主义和法国象征主义的影响,这两个流派都受到过中国诗的影响。诞生于 20 世纪初的英国的英美意象派产生和发展也与中国古典诗歌有过千丝万缕的直接联系。中国古典诗歌理论曾是意象派诗人创作的指导原则,中国古典诗歌也成为意象派诗人竞相模仿的优秀创作模式。意象主义者从中国诗歌中看到了他们着意寻求的意象,找到了他们崇尚的自然、凝练和简洁。如果说,历史要求意象主义必须创作出符合时代特点的新诗,那么,中国古典诗歌则为意象主义者的理论提供了坚实的基础和生动的范例,中国古典诗歌无疑对意象主义新诗运动起到了推波助澜的重要作用。当然,要对中国诗的影响做出客观的评价,还应注意这样两点:

第一,意象派诗人接受的中国诗并非中国诗本身,而是"'中国化'了的中国诗"①。一方面,他们并没有把中国诗变成非中国诗,而是更加突出了古典诗的含蓄、意象鲜明等特点,适应了新诗运动的需要。另一方面,由于译者对汉诗的拆译和误解,中国诗传到西方时已大部分丧失了原有的格律,意象派诗人于是认为中国诗本身就是自由体诗,因而大肆宣扬"verslibre",即自由诗或无韵诗。英语译者已使中国诗在形式上现代化,这无疑推动了现代诗歌运动的发展。第二,与中国古典诗歌同时影响了意象派诗人的还有其他的文艺流派和文化传统,其中较重要的当数法国的象征主义。以波德莱尔(Charles Baudelaire)为首的象征主义诗人认为人的内心世界与外界是息息相通的,对传统的创作方法进行了坚决的抨击。他们的诗歌及创作原则无疑对意象派诗人产生了一定影响。然而,英美意象派诗人并没有满足于模仿法国的象征主义诗歌,而是继续从日本的俳句、和歌以及中国的古典诗歌中汲取精华,发展了自己的创作风格。他们称中国古典诗歌为"意象主义这条龙",与法国"象征主义这条蛇"并列为意象派的两个主要来源。② 但实际上,庞德等人竭力否定象征主义对他们的影响,坚持说"意象主义不是象征主义"。

意象派的一些代表人物和英美著名评论家都曾直言不讳地谈及中国诗对他们的影响。意象派诗人弗莱契说,"正是因为中国影响,我才成为一个意象派,而且接受了这个名称的一切含义"③。

而中国的现代派诗人们有的是直接受了西方意象派和象征派的影响,转而在中国古典诗歌中找寻并接受了有着相类风格意味的晚唐诗,如废名;也有通过对晚唐温李诗欣赏转而接受了西方诗论的。如卞之琳所言:"读着晚唐五代时期的那些精致冶艳的诗词,蛊惑于那种憔悴的红颜上的妩媚,又在几位班纳斯派以后的法兰西诗人的篇什中找到了一种同样的迷醉。"

---

① 赵毅衡:《关于中国古典诗歌对美国新诗运动影响的几点刍议》,《文艺理论研究》1983 年第 4 期,第 22 页。

② 赵毅衡:《意象派中国古典诗歌》,《外国文学研究》1980 年第 3 期,第 8 页。

③ 转引自赵毅衡《远游的诗神》,四川人民出版社 1985 年版,第 9 页。

那么,现代派诗人究竟是以怎样的态度、立场自觉审视、择取与延传民族诗歌传统的呢?

这主要是基于对诗歌本体论的深入探讨,在回答了诗是什么,诗写什么,怎么写,写成什么样这一系列关于诗歌本质问题之后,现代派诗人们从传统诗学的映像中选择了晚唐诗,从以温、李为代表的晚唐诗歌创作中发掘和借鉴了宝贵的艺术资源,以意象抒情的方式对内心世界进行精致细腻的刻画并与西方的诗歌艺术理论相融汇,从而找到了自身发展的立足点,形成了自己的诗歌艺术表现形态,在新诗史上留下了自己的独特印迹。

从对新诗史上 30 年代现代派诗风诗貌的描述中,我们看到了以废名为代表的现代派诗人当然不是逆新文学的潮流而动,他们的目标很明确,就是要写"纯然的现代诗",写出"现代人在现代生活中所感受的现代情绪,用现代的词藻排列成的现代的诗形"①。他们的理想显然与新文学的方向完全一致,所不同的只是,他们不再是单方面地向外国文学中去寻求启发,而是同时把目光投向了初期新文学多所回避的中国古典诗文传统,在两种不同文学传统和体系中,进行创造性的选择和融合。他们是同时向东西两个传统出发,最终抵达的却是新诗自身的创造性和"现代"性。这个双向的思路明显较其他单向向西的思路要开阔得多,同时也更有利于找到一种适合中国新诗发展的自主的、个性化的道路。当然,这种思路也不是凭空产生的,它产生于新文学草创初期的文学成就和经验教训的积累之上。一方面,正如卞之琳所说:"在白话新体诗获得了一个巩固的立足点以后,它是无所顾虑的有意接通我国诗的长期传统,来利用年深月久、经过不断体裁变化而传下来的艺术遗产""倾向于把侧重西方诗风的吸取倒过来为侧重中国旧诗风的继承"。② 另一方面,也正因为从新诗发生开始的各种尝试中,出现了种种食洋不化的弊病,也促使后来的诗人诗论家们进行更深入的反思。当然,还有一个不可否认的因素是,这个群体里的诗人和作家,都具有一种相似的文学"趣味",这种"趣味"也许看不见摸不着,但确实奠定了他们共同探索的感情基础。

基于这些基础,他们得以用认真开放的心态重新考察中国古诗传统。他们

---

① 施蛰存:《关于本刊中的诗》,《现代》1933 年第 4 期。
② 卞之琳:《戴望舒诗集·序》,《人与诗:忆旧说新》,生活·读书·新知三联书店 1984 年版。

的考察和重释不是简单的模仿或接续,而是一种创造。换句话说,他们对于传统和现代的融会并不做简单的加法,他们绝不是从两方面各选取一些因素——语言的、意象的、形式的等等——融化在一首具体作品中,也不是局部地寻找一些可用的材料,做成中西合璧的"拼盘",甚至,他们也不是要以现代的方式修改传统,从而遮蔽传统的复杂性。他们的确是在复杂丰富的传统中筛选取舍,以现代人的眼光和需求,寻找新文学观念的传统根源,并在重新总结和梳理中确认自我、找寻现代趋向。应该说,重释传统只是他们的手段和途径,而最终的目标始终指向新诗的"现代化"理想。

现代派诗人对法国象征派注重暗示与朦胧的技巧的借鉴,以及对英美意象派意象原则的认同,与中国古典诗歌尤其是晚唐温李诗风之间建立了深刻而内在的联系。30 年代的现代派诗人从传统诗学中领悟最深的,正是"含蓄"与"暗示"的技巧,追求诗歌意象的隐藏度和暗示性,使西方的象征诗艺和意象主义原则与古典诗学中长期积累的意象传统汇流了。现代派诗人对温李一派诗歌的浓厚兴趣也标志着现代诗艺与传统诗学中追求含蓄与蕴藉、借助朦胧的意象暗示性地传达感觉和体验的方式之间一种内在的关联,同时,这种诗学侧重点又与西方象征派诗人力避直陈与尽述,借助象征的暗示性启引更深玄精微的旨趣,在诗学层面上相暗合。这是两种异质的传统之间更为内在的契合。如果说胡适的《白话文学史》为"五四"时期的白话诗在"元白"传统那里找到了形式表层的依据,而现代派诗人的"温李"热则是对传统的更深层的追寻,他们借助于象征主义的艺术眼光在温李诗歌中捕捉更隐微的思维与体验的方式,寻找更内在的艺术表现技巧,同时在诗歌创作中致力于象征主义诗艺的水乳交融。现代派诗人沟通西方象征主义诗艺与温李传统的诗歌创作实践之中蕴含着重要的历史启示,它预示着创生一种东方式的象征主义的诗学形态的历史可能性。

本 章 小 结

诗人郑敏曾引用海德格尔的一句话——"诗歌与哲学是近邻",并指出:在古典文学的研究中由于研究对象的特殊性,更容易陷入"史"的误区。古典文学研究的现代化转换已经被学界讨论了很多年了。我们是否可以这么认为,"史"已经成为隔断古典与现代的天堑,而"哲"则是沟通古典与现代的桥梁。20世纪30年代现代派对晚唐温李的接受虽是一种基于两个时代的纵向的引入与传承,但却是以"哲"的视角,即回归诗歌艺术本体,来探究"什么是诗"及"诗之为诗"的本质特征等问题。

无论是"温李新声"的现代余响,还是现代新诗的古典梦回,向前看也好,向后看也好,都不失为一次相隔千年的深情凝望,传统与现代完成了一次深层对话,实现了所谓"新"与"旧"在诗歌艺术审美层面的融汇与互释,其结果是使"旧诗不旧""新诗更新"。

参考文献

[1]孙光宪.北梦琐言[M].贾二强,点校.北京:中华书局,2002.

[2]严羽.沧浪诗话校释[M].郭绍虞,校注.北京:人民文学出版社,1961.

[3]王钦若,等.册府元龟[M].北京:中华书局,1960.

[4]郑振铎.插图本中国文学史[M].北京:北京出版社,1999.

[5]徐松.登科记考[M].北京:中华书局,1984.

[6]吴在庆.杜牧论稿[M].厦门:厦门大学出版社,1991.

[7]杜甫,仇兆鳌.杜诗详注[M].北京:中华书局,1979.

[8]管世铭.读雪山房唐诗序例[M].清诗话续编本.

[9]蒋寅.大历诗风[M].上海:上海古籍出版社,1992.

[10]王夫之.读通鉴论[M].北京:中华书局,1975.

[11]张燕瑾,吕薇芬.二十世纪中国文学研究·隋唐五代卷[M].北京:北京出版社,2001.

[12]杜牧.樊川诗集注[M].冯集梧,注.上海:上海古籍出版社,1962.

[13]胡遂.佛教与晚唐诗[M].北京:东方出版社,2005.

[14]郁沅.古今文论探索[M].武汉:武汉出版社,1988.

[15]沈德潜.古诗源[M].北京:中华书局,1978.

[16]葛晓音.汉唐文学的嬗变[M].北京:北京大学出版社,1990.

[17]李珍华,傅璇琮.河岳英灵集研究[M].北京:中华书局,1992.

[18]罗大经.鹤林玉露[M].北京:中华书局,1983.

［19］刘克庄.后村诗话［M］.北京:中华书局,1983.

［20］华钟彦.花间集注［M］.郑州:中州书画社,1983.

［21］叶嘉莹.迦陵论诗丛稿［M］.石家庄:河北教育出版社,1998.

［22］张海明.经与纬的交结—中国古代文学范畴论要［M］.昆明:云南人民出版社,1994.

［23］陆游.剑南诗稿校注［M］.钱仲联,校注.上海:上海古籍出版社,1985.

［24］王夫之.薑斋诗话笺注［M］.北京:人民文学出版社,1981.

［25］刘昫,等.旧唐书［M］.北京:中华书局,1975.

［26］薛居正,等.旧五代史［M］.北京:中华书局,1976.

［27］何文焕辑.历代诗话［M］.北京:北京中华书局,1981.

［28］轻言.历代诗话小品［M］.武汉:湖北辞书出版社,1994.

［29］丁福保辑.历代诗话续编［M］.北京:中华书局,1983.

［30］陈治国.李贺研究资料［M］.北京:北京师范大学出版社,1983.

［31］刘学锴,余恕诚.李商隐［M］.北京:中华书局,1980.

［32］吴调公.李商隐研究［M］.上海:上海古籍出版社,1982.

［33］钟来茵.李商隐爱情诗解［M］.上海:学林出版社,1997.

［34］董乃斌.李商隐的心灵世界［M］.上海:上海古籍出版社,1992.

［35］刘学锴,余恕诚.李商隐诗歌集解［M］.北京:中华书局,1988.

［36］刘学锴.李商隐诗歌接受史［M］.合肥:安徽大学出版社,2004.

［37］刘学锴.李商隐诗歌研究［M］.合肥:安徽大学出版社,1998.

［38］李商隐.李商隐诗集疏注［M］.叶葱奇疏注.北京:人民文学出版社,1985.

［39］王永宽,尚立仁.李商隐与中晚唐文学研究［M］.郑州:中州古籍出版社,2003.

［40］鲁迅.鲁迅全集［M］.北京:人民文学出版社,1981.

［41］顾随.论文丛论［M］.天津:天津人民出版社,1995.

［42］周来祥.论中国古典美学［M］.济南:齐鲁书社,1987.

［43］李泽厚.美的历程［M］.北京:中国社会科学出版社,1984.

［44］池万兴,刘怀荣.梦逝难寻:唐代文人心态史［M］.石家庄:河北教育出

版社,2001.

[45]黑格尔.美学[M].北京:商务印书馆,1981.

[46]宗白华.美学与意境[M].北京:人民出版社,1987.

[47]钱钟书.七缀集[M].上海:上海古籍出版社,1985.

[48]纪昀,等.钦定四库全书总目[M].北京:中华书局,1997.

[49]王夫之,等.清诗话[M].上海:上海古籍出版社,1978.

[50]彭定球,等.全唐诗[M].北京:中华书局,1960.

[51]陈尚君.全唐诗补编[M].北京:中华书局,1992.

[52]董诰,等.全唐文[M].上海:上海古籍出版社,1990.

[53]富顺,宋育仁,芸子.三唐诗品[M].清末民初印本.

[54]胡仔.苕溪渔隐丛话[M].北京:人民文学出版社,1981.

[55]吴调公.神韵论[M].北京:人民文学出版社,1991.

[56]斯蒂芬·欧文.盛唐诗[M].贾晋华,译.哈尔滨:黑龙江人民出版社,1992.

[57]杨慎.升庵诗话[M].上海:上海古籍出版社,1987.

[58]魏庆之.诗人玉屑[M].上海:上海古籍出版社,1978.

[59]周振甫.诗词例话[M].北京:中国青年出版社,1962.

[60]陈植锷.诗歌意象论[M].北京:中国社会科学出版社,1990.

[61]俞陛云.诗境浅说[M].上海:上海书店印行,1984.

[62]朱光潜.诗论[M].合肥:安徽教育出版社,1997.

[63]胡应麟.诗薮[M].上海:上海古籍出版社,1979.

[64]罗立刚.史统、道统、文统——论唐宋时期文学观念的转变[M].上海:东方出版中心,2005.

[65]亚里士多德.诗学[M].北京:人民文学出版社,1982.

[66]余英时.士与中国文化[M].上海:上海人民出版社,1987.

[67]许学夷.诗源辨体[M].北京:人民文学出版社,1987.

[68]王蒙.双飞翼[M].北京:生活·读书·新知三联书店,1996.

[69]纪昀,等.四库全书总目[M].北京:中华书局,1965.

[70]吴文治.宋诗话全编[M].南京:江苏古籍出版社,1998.

[71]张戒. 岁寒堂诗话[M].

[72]岑仲勉. 隋唐史[M]. 北京:中华书局,1980.

[73]吕思勉. 隋唐五代史[M]. 上海:上海古籍出版社,1984.

[74]周祖譔. 隋唐五代文论选[M]. 北京:人民文学出版社,1990.

[75]罗宗强. 隋唐五代文学思想史[M]. 北京:中华书局,1999

[76]袁枚. 随园诗话[M]. 北京:人民文学出版社,1982.

[77]冯文炳. 谈新诗[M]. 北京:人民文学出版社,1984.

[78]钱钟书. 谈艺录[M]. 北京:中华书局,1984.

[79]傅璇琮. 唐才子传校笺[M]. 北京:中华书局,1990.

[80]罗香林. 唐代文化史研究[M]. 上海文艺出版社,1992.

[81]张安祖. 唐代文学散论[M]. 上海:上海三联书店,2004.

[82]张跃. 唐代后期儒学[M]. 上海:上海人民出版社,1994.

[83]程千帆. 唐代进士行卷与文学[M]. 上海:上海古籍出版社,1980.

[84]傅璇琮. 唐代科举与文学[M]. 西安:陕西人民出版社,1986.

[85]吴宗国. 唐代科举制度研究[M]. 沈阳:辽宁大学出版社,1992.

[86]申君. 唐代藩镇[M]. 北京:中华书局,1983.

[87]戴伟华. 唐代幕府与文学[M]. 北京:现代出版社,1990.

[88]郭绍林. 唐代士大夫与佛教[M]. 郑州:河南大学出版社,1981.

[89]傅璇琮. 唐代诗人丛考[M]. 北京:中华书局,1980.

[90]吴在庆. 唐代文士的生活心态与文学[M]. 合肥:黄山书社,2006.

[91]吴庚舜,董乃斌. 唐代文学史[M]. 北京:人民文学出版社,1995.

[92]李从军. 唐代文学演变史[M]. 北京:人民文学出版社,1993.

[93]陈寅恪. 唐代政治史述论稿[M]. 上海:上海古籍出版社,1982.

[94]李肇. 唐国史补[M]. 上海:上海古籍出版社,1979.

[95]王溥. 唐会要[M]. 北京:中华书局,1985,丛书集成初编本.

[96]范祖禹. 唐鉴[M]. 吕祖谦,音注. 北京:商务印书馆,1958.

[97]傅璇琮. 唐人选唐诗新编[M]. 西安:陕西人民教育出版社,1996.

[98]周勋初. 唐人轶事汇编[M]. 上海:上海古籍出版社,1995.

[99]施蛰存. 唐诗百话[M]. 上海:上海古籍出版社,1987.

[100]沈德潜.唐诗别裁集[M].北京:中华书局,1975.

[101]李浩.唐诗的美学阐释[M].合肥:安徽大学出版社,2000.

[102]王明居.唐诗风格美新探[M].北京:中国文联出版公司,1987.

[103]余恕诚.唐诗风貌[M].合肥:安徽大学出版社,1997.

[104]陈伯海.唐诗汇评[M].杭州:浙江教育出版社,1995.

[105]计有功.唐诗纪事[M].上海:上海古籍出版社,1987.

[106]钟惺,谭元春.唐诗归[M].明古郡方式刻本.

[107]萧涤非,等.唐诗鉴赏辞典[M].上海:上海辞书出版社,1983.

[108]陈铭.唐诗美学论稿[M].郑州:中州古籍出版社,1987.

[109]许总.唐诗史[M].南京:江苏教育出版社,1995.

[110]刘开扬.唐诗通论[M].成都:巴蜀书社,1998.

[111]陈伯海.唐诗学引论[M].北京:知识出版社,1988.

[112]松浦友久.唐诗语汇意象论[M].陈植锷,王晓平,译.北京:中华书局,1992.

[113]闻一多.唐诗杂论[M].上海:上海古籍出版社,1998.

[114]苏雪林.唐诗概论[M].上海:上海书店出版,1992.

[115]高棅.唐诗品汇[M].上海:上海古籍出版社,1982.

[116]蒋绍愚.唐诗语言研究[M].郑州:中州古籍出版社,1990.

[117]林庚.唐诗综论[M].北京:人民文学出版社,1987.

[118]阮忠.唐宋诗风流别史[M].武汉:武汉出版社,1997.

[119]许总.唐宋诗宏观结构论[M].北京:人民文学出版社,2006.

[120]高步瀛.唐宋诗举要[M].北京:中华书局,1959.

[121]陶文鹏.唐宋诗美学与艺术论[M].天津:南开大学出版社,2003.

[122]刘尊明.唐五代词史论稿[M].北京:文化艺术出版社,2000.

[123]吴汝煜,胡可先,何绰如,等.唐五代人交往诗索引[M].上海:上海古籍出版社,1993.

[124]胡震亨.唐音癸签[M].上海:上海古籍出版社,1981.

[125]田耕宇.唐音余韵——晚唐诗研究[M].成都:巴蜀书社,2001.

[126]查屏球.唐学与唐诗[M].北京:商务印书馆,2001.

[127]王谠.唐语林校证[M].周勋初,校正.北京:中华书局,1987.

[128]王定保.唐摭言[M].北京:中华书局,1959.

[129]富寿荪.千首唐人绝句(上下册)[M].刘拜山,富寿荪,评解.上海:上海古籍出版社,1985.

[130]葛兆光,戴燕.晚唐风韵[M].南京:江苏古籍出版社,1991.

[131]任海天.晚唐诗风[M].哈尔滨:黑龙江教育出版社,1998.

[132]赵荣蔚.晚唐世风与诗风[M].上海:上海古籍出版社,2004.

[133]罗时进.晚唐诗歌格局中的许浑创作论[M].西安:太白文艺出版社,1998.

[134]曹中孚.晚唐诗人杜牧[M].西安:陕西人民出版社,1985.

[135]傅道彬.晚唐钟声[M].北京:东方出版社,1996.

[136]吴乔.围炉诗话[M].清诗话续编本.

[137]任海天.韦庄研究[M].北京:人民文学出版社,2005.

[138]刘学锴.温庭筠全集校注[M].北京:中华书局,2007.

[139]温庭筠.温飞卿诗集笺注[M].曾益,等,笺注.上海:上海古籍出版社,1980.

[140]万文武.温庭筠辨析[M].西安:陕西人民出版社,1992.

[141]歌德,等.文学风格论[M].王元化,译.上海:上海译文出版社,1982.

[142]童庆炳.文体与文体的创造[M].昆明:云南人民出版社,1994.

[143]刘勰.文心雕龙注[M].范文澜,注.北京:人民文学出版社,1978.

[144]霍松林.文艺散论[M].北京:中国社会科学出版社,1981.

[145]李昉,等.文苑英华[M].北京:中华书局,2003.

[146]陶岳.五代史补[M].

[147]王士禛.五代诗话[M].郑方坤,删补.北京:书目文献出版社,1989.

[148]林美清.想象的边疆——论李商隐诗中的否定词[M].台北:文史哲出版社,1997.

[149]欧阳修,宋祁.新唐书(全二十册)[M].北京:中华书局,1975.

[150]刘国瑛.心态与诗歌创作[M].上海:学林出版社,1994.

[151]欧阳修.新五代史[M].徐无党,注.北京:中华书局,1974.

［152］许顗.彦周诗话［M］.北京:中华书局,1985.

［153］叶嘉莹.叶嘉莹说中晚唐诗［M］.北京:中华书局,2008.

［154］刘熙载.艺概［M］.上海:上海古籍出版社,1978.

［155］潘得舆.养一斋诗话［M］.北京:中华书局,2010.

［156］薛雪撰.一瓢诗话［M］.清诗话本.

［157］王岳川.艺术本体论［M］.上海:上海三联书店,1994.

［158］韦勒克,沃伦.文学理论［M］.刘象愚,邢培明,陈圣生,等,译.北京:生活·读书·新知三联书店,1984.

［159］苏珊·朗格.艺术问题［M］.北京:中国社会科学出版社,1983.

［160］丹纳.艺术哲学［M］.北京:人民文学出版社,1982.

［161］王世贞.艺苑卮言［M］.南京:凤凰出版社,2009.

［162］方回.瀛奎律髓汇评［M］.李庆甲,集评.上海:上海古籍出版社,1986.

［163］张采田.玉谿生年谱会笺［M］.上海:上海古籍出版社,1983.

［164］李商隐.玉谿生诗醇［M］.王汝弼,聂石樵,笺注.济南:齐鲁书社,1987.

［165］冯浩.玉谿生诗集笺注［M］.上海:上海古籍出版社,1979.

［166］陈寅恪.元白诗笺证稿［M］.上海:上海古籍出版社,1978.

［167］元好问.元好问全集［M］.太原:山西人民出版社,1990.

［168］叶燮.原诗［M］.清诗话本.

［169］李慈铭.越缦堂读书记［M］.由云龙,辑.北京:中华书局,1963.

［170］葛立方.韵语阳秋［M］.北京:中华书局,1985.

［171］贺裳.载酒园诗话［M］.清诗话续编本.

［172］陈振孙.直斋书录解题［M］.上海:上海古籍出版社,1987.

［173］周裕锴.中国禅宗与诗歌［M］.上海:上海人民出版社,1992.

［174］童庆炳.中国古代心理诗学与美学［M］.北京:中华书局,1992.

［175］周晓琳,刘玉平.中国古代作家的文化心态［M］.成都:巴蜀书社,2004.

［176］郭绍虞.中国历代文论选［M］.上海:上海古籍出版社,1979.

［177］肖驰.中国诗歌美学［M］.北京:北京大学出版社,1986.

[178]袁行霈.中国诗歌艺术研究[M].北京:北京大学出版社,1987.

[179]叶维廉.中国诗学[M].增订版.北京:人民文学出版社,2006.

[180]陈良运.中国诗学批评史[M].南昌:江西人民出版社,2001.

[181]葛兆光.中国思想史:第二卷[M].上海:复旦大学出版社,2000.

[182]范文澜,蔡美彪,李瑚,等.中国通史[M].北京:人民出版社,1978.

[183]刘大杰.中国文学发展史[M].上海:上海古籍出版社,1982.

[184]林庚.中国文学简史[M].北京:北京大学出版社,1988.

[185]敏泽.中国文学理论批评史[M].长春:吉林教育出版社,1993.

[186]钱穆.中国文学论丛[M].北京:生活·读书·新知三联书店,2002.

[187]罗根泽.中国文学批评史[M].上海:上海古籍出版社,1984.

[188]王运熙,顾易生.中国文学批评通史[M].上海:上海古籍出版社,1996.

[189]游国恩,王起,萧涤非,等.中国文学史[M].北京:人民文学出版社,1963.

[190]郭预衡.中国古代文学史[M].上海:上海古籍出版社,1998.

[191]章培恒,骆玉明.中国文学史[M].上海:复旦大学出版社,1996.

[192]袁行霈,罗宗强.中国文学史[M].北京:高等教育出版社1999.

[193]罗振亚.中国现代主义诗歌史论[M].北京:社会科学文献出版社,2002.

[194]任继愈.中国哲学史[M].北京:人民出版社,1979.

[195]孟二冬.中唐诗歌之开拓与新变[M].北京:北京大学出版社,1998.

[196]司马光.资治通鉴[M].北京:中华书局,1956.